T0278561

LA GUÍA DE LOS BALDÍOS PARA VIAJEROS PRECAVIDOS

LA GUÍA DE LOS BALDÍOS

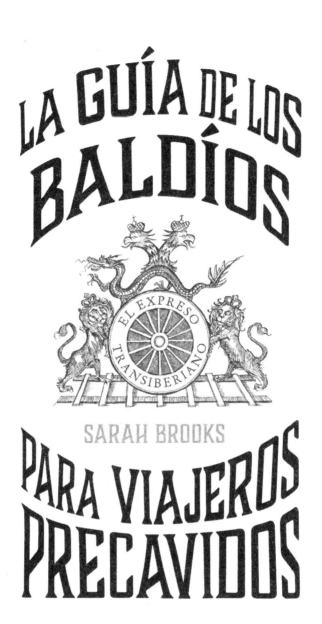

EL EXPRESO TRANSIBERIANO

SARAH BROOKS

PARA VIAJEROS PRECAVIDOS

Traducción de Daniel Casado

⊙ UMBRIEL

Argentina • Chile • Colombia • España
Estados Unidos • México • Perú • Uruguay

Título original: *The Cautious Traveller's Guide to the Wastelands*
Editor original: Weidenfeld & Nicolson, un sello de The Orion Publishing Group Ltd.
Traducción: Daniel Casado

1.ª edición: junio 2024

Published by arrangement with Rachel Mills Literary Ltd.
© 2024 *by* Urano World Spain, S.A.U.
Plaza de los Reyes Magos, 8, piso 1.º C y D – 28007 Madrid
www.umbrieleditores.com

ISBN: 978-84-10085-04-6
E-ISBN: 978-84-10159-44-0
Depósito legal: M-9.886-2024

Fotocomposición: Urano World Spain, S.A.U.
Impreso por: Romanyà Valls, S.A. – Verdaguer, 1 – 08786 Capellades (Barcelona)

Impreso en España – *Printed in Spain*

Para mi familia.

El tren en sí es una maravilla de la época, un monumento al ingenio de la humanidad y a su afán voraz por conseguir domar el planeta. Tiene veinte vagones y es tan alto como el portón de la catedral de san Andrei, con torres en cada extremo: es una fortaleza blindada hecha para cruzar el gran sendero de hierro que, por sí mismo, tiene que considerarse una de las maravillas modernas del mundo, un milagro de la ingeniería que nos permite cruzar una vez más esta distancia casi inimaginable. La empresa Transiberia alcanzó el éxito donde tantos otros habían fracasado al embarcarse en un proyecto tan arriesgado que hasta los mejores ingenieros juraron que era imposible. Logró cruzar la zona que, desde finales del último siglo, se ha vuelto en contra de sus ocupantes; enfrentarse a unos fenómenos extraños para los que no tenemos palabras para describir; construir unas vías ferroviarias que nos ayuden a cruzar esos peligrosos kilómetros.

Es posible que el viajero precavido se achante ante la mera mención de las Tierras Baldías Siberianas, ante un espacio tan extenso e inhóspito con unas historias tan distintas a lo que a nosotros nos parece decente, humano y agradable. Sin embargo, la humilde meta de este autor es llevar al viajero de la mano y acompañarlo en todo momento durante el viaje. Si en alguna ocasión parece que flaqueo, debes saber que, por naturaleza y vocación, yo también soy precavido, y que ha habido veces durante mi viaje en las que los horrores de fuera amenazaron con sobrepasarme, en las que la razón tembló frente a la sinrazón.

En otros tiempos fui un hombre religioso, lleno de certezas. Quiero que este libro sea un registro de lo que he perdido por el camino, una guía para aquellos que pretenden seguir mis pasos, y lo escribo con la esperanza de que estos puedan sobrellevar mejor los días del extraño viaje que les espera y que duerman un poco mejor durante las noches intranquilas.

De *La guía de los Baldíos para viajeros precavidos*,
de Valentin Rostov
(Editorial Mirsky, Moscú, 1880), Introducción, página 1.

PARTE UNO

DÍAS 1-2

Me decidí a comenzar mi viaje en Pekín, en el primer aniversario de la inauguración del trayecto. Hay más de seis mil kilómetros hasta llegar a Moscú, y Transiberia promete que el viaje durará quince días, lo cual es poquísimo, comparado con las muchas semanas que hacían falta para cruzar los continentes hasta ahora. Claro que el tren en sí lleva mucho tiempo gestándose. La empresa propuso construir las vías en la década de 1850, medio siglo después de que se registraran los cambios por primera vez y veinte años después de que construyeran las Murallas y clausuraran los Baldíos (pues para entonces ya se los denominaba así). Decidieron que iban a construir los raíles desde China y desde Rusia al mismo tiempo, con unos trenes fabricados para tal fin que permitían seguir maniobrando sin que los trabajadores se expusieran a los peligros del exterior. Hubo quienes dudaron de la gran apuesta de Transiberia y quienes criticaron la soberbia de semejante intento. Aun así, por mucho que necesitaran dos décadas y muchos cientos de personas como mano de obra, Transiberia acabó cruzando los Baldíos y conectando los continentes con un hilo de hierro.

La guía de los Baldíos para viajeros precavidos, página 2.

LA MENTIROSA

Pekín, 1899.

Hay una mujer en el andén que tiene un nombre que no es el suyo, con el vapor dándole en los ojos y el sabor a combustible en los labios. El silbido chirriante y desesperado del tren se transforma en los sollozos de una niña que hay por allí y en los gritos de los vendedores de cachivaches que anuncian sus amuletos endebles que, según ellos, ofrecen protección contra la enfermedad de los Baldíos. Se obliga a alzar la mirada, a encararse a aquel vehículo, el tren que se cierne sobre ella con sus siseos y zumbidos, a la espera, vibrando por la energía incontenible que emana. Es enorme, de una solidez implacable, tres veces más ancho que un carro a caballo. Hace que los edificios de la estación parezcan juguetes en miniatura.

Se concentra en su respiración, en vaciar la mente de cualquier otro pensamiento. Dentro y fuera, dentro y fuera. Lo ha estado practicando, día tras largo día durante seis meses, en casa, sentada junto a la ventana mientras veía a los ladronzuelos y a los mercaderes de la calle y dejaba que todo le resbalara, despejando la mente hasta que acababa cristalina como el agua. Se centra en la imagen de un río, de aguas grises y movimientos lentos. Ojalá pudiera llevarla a un lugar seguro.

—¿Marya Petrovna?

Tarda un segundo más de la cuenta en percatarse de que el botones le está hablando a ella, por lo que lo mira con un sobresalto.

—¡Sí! Sí —dice, en voz demasiado alta para enmascarar la confusión que reina en ella. No está acostumbrada a las sílabas de su nombre nuevo.

—Su compartimento ya está preparado, y su equipaje está a bordo. —Unas gotas de sudor le cubren la frente y le dejan un redondel húmedo y oscuro alrededor del cuello.

—Muchas gracias. —Se alegra al oír que no le tiembla la voz. Marya Petrovna no le tiene miedo a nada; acaba de nacer. Solo puede ir hacia delante y seguir al botones conforme él desaparece entre el vapor, mezclado con atisbos de pintura verde y letras doradas de unas palabras en inglés, ruso y chino. «El Expreso Transiberiano. Pekín-Moscú; Moscú-Pekín». Deben de haber pasado los últimos meses pintándolo y puliéndolo todo, porque el tren brilla de cabo a rabo.

—Por aquí. —El botones se vuelve hacia ella, se seca el sudor de la frente y se deja una mancha oscura y grasienta. Marya es muy consciente de la ropa que lleva, la que le irrita la piel por el calor, la seda negra que absorbe el sol. La blusa le rasca el cuello, y la falda le aprieta en la cintura, pero no tiene tiempo para preocuparse por su aspecto, porque el botones estira un brazo tenso y ella va por las escaleras que le indica para subir al tren, donde otro hombre con uniforme le da la mano con una reverencia y la lleva por el pasillo alfombrado con una moqueta gruesa. Ha subido al tren y ya no hay vuelta atrás.

Delante de ella, un hombre con barba, unas gafas doradas y una voz de esas que tienen tanto ímpetu que apartan a los demás cuando habla se asoma por la ventana y grita en inglés:

—¿Dónde está el jefe de estación? ¡Cuidado con esas cajas! Ay, disculpe. —Se apretuja contra la ventana e intenta dedicarle una pequeña reverencia a Marya cuando ve que ella se acerca. Por su parte, ella se limita a esbozar una pequeña sonrisa y a inclinar la cabeza y lo deja con sus bravuconerías. No tiene ganas de andarse con formalidades sociales ni de recibir las miradas curiosas y evaluadoras de los hombres que ya han visto su vestimenta negra de luto y han entendido que está sola. Que la observen a sus anchas. Lo único que quiere hacer es quedarse a solas en su compartimento, cerrar la puerta y las cortinas y envolverse en un silencio tranquilo.

Solo que no se lo permiten, todavía no.

—Ay, que no es para tanto. Sé cuidar de mí misma. —Una anciana se acerca desde el otro lado del vagón, vestida de seda azul oscura y seguida de su sirvienta—. ¿Y esto es Primera Clase? —Mira a Marya de reojo y luego a la puerta del compartimento que tiene al lado—. Me habían dicho que este tren es lo mejor que existe. Debo confesar que no lo veo...

Oír el sonido familiar de los ricos de San Petersburgo, a miles de kilómetros de sus calles amplias y viviendas altas, hace que Marya eche de menos su hogar.

—Aquí está su compartimento, señora —le indica el auxiliar, con una reverencia hacia Marya pero mirando a la anciana nervioso.

—¿Viaja sola? —pregunta la anciana, mientras le hace un gesto a su sirvienta para que deje de intentar pasarle otro chal por los hombros.

Marya ve una mezcla de lástima y reproche en la mirada de la mujer y se sonroja.

—Mi sirvienta no ha podido venir. El viaje es demasiado para sus nervios.

—Bueno, me alegro de que nosotras estemos hechas de otra pasta. Los debiluchos de mis sobrinos han pasado meses intentando disuadirme de que haga el viaje al contarme todos los horrores que pueden ocurrir, pero creo que solo lograron asustarse a sí mismos. —Esboza una sonrisa inesperada y le da una palmadita a Marya en una mano—. Bueno, ¿y dónde está mi compartimento? Si Vera no consigue meterme en una butaca con una taza de té en la mano, no sé yo qué va a ser de ella.

—Por aquí, Condesa. —El auxiliar le dedica una reverencia mucho más profunda, con una floritura teatral con la mano. La sirvienta, la tal Vera, abre la puerta desde lejos, como si le diera miedo el horror que pudiera encontrar dentro.

—¡Ah! Vamos a ser vecinas, entonces —dice la Condesa.

Marya le dedica una ligera reverencia.

—No empecemos con esos despropósitos. Me llamo Anna Mikhailovna Sorokina. ¿Y usted es...?

Marya contiene el aliento una vez más y sufre una sacudida como cuando se salta un escalón que creía que estaba ahí, pero parece que la Condesa no se da cuenta.

—Me llamo Marya Petrovna Markova —responde.

—Bueno, Marya Petrovna, espero poder conocerla mejor. Al fin y al cabo, tiempo no nos va a faltar. —Y, con eso, la Condesa permite que su sirvienta menuda, que ha estado mirando a Marya con discreción, la guíe al interior del compartimento.

—¿Necesitará algo más? —El auxiliar se pasa la lengua por los labios y traga en seco. *Tiene miedo,* piensa Marya, y, por alguna razón, aquello la llena de valentía.

—No —responde, con más firmeza de la que había pretendido—. No, no necesito nada.

Su equipaje ya se encuentra en el estante encima de la cama, la cual tiene forma de sofá durante el día, lleno de cojines mullidos. Todo parece nuevo. Transiberia debe de haber destinado una cantidad ingente de dinero a la decoración, pues muestra toda su confianza en el bordado dorado de los cojines, en el latón brillante de las paredes y en la moqueta azul marino, suave bajo sus pies. El logotipo de la empresa está por doquier, enroscado alrededor del florero y los apliques y hasta en las tazas de té y los platitos de porcelana de la mesita que hay junto a la ventana. Su equipaje de mano está en una butaca, al lado. La ventana está enmarcada por unas persianas y unas cortinas de terciopelo azul, y al otro lado del cristal hay dos barrotes de hierro gruesos. Se los queda mirando durante un momento antes de acercarse a la pared, donde hay dos puertas de caoba pulida. Una de ellas es un armario donde ya cuelgan sus vestidos y su chal, preparados por manos invisibles, mientras que la otra es una alacena con un fregadero compacto de porcelana blanca, con dos grifos de plata reluciente y un estante que contiene un cepillo y varios botes de crema de París, además de, encima de todo, un espejo de bordes plateados.

Cuando era pequeña, siempre le había fascinado el espejo dorado antiguo que su madre tenía en la habitación. Nublado por la plata, solía pensar que la hacía parecer un fantasma que surgía del inframundo o que salía de un lago. Fuera cual fuere la idea que le llegara en el momento, disfrutaba de la sensación de ser otra persona, aunque fuera por un rato, antes de que su madre la hiciera volver a bajar para tomar el té con su abuela o de que su padre fuera a hacerle preguntas de aritmética. Había creído que, conforme se hiciera mayor, iba a estar más segura de sí misma y de lo que quería ser. Sin embargo, ¿qué es lo que quiere esta nueva Marya?

Cierra la puerta de la alacena, porque no quiere verlo. De su equipaje de mano saca un libro maltrecho, con la cubierta desgastada y las páginas arrugadas de tanto leerlo. Se sabe hasta la última palabra de memoria y sería capaz de copiar las ilustraciones sin consultarlo, pero su presencia física tiene algo que la tranquiliza. La famosa *Guía de los Baldíos* de Valentin Rostov, el ejemplar de su padre que ella leía en secreto mientras soñaba con el tren y con el mundo al otro lado de sus ventanas y se imaginaba que iba a bordo. Solo que no como lo está ahora, no a solas. Una soledad dolorosa y repentina se apodera de ella. El tren ni siquiera ha arrancado y ya se ha saltado el primer consejo de Rostov: «Por encima de todo, no intentes embarcarte en el viaje a menos que estés seguro de que tienes la mente centrada».

En el andén, los botones y los auxiliares ayudan a los rezagados a subir a bordo y ordenan a sus familiares compungidos que vuelvan hacia las puertas. Los mecánicos, con el rostro manchado de aceite, caminan con ímpetu junto al tren. El jefe de estación, bastante agobiado, mantiene a raya a un grupo de hombres con libretas. Con un destello de luz repentino, ve que un hombre sale de entre la tela negra que hay detrás de su equipamiento fotográfico. Estará en el periódico de mañana: un viaje transformado en historia antes de que dé comienzo siquiera.

Una serie de golpes mecánicos proclaman que van a cerrar las puertas y a bajar los barrotes de hierro. Se centra en respirar: dentro y fuera, dentro y fuera. *Nada del exterior puede entrar, nada de dentro puede hacernos daño.* Se muerde el labio hasta que nota el sabor de la sangre. *El hierro nos mantiene a salvo.* El andén se ha quedado vacío, salvo por la pequeña silueta del jefe de estación. Lo ve alzar su bandera y mirar el reloj de la estación. Los rostros que hay detrás de las puertas del andén se quedan contemplando los que hay al otro lado de los barrotes de las ventanas del tren. Algunos de ellos lloran. Marya recuerda las palabras de Rostov: «Se dice que hay un precio que cada persona que viaja por los Baldíos tiene que pagar. Un precio ajeno al coste del billete del tren».

Rostov pagó ese precio con su fe. O con su vida, según opinan algunos. Sus guías para viajeros precavidos lo hicieron famoso por toda Europa, pues dirigía a los viajeros a los restaurantes más higiénicos, los museos más bonitos y las playas más limpias; listaba las iglesias más elegantes y numeraba sus retablos y frescos, sus mártires y santos, para que, cuando un viajero se perdiera por ese continente, supiera que Dios caminaba a su lado. Sin embargo, su último libro fue una guía para unas tierras que solo se podían ver desde detrás de un cristal. Ninguna iglesia queda ya en los Baldíos de la Gran Siberia, ninguna galería ni fuente ni obra de arte pública que cuente una historia conocida.

En el andén, un instante de silencio se alarga más de la cuenta. Entonces el jefe de estación deja caer la bandera, y el Expreso Transiberiano, sumido en una lenta cacofonía de vapor, chirridos y ruedas que crujen, arranca la marcha. Conforme el tren se aleja del andén, el destello del fotógrafo vuelve a hacer acto de presencia, y, por un instante, las nubes de vapor se llenan de luz.

Marya se aparta de la ventana, parpadeando para quitarse la sensación del fulgor repentino, y el tren sale de la estación de ferrocarril de Pekín, rumbo a lo desconocido.

LA HIJA DEL TREN

E s mejor estar en movimiento. Eso es lo que dicen los que viven en el tren. Es mejor tener un raíl por debajo, unas ruedas que te mezan, un horizonte lejano al que llegar. En el Día de la Partida lo es más aún: es mejor que la espera se acabe cuanto antes. Y, esta vez, la espera ha sido eterna. Diez meses de inmovilidad obligada; lo suficiente como para que hasta el más tranquilo se ponga de los nervios. Zhang Weiwei, de dieciséis años, se queda mirando por la ventana del pequeño vestíbulo que conduce hacia la zona de operarios del tren. En esta área, en los vagones que están más cerca del motor, donde están los aposentos de los trabajadores, el vagón jardín y los almacenes, los pasajeros tienen prohibida la entrada; solo los botones y los auxiliares pasan a toda prisa por allí, demasiado ajetreados como para prestarle atención. Se queda mirando los edificios de piedra de la estación, cada vez más pequeños. Unos muros altos encierran las vías, y varios grupos de niños pequeños corretean por encima, sin perder el equilibrio, con el rostro cubierto por una máscara que los convierte en monstruos de cuernos amarillos y mejillas bulbosas, saludando y danzando su ritual para despedirse, advertirlos o celebrar. Al otro lado de los muros, en los callejones y avenidas, cerrarán persianas a cal y canto y hervirán agua para echarla mientras musitan pareados mancillados para protegerse de las pesadillas. La ciudad se quedará escuchando con atención, y solo cuando ya no oiga el ruido de los raíles y el silbido del tren dejará de contener la respiración para volver a lo suyo, conforme con dejar de pensar en las pesadillas que se esconden al norte.

Olisquea el ambiente. Cuánto ha echado de menos estos olores agrios, la mecánica chirriante de su tren, el horror y la emoción que tanto conoce, el ruido tan constante del que solo se percata hasta que deja de sonar. Cuánto ha echado de menos estos últimos meses el movimiento, la velocidad; lo ha ansiado como los hombres de ojos irritados de Tercera Clase ansían el licor y chupan las últimas gotas de la botella hasta volverse locos al notar que está vacía.

Sin embargo, ahora que han vuelto a estar en movimiento, el ambiente vibra por la tensión. Ya ha oído los murmullos entre los trabajadores: «Es demasiado pronto». Demasiado pronto para que el tren se haya puesto en marcha; ¿por qué no han esperado al invierno, cuando es más seguro cruzar el tramo a través de la nieve, con la tierra adormecida por el frío, cuando el peligro no puede esconderse entre los árboles? En verano, la tierra está despierta y hambrienta. Es demasiado pronto como para arriesgarse tanto.

Solo que, para ella, van tarde. A decir verdad, el peligro la encandila demasiado, como le dice siempre Alexei.

—¿Y a quién en este tren no le gusta? —responde, y él se ve obligado a reconocer que es cierto, que todos ellos ya están medio locos por la enfermedad de los Baldíos, con una añoranza y un miedo que no saben cómo explicar, pero que los llama a acudir a la empresa Transiberia. Son ellos los que oyen los Baldíos desde la seguridad de sus ciudades y casas, quienes no pueden resistirse a la tentación del enorme tren. Se presentan en la oficina de la gran empresa, ya sea en su sede de Londres, en la calle Baiyun o en la calle Velikaya, llaman a sus famosas puertas de paneles de madera y se plantan delante de unos hombres sin sonrisas y con canas que los miran serios y exigen saber por qué deberían considerarlos dignos. A la mayoría los rechazan. A los pocos que sí escogen para quedarse los someten a distintas pruebas y los escudriñan en busca de cualquier indicación de que puedan ser susceptibles a un paisaje que trastorna la mente, que hace que las personas quieran lanzarse por las ventanas del tren, que se hagan sangrar los dedos rascando las puertas, desesperadas por llegar al exterior. Si ninguna de esas inclinaciones se vuelve aparente, les conceden el uniforme azul marino del Expreso Transiberiano, un contrato, un manual y una Biblia sobre la que jurar lealtad a la reina. Desde ese momento en adelante forman parte de la tripulación, parte de la empresa que se extiende por medio mundo.

Pero Weiwei es distinta. Weiwei es la hija del tren. Nació ni aquí ni allá, en ningún país, bajo la estrella de ningún emperador; llegó al mundo berreando mientras su madre lo dejaba, en medio de los Baldíos, en el suelo del vagón dormitorio de Tercera Clase, en una noche en la que la fosforescencia hizo que las criaturas de las llanuras parecieran espectros. La envolvieron con unas sábanas con la insignia de la empresa y la fueron pasando entre botones y cocineros y una nodriza que encontraron entre los pasajeros de Tercera Clase. Una semana más tarde, cuando el tren se detuvo en la Muralla rusa, se puso a gritar, porque hasta entonces solo había conocido el movimiento y el ruido. Los trabajadores de la empresa de Moscú no supieron qué hacer con ella, dado que nunca habían tenido que lidiar con una huérfana inesperada (su madre había escondido su embarazo y les había dicho a sus compañeros de viaje que estaba sola en el mundo). Sin embargo, por mucho que Transiberia mirara con malos ojos un descuido maternal tan grave, decidieron que lo mejor iba a ser devolver a la niña a Pekín a bordo del siguiente tren, para que pasara a las manos capaces del gobierno de China.

Y así fue como su nodriza y cualquier miembro de la tripulación que estuviera de brazos cruzados en un momento dado cargaron con ella, le dieron de comer y la cambiaron. Aun así, cuando el tren llegó a Pekín y la Capitana salió para llevarla con las autoridades pertinentes, los fogoneros dijeron que la niña les había dado buena suerte y que el carbón había ardido con más intensidad durante aquel viaje; los cocineros dijeron que la mantequilla había quedado perfecta por primera vez, lo cual hizo que un pasajero de Primera Clase felicitara al jefe de cocina, algo que no había ocurrido nunca. Los botones del turno de noche dijeron que les había gustado la compañía de la niña, que había escuchado sus historias groseras con solemnidad y sin un solo llanto para quejarse. Y, por ello, la Capitana respondió (al menos en las historias que le contaban a

Weiwei): «Si se gana la manutención, que se quede. Pero en este tren no hay piezas de sobra, va a tener que ser útil, como todos los demás».

Así fue como su primer trabajo fue el de talismán, el de amuleto de buena suerte. Dormía en la calidez de la cocina o en un nido hecho de sacos de lona en el vagón de equipaje, o incluso en el del motor, donde los fogoneros le contaron más adelante que miraba los carbones ardientes con cara seria, como si siendo tan pequeñita ya entendiera lo importantes que eran para mantenerla a salvo. Un tiempo después, le encargaron transmitir mensajes de una punta del tren a otra, y, para cuando tenía seis años, ya era una más de la tripulación: la hija de todo el mundo, la hija de nadie. De nadie más que del tren.

—¿Ya estás haciendo el vago, Zhang?

Por ahí viene Alexei, tan solo unos pocos años mayor que ella, pero ya con el puesto de Primer Ingeniero, pavoneándose por el pasillo con los andares de un ferroviario, con la camisa remangada para mostrar los tatuajes que tenía en los antebrazos: unos patrones complejos que los ingenieros de Transiberia se dan a sí mismos como premio tras cada cruce. Marcas de fraternidad (porque nunca ha visto a ninguna ingeniera) y de recuerdo. En ocasiones se llevan una mano al brazo, cuando hablan de trayectos anteriores, de manivelas que fallaron y de palancas que casi se partieron. Los piñones y los engranajes acaban formando patrones abstractos en la piel de los ingenieros, formas de recordar viajes. Intenta ver si hay un nuevo diseño, uno para marcar el último cruce, pero Alexei ve que lo está mirando y se baja las mangas.

Lleva un par de semanas en las que casi no le ha visto el pelo, aunque todos estaban encerrados a bordo mientras estaban en la estación, preparándose para el inicio del viaje; los ingenieros, los auxiliares, los botones y los cocineros, los maquinistas y los fogoneros, los engranajes incontables de la maquinaria del tren conforme chirría poco a poco hasta ponerse en marcha. Un poco oxidados, un poco más despacio que antes; las rutinas que tanto conocían se tropiezan ligeramente, dudan, como si todos tuvieran miedo de moverse demasiado deprisa y romper algo.

Cuando sí lo ha visto ha sido solo un instante, porque nunca dejaba de moverse, lleno de una energía inagotable después de tantos meses quieto.

—¿Primera comprobación? —pregunta ella, para llenar el silencio. Mira el reloj de la pared de reojo: dos minutos para que dé la hora en punto.

—Primera comprobación —le confirma Alexei. El día a día de los ingenieros está lleno de comprobaciones y pruebas, es un horario incansable que escudriña hasta el último milímetro de la maquinaria compleja del tren, la prueba tan laureada de la empresa en cuanto a las medidas de seguridad del vehículo—. Las han doblado… No vamos a tener ni un segundo para descansar.

Hablan en rielhua, el idioma del tren, una mezcla de ruso, chino e inglés que comenzó con quienes construyeron la vía, aunque a Transiberia no le parece bien y pretende que hablen inglés en todo momento.

—Parece que no se fían de ti —suelta Weiwei, sin pensar, hasta que le ve la expresión a su amigo—. No quería decir que…

—Da igual. —Alexei le resta importancia con un ademán de la mano, y ella nota una punzada de arrepentimiento por la cercanía que se ha perdido. Otra cosa más que el último cruce les arrebató—. Ten cuidado, Zhang. —Parece que quiere decirle algo más, pero el reloj ha empezado a dar la hora, y Alexei es demasiado buen trabajador como para no hacerle caso—. Ten cuidado —repite, y ella se tensa al ver que insinúa que no lo hace ya.

Weiwei se dirige en sentido contrario, hacia el vagón de la tripulación, donde suelen estar los trabajadores entre turno y turno, jugando a los dados o tirados en sus literas o zampándose cuencos de arroz y sopa en el comedor. Es un lugar tan ajetreado y caótico como el resto del tren, pero, al final del vagón, en una pared, hay un santuario pequeño con un icono de santa Matilda y una estatua de Yuan Guan. Una santa y un dios para proteger a los viajeros y a los ferroviarios, quienes, por mucho que depositen su confianza en los elementos mecánicos, en las ruedas, los engranajes y el aceite, también creen que no tiene nada de malo presentar su respeto a unos elementos más numinosos, por si acaso. Al fin y al cabo, ¿quién de entre todos ellos no ha visto algo en los Baldíos que sea más imposible que esas personas que se dice que obraron milagros en algún momento? Weiwei ve a uno de los auxiliares inclinar la cabeza y colocar algo en el santuario con movimientos discretos. Se vuelve a enderezar poco a poco, mirando de reojo en derredor como si tuviera miedo de que alguien lo observara, antes de marcharse a toda prisa.

Al ver que se va, Weiwei se acerca para verificar qué ha dejado en el santuario. Un brillo de color verde azulado capta la luz de la ventana: es una canica de cristal de una redondez perfecta.

EL NATURALISTA

U n hombre observa las aves desde la ventana más lejana del vagón de observación. Unos rabilargos asiáticos, *Cyanopica cyanus*, salen volando de los sauces cuando el tren pasa a toda máquina por su lado, y las plumas largas de su cola parecen iridiscentes bajo la luz vespertina. Cada vez que Henry Grey observa a un ser vivo, lo ve como un sistema de recipientes conectados unos a otros en un patrón que denota una maestría infinita. Quiere acercarse más, ansía tocar cada nervio tenso y cada músculo que se mueve de forma involuntaria, notar el pulso de la vida bajo los dedos. Se imagina que recorre los pasillos de un edificio de cristal enorme en el que cada sala está llena a rebosar de unas exposiciones maravillosas detrás de más cristal aún, de miradas que se vuelven hacia él. Lo esperan para desvelar sus secretos. Nota su prisa. Siempre la ha notado: el mundo natural lo espera, lo reta. Cuando vuelve la vista al firmamento, cada ave escribe en él unas palabras que ansía poder entender. Bajo sus pies, la tierra está llena de promesas.

Se estremece cuando un dolor agudo le apuñala el abdomen y busca el botecito de pastillas que lleva en el bolsillo, el que le prepararon en el hospital para extranjeros. Una úlcera, eso le habían dicho que tenía, además de que debía intentar no hacer demasiados esfuerzos.

—Le aconsejamos que no haga esfuerzos físicos ni mentales —le dijo el médico, un italiano bajito que tenía los modales de todos los extranjeros que Grey había conocido en Pekín: una tendencia a hablar demasiado alto y demasiado deprisa, como si siempre estuviera pensando en otra cosa.

Se traga una pastilla y se sienta en uno de los sofás que hay en el centro del vagón, donde los pasajeros pueden reposar y observar el paisaje a través de las amplias ventanas que recorren tres lados del vagón de observación, el último del tren. Hasta el techo está hecho de cristal, aunque, al igual que las ventanas, tiene unos barrotes de hierro entrecruzados. Observa cómo los edificios bajos y elegantes de la capital se alejan, con sus campanarios y tejados de tejas que desaparecen en el vapor. Le ha parecido una ciudad ruidosa y agotadora, una a la que le gusta demasiado ella misma, una demasiado dispuesta a vaciarle los bolsillos a un hombre inocente.

—Quince días —se dice a sí mismo. En quince días arribarán a Moscú, a la Gran Exposición, y por fin le llegará la oportunidad de redimirse. El estómago le da otro vuelco, aunque en esta ocasión es con el dolor agudo y casi agradable de la emoción. Es el dolor que experimenta cuando está al borde de un descubrimiento, cada vez que una idea lo tienta casi al alcance de la mano, o cuando ha encontrado, bajo una roca o en un riachuelo, una criatura nueva y maravillosa cuyo significado todavía no entiende.

Una carcajada sonora y repentina lo saca de sus pensamientos, y una pareja joven entra en el vagón hablando francés. Del hombre solo se queda con una impresión un tanto desagradable, pues tiene demasiado pelo, demasiados dientes. Sin embargo, la mujer goza de una belleza pálida y delicada. Les dedica un ademán de la cabeza, tenso, y se vuelve hacia la ventana de nuevo. No se siente cómodo junto a sus compañeros de viaje y no tiene nada de ganas de conocer a nadie. Ya ha conocido a viajeros como esos en el transcurso de sus viajes, en esos hoteles y posadas en los que se hablan idiomas europeos y en los que la comida (aunque sea tan solo una imitación barata de un buen plato) se puede comer con utensilios que conoce. Ha sufrido demasiadas veladas tediosas, asombrado por cómo pueden hablar tanto sobre tan poco. A pesar de que puedan estar rodeados de las montañas o de las ciudades más grandes, sus horizontes apenas se extienden más allá de los confines de su mansión.

Se toma otra pastilla, con un vistazo al bote, el cual le parece más ligero de lo que debería ser. Tendría que haber aprovechado la oportunidad para comprar más, pero, tras varios meses de falta de actividad, las últimas semanas han transcurrido en un torbellino de investigación y preparaciones.

Grey llegó a China mediante una ruta larga y peligrosa, al navegar alrededor del cabo y viajar poco a poco por India y entrar al país por el sur. Después de la humillación que había sufrido en Londres (no quiere ni pensar en ello, porque tan solo mentarlo ya hace que le dé el dolor de estómago), había tenido que apretarse el cinturón, pero todavía le quedaban los beneficios de su libro, y, si tenía éxito…, digamos que no iba a tener que preocuparse por el dinero nunca más. Necesitó ocho meses de viaje para recoger los especímenes que necesitaba, pero entonces llegó el desastre: su colección de especímenes vivos y la mayoría de sus pertenencias desaparecieron en una inundación en Yunnan, después de unas lluvias torrenciales inesperadas. Llegó a Pekín por fin, casi sin fondos y con poco más que demostrara lo mucho que había viajado que unos cuantos maletines de insectos clavados en fieltro, junto con algunas hojas de hierba y flores, y sus bocetos. Y allí se encontró con el último insulto: el Expreso Transiberiano estaba suspendido hasta nuevo aviso. Casi se había dado por vencido, pero entonces Dios lo había guiado hasta el hombre que iba a conducirlo a la redención. *Es una prueba*, piensa. Una prueba de que Dios tiene un plan para él.

Más carcajadas por parte del francés. Es insoportable. Grey se alza cuan alto es y se da media vuelta, listo para fulminarlos con la mirada, pero el hombre le ha dado la mano a su mujer y se la lleva a los labios como si estuvieran a solas. Henry se ruboriza e intenta hundirse en el sofá una vez más, solo que ya es demasiado tarde.

—Ah, mis disculpas —exclama el hombre en un inglés con acento, antes de dedicarle una reverencia a Grey—. Espero que sepa perdonar a un pobre hombre por olvidarse de sus modales en presencia de su mujer. Soy Guillaume LaFontaine, y esta es mi mujer, Sophie LaFontaine.

Grey se obliga a sonreír e inclina la cabeza lo más mínimo.

—Doctor Henry Grey —se presenta, mientras busca cualquier atisbo de burla en el rostro de la pareja. Ya ha aprendido a identificar los indicios: un labio que se tuerce, una mirada de soslayo. Qué bien se lo habían pasado los bufones charlatanes de la Real Sociedad Científica con la humillación que había sufrido en Londres. Ni siquiera después de huir del país podía escapar de las miradas y de las sonrisitas cómplices. Su caída había llegado a las revistas científicas de todo el mundo y hasta se había adentrado en la prensa popular, con sus caricaturas crueles. Sin embargo, en las expresiones de los LaFontaine no ve nada que muestre que reconocen su nombre, por lo que se siente un poco más cómodo.

—Seguro que nos hacemos muy buenos amigos —continúa Guillaume—. Imagino que tendremos mucho de lo que hablar. Mi mujer sabe bien que he estado más que impaciente por conocer a nuestros compañeros de viaje.

Travesíos, piensa Grey, con cierto desdén. El dichoso Rostov y su librito tenían mucho por lo que responder: sin él, el tren habría sido para los viajeros serios, de propósito firme, no para esos apostadores idiotas a los que les sobra tanto el tiempo y el dinero que tienen que encontrar formas peligrosas de gastárselo. Viajan solo por coleccionar la experiencia, como si fuera un *souvenir* que pueden colgar de la pared para presumir ante sus amigos. Luego vuelven a casa, a su vida cómoda, a sus galerías y cafeterías, sin que les hayan afectado las maravillas de las que han sido testigos. Le dan lástima y se percata de que la sensación le parece agradable.

—Viajo por estudios, señor —dice—, así que me temo que no tengo mucho tiempo para los placeres de la conversación.

—Venga ya, doctor Grey —responde Guillaume—, seguro que en esta fortaleza móvil hay tiempo para lo que queramos. ¿Cuándo más vamos a tener tantos días y horas libres de la carga de otra galería de arte, de otro museo, de otra obra hecha por otro escultor muerto que, ay, no te puedes perder antes de irte? Somos libres de la tiranía de la toma de decisiones. ¿En qué restaurante cenamos esta noche, querida? ¡Ah, aquí no tengo que decidirlo! Qué alivio más grande.

Grey le dedica una sonrisa tensa.

—Debemos dar las gracias por eso, sí. Pero que no se nos olvide dónde estamos: no es un viaje que tomarse a la ligera.

Conforme la mañana avanza, otros pasajeros entran en el vagón de observación, aunque algunos les echan un vistazo a las ventanas amplias y al cielo despejado y vuelven a salir sin más. Entra un clérigo, con una cruz de hierro y un rosario en las manos. Tiene un aspecto atormentado y se queda en la ventana más alejada, dándole vueltas al rosario entre los dedos mientras recita una plegaria en voz más alta de lo estrictamente necesario.

Grey asume que habla en ruso, y, si bien no entiende ni una sola palabra, la cadencia de la plegaria le suena tanto como la liturgia de su propio hogar: promesas y súplicas que suben y bajan y que se atan a su alrededor conforme se alejan de Pekín y atraviesan campos y granjas desperdigadas. Quienes trabajan en los campos se quedan inmóviles y los ven pasar. Algunos de ellos se quitan el sombrero e inclinan la cabeza, mientras que otros hacen gestos en el aire, unos símbolos arcanos para protegerse de la mala suerte.

COMPAÑEROS DE VIAJE

La hija del tren es rauda y astuta. No ha llegado a ser tan alta como esperaba, por lo que todavía puede apretujarse en los espacios más pequeños y colarse por los rincones ocultos del tren. Ha aprendido todos los secretos del vehículo: cómo pasar desapercibida por los vagones cocina y llevarse un bollito caliente por el camino; cómo cruzar de puntillas el vagón jardín sin molestar a las gallinas, que siempre están de mal humor; cómo llegar a las cañerías y a los cables cuando algo sale mal (y sí que sucede, más a menudo de lo que a Transiberia le gustaría, más de lo que desvelan a sus inversores). Corre al ritmo del tren, con un andar ondulante y torpe, en un eslalon entre las paredes de los pasillos estrechos que hay en los laterales de los vagones, esquivando a pasajeros que todavía no saben conservar el equilibrio en movimiento, con lo cual los deja dando vueltas a su paso, y solo se detiene para colarse en la cocina de Tercera Clase para hacerse con un puñado de frutos secos sin que se enteren los pinches medio dormidos.

—Zhang Weiwei, no pongas esa carita inocente que sé que te traes algo entre manos. —Anya Kasharina, la jefa de cocina de Tercera Clase, siempre está atenta. Weiwei se da media vuelta, abre las manos y se encoge de hombros. Anya suelta una de sus carcajadas estridentes de siempre y le da una colleja a uno de los pinches—. ¿Quién es el que deja que las ratitas se metan en esta cocina impoluta que tengo, eh? ¡Tenéis que andaros con cuidado!

Weiwei se marcha antes de que los pinches de cocina puedan vengarse.

Entre la cocina de Primera y de Tercera Clase hay un espacio apretujado que los ferroviarios denominan la División, o, en ocasiones, con sarcasmo, Segunda Clase. Weiwei nunca ha conseguido que le den una respuesta clara a por qué el tren cuenta con Primera y con Tercera Clase, pero no con Segunda. En su guía, Rostov afirma que los arquitectos originales de Transiberia intentaron abarcar demasiado y se acabaron quedando sin presupuesto, mientras que muchos de los tripulantes creen que los arquitectos se olvidaron sin más. Sea como fuere, en el Expreso Transiberiano, la Segunda Clase existe solo en ese espacio divisorio al que los cocineros y los pinches de ambas cocinas van a holgazanear o a chismorrear sobre los pasajeros. Eso le concede una neutralidad poco común, que está por encima de las divisiones de clase que hay entre los pasajeros, las cuales suelen replicarse en los trabajadores que los sirven. Y, a pesar de que el jefe de cocina de Primera Clase afirma que la comida de Tercera no es apta ni para las ratas callejeras, y de que Anya Kasharina dice que la comida de Primera no llenaría ni a un renacuajo, en ocasiones los dos se han sentado en los bancos estrechos de la División para compartir una taza de té y una partida de cartas.

También es el lugar al que la tripulación acude para darse un respiro lejos de los pasajeros, por lo que Weiwei está acostumbrada a pegar la oreja a la puerta antes de entrar, por si así oye alguno de los rumores que engrasan la maquinaria del viaje. Se pone a escuchar.

—… pero *¿qué va a hacer? Se ha salido con la suya durante demasiado tiempo, o eso creen.*

—*No se arriesgaría a cruzar, ¿verdad? No si de verdad cree que…*

—*Se te olvida que ella no ve el riesgo como nosotros. Ellos también se equivocan en eso, creen que está tan aterrada como ellos. Pero no es así como piensa ella, ¿no crees?*

Son dos de los auxiliares, habitantes frecuentes de Segunda Clase. Hablan de la Capitana. Siempre hablan así de ella, medio con admiración y medio con temor.

—*Pero ponerlos en riesgo a todos después de lo que pasó la última vez… Ni siquiera ella sería capaz de…*

—¿Ah, no?

Las voces de los auxiliares aparecen y desaparecen, y Weiwei se los imagina echando miradas furtivas hacia atrás. Los tripulantes dicen que la Capitana sabe cuándo hablan de ella, que aparece detrás de la puerta antes de que te dé tiempo a tomar aire. Cuentan tantísimas historias sobre ella que es difícil separar lo real de lo que ha pasado a ser una leyenda del tren.

Sí que están seguros de algo, al menos: su pueblo procede de la zona que ahora solo se encuentra dentro de la Muralla, que habían pastado su ganado y cabalgado sus caballos en aquella hierba, hasta que comenzaron los cambios y tuvieron que marcharse. La piel de sus animales se volvió traslúcida, las aves caían del cielo, las semillas brotaban en el suelo como burbujas en el agua, demasiado deprisa como para que tuviera sentido, y a las plantas les salían unas hojas extrañas. De modo que la Capitana vuelve una vez tras otra a su tierra ancestral, ya perdida, y obliga al tren a recorrer el terreno traicionero mientras reta a los Baldíos a atacarla.

Sin embargo, las historias que más le gustan a Weiwei son las de la Capitana cuando era joven, cuando se cortó el pelo y se disfrazó de chico para sumarse a la tripulación. Las historias de cómo había ido escalando puestos hasta acabar siendo maquinista, con su secreto tan bien oculto que nadie sospechó de ella. Las historias sobre que fue una de los primeros miembros de la tripulación del Expreso Transiberiano, que, el día que la nombraron capitana, anunció ante los directores de Transiberia que era una mujer, y que ellos se quedaron tan patidifusos (o eso dice la historia) que, para cuando volvieron en sí, ella ya había llegado al tren, y su ascenso hasta la torre de vigilancia había quedado inmortalizado por los fotógrafos de la prensa de todo el mundo, por lo que ya era demasiado tarde para retractarse.

Weiwei mira hacia atrás también, pues casi espera que la Capitana aparezca por allí después de haberle leído el pensamiento, algo que parecía hacer muy a menudo durante la infancia de Weiwei, normalmente cuando se escondía por el tren y se quedaba escuchando al otro lado de alguna puerta, como hace ahora.

No obstante, el pasillo está vacío, y siente la punzada de la decepción. Esta vez sí que se habría alegrado de que la sorprendiera.

—*Hazme caso* —sigue diciendo uno de los auxiliares—, *es un mal augurio. Tendrían que habernos dejado celebrar la Bendición...*

Se produce una pausa en la que alguien roza el suelo con un zapato, incómodo, y se rasca la nariz de pura preocupación.

—*Este viaje está maldito.* —Oye que uno de los auxiliares se escupe en una mano y le da un golpecito al hierro de las ventanas—. *Y lo saben muy bien. Lo sabe la empresa y lo sabe la Capitana, por mucho que tenga el pico cerrado. Saben que es verdad.*

Weiwei se da media vuelta, porque no quiere oír nada más. La Bendición es lo que hace que partan de forma segura. Cada miembro de la tripulación, por turnos, le echa agua al motor con un manojo de hojas de sauce, y contempla cómo sisea y suelta vapor. El agua sale de un recipiente que contiene la fruta y las verduras de la temporada, además de tierra de la estación, de modo que el tren lleva la tierra de Pekín o de Moscú consigo, para mantenerlo a salvo de la tierra que tendrá bajo las ruedas, una mucho menos bondadosa.

Solo que no ha sido así en este viaje. En este viaje, el tren ha arrancado sin la Bendición.

Si bien a Transiberia nunca le ha gustado nada que percibiera como supersticioso o retrógrado, hasta hace poco había existido una tregua tensa. La tripulación podía seguir con sus rituales, con sus iconos y sus dioses, siempre que fueran discretos, siempre que a los pasajeros les hiciera gracia verlo. Sin embargo, para este viaje les han dicho que ya ha llegado la hora de que pasen página. Se acerca un nuevo siglo, y los pasajeros no quieren misticismo sino modernidad. La empresa dijo que en el tren ya no había cabida para esos rituales.

Es así que los tripulantes se quejan entre ellos de que la prohibición de la Bendición es otro indicio más de que los viejos canosos de los despachos de Transiberia no entienden lo que necesita el tren, y ¿acaso eso no es un mal augurio para este cruce en concreto? ¿Acaso no han visto más indicios y augurios? ¿No vieron a una lechuza blanca de día en el templo Pinghe? ¿No habían cazado a una tortuga del río que tenía dos cabezas y cuyas marcas del caparazón parecían un ave en pleno vuelo?

Dos de los botones a los que habían contratado hacía poco se fueron a un puesto más seguro en la línea sureste. El auxiliar principiante de Tercera Clase presentó su dimisión hacía tan solo un día. Dijo que tenía a un recién nacido en casa, sin devolverle la mirada a nadie, y que, por mucho que hubiera tenido que pensárselo, no iba a quedarse tranquilo si volvía a subir a bordo del tren.

Es la primera vez que Weiwei ve que no celebran la Bendición. Su ausencia le parece un peso con el que tienen que cargar y que tira de ellos. Cuando se muerde las uñas, no nota el sabor de la tierra.

Tercera Clase huele a sudor, nervios y comida que ya se empieza a pudrir. Hay dos vagones dormitorio, cada uno con treinta literas dispuestas en bloques de tres. Y los dos están llenos, con el ambiente cargado. Transiberia bajó el precio de los billetes, por miedo a que los pasajeros decidieran no ir al tren. Sin embargo, hay muchas personas desesperadas por cruzar, por mucho peligro que implique el proceso. Según pasa por allí, los pasajeros estiran la mano para tirarle de la chaqueta. «¿Dónde está el baño? ¿Dónde está el agua? ¿Cómo funciona esto?». Sus preguntas son tan impacientes e irritantes como el hecho de que la toquen, aunque sabe lo que le quieren preguntar de verdad: «¿El viaje es seguro? ¿Hemos tomado la decisión correcta?». No puede darles las respuestas que tanto quieren oír.

En el primero de los dos vagones, los pasajeros se hacen un ovillo, a solas o en pareja, como si se envolvieran en una capa hecha de sus miedos. No obstante, en el segundo ya se ha formado una pequeña comunidad: una mujer comparte ciruelas de azúcar de color rojo brillante; dos mercaderes reparten cartas de bambú y se pasan una cantimplora de plata desgastada entre ellos; un sacerdote joven lee en voz alta un libro con cubierta de cuero en un idioma que Weiwei no reconoce, con unas cuentas entre los dedos.

Nadie mira por las ventanas.

Nadie salvo por un hombre con unos rizos plateados y despeinados que ha doblado sus largas extremidades sobre uno de los asientos pequeños que salen de la pared en un costado del vagón, un hombre que mira hacia fuera con tanta intensidad que parece que no se da cuenta de los demás pasajeros que avanzan a toda prisa por su lado, de las gotitas de té que le caen por la parte trasera de la chaqueta, de las bandejas de comida que le pasan por encima de la cabeza.

—¿Profesor? —lo llama en ruso, con un golpecito en el hombro. El hombre se da media vuelta a toda prisa, como si lo acabara de quemar con algo, pero, cuando alza la mirada y la ve, esboza una sonrisa que le marca las arrugas y le da un abrazo torpe y huesudo. El alivio invade a Weiwei: no todo ha cambiado. Incluso después de todo lo que ocurrió, hay ciertas cosas que siguen siendo como antes.

El Profesor no es un profesor de verdad, por mucho que tenga el aspecto que ella cree que tienen, y, en cuanto fue lo bastante mayor, se encargó de ella, decidido a que tuviera una educación como era debido, «ya que no parece que los tripulantes te estén enseñando lo suficiente», según le dijo. Ella le contestó que los fogoneros y los ingenieros, los auxiliares y los botones y hasta la propia Capitana querían que conociera hasta el último milímetro del tren y de cómo funcionaba al dedillo, a lo que él le dijo que se refería a una educación con libros.

Hasta donde ella sabe, el Profesor nunca ha tenido dinero suficiente como para estudiar en la universidad, porque todo lo que ha ganado, durante toda la vida, lo ha gastado en billetes del tren para poder estudiar el paisaje del exterior. Los miembros de la Sociedad para el Estudio de los Cambios de la Gran Siberia (o la Sociedad de los Baldíos, como suelen llamarla) suelen ir en el tren, y los tripulantes siempre han guardado cierta simpatía para ellos, pues reconocen una preocupación que comparten, aunque miren con lástima a esos académicos que exploran la Gran Siberia solo a través de los libros y que insisten en escribir más libros aún, de modo que los Baldíos no sean nada más que bosques de papel y ríos de tinta, tan insustanciales como los propios académicos.

No obstante, el Profesor prácticamente puede considerarse un miembro más de los ferroviarios, y, a diferencia de algunos integrantes de la Sociedad, dispone de otros intereses para pasar el tiempo. Aprendió chino de forma autodidacta, algo con lo que Weiwei lo ayudaba de vez en cuando, y lo hablaba de forma adecuada pero poco melodiosa, con un acento que a ella siempre le recordaba a unas ollas oxidadas rozándose.

—¿No querías estudiar aquí? —le preguntó ella una vez, delante del gran edificio de piedra al que él la había llevado durante una época que pasaron en Moscú. Cuando él le contó que era un lugar en el que los hombres iban a aprender sobre el mundo, ella se quedó extrañada, porque las paredes eran altas y gruesas, como si lo que quisieran era alejarse del mundo en vez de adentrarse en él. Vieron a jóvenes entrar a toda prisa, con libros bajo el brazo, con vestimenta de cuello alto y chaquetas que ondeaban, y se preguntó cómo era posible que no les diera miedo morir aplastados, con tanta roca encima de ellos. Ante eso, el Profesor se había echado a reír y había abierto los brazos.

—¿Qué necesidad tenemos nosotros de esas aulas polvorientas? —Era lo que decía siempre cuando estaban en el tren—. Nosotros tenemos todo esto —afirmaba, asombrado, con los brazos estirados para abarcar el paisaje entero—. Todo esto.

Ahora, al verla, exclama:

—¡Ay, hija! —Sujetándola lejos de él como si quisiera verla bien—. Me preguntaba cuándo nos ibas a honrar con tu presencia. ¿Se habrá vuelto demasiado importante para Tercera Clase? ¿Habrá pasado tanto tiempo que se ha olvidado de sus viejos amigos? Todo eso me preguntaba.

—La culpa es tuya —dice Weiwei—. He aprendido tanto que ya no tengo ni un segundo de tiempo libre, con tantas preguntas que me hacen. Hasta el Cartógrafo quiere consultar conmigo para hacer sus mapas nuevos.

El Profesor suelta una tos teatral.

—Ah, ojalá fuera cierto.

Weiwei le dedica una mirada fulminante de broma. Por mucho que él se haya esforzado, ella nunca ha sido buena alumna, pues siempre está nerviosa y se distrae.

—Bueno, es verdad que he estado ocupada —dice—. Algunos tripulantes no han vuelto, y Transiberia nos hace trabajar el doble. Y claro, hay pasajeros problemáticos con los que lidiar, y algunos de ellos son más difíciles que la media.

—Estoy seguro de que lidiarás con ellos de un modo justo. Aunque, claro, si te hubieras esforzado más con tus estudios, podrías haber conseguido que te ascendieran, y así no tendrías que ser responsable de los maleantes.

Weiwei hace caso omiso de sus palabras y de la sonrisita que le tira de los labios.

—¿Y qué tal el trabajo? ¿Todo bien? —Si bien lo pregunta con un tono desenfadado, lo mira con atención. El Profesor no responde de inmediato, sino que se queda mirando el prado que pasa al otro lado de la ventana.

—Creo que un viejo como yo se merece un buen descanso de vez en cuando —acaba diciendo—. Y más después de lo que pasó.

El Profesor alza la mirada hacia ella, y, antes de que pueda decir algo más, se tensa. Ella le sigue la mirada hasta la puerta, donde hay dos hombres que vigilan el vagón. Van vestidos de negro, con un traje con cola que, si se ve bajo la luz apropiada, parecen alas.

—Ah —dice el Profesor en voz baja—. Nuestros pájaros de mal agüero.

El tintineo de sus zapatos presagia su llegada, negros y pulidos y de estilo europeo, con hebillas. Es su única afectación: por encima de los pies, destacan tan poco como el resto de los trabajadores de Transiberia, con sus trajes oscuros, gafas de marco fino y sonrisas carentes de humor.

Li Huangjin y Leonid Petrov son, según su título oficial, consultores, pero los tripulantes los llaman Cuervos. Van por partida doble, como todos los consultores de la empresa: uno de China y uno de Rusia, un equilibrio que los directores de Londres quieren mantener a toda costa. Hablan en el inglés farragoso y seco de Transiberia, de modo que a Weiwei se le olvida el principio de sus frases antes de que lleguen al final. Los Cuervos hacen sonar sus hebillas brillantes y picotean sin cesar al tren y a su tripulación. Ni siquiera la Capitana puede mantenerlos a raya, aunque Weiwei se da cuenta de que no les gusta cómo los mira con su buena educación seria y con unos ojos tan fríos como los de ellos.

Una vez, en pleno cruce, cuando Weiwei estaba correteando por los pasillos mientras intentaba aguantar la respiración entre puerta y puerta (jugaba a que el aire venenoso de los Baldíos se había colado en el tren), se dio de bruces contra un Cuervo. Se echó atrás por el golpe, y el Cuervo la sujetó de un hombro para ayudarla a recuperar el equilibrio.

—¿Y a dónde va con tanta prisa? —A Weiwei le pareció enorme, y no le veía los ojos a través de las gafas, sino que veía el reflejo de ella misma. Siempre había hecho todo lo posible por guardar la distancia con los Cuervos. El hecho de que fueran de dos en dos siempre le había dado miedo, por mucho que no supiera por qué. Sin embargo, aquella vez solo estaba uno de ellos, y la certeza de que iba a sacarse a su gemelo del cuerpo, como si fuera un brazo más, la invadió de sopetón.

El Cuervo se agachó, con las manos en las rodillas, y la miró con una expresión radiante que le dio más miedo que el enfado de los auxiliares.

—¿Es usted una hija del tren o de los Baldíos, correteando como alma que lleva el diablo? Forma parte de la empresa y tiene que comportarse como corresponde.

Weiwei se lo quedó mirando, sin saber qué decir.

—¿Qué les pasa a aquellos que no mantienen nuestros estándares? —El Cuervo la llevó a las puertas del vestíbulo más cercano, que se abrían hacia un espacio estrecho antes de otra puerta que conducía al exterior. Sacó un manojo de llaves pesado y abrió la puerta interior. El espacio intermedio era tan solo lo bastante grande como para que cupieran dos personas de pie, a fin de cerrar la puerta tras de sí antes de abrir la que conducía al exterior. No le soltó la nuca en ningún momento. A través de la ventanita, alcanzaba a ver la tundra que pasaba a toda prisa al otro lado, unos atisbos de color blanco hueso debajo de la hierba. El Cuervo la empujó más cerca de la puerta y llevó una mano al pomo de la puerta exterior, momento en el que ella soltó el gritito de miedo que había estado intentando contener con desesperación.

El Cuervo se alejó de la puerta, aunque sin soltarle la nuca, para obligarla a mirar por la ventana.

—Los dejamos fuera, donde merecen estar.

Hay veces en las que todavía nota la misma tensión del miedo al cruzar las puertas, y se alivia siempre que los Cuervos se quedan en Moscú o en Pekín antes de algún cruce, en vez de ir con los tripulantes. Sin embargo, estos últimos años, según Transiberia insistía en que los cruces se produjeran cada vez con más frecuencia, su presencia es más habitual. A pesar de ello, Weiwei se da cuenta de que todavía se mueven con torpeza, incapaces de coordinar los pasos con el movimiento del tren. Hay que moverse a favor de los raíles, no resistirse a ellos: cualquier ferroviario lo sabe.

Pasan por delante de las filas de literas, sonriendo y dedicándoles ademanes a los pasajeros. El señor Petrov (porque insisten en que se les añada el *señor*, como si su propio nombre fuera demasiado débil como para ir sin compañía) incluso se agacha para revolverle el cabello a un niño pequeño que le devuelve la mirada, impasible. Weiwei pone los ojos en blanco. Ve que no se detienen durante mucho rato. Deben de estar camino a Primera Clase, para codearse con los pasajeros que Transiberia prefiere, los que encajan más con la imagen que tienen de ellos mismos.

—Intenta no ponerles tan mala cara, que se nota de lejos —murmura el Profesor.

Sin embargo, Weiwei no es capaz de moldear su expresión a la máscara que tanto le gusta a Transiberia.

Cuando llegan a la mitad del vagón, Weiwei se endereza más y nota que el Profesor se tensa a su lado. Los Cuervos le dedican un ademán sin reparar mucho en ella.

—Nos alegra ver que nuestro viajero más fiel nos acompaña de nuevo —le dice el señor Li al Profesor—. Hemos oído que ha habido ciertas diferencias de opinión en la Sociedad últimamente. Esperemos que todo se haya resuelto.

El Profesor les sonríe un poco y entorna los ojos a través de las gafas, como si no los viera bien. Es la viva imagen de un académico que no le haría daño ni a una mosca.

—Ah, pero las diferencias son la base del discurso científico, ¿no es así?

—Así es, muy cierto. —Los Cuervos le devuelven la sonrisa.

—¿A qué se refieren? ¿Qué diferencias? —quiere saber Weiwei una vez que se han marchado, pero el Profesor se limita a negar con la cabeza.

—Ahora no —responde en voz baja, mirando hacia el otro lado del vagón como si esperara que los Cuervos volvieran a pasar volando por allí.

Aunque Weiwei espera que le dé alguna explicación, el Profesor parece que no tiene ganas de hablar.

Un cuervo es un augurio del pecado, o eso dicen los tripulantes. Cuando comenzaron los cambios, los cuervos eran las únicas aves que volaban por encima de la Muralla para alimentarse de cadáveres de las tierras alteradas antes de volver, con baratijas o piedras brillantes en las garras. Por eso los habitantes del norte de China les tiran piedras: son animales mancillados.

Cuando era pequeña, se imaginaba a los trabajadores de Transiberia volando. Creía que tenían alas que desplegaban desde la tela negra de la chaqueta que llevan siempre, que alzaban el vuelo como las aves sombrías de los Baldíos, que abrían la boca de par en par y se llamaban en un inglés entrecortado y farragoso, que sostenían los pecados del tren en sus garras como si de una piedra se tratase, tan dura y brillante que hacía doler los ojos solo de verla.

LA MURALLA

En el vagón restaurante el ambiente es cálido y está lleno de personas. El perfume flota en el aire y se le mete en la garganta a Marya. Hay demasiado material ahí, demasiada seda y terciopelo. La tela la asfixia.

Los pasajeros de Primera Clase se han juntado para ver la Muralla y marcar su llegada con un brindis, como indica la tradición. En los días despejados, se alcanza a ver a unos escasos ochenta kilómetros más allá de la capital.

Ha oído por ahí que hay muchos menos pasajeros de Primera Clase que de costumbre, por mucho que la empresa los haya animado a subir al tren, pero le sigue pareciendo que sobra gente: las damas se abanican la cara; los caballeros llevan camisas almidonadas abrochadas hasta arriba y tienen el rostro sonrojado por el sofoco y por el calor feroz que los camareros llevan en sus bandejas de plata. Marya da un sorbo y hace una mueca.

—Hace meses que no pueden importar vodka ruso de verdad —comenta la Condesa, instalada sobre un trono de cojines como una monarca menuda e irascible en la corte de una nación diminuta—. Así que me temo que tenemos que conformarnos. —Menea la cabeza—. Nos espera un viaje complicado, creo yo. He podido echarle un vistazo al menú de esta noche y no es nada alentador, la verdad. La pobre Vera dice que su sistema digestivo ya no soporta más verduras… peculiares.

Vera tensa la mandíbula y asiente en silencio.

Marya busca una respuesta adecuada, pero se ha quedado en blanco. Ha pasado demasiado tiempo desde la última vez que estuvo rodeada de tantos desconocidos. Por primera vez, es consciente de lo aburrido que es su vestido, comparado con el plumaje brillante de esos hombres y mujeres. No puede evitar pensar que su falsedad se le debe notar en el rostro, que la otra Marya se le caerá de encima como si fuera un vestido que le queda demasiado ancho.

Sin embargo, Anna Mikhailovna no se perturba, sino que observa su corte con un ojo crítico, y ese torrente constante de observación resulta tranquilizador y exige que Marya no haga nada más que escuchar y murmurar de vez en cuando para mostrar que está de acuerdo. El difunto marido de la Condesa era un diplomático, según dice.

—Aunque fue su padre quien lo animó a ello. Si por él hubiera sido, habríamos vivido toda la vida en los pantanos de San Petersburgo. Ahora que ya no está con nosotros puedo viajar por viajar.

Marya se percata de que ha retenido muchos de los rasgos que resultan esenciales para la vida de un embajador, entre ellos un ojo crítico hacia el prójimo.

—Y ese señor del periódico es un mercader de seda, más rico que nadie, gracias a este tren, cómo no. No me acuerdo de cómo se llama; estos nombres chinos son todos rarísimos. Y he oído que el otro señor tiene el maravilloso nombre de Oresto Daud y que es de Zanzíbar, así que debo confesar que me habría parecido un lugar inventado, si no fuera porque Vera me ha asegurado que existe. Ah, y ese es *herr* Schenk, el gordo que se ha puesto rojo; es un banquero o algo así. Lo conocí en la embajada de Calcuta.

—De Delhi —la corrige Vera.

—Sí, eso. Es un hombre tedioso como ninguno. Tan inmemorable que ha hecho que se me olvidase una ciudad entera. Vera, finge que te desmayas si se nos acerca, por favor.

Vera inclina la cabeza.

Qué tranquilos están todos, piensa Marya, *todos estos hombres de negocios y aristócratas*. No miran por la ventana, hacia la Muralla que se les aproxima, sino que solo se miran entre ellos, o a veces al espejo dorado que hay encima de la barra del bar.

—Aunque al menos tiene algo a su favor: *herr* Schenk también es rico —sigue Anna Mikhailovna, pensativa.

Pues claro que lo es; ¿quién más iba a ir en un viaje como ese? *Los que son muy ricos no solo compran mansiones y cachivaches elegantes, sino que adquieren la certeza,* piensa Marya. Compran la convicción de que este viaje no entraña ningún peligro para ellos. Le da envidia lo confiados que son.

—Bueno, si es tan rico como dice no tiene por qué ser interesante —responde ella, e intenta pasar por alto la falsa ligereza de su propia voz—. Además, se dice que una sobreabundancia de imaginación es algo peligroso en este viaje.

—Sí, muy cierto —dice la Condesa—. ¿Y tú, querida? Mira que viajar sola, con lo joven que eres... —Le dedica una mirada penetrante a Marya.

—Vuelvo a casa, a San Petersburgo. Perdí a mi marido y a mis padres... Un brote de cólera... —Se queda mirando el suelo, pues sus mentiras le pesan.

—Ay, no, lo siento mucho. No hace falta que hables de eso, no quiero que te alteres. —La Condesa se inclina hacia delante para darle unas palmaditas en la mano. A Marya le recuerda a las amigas que tenía su abuela en San Petersburgo, aquellas viudas vestidas de negro que se alimentaban de la mala fortuna, que la inhalaban como la brisa marina fresca que prometía rejuvenecerlas—. No tienes por qué hablar de algo tan doloroso si no quieres.

Aun así, está claro que la Condesa ansía que se ponga a hablar de ello, así que Marya añade, deprisa:

—¿Y ese caballero? —Hace un ademán con la cabeza en dirección al hombre al que había visto reprender a los botones antes de arrancar. Habla con una pareja joven y guapa; o, mejor dicho, los dos hombres hablan, mientras la mujer se queda mirando al exterior, con la barbilla apoyada en las manos.

—Ah, ese es el tristemente célebre doctor Henry Grey —le explica la Condesa, en voz más baja, aunque con cierto deleite—. Pobre, no puedo evitar que me dé lástima. Estos caballeros científicos se avergüenzan mucho cuando su reputación se va a pique.

La historia había llegado a la prensa con cierto regocijo, según le explica la Condesa: el doctor Grey hizo un descubrimiento muy famoso, un fósil en el interior del cadáver de una foca en una playa de Inglaterra que mostraba una representación perfecta de un niño hecho un ovillo, como si estuviera en el vientre de su madre, y que demostraba, según afirmó él, que los animales contienen en su interior el plano para acabar evolucionando a la forma más perfecta de todas, la humana. Solo que dicho descubrimiento había acabado siendo un error. Lo que él decía que era un niño humano había resultado ser la forma encogida de una criatura marina ancestral, atrapada en la piedra caliza de los acantilados hasta que la foca, inocente, se la había tragado sin querer. Las afirmaciones del doctor Grey se vinieron abajo, de forma pública y a oídos de todos. El francés Girard, tan orgulloso de su teoría de la evolución de las formas, se había burlado de él en el escenario del Instituto de París. «¿Quién sería capaz de confundir un cangrejo con un niño? ¡Solo un británico!».

Marya siente cierta simpatía hacia el hombre, porque entiende lo que es perder la reputación, y, con ella, la forma de ganarse la vida.

—Viaja a la Exposición, o eso creo —continúa la Condesa—. Qué ganas de ver qué se trae entre manos ahora. Una sirena, tal vez, para demostrar que antes podíamos respirar bajo el agua. —Le da un golpecito a Vera con su abanico, riéndose de su propio chiste. Vera, obediente como ella sola, sonríe—. ¿Te pasarás por allí? —le pregunta la Condesa a Marya.

—¿Por...?

—Por la Exposición de Moscú, querida. —Ahora es a Marya a quien le toca recibir un golpecito del abanico—. Es un edificio entero, un palacio hecho de cristal que a mí me parece un poco frívolo, aunque nunca se sabe qué se les va a ocurrir después, y supongo que hay formas peores de presumir de lo listos que somos todos.

Marya se muerde el labio antes de contestar.

—Sí, tengo ganas de ir a verla. —Se lleva todo un alivio cuando algo más capta la atención de la Condesa.

Ya se han aproximado lo bastante a la Muralla como para verla alzarse por el horizonte, con las almenas de la parte superior en contraste con el firmamento, como si fuera el hogar de un gigante cuyo castillo abarcara un reino entero. Las torres de vigilancia son más altas incluso y engañan a la vista de modo que la Muralla parezca estar más cerca de lo que está en realidad. Los pasajeros alzan las copas.

—¡Qué maravilla! —exclama la Condesa.

No hay mejor palabra para describirla. Y es más maravilloso aún pensar en los miles de kilómetros que ocupa, en las seiscientas torres de vigilancia que hacen de centinelas, siempre despiertas, siempre listas. Marya se sujeta las manos para impedir que le tiemblen. Se le pasa por la cabeza que hay algo similar a una plegaria en ese gesto y casi se echa a reír. A su lado, Vera reza de verdad y mueve los labios a toda prisa, en unas súplicas de protección desesperadas. Por su parte, la Condesa se limita a quedarse mirando la Muralla, asombrada, con una expresión de asombro infantil.

—¿A que es magnífica? ¿Creías que ibas a verla alguna vez?

—La Condesa la mira, y ella vuelve a pensar: *No, así no.*

Se sumen en un silencio reverente conforme el tren ralentiza la marcha, la torre se cierne sobre ellos y la Muralla se torna más enorme con cada segundo que pasa. La luz de principios de la tarde ilumina la piedra gris llena de agujeritos. Marya se había criado con las historias del Emperador que ordenó que se construyera la Muralla hacía más de mil años, de los hombres cuyos restos yacían entremezclados con las piedras. Y, por supuesto, con las historias de Song Tianfeng, el Constructor, quien había ordenado que se erigiera la segunda Muralla cuando los Baldíos empezaron a acercarse al imperio chino; trasladaron la base original ciento cincuenta kilómetros al norte, llevaron a cabo la impresionante tarea de transportar miles de piedras de las canteras del norte, de reforzar la piedra con hierro, de viajar a través de la gran llanura para darle la noticia al imperio ruso y enseñarle a crear un muro como el suyo.

Piensa en todas las personas que dieron la vida para construir las Murallas. Si no hubiera sido por su sacrificio, ¿la plaga se habría propagado por Pekín y por Moscú y más allá? ¿Habría horrores paseando por el campo, colándose en las ciudades cada noche?

Frenan hasta detenerse del todo directamente debajo de la torre, con un arco de piedra enorme que se extiende por encima de ellos. Y, más arriba aún, habrá guardias en la torre de vigilancia: diez que miran hacia China y diez que miran hacia los Baldíos. Sabe que llevan cascos de hierro por sobre sus máscaras, forjados con la forma del rostro de dragones y leones, para decirle a cualquier criatura que se les acerque: *Nosotros también tenemos depredadores.*

Otros guardias forman una fila en el exterior. ¿Cuántas otras empresas pueden presumir de tener un ejército privado? Aunque, claro, ¿cuántas otras empresas han conseguido algo tan importante? Se sabe los detalles de sobra, porque ¿quién no? El origen de Transiberia se remonta a una época muy anterior a la instalación de la vía, a mediados del siglo diecisiete, cuando era una empresa de mercancías formada por los mercaderes británicos que ansiaban la abundancia de las rutas de la seda y las tierras ricas en minerales de Siberia. Sabe que, desde su sede en Londres, la empresa fue creciendo cada vez más, al ritmo de la fortuna de sus miembros, quienes adquirieron posiciones e influencia en el Parlamento y viviendas en el país. Cuando los cambios comenzaron, muchos creyeron que aquello iba a ser el principio del fin de la empresa. Sin embargo, lo que bien podría haber sido un desastre acabó siendo una oportunidad. Fue Transiberia la que proporcionó los fondos y la determinación para construir la vía, para el hilo de hierro que conecta los continentes.

Y, aun así, esos guardias de la empresa parecen muy pequeños, vistos desde el tren, como si sacaran pecho todo lo que pudieran para llenar sus chaquetas militares. Con sus máscaras, de ojos vacíos y tubos de respiración, parecen una burla de la forma humana.

—Pobrecitos, deben de haber creído que no iban a volver a ver a un tren al que saludar —comenta la Condesa—. Menudo castigo que los manden aquí.

—A los soldados les dicen que es un honor. —El mercader de seda chino las acompaña en la ventana y se presenta como Wu Jinlu, con una reverencia como acompañante del nombre—. Protegen su nación.

No obstante, Marya ha oído que los soldados de la guarnición de la ciudad hablan de visiones y de pesadillas, que los que regresan de la Muralla les cuentan que oyen voces en plena noche y que sufren de una fiebre inexplicable.

—Creo que dicen que el barracón de la Muralla está maldito —dice la Condesa.

—Ah, sí, el fantasma de la guarnición. —El mercader esboza una sonrisa—. También he oído esas historias.

Tiene un ruso fluido, aunque teñido, según le parece a Marya, de un atisbo de la dureza de los mercados textiles de Moscú.

—La cuestión es que a Transiberia no le parecería muy bien —continúa él—. Un fantasma no es lo bastante moderno para ellos, claro, y seguro que se niega a pagar el alquiler. Ah... —Hace una pausa, seguida de un ademán hacia el otro extremo del vagón—. Como si estuvieran esperando su momento...

Marya le sigue la mirada hacia donde dos siluetas con traje oscuro han entrado en el vagón, uno de aspecto chino y otro europeo, y se detienen de vez en cuando para estrecharles la mano a algunos hombres y dedicarles unas reverencias tiesas a las damas. Uno se vuelve hacia ella, la luz se le refleja en las gafas, y Marya oye un rugido que se le empieza a formar en los oídos.

—Imagino que esos caballeros trabajan para la empresa. —La Condesa no se molesta en bajar la voz.

—Sí, nos honran con su presencia —responde Wu Jinlu—. Se llaman Petrov y Li. Mercaderes de la probabilidad —añade, con una sonrisita. La Condesa arquea las cejas.

—¿Y qué quiere decir con eso?

—Creo que su puesto oficial es el de consultor, pero son hombres de negocios: aconsejan a la empresa sobre cuándo comprar y vender, preparan tratos y demás. Vigilan de cerca lo que las damas usan para pintarse los labios en Pekín, lo que los caballeros beben en las galerías de París. Tratan con el futuro que creen que el tren conjurará de la nada.

—Fascinante —responde la Condesa—. Y yo que creía que los pasajeros éramos los bienes más preciados a bordo del tren.

—Estoy seguro de que harán todo lo posible por hacernos creer que así es —dice él—. Aunque normalmente es la Capitana quien proporciona la rutina de bienvenida y de advertencia. De hecho, me extraña que no la hayamos visto ya. —Mira en derredor, como si esperara que mencionar su nombre la fuera a convocar—. Aunque bueno, este cruce en particular es... —duda antes de añadir—: significativo.

Marya acepta otra copa de vodka de un auxiliar y se la bebe demasiado deprisa. A pesar de que intenta mantener una expresión tranquila, nota la mirada intensa de la Condesa. Esa anciana astuta debe de ser capaz de notarle el pulso acelerado, el ardor que siente en la piel. Tiene que estar ansiosa al ver que hay secretos a los que lanzarles el anzuelo para intentar atraparlos.

—Señoras y señores —comienzan los trabajadores de la empresa, en inglés—, si nos permiten un segundo de vuestra atención... En nombre de Transiberia, es un honor darles la bienvenida a bordo y desearles que tengan un viaje cómodo y agradable en este tren tan impresionante. Por supuesto, este viaje es más reseñable que otros porque acabará, para quienes deseen acompañarnos, en la Exposición de Moscú, donde este mismo tren será la pieza principal de la muestra de nuestra empresa, un tributo a nuestro trabajo y un símbolo de nuestra confianza conforme nos adentramos en el nuevo siglo.

Marya oye que la Condesa suelta un resoplido discreto.

—No sé yo si esa soberbia es bien merecida —dice.

El mercader de seda hace una mueca, le dedica una sonrisa conspirativa y responde en voz baja:

—¿Sabe cómo los llaman los tripulantes? Cuervos. Un nombre apropiado, según lo veo.

Cuervos. Pájaros de mal agüero. Su padre había vuelto del último cruce con las manos temblorosas. Se había encerrado en su estudio y se había negado a probar bocado. La noticia de la mala fortuna del tren se propagó por la ciudad; los rumores se tergiversaban y se multiplicaban, y todo el mundo hablaba de ello, según les contó su criada, pero ni una palabra al respecto salía de los labios de su padre.

Tan solo unos días después de que regresara, unos hombres de la empresa se presentaron en su casa, de aspecto fúnebre con sus trajes oscuros. Ella se quedó escondida en la puerta mientras su madre alentaba a su padre a salir del estudio y los hombres de la empresa le hablaban en voz queda. Solo oyó fragmentos de frases: «un fallo… un error… demasiado trabajo…».

Después de que se marcharan, su padre volvió a retirarse a su estudio, pero su madre se quedó sentada junto al fuego un buen rato. Cuando Marya se decidió por fin a ir con ella, esta le dijo, sin mirarla:

—El descuido de tu padre ha provocado todo esto.

Marya recuerda que se quedó inmóvil, petrificada, mientras su madre seguía hablando.

—Dicen que fue el cristal. Que el cristal estaba… mal. Con todo el tiempo que pasó con ello, estaba mal. Se agrietó. —Se giró hacia su hija—. Se suponía que debía protegerlos, pero dejó que el mal entrara.

Su madre estaba aferrada a su Biblia con cubierta de cuero. Se había estado mordiendo la piel seca de los labios y tenía una gotita de sangre en la boca.

—Pero él siempre tiene cuidado —dijo Marya—. Los hombres esos se equivocan.

Experimentó una furia que no había experimentado nunca, una ira tan sobrecogedora que quiso darle un puñetazo a la mesa de cristal, destrozar el reflejo de su propio rostro, que se había quedado pálido, con la misma expresión vacía de su madre.

—Le he dicho que no hay nada que pueda protegernos de ese lugar —continuó su madre, sin emoción en la voz—. Y no me hizo caso. No quería ver que Dios ha abandonado ese sitio y que no hay forma de salvar a las almas que allí se dirigen. Todas esas almas perdidas y condenadas... Y la suya será la más condenada de todas.

Tenía razón, como de costumbre. Casi no pasó ni una semana hasta que Marya lo encontró, tirado sobre el escritorio de su estudio. Un ataque al corazón, según dijo el médico: había trabajado demasiado, no se había cuidado, y el impacto de lo que había ocurrido había podido con él. No habrían podido hacer nada por ayudarlo. Notó una oleada de náuseas. No pudo obligarse a mirar la escena con demasiado detenimiento, no eran el momento ni el lugar apropiados.

— ... y, si bien podemos asegurarles que Transiberia mantiene los más altos estándares, debemos recordarles las declaraciones que han firmado para asegurar que comprenden los riesgos que conlleva este cruce largo y ambicioso.

Los pasajeros se remueven en sus respectivos asientos. Una cosa es firmar un papelito tranquilamente en la sala de espera de Primera Clase y otra es ponerse a pensar en ello cuando ya se está en el tren. «Los pasajeros viajan en todo momento a sabiendas de los riesgos que conlleva el trayecto. Es el deber de todo pasajero informar al médico del tren si se siente mal en algún momento del viaje. Transiberia no se responsabiliza de cualquier enfermedad, herida o muerte que se produzca en el tren».

No se responsabilizan, piensa. *Qué claro lo dejan.*

La segunda vez que los trabajadores de la empresa se pasaron por su casa fue unos días después de la muerte de su padre, cuando estaba hecha un ovillo en la cama de su habitación mientras su madre esperaba en el salón, rodeada de crepé negro, a los dolientes que no llegaban. La criada le suplicó a Marya que bajara:

—Hay dos hombres que exigen entrar en el estudio de su pobre padre —le dijo—. Su madre, tan buena ella, está demasiado triste como para plantarse e impedírselo. Todo su trabajo... Dicen que les pertenece a ellos.

Sin embargo, Marya sentía que le pesaba demasiado la cabeza como para levantarla de la almohada, que la tenía demasiado llena de niebla como para saber qué decirles a unos desconocidos, como para que le importara lo que ocurriera. Cerró los ojos mientras los trabajadores de la empresa se llevaban lo que quedaba del trabajo de su padre, de su reputación, y no se lo ha perdonado. Ni se lo perdonará nunca.

Y ahora esos hombres, esos Cuervos, presentan al médico del tren, quien les habla de la dolencia a la que conocen como enfermedad de los Baldíos, de los síntomas y los indicios de que pueden padecerla. Ella ya la conoce del libro de Rostov: puede comenzar con una falta de fuerza, una sensación de desfallecimiento, hasta que acaba provocando alucinaciones. «Los afectados pueden creer que alguien los persigue o que tienen que salir del tren de inmediato. Puede que se olviden de quiénes son, de cómo se llaman, de por qué están en el tren. Aunque es posible hacer que vuelvan en sí con un tratamiento inmediato, no todos tienen tanta suerte». No hay ningún indicio físico de la enfermedad, sino que es más insidiosa: la mente divaga, según lo explica Rostov.

—¿Y qué hacemos si vemos uno de esos síntomas en otra persona? —pregunta una mujer menuda que se aferra a la mano de su marido y juguetea con el collar de perlas que lleva.

—Es su deber informarme del mismo modo, en aras de la seguridad del resto de los pasajeros —responde el médico en un tono serio, con lo que la mujer le da la mano a su marido con más fuerza aún.

—Los dejaremos con sus bebidas para que se conozcan mejor. Confiamos en que se hagan amigos durante el transcurso de nuestro viaje. —Los hombres de la empresa les dedican una reverencia y una sonrisa, un gesto que se ve seguido de un aplauso educado por parte de los pasajeros.

—Muy poco convincente ese último comentario —dice la Condesa—. Aunque entiendo por qué. —Le dedica una mirada intensa a la mujer de las perlas. Y entonces, antes de que Marya tenga tiempo para prepararse, los Cuervos descienden en picado con sus reverencias obsequiosas.

»Espero que se hayan recuperado de los problemas que han tenido últimamente —les dice la Condesa, sin mayor preámbulo—. Hizo que todo fuera un tanto incómodo. Me preocupaba que, si permanecíamos atrapados más tiempo, fueran a tener que enterrarme en Pekín, con lo que los familiares que me quedan se librarían de tener que pagar un funeral.

Los dos hombres parecen faltos de palabras durante unos instantes, aunque la Condesa sigue como si nada.

—Sé que había quien no se fiaba, pero me imagino que Transiberia puede acabar consiguiendo lo que quiera, ¿verdad? Pero bueno, Marya Petrovna y yo esperamos que quienes dudaban de la empresa estuvieran equivocados. —Les dedica una sonrisa encantadora, aunque parece que Marya no logra reordenar las facciones hasta poner la expresión que quiere. A pesar de que sabía que iba a ocurrir, ahora que ha llegado el momento no se ve preparada para el desafío: ¿y si la vieron esconderse en la puerta de aquella primera visita a su hogar? ¿Y si se acuerdan de su cara? Su nombre y sus documentos falsos no la protegerán. Le cuesta respirar. Sin embargo, los dos hombres ponen una expresión educada y vacía en su dirección y le aseguran que el tren es seguro, que confían en que el viaje saldrá bien, y luego le devuelven su atención a la Condesa. No había nada de curiosidad en la mirada de los Cuervos, ninguna sospecha: no es nada más que otra viuda joven que vuelve a Moscú a arrugarse como una pasa, y cree… No, no la vieron aquella noche, no pensaron que fueran a encontrarse con la hija del hombre al que habían destruido, que tuvieran que temer su ira, su dolor. No habían pensado en ella en ningún momento.

Una sacudida recorre el vagón, y, según todos se dan media vuelta para mirar hacia fuera, los soldados enmascarados se activan y se echan atrás a la vez, como juguetes a cuerda. Alzan las manos en un saludo y se pierden en una nube de vapor. Con un temblor, el tren emprende la marcha de nuevo, y así salen de debajo de la Muralla para entrar en un recinto fortificado en el que hay unos postes altos con lámparas en la punta. A un lado hay un reloj de agua enorme.

Es el terreno de la Custodia. La mujer de las perlas suelta un gritito de miedo y se abanica el rostro. Otros pasajeros apartan la mirada.

Marya, en cambio, se obliga a mirar.

—¿De verdad podría pasar? —La voz de la Condesa suena a todo volumen en el silencio—. ¿De verdad podrían sellar el tren?

Vera tiene los labios tan pálidos que parecen blancos. A alguien se le cae una copa.

Marya se percata de que los hombres de la empresa no han hablado de la Custodia en su discursito. Quizá crean que hay cosas que es mejor no mencionar. Además, todo estaba más que claro en las declaraciones que firmaron, por lo que seguro que cada pasajero se ha puesto a pensar en el día y en la noche que deben pasar en la Muralla rusa justo antes de que el trayecto llegue a su punto final, o, en las palabras de Rostov, simples y directas al grano: «Si, después de ese periodo de espera, no se descubre nada que crezca en el exterior o en el interior del tren, se le permitirá atravesar las puertas. Sin embargo, si se encuentra cualquier rastro de la biología de los Baldíos en el tren, lo sellarán. Y todos quienes vayan a bordo se sacrificarán por el bien del imperio».

—No ha pasado nunca —responde el trabajador ruso de la empresa, tenso, ya sin ningún rastro de su obsequiosidad—. Y nos aseguraremos de que siga siendo así.

Pero podría pasar, piensa Marya. Que no haya pasado hasta el momento no quiere decir que no vaya a ocurrir nunca. Transiberia estaría dispuesta a hacerlo, porque no le quedaría otra opción. No podrían arriesgarse a que el tren pasara al otro lado de la Muralla si lleva consigo la corrupción de los Baldíos. La infección, la plaga.

—Pero, en el último cruce… —empieza a decir el mercader de seda.

—El último cruce demuestra la eficacia de las medidas de protección del tren. —El trabajador alza la voz para interrumpirlo—. Como bien sabe, el tren pasó la Custodia durante ese viaje.

Aunque no antes de que al menos tres pasajeros murieran, según informaron los periódicos. Y su padre... Se obliga a dejar de pensar en ello una vez más. Ya le llegará el momento en el que no le quede otra que afrontarlo todo desde más cerca, pero todavía no.

El tren sale de la zona de Custodia a través de otras puertas de hierro altas. En el reflejo de la ventana ve su propio rostro, demacrado y espectral. No se detendrán hasta que arriben a la Muralla rusa, al otro lado de los Baldíos. A la Custodia que los espera al llegar.

LA PRIMERA NOCHE

En Tercera Clase, Weiwei ayuda a los auxiliares a dirigir a los pasajeros hacia y desde el vagón restaurante mientras intentan aplicar un poco de orden al montón de pertenencias que ya se salen del vagón. Si bien hay distintos procedimientos que seguir, ella se siente alejada de todo, incómoda, como si se le hubieran olvidado los pasos de un baile que antes había conocido al dedillo. Ha perdido el ritmo de la música.

Lleva los dedos a la ventana. El tirón ansioso y voraz del motor siempre la tranquiliza, el ritmo de los raíles, como si el cristal estuviera lleno de una energía que danza bajo su piel. Deja que se lleve el tintineo de los zapatos de los Cuervos, los recuerdos resquebrajados y fragmentados del último cruce.

Aunque la empresa dijo que había sido por el cristal, que tenía fallos, grietas. Eso era lo que había dejado entrar a los Baldíos.

Aparta la mano de golpe. Transiberia ha reemplazado las ventanas, encontró a un maestro artesano del cristal distinto para que se encargara de ellas, a uno mejor, según dicen, solo que ella no sabe notar la diferencia (por su parte, Alexei dice que a quien han encontrado es a «uno más barato»).

Sin embargo, piensa en Anton Ivanovich, enmascarado en la cristalería de la terminal ferroviaria, encorvado sobre sus lentes en el vagón científico, a solas en el comedor de la tripulación, siempre con el ceño fruncido, insatisfecho, como si no fuera capaz de cumplir con los estándares tan exigentes que él mismo se proponía. Piensa en todas las veces que lo había visto comprobar y volver a comprobar las ventanas, en aquel hombre que les prestaba más atención a los detalles que a las personas que lo rodeaban. No caía muy bien, y los tripulantes decían que era como el propio cristal: duro e irrompible. Si bien no solía tener la necesidad de hablar con ella, recuerda que una vez estaba donde está ella ahora, en su misma posición, y que dijo:

—Hay un tono concreto, un punto específico en el que todo respira a la vez, el hierro, la madera y el cristal.

Weiwei intenta notarlo, pero no sabe qué es lo que tiene que escuchar.

—¿Qué es eso?

Se da media vuelta al oír la voz de una mujer, llena de pánico, que le interrumpe los pensamientos. «¿Qué es eso?», una frase que resuena en cada cruce. Los tripulantes han aprendido a no reaccionar. Un reptador, un espectro, una criatura extraña que ya conocen. Están acostumbrados a la falta de predictibilidad, a los peligros que cambian, que se transforman entre un trayecto y otro, como el cruce de hace unos años, en el que apareció un color amarillo que provocaba unas náuseas intensas en quien lo viera y que surgía donde menos lo esperaban, en las ramas de los árboles o en el agua cristalina de los ríos. Era un color que parecía incorrecto, que estaba donde no debía, y los tripulantes tuvieron que pasar gran parte del viaje encargándose de aquellos que lo habían visto de reojo sin querer.

Weiwei le sigue la mirada a la mujer y ve un movimiento en el exterior, una forma que se retuerce hacia ella, y se echa atrás de sopetón. Sin embargo, la mujer suelta una carcajada temblorosa, y Weiwei ve su propio reflejo, con su sombrero con pico que le otorga una apariencia monstruosa.

—Echa las cortinas, por el amor de Dios —dice un auxiliar de Tercera Clase que aparece por detrás de ella—. Ya hasta se asustan de su propio reflejo.

Siempre ha aborrecido la primera noche: los pasajeros están respondones, asustados, borrachos o, muy a menudo, todo a la vez.

En este viaje más que en ningún otro, los viajeros están despiertos y tensos. Nadie se atreve a cerrar los ojos, por miedo a lo que puedan encontrarse al otro lado; los dedos esqueléticos de las pesadillas que les ocupan los párpados; las historias, los rumores, y ahora también la realidad, al haber pasado más allá del último tramo seguro, al haberse adentrado en una oscuridad exterior que no interrumpen las luces amistosas, las puertas abiertas ni las hogueras cálidas, al pensar en que les queda una distancia inimaginable por cruzar.

Un pasajero toca canciones melancólicas en un violín maltrecho.

—¡Toque algo más alegre, por favor! —exclama alguien.

—Ah, pero todas las canciones rusas son tristes —dice el Profesor.

Aunque está sentado en su lugar de siempre, junto a la ventana, Weiwei no puede evitar darse cuenta de que está más callado que de costumbre.

—¿Por qué los Cuervos han mencionado la Sociedad? —exige saber ella.

—Ay, no entiendo toda la política involucrada en el meollo —responde el Profesor. Weiwei lo fulmina con la mirada.

—Eso no es verdad —dice, y se alivia al ver que hace una mueca. No obstante, lo conoce demasiado bien como para presionarlo, así que cambia de tema—: ¿Tienes tu litera de siempre?

Es una litera del medio, en el centro del vagón. Desde allí, el Profesor puede observar todo lo que ocurre y mantenerse a una distancia cómoda al mismo tiempo. Las literas de abajo se usan como bancos comunales durante el día, mientras que las de arriba están demasiado cerca del techo, por lo que las del medio son las mejores. Weiwei se burla de lo predecible que es, de lo mucho que le gusta el orden.

—Sí, como siempre —responde, y se pone de pie bastante de golpe. Sin embargo, Weiwei ya ha visto qué ha cambiado. Suele viajar con poco equipaje, pues deja ropa de recambio y distintas pertenencias en las pensiones de Moscú y de Pekín en las que se hospeda entre cruce y cruce, pero en esta ocasión su litera está llena de fardos y mochilas, además de una maleta abierta que contiene decenas de libros.

»Tendría que haber hablado contigo antes —sigue él.

—¿Vas a...? —Se interrumpe a sí misma.

—Me hago mayor, hija. Voy a tener que dejar de viajar tarde o temprano.

—Pero si todavía te quedan muchísimos cruces por delante —dice, intentando camuflar el temblor de su voz. El Profesor le sonríe.

—No sé yo. Creo que ya ha llegado el momento de que vuelva a casa, a Moscú. De que repose estos huesos viejos que tengo. Seguiré yendo a verte, no te preocupes. Cada vez que venga el tren.

—¿A casa? Pero si tu casa es esta. —No había pretendido que sonara tanto a acusación—. ¿Y tu trabajo? ¿Y lo que estás escribiendo? Los demás dependen de ti...

—Mi trabajo —empieza, y Weiwei ve lo cansado que está. Ha envejecido más deprisa de lo que debería—. Durante estos meses he intentado verle el sentido a lo que ocurrió, solo que no lo consigo, por mucho que lo intente, así que ¿de qué me va a servir escribir? ¿Qué utilidad tienen las teorías y las suposiciones cuando lo único que queda es un espacio vacío?

—Pero... ¿no es eso lo que ha hecho siempre la Sociedad?

El Profesor se echa a reír.

—Ay, qué mal piensas de nosotros. ¿Acaso no te he dicho siempre que deberías seguirla más de cerca?

—No, no quería decir que...

—Sé lo que querías decir, hija, y no me ofende. —Se enjuga los ojos—. Pero ves lo que ha cambiado, ¿verdad?

Piensa en el batiburrillo de recuerdos del último viaje, unos recuerdos que no sabe cómo ordenar. *Un hombre que llora. Alguien que rasca la ventana, que rasca y rasca hasta que el cristal se mancha de sangre. Alguien la llama por su nombre.*

—No ha cambiado nada —susurra. Todo lo que necesita está en ese tren, todo lo que le importa. No ha cambiado nada. El Profesor niega con la cabeza.

—Ojalá fuera así.

El ruido del vagón es cada vez más fuerte. El violinista se ha puesto a tocar una canción más animada, y un hombre rubio y apuesto saca a su mujer a bailar. Otra pareja se les suma, y los demás pasajeros dan palmadas y los animan a gritos, hasta el sacerdote. La primera noche siempre es así. Creen que la música, las risas y el ruido mantendrán a raya a las sombras del exterior.

Solo que Weiwei nota cómo se acercan las sombras. Tiene que alejarse del ruido, de la cháchara nerviosa de los pasajeros, de la sonrisa triste del Profesor. Por mucho que le haya dicho que no ha cambiado nada, sabe que es mentira. Por primera vez en la vida, ha empezado a notar que puede que las paredes resistentes que la rodean no basten.

Weiwei conoce todos los escondrijos del tren. Algunos se le han quedado pequeños, mientras que otros los tiene que compartir con los pinches de cocina que buscan un lugar tranquilo en el que echarse una siesta, lejos de los gritos de los jefes de cocina, o con el conserje del tren, quien deja una estela de peste a tabaco por donde pasa y hace que los animales del vagón jardín se vuelvan locos cuando va allí a fumar. A veces le cuesta encontrar un poco de privacidad, incluso en el tren más grande del mundo. No obstante, Weiwei es la hija del tren y conoce un escondite que es solo para ella.

El vagón de almacenamiento en seco es donde guardan los barriles de arroz, harina y legumbres. Es un lugar fresco y sin ventanas, con filas de cajones que ocupan una pared entera, cada uno de ellos con una etiqueta en ruso y en chino que contiene el nombre de las hierbas, especias y tés que hay dentro, todos a la espera de que una chica curiosa los abra y los huela, a la espera de que los saboree: granos de pimienta que le adormecieron la lengua, especias picantes que le prendieron fuego por dentro. También es donde llevan las mercancías que van a vender, los tés del sur de

China, muy ansiados en las galerías de Moscú y de París. A la luz tenue de las lámparas a prueba de viento, el vagón parece ser un paisaje montañoso, idóneo para escalarlo, irresistible para una niña pequeña. Fue durante una de esas expediciones que Weiwei descubrió la trampilla del techo.

Era prácticamente invisible, pintada para parecer tan inocente como el resto del vagón. Solo alguien que se hubiera encaramado a las cajas sería capaz de verla. Al principio se había quedado extrañada, hasta que se dio cuenta de que el techo era más bajo que en otros vagones. Abrió la trampilla, echó un vistazo al espacio que tenía encima y, cuando la vista se le acostumbró a la oscuridad, lo entendió. Metidas en el espacio entre aquel falso techo y el techo del vagón, apenas suficiente para que una persona cupiera de rodillas, había más mercancías: barriles y sacos y cajas, fardos de seda y pieles.

Objetos secretos, escondidos. Contrabando.

La emoción del descubrimiento casi la había consumido por completo. Se quedó esperando y observando hasta espiar a Nikolai Belev y a Yang Feng, dos de los auxiliares, mientras descargaban los bienes ocultos en Moscú a través de un tragaluz en el techo del tren, incluso mejor escondido que la trampilla en sí. Se guardó aquella información con los demás secretos que había aprendido sobre su hogar, por si los necesitaba en algún momento como moneda de cambio o recompensa. Sin embargo, lo más importante fue que, durante aquel viaje, se dio cuenta de que nadie se acercaba a aquel espacio oculto, ya fuera por desconocimiento de su existencia o por no querer llamar la atención hacia el secreto. Así fue como se convirtió en su escondite, en un lugar en el que hacerse un ovillo entre las pieles, con historias de aventuras que extraía de Alexei, y donde, en el círculo de luz cálida de su lámpara, podía estar a solas.

No obstante, en este viaje el espacio de bienes de contrabando está vacío. Belev y Yang son dos de los tripulantes que no han vuelto, y, según parece, se habían guardado el secreto para ellos solos. Lo único que queda de su comercio ilícito son unos cuantos barriles y sacos vacíos, además de granos de pimienta desperdigados que crujen cuando los pisa con las rodillas. Al estar vacío, por alguna razón, el espacio parece menos acogedor, más apretujado, por extraño que parezca. Es más consciente de lo cerca que está del techo, de que la luz no alcanza a iluminar las paredes más alejadas, de modo que parece que la oscuridad está al acecho. Aun así, es un buen escondite, y no ha encontrado ningún otro lugar tan privado ni tan bueno para irse a pensar, cuando la tarea se le dificulta.

Gatea hacia donde ha escondido su caja de tesoros, a salvo de los ojos fisgones de los aprendices de auxiliar y de los pinches de cocina. En ella hay un ejemplar de *La guía de los Baldíos para viajeros precavidos*, uno que le había dado el Profesor cuando ella tenía siete años y era demasiado pequeña como para leerlo. En la primera página, el Profesor le había dejado una nota: «Pero no demasiado precavidos». Resigue las letras desgastadas con los dedos y sonríe. Es el primer libro que ha tenido. Le dijo al Profesor, después de abrir el papel marrón en el que estaba envuelto, que no necesitaba ninguna guía. Y él la había mirado a los ojos y le había dicho que era solo para emergencias, por si alguna vez él no estaba allí. Cierra el libro y arruga la nariz. Parpadea deprisa. Debajo del libro hay artículos de periódico cada vez más amarillentos, esbozos de ella cuando era bebé y unas fotografías que marcaban su quinto cumpleaños y luego su décimo. «La hija del tren, bajo la atenta mirada de su tutora», dice el pie de una de las fotos que la muestra con un uniforme diminuto en la cabina del motor, intentando llegar a una palanca. La Capitana está a su lado, con el rostro serio. Es la imagen perfecta de la Capitana como su tutora: no la ayuda a llegar a la palanca, sino que la vigila mientras ella descubre cómo hacerlo por sí sola. Siempre la ha tratado así: sin demostrar nada, exigiéndolo todo, pero siempre presente. A su lado. Lista para atraparla al vuelo si se caía.

¿Dónde está ahora, entonces?

Había ido desapareciendo poco a poco, de forma casi imperceptible. Durante aquellas primeras semanas duras después de que el tren volviera a Pekín, muchos de los tripulantes se habían retirado a sus respectivas habitaciones cerca de la estación o a los auditorios y posadas. La disciplina que los caracterizaba había flaqueado, los vínculos que los ataban se habían soltado. El mecanismo de reloj eficiente se había atascado y se había detenido. Cuando le llegó la noticia de que el tren iba a arrancar otra vez, Weiwei estuvo segura de que la Capitana lo iba a volver a organizar todo. Solo que casi no ha salido de sus aposentos desde que anunciaron el retorno a la marcha y no sale ni siquiera ahora, que ya están a bordo. No es nada más que una voz incorpórea que suena desde los altavoces del tren.

Se sorbe la nariz y dobla los documentos para guardarlos otra vez y tomar en su lugar una de las novelas baratas de Alexei que compró en el mercadillo de Moscú. Se prepara para perderse en la historia de la reina pirata y los monstruos marinos; se acerca la lámpara y se asusta cuando las sombras de las esquinas más alejadas del falso techo tiemblan.

—No te imagines tonterías —musita para sí misma.

«La imaginación lleva a tener ideas peligrosas», les dicen siempre a los tripulantes. Aun así, alza un poco más la lámpara de todos modos, contra la oscuridad…

… y la oscuridad se mueve, silenciosa como un susurro.

Weiwei se queda helada. Transcurren varios segundos. Quizá se lo ha imaginado, porque eso es lo que consigue siempre la primera noche: pone a uno de los nervios y desata sus peores temores. La primera noche, uno no puede fiarse ni de sí mismo. Estar a solas no está bien. Empieza a desatarse.

Y la oscuridad se retuerce y se transforma en un rostro, pálido y enmarcado por una negrura más profunda. Dos ojos tenebrosos se la quedan mirando sin parpadear.

—¿Quién anda ahí? —pregunta, por mucho que se sienta tonta y se prepare para que un pinche de cocina le salte encima con una carcajada antes de salir corriendo para contarle a todo el mundo que ha conseguido arrancarle un grito a la hija del tren. Ella misma se ha escondido y les ha dado suficientes sustos a los demás como para saber que, entre los tripulantes más jóvenes, el coraje de cada uno se mide por la calma con la que actúan, por la habilidad de encontrarse con un rostro feo y enmascarado de repente y contestar con un «buenas tardes» sin emoción y sin asustarse, por no soltar un gritito si vas descalzo y tocas algo húmedo que se te ha metido en la cama. Así que se queda inmóvil y devuelve la mirada.

Un momento eterno se alarga y se coagula. Su respiración suena demasiado alta, y oye un pitido en los oídos.

Y entonces los ojos desaparecen. No hay ningún rostro en la oscuridad, ningún otro aliento, nada que se mueva. El vagón duerme sin afectarse.

Se deja caer contra la pared y baja al vagón en sí. No hay nada allí, salvo por los espectros de la primera noche, conjurados por su imaginación que ha entrado en pánico.

Cuando al fin se mete en su litera, pasa una mala noche y se despierta a cada hora después de haber tenido unos sueños intranquilos.

POR LA MAÑANA

Marya se despierta cuando alguien llama discretamente a la puerta, y un auxiliar entra con una bandeja con una jarra de café hecha de plata y un plato de bollitos calientes. Coloca la bandeja en la mesa que hay junto a la cama, abre las cortinas y se marcha. Marya cierra los ojos. El olor del café le recuerda a las mañanas en su hogar, en su hogar de antes, en San Petersburgo, con el canto de las aves marinas al otro lado de la ventana y la pálida luz septentrional reflejándose en el agua. Su padre ya se habría marchado para entonces, estaría en su taller, con el calor de los hornos que le enrojecía la piel. Su madre, por su parte, no se habría despertado hasta una hora después. Si escuchara con atención, podría oír a las sirvientas ocupándose de sus asuntos secretos, los movimientos de los ratones bajo los tablones del suelo.

Lo que oye ahora es el traqueteo de las vías, los pasos en el pasillo de fuera, la voz insistente de la Condesa en el compartimento contiguo. Le resulta extraño notar el movimiento, estar tumbada en una cama y saber que están recorriendo varios kilómetros por debajo de ella.

Se sorprende al pensar que, en una realidad alternativa, estaría volviendo a casa con sus padres. Ese había sido el trato al que había llegado su madre cuando Transiberia le había pedido a su padre que abriera una sucursal de Cristales Fyodorov en Pekín. Cuantos más cruces organizaran, más a menudo tendrían que reemplazar las ventanas del tren, con el cristal más resistente que se pudiera fabricar.

—Es un honor para nuestra familia —dijo su padre, y su madre le contestó que iba a darle cinco años. Cinco años, hasta que Marya alcanzara la mayoría de edad, con lo que debían mostrarla ante la sociedad de San Petersburgo.

Los años pasaron poco a poco, en el enclave para extranjeros en el que su madre insistía que debían vivir, lejos del ruido de los raíles. Al haber tomado la ruta lenta del sur para llegar a China (casi igual de peligrosa, aunque en otro sentido: los peligros provenían de una fuente más humana, por lo que eran más aceptables), pudo pasar por alto la vía y los Baldíos abandonados de la mano de Dios. A ojos de su madre, el trato era vinculante. Aun así, Marya siempre se había preguntado si su padre se lo habría tomado igual, porque daba evasivas cuando hablaban de sus planes para volver. Él siempre le preguntaba si no era feliz allí, rodeada de una sociedad tan cosmopolita. Sin embargo, su madre tensaba la mandíbula y le pedía a la sirvienta que cerrara las contraventanas.

—Nuestra hija está pálida y delgada —decía ella—. El ambiente de aquí le está afectando. —Y su padre arqueaba las cejas en dirección a Marya y fingía un ataque de tos para ocultar su sonrisa.

A pesar de que su madre le había prohibido acercarse a la terminal ferroviaria, Marya siempre encontraba la forma de ir a escondidas, de quedarse en la valla y observar aquel mastodonte conforme volvía de otro cruce, lleno de agujeritos y arañazos, como si las garras de unas criaturas enormes hubieran atacado los vagones, como si unas manos invisibles hubieran tallado patrones y espirales en el cristal. Buscaba a su padre hasta verlo bajar y quedarse mirando las ventanas, como si quisiera evaluar el daño que habían sufrido. Y observaba, además, el cambio de su expresión cuando la veía, como si corriera una cortina sobre su cansancio y sus preocupaciones. Sin embargo, sabía que seguían allí, con un peso cada vez mayor conforme transcurrían los años, y él pasaba cada vez más tiempo en la terminal y viajaba más en el tren.

El hambre la tienta a salir de la cama al fin y se vuelca sobre los bollitos y la mantequilla con más entusiasmo que buenos modales. Se contiene para no limpiarse la boca con el dorso de la mano, hasta que se da cuenta de que poco importa. Por primera vez en la vida, desayuna a solas. No tiene a su familia a su alrededor, a ningún acompañante, a ninguna sirvienta que la vigile desde la puerta. Aunque se había quedado con sus empleados después de la muerte de sus padres, se despidió de ellos el día anterior, con las lágrimas de la sirvienta, quien exigía saber cómo se le ocurría viajar sola con lo joven que era, qué iba a hacer al llegar a Moscú, qué pensarían sus benditos padres al verla reducida a eso. Toma su taza. Es cierto que ya no gozará de la vida a la que está acostumbrada ni podrá disfrutar de la herencia que había esperado recibir. Cristales Fyodorov se fue a pique después de que Transiberia despidiera a su padre y dejara su reputación por los suelos. Aun así, tras haber pagado todas las deudas, se había quedado con unos medios más modestos. *Y más modestos aún ahora*, piensa, después de haber comprado un billete de Primera Clase. No le queda mucho tiempo hasta que tenga que buscarse una forma de ganarse la vida. Da un sorbo de café demasiado grande y se quema la boca, por lo que vuelve a dejar la taza en su platillo con un tintineo. Ya tendrá tiempo de pensar en eso. No necesita a nadie más para la tarea que tiene por delante. Mejor estar sola, con la única compañía de Rostov, tan solitario en sus viajes como ella en este trayecto.

En el exterior, bajo un cielo azul pálido, el prado se extiende hasta un horizonte reluciente e incierto. Parece un lugar inocente, carente de todo, incluso sin sombras. «Ve con cuidado —les advierte Rostov a los viajeros precavidos—, pues ningún paisaje es inocente. Si empiezas a divagar, apártate de la ventana».

Aunque él también se puso a divagar, ¿no? Se había convertido en una deshonra, en un hombre que vivía en el ocaso. Su familia había intentado retirar el libro de circulación, pero claro, con aquello solo habían conseguido que fuera más popular aún. Pobre Valentin Pavlovich, ¿dónde había acabado? Ahogado en el río

Nevá, según decían algunos, o en un albergue para pobres, o borracho y tirado en una zanja, todavía viajando por los Baldíos en su imaginación.

—Disculpe, señorita... —Alguien le da un toquecito en un hombro, y ella pega un bote y alza la mirada, confusa. Un joven chino está a su lado, con el cabello un poco demasiado largo que le sobresale de debajo del sombrero, despeinado—. He llamado a la puerta —añade en ruso—, pero no me ha contestado, y entonces he visto que estaba desapareciendo.

No, no es un hombre, sino una joven, una chica. Se echa atrás y se frota la nariz, y Marya se pregunta si se ha quedado dormida y está en uno de esos sueños cuyo significado acaba perdiéndose.

—¿Cómo que desapareciendo?

—Es así como llamamos a cuando alguien... Cuando parece que se ponen a divagar. Tenemos que hacer que vuelvan en sí. —La joven tiene un tono abrupto, aunque bien podría deberse a su ruso, que suena burdo e imposible de situar y mucho mayor que ella, y, conforme Marya recobra la compostura, se da cuenta de quién debe de ser: la chica de la que ha leído, la famosa niña que había nacido en el tren. Ya no es una niña, aunque no puede tener más de dieciséis años. Zhang Weiwei.

—Solo estaba pensando en mis cosas —se defiende Marya, aunque no se acuerda de qué pensaba; de hecho, no recuerda haber estado pensando, y sus ideas de ahora son torpes y lentas. Echa un vistazo al reloj de la pared y se asusta al ver que han pasado dos horas. La chica le sigue la mirada.

—Así es como ocurre —dice—. Es como quedarse dormida, solo que sigue despierta. Es por eso que tenemos que vigilar a todo el mundo con mucho cuidado. Nadie cree que puedan ser ellos. No debería quedarse en su compartimento a solas durante demasiado tiempo. Lo mejor es estar con más personas.

Tiene una mirada evaluadora que incomoda bastante a Marya.

—He leído las guías —dice, y se molesta por el tono defensivo que pone. La chica se encoge de hombros.

—No preparan a nadie para la realidad. Ni siquiera Rostov, y eso que se le da bien la mayoría de los conceptos. Los demás son una panda de charlatanes. —Pronuncia la palabra con énfasis, satisfecha—. Es más peligroso haber leído esos libros que no saber nada. Marya se echa a reír, no puede evitarlo. Sin embargo, la chica la sigue mirando con una expresión preocupada, aunque también contiene algo más, como si pudiera captar el reconocimiento en el rostro de Marya y se preguntara de dónde procede.

—Gracias por preocuparte —responde, con cuidado de mantener una expresión neutra—. Estaré más atenta a partir de ahora.

—Aun así, la Marya de antes ya ha desaparecido, por descontado. Se ha desvanecido con cautela y a propósito. Quizás a esta nueva Marya le parezca demasiado fácil desaparecer mientras siga siendo nueva, inacabada. Mientras siga a la deriva, lejos del presente.

—Hay un truco —continúa la chica, con cierta timidez—. Si quiere que se lo cuente, es mejor que lo que dicen las guías.

—Sí, por favor —repone Marya—. Te estaría muy agradecida.

—Tiene que llevar algo brillante encima —le explica Weiwei—, algo brillante y duro que refleje la luz, como un trocito de cristal. —Si se percata de que Marya se tensa, no lo demuestra, sino que saca una pequeña canica del bolsillo y la sostiene hacia la ventana. El sol se refleja en un fragmento de cristal azul que tiene dentro—. Lo importante es el brillo. Hay quienes dicen que tenemos que llevar algo afilado para pincharnos de vez en cuando, pero yo creo que lo que hace falta de verdad es algo con lo que pincharnos la vista, por así decirlo. —Mueve la canica de modo que la luz danza a través de ella, y Marya nota que se le tensa el pecho. Le duele lo mucho que le suena—. Hace que uno vuelva en sí. No sé por qué.

«El cristal es la alquimia en estado sólido. Es arena y calor y paciencia —decía su padre, cuando se sentía poético—. El cristal es capaz de atrapar la luz, de usarla, de quebrarla».

—Aunque no todos están de acuerdo conmigo. La mayoría, vaya. —Weiwei tensa la mandíbula—. Dicen que el hierro es mejor, pero a mí me parece una superstición. —Mira a Marya como si la retara a desafiar su hipótesis.

—No se dan cuenta de lo fuerte que puede ser el cristal —responde Marya. Weiwei sostiene la canica en su dirección.

—Puede quedársela si quiere. Tengo más.

Marya duda antes de estirar una mano para aceptarla. Es obra de su padre, está segura de ello, aunque no ha visto una de sus canicas desde que era pequeña, tirada en el suelo para jugar. Tenía cierta técnica que le gustaba usar para hacer que el giro de color del interior pareciera estar en movimiento constante.

—Gracias —le dice, y, aunque tal vez solo sea el poder de la sugestión, cuando cierra la mano en torno a la canica nota que vuelve a pensar con normalidad. Por su parte, la chica se remueve donde está, nerviosa.

—Me han mandado a ver si necesitaba algo, porque no viaja con ayuda.

Marya se muerde el interior de la mejilla e intenta no cambiar la expresión. Si bien ya se había imaginado que iba a parecer raro que una mujer como ella viajara sin compañía, no se había esperado que fueran a comentarlo de forma tan abierta. Piensa en los ojos astutos de la Condesa, en los auxiliares que chismorrean entre ellos. ¿Les dará lástima, tal vez, o habrá algo más detrás de ese gesto? Sospechas. Dudas.

—Muy amable por vuestra parte —responde, con cuidado—. ¿Han sido los dos caballeros de la empresa quienes lo han pensado?

—Es lo que hacemos siempre, cuando hay algún pasajero que viaja a solas. —Se vuelve a rascar una pierna y a frotar la nariz—. ¿Necesita algo, señorita?

Marya se permite relajarse un poco. Piensa, con cierta diversión, que no se imagina a esa chica como una buena sirvienta, con su uniforme arrugado y el cabello que se le escapa del sombrero.

—Muchas gracias, pero… —Está a punto de negarse cuando cae en la cuenta de que seguro que no hay nada que esa chica, la hija del tren, no vea. Puede que le sea útil—. No necesito nada por el momento. Pero, si necesito algo más adelante…

—No tiene más que pedirlo, señorita —contesta la chica, sin mucho entusiasmo, y se da media vuelta para marcharse.

—¿Puedo hacerte una pregunta? —suelta Marya de repente, y Weiwei se da media vuelta, aunque tal vez haya notado algo en el tono de ella, porque se ha puesto a la defensiva, y Marya cree verle una expresión alarmada que le cruza el rostro en un instante. Intenta poner un tono de voz más tranquilo—. ¿Estuviste en el último cruce? Se oyen muchos rumores, como te imaginarás, y, claro, es difícil no ceder ante la curiosidad... ¿Es verdad lo que dicen? Que no recordáis nada. —A pesar de que lo dice con una pequeña sonrisa, en esta ocasión la expresión nerviosa de Weiwei es inconfundible.

—Si tiene alguna pregunta, puede dirigirse a los representantes de Transiberia, quienes estarán encantados de hablar con usted —responde la chica, con el tono de alguien que repite unas instrucciones que se ha aprendido de memoria.

—Claro —dice Marya—. Lo entiendo.

Sin embargo, antes de marcharse, Weiwei duda un segundo.

—Lo siento —dice, con una voz que suena más natural—. Es que... no me acuerdo.

Después de que la chica se marcha, Marya suelta un suspiro y apoya los codos en la mesa. Va a tener que dar más rodeos con sus preguntas. Va a tener que ser astuta y estar atenta, ser todo lo que su madre le enseñó que no debía ser. «No te quedes mirando así a la gente, niña, que se te van a caer los ojos... Una señorita no escucha detrás del picaporte... Una señorita no hace tantas preguntas». Solo que Marya siempre ha observado y ha escuchado. Saca su diario. Cuando era pequeña, había llenado esas páginas con observaciones sobre las personas que la rodeaban; las palabras sin contener de su familia, la chispa de las ocurrencias de su abuela, las miradas que intercambiaban los adultos. Había empezado a entender que lo que los demás decían y lo que querían decir no siempre eran lo mismo. Con el transcurso de los años, pasó a escribir sobre su nueva ciudad, a observar sus peculiaridades y novedades, el ritmo de su vida cotidiana. Cuando su madre creía que estaba a salvo en su habitación o de visita en casa de alguna otra joven del barrio para extranjeros, lo que había hecho era pasear por la calle hasta encontrar aquellos lugares que las *Guías para viajeros precavidos* de Rostov no creían dignas de mención. Ahora piensa usar bien ese hábito de observarlo todo. Abre el diario hasta donde una hoja de papel está metida entre dos páginas. El papel está en blanco, salvo por la dirección de su casa en Pekín y las palabras en inglés «A la atención de Artemisa», con la letra de su padre. Por millonésima vez, alisa el papel para leerlo. Artemisa, la diosa griega de la caza, el nombre de la persona anónima cuya columna de la revista de la Sociedad de los Baldíos se ha hecho tan famosa. Si bien la revista publica artículos y cartas sobre una gran variedad de temas relacionados con los Baldíos y su historia, geografía, flora y fauna, esa columna es la razón por la que ella (y muchas otras personas) espera con ansias las nuevas entregas. La columna habla de chismes sobre pasajeros famosos, describe paisajes sobrenaturales e incluye rumores sobre la propia empresa. Se dice que en Transiberia están desesperados por desvelar la identidad de Artemisa, que las críticas de él o ella tienen el poder de hacer que sus acciones suban o bajen, que sus columnas se han llegado a debatir en el Parlamento del Reino Unido.

¿Qué es lo que su padre habría querido decirle a la misteriosa Artemisa?

Resigue la escritura de su padre con los dedos. Es lo único que le queda de él. Encontró la carta tirada detrás del escritorio, pues los trabajadores de la empresa no la habían visto cuando se llevaron el resto de sus escritos. Experimenta el sonrojo de la vergüenza y de la ira hacia sí misma que tanto le suena ya. Rebuscó por toda la casa, pero no encontró nada más, ninguno de los informes que había escrito en largas noches en vela, ninguna de las notas que se pasaba el día garabateando, cuando le venía una idea en plena cena, por poco que le gustara a su madre. Le había fallado a su padre. No había podido proteger su legado.

Está segura de que su padre habría querido compartir la verdad con Artemisa. ¿O acaso Artemisa ya le había escrito en alguna ocasión? Quiere gritarle a su padre, a ese trocito que le queda de él, a ese espectro: «¿Por qué no me lo contaste a mí? ¿Qué escondías?».

Las respuestas tienen que estar en el tren.

Hará lo que ha hecho siempre: observará, escuchará, escribirá. Artemisa es un fantasma, y quizá haya desaparecido para siempre.

Aun así, puede que todavía pueda encontrar un rastro de él en el tren, de lo que ocurrió de verdad en el último cruce.

Hace rodar la canica entre los dedos. Sabe que no se romperá, ni siquiera si la lanzara desde muy alto. Es más fuerte de lo que aparenta.

Se pone de pie tan deprisa que el movimiento del tren que tan poco conoce casi hace que se tropiece. *Es más fuerte de lo que aparenta. Más fuerte de lo que cree.* Recuerda los hornos de la fábrica, la forma en que su padre metía el cristal en su corazón ardiente. Eso es lo que necesita: ese fuego en el pecho, el horno personal que lleva en su interior. Necesita llevar la mano cerca de las llamas, notar las fuerzas que la impulsaron a desprenderse de su vida anterior, que la guiaron hacia este tren.

FORMAS Y CLASIFICACIONES

H enry Grey no ha pasado buena noche, pues el dolor de estómago lo ha despertado en varias ocasiones. El desayuno no ha mejorado su estado de ánimo, con sus arenques ahumados poco hechos y su té aguado. Aun así, el ambiente del vagón biblioteca lo calma; el olor de los libros, la moqueta verde y gruesa que amortigua el ruido incesante de los raíles, las profundidades acogedoras de las butacas. La única otra persona del vagón es un auxiliar anciano, sentado bajo un grabado grande de la ruta del tren. Grey se pasea entre las estanterías y se alegra al ver la selección de volúmenes sobre historia natural, en inglés y en francés principalmente, y rebusca deprisa, como hace cada vez que se mete en una librería o una biblioteca, el volumen que lleva su nombre. Y sí, ahí está, en un estante bajo: *Formas y clasificaciones del mimetismo en el mundo natural*. Lo alza para notar su solidez, el peso de todas las horas que pasó inmóvil en la hierba para observar las abejas de su jardín y demostrar por primera vez que algunas de ellas no eran abejas, sino *syrphidae*, sírfidos. Los débiles se disfrazan de los más fuertes y mimetizan una forma más perfecta. Ese mimetismo les concede ventajas sobre los depredadores y, según afirmó, demostraba que todas las criaturas obraban por ser mejores, por avanzar de forma gradual hacia la propia imagen de Dios. Lo alabaron, lo laurearon y lo invitaron a salir de su cabaña de Yorkshire para ir a dar charlas en Londres y en Cambridge. Cierra los ojos y recuerda la sensación de aquellas salas, en silencio por la expectativa, la atención ansiosa que todos le prestaban. Entonces abre el libro hasta donde está su nombre y ve que alguien ha pintarrajeado unas palabras debajo: «Un pobre idiota».

Lo cierra con fuerza. Cuando ve el tratado sobre adaptación y modificación de Girard, lo saca de donde está, en un lugar destacado, y lo coloca en el rincón más oscuro del vagón. El auxiliar lo observa sin comentar nada.

Tras un rato, la puerta del vagón se abre, y Alexei Stepanovich aparece. Recién afeitado, el ingeniero bien podría parecer un niño en edad escolar; da la sensación de que tendría que estar despatarrado en su silla en el fondo de la clase, soñando con sus bocetos de motores, no con el peso de la seguridad del tren sobre los hombros. Grey nota cierta incomodidad y se da media vuelta deprisa. Oye que el ingeniero le dice algo al auxiliar en esa mezcla de idiomas que parece que hablan en el tren, seguido del traqueteo de una caja de herramientas.

Grey rebusca en las estanterías hasta encontrar el libro que quiere: *La historia de los puentes ferroviarios europeos*. Con cuidado, saca un sobre del bolsillo de la chaqueta y lo coloca entre las primeras páginas. Nadie se lleva nunca ese libro, según le ha contado el ingeniero, por lo que es el escondite perfecto. Grey cierra el libro y nota cómo el sobre llena las páginas. Contiene lo que son casi sus últimos fondos.

Dios guio a Henry Grey hasta el joven ingeniero. Hace cinco meses, agotado y casi en pedazos, Grey había acabado en la costa hostil de la sede de Transiberia en Pekín, paseándose por los pasillos en un intento desesperado por hablar con alguien que ocupara algún puesto de autoridad, con alguien que le hiciera caso cuando decía que tenían que permitir que el tren se volviera a poner en marcha, que era impensable que unos viajeros como él se quedaran sin ningún método rápido para volver a Europa. Sin embargo, la oficina había estado llena de todo tipo de morralla, con grupitos de gente que avanzaba a empujones, y le habían cerrado una puerta tras otra en las narices. Lo único que había conseguido era una reunión con un encargado de tres al cuarto que le había preguntado por qué no podía viajar por donde había llegado hasta allí.

—Seguro que dispone de medios suficientes —le había dicho—, para haber llegado hasta aquí solo por diversión.

Grey había querido echarse a llorar. Había querido agarrar al hombre de las solapas y sacudirlo, solo que llevaba una temporada con un dolor de estómago cada vez mayor, y casi no le había dado tiempo a salir entre trompicones de aquel despacho diminuto antes de desmayarse en el suelo de mármol.

Cuando volvió en sí, se encontró con un joven con el uniforme de Transiberia arrodillado a su lado, con un vaso de agua y una expresión cargada de preocupación. Conforme un torrente de gente se abría camino por su lado, sin enterarse de lo mal que lo estaba pasando, el joven insistió en llevarlo al hospital para extranjeros, donde se sumió en un periodo de sueño intranquilo.

En unos sueños que le llegaban cuando aún estaba medio dormido, el tren lo llevaba hacia el interior de los Baldíos antes de detenerse en un gran océano de hierba que se mecía al viento. Se encontró con una puerta que se abrió al tocarla y salió hacia un silencio y una paz que sabía que tenían origen en Dios, con los insectos zumbando en una armonía compleja, con aves majestuosas que sobrevolaban la zona en círculos y lo rodeaban: mil alas en movimiento. *El jardín del Edén*, pensó. Su profusión de formas era la clave hacia las maravillas de la creación divina.

Cuando se le pasó la fiebre y volvió a ser capaz de incorporarse en la cama, los médicos insistieron en que tenía que cuidarse más. Y él aceptó de buen grado. Prometió que se cuidaría en cuerpo y mente, porque eran regalos de Dios y porque una nueva certeza ardía en su interior: se dio cuenta de que los Baldíos no eran solo un medio para cumplir con un fin, no eran un peligro que soportar, sino una oportunidad.

A lo largo de las siguientes semanas, mientras reposaba, se sumergió en tantas investigaciones académicas sobre los Baldíos como pudo. Por descontado, la mayoría de dichas investigaciones eran obra de la Sociedad, cuyos métodos de aficionado saltaban a la vista: se basaban en la especulación, en gran parte, y se valían de artículos con malas referencias y de cartas de clérigos rurales. Aun así, no había datos de mayor rigor científico. Claro que habían llevado a cabo expediciones durante los primeros días de los cambios, hasta el interior de los Baldíos. Al fin y al cabo, esa es la naturaleza humana, el deseo de trazar mapas, de recoger muestras, de entenderlo todo. Solo que ninguno de los exploradores había vuelto, y no tardaron en dejar de organizar las expediciones. Después de eso, Transiberia era la única con acceso a los Baldíos, a través de su supuesto Cartógrafo, y protegía sus hallazgos con mucho cuidado y solo soltaba unos bocados miserables de información en una revista académica de la que ellos mismos eran propietarios. *¿Qué descubrimientos nos estaremos perdiendo?*, pensó. *¿Qué oportunidades de aprendizaje y comprensión no nos están llegando? ¿Cómo va a progresar la ciencia con tanto secreto de por medio?*

Un plan se le empezó a gestar en la imaginación. Al mismo tiempo, buscó a quien lo había rescatado, quien resultó ser un ingeniero del Expreso Transiberiano, y se ganó su confianza a base de licor de cereza y de debates sobre la mecánica del tren.

Lo que había acabado creyendo, según le explicó a Alexei, era que en el interior de los Baldíos iba a encontrar una prueba que demostrara su teoría del mimetismo, que en el interior de todos los seres hay unas ansias orientadas a alcanzar una forma más perfecta. Y fueron esas ansias las que provocaron los cambios de la zona. Los Baldíos, según le explicó con unas palabras tan llanas que hasta el ingeniero fuera capaz de entenderlo, solo se pueden comprender desde un punto de vista: son un lienzo enorme para la ilustración de las enseñanzas de Dios. Es un segundo jardín del Edén.

Le había llevado un tiempo convencer al ingeniero de lo que creía, claro, y había necesitado más tiempo aún para convencerlo de lo que tenían que hacer. Qué leal era el joven, y todo hacia una empresa que solo lo veía como un engranaje más de su maquinaria, hacia unas personas que daban su talento por sentado. ¿Acaso no había mucho más que pudiera hacer? ¿No era capaz de ver lo mucho que podía contribuir a la humanidad? ¿No veía que entre los dos iban a cambiar cómo se entiende el mundo?

—Nuestro nombre pasará a la historia —le había dicho al ingeniero. ¿No es eso lo que quiere todo el mundo? Que no los olviden, ser algo más que una línea en un libro de contabilidad, que la vida de uno sea algo más que la fuerza que malgastó consiguiendo que otros se hicieran ricos.

Grey logró convencerlo con eso, le vio el brillo en los ojos. Al día siguiente, Alexei se había pasado por la casa de alquiler de Grey, a rebosar de emoción, y le dijo que había averiguado una forma en la que podían hacerlo, una forma en la que podía hacer que detuvieran el tren el tiempo suficiente para que Grey saliera a escondidas a recoger los especímenes que necesitaba. Y ese mismo día fue el que Transiberia anunció que iban a reabrir la línea, que el tren iba a llegar a tiempo a la Exposición de Moscú. Una prueba más, aunque no le hiciera falta, de que su plan contaba con la bendición de Dios.

Grey vuelve a dejar el libro en la estantería y se aleja hacia una de las mesas, con la precaución de no alzar la mirada cuando oye que el ingeniero recoge su caja de herramientas y se acerca a la estantería como si quisiera buscar un libro. Una puerta se cierra. Al mirar hacia allí por fin, ve que *La historia de los puentes ferroviarios europeos* ya no está y deja que un brillo cálido y triunfante lo invada. *Ya está.* Sí, le quedan unos momentos difíciles por delante, pero ya lidiará con ello cuando llegue el momento. Dios lo guiará. Su fe lo acompaña. Se pone a pensar qué nombre le dará a su teoría. «*La filosofía natural de Grey*»… *No, no, es demasiado egocentrista.* «*El nuevo pensamiento edénico*»… Sí, quizás ese…

Sale de su ensimismamiento al ver que la viuda joven (¿Maria?) ha entrado en la biblioteca y le hace preguntas al auxiliar, quien se pone en posición de firme.

— … pero ¿cómo pueden estar seguros de que estamos a salvo? —está preguntando—. ¿De verdad son tan fuertes las puertas?

¿Y el cristal? ¿Cómo saben que puede... resistirlo todo? —Se abanica el rostro, y el auxiliar se endereza más aún. Grey rechista.

—Nada puede colarse por esas puertas, señorita, pongo la mano en el fuego. Ni la criatura más fuerte de la existencia ni el ladronzuelo más astuto del mundo. El tren está mejor blindado que todas las cámaras acorazadas de todos los bancos del mundo...

«Nada puede entrar o salir sin dos conjuntos de llaves y una combinación que cambia con cada cruce —le había explicado el ingeniero—. Pero es posible que sepa cómo hacerme con todo eso... En los cruces anteriores, ni hablar, pero ¿ahora? Ahora creo que sí».

Claro que salir del tren era solo el primer paso.

— ... y garantizamos que el cristal no se romperá ni aunque se produzca un terremoto, señorita.

—Pero hubo un problema, ¿verdad? En el...

—No volverá a ocurrir, señorita. Descubrimos quién era el culpable; fue una situación muy triste, el pobre hombre no estaba bien. Ahora tenemos unos protocolos nuevos que...

Grey tose de forma deliberada. Al fin y al cabo, están en una biblioteca.

—Mis disculpas —dice la joven viuda, y Grey hace un ademán con la mano. Le ha dado por ser amable esta mañana, ya que el futuro lo llama desde el horizonte, donde lo espera. Forma un triángulo con las manos y se queda mirando el prado al otro lado de la ventana. Cuánta promesa contiene, bajo un firmamento enorme y azul. Casi llega a notar el suelo bajo los pies, la brisa en el cabello, todas las maravillas que puede tocar con los dedos, a la espera de que las descubra. Saca un cuaderno del bolsillo de la chaqueta y hojea los mapas dibujados a mano, copiados con suma meticulosidad de los planos que el ingeniero le había proporcionado. Todos están anotados, pero solo uno contiene una estrella y está marcado con un círculo rojo. *Aquí*. De entre todos los kilómetros de trayecto, tras considerarlo mucho, ese es el lugar que ha escogido.

»¡Ay! ¿Qué es eso? —En la ventana del lado opuesto, la joven viuda no hace ningún intento por bajar la voz. Grey suspira de pura exasperación, aunque no puede evitar mirar, claro. Al principio cree que se trata de un saliente rosa pálido, justo al lado de la vía, pero se mueve. No, no se mueve; lo que se mueve es su superficie, como si estuviera viva, llena de... Se pone de pie de so petón y se acerca a la ventana a toda prisa, junto a la viuda que ha llevado las manos al cristal.

»Es un tren —susurra la mujer.

No, piensa Grey, *ya ha dejado de serlo*. La forma de su motor y la de sus vagones, a pesar de estar volcados y podridos, siguen siendo reconocibles. Solo que es algo más también, bajo la masa que se mueve con sacudidas, formada por criaturas similares a cangrejos, una colonia entera de esos animales cuyos cuerpos pálidos se amontonan unos encima de otros, de modo que los restos parecen haber cobrado vida.

—Lo mejor es no mirar —dice el auxiliar—. O, si no puede evitarlo, sujetarse a algo mientras mira.

—¿Qué le ocurrió? —Grey envuelve con los dedos el crucifijo de hierro que lleva en el interior del bolsillo del pecho, junto al corazón. Cuanto más tiempo se queda mirando los restos, más cree que hay cierto orden en el movimiento de las criaturas, como una colmena de abejas que gira en torno a su reina.

—Los primeros cruces no siempre salían bien. Se produjeron accidentes, descarrilamientos... Y tuvieron que dejar los trenes aquí, claro, y ahora, bueno...

—¿Cómo pueden soportarlo? —La voz de la viuda suena temblorosa—. ¿Cómo pueden trabajar aquí si están obligados a ver eso? ¿Cómo consiguen volver?

El auxiliar se rasca la barbilla, solo que sin llegar a mirar al exterior.

—Uno se acostumbra a todo —dice, por poco convencido que suene.

—Es raro —dice la mujer—, aunque he leído mucho sobre esto, sobre los Baldíos, no me esperaba que... Son los recordatorios de lo humano, de lo que... —Se queda callada.

Recordatorios de lo que puede salir mal, piensa Grey.

SOMBRAS

El día de Weiwei es un torbellino de quehaceres y exigencias a gritos. Siempre hay otra tarea que cumplir, un suelo que fregar, una pieza de latón que pulir, pertenencias perdidas que encontrar, pasajeros a los que despertar y atosigar. A diferencia de lo que ocurre con los auxiliares y los botones, con los fogoneros, los maquinistas y los guardias, los límites de su papel en el tren nunca se han acabado de definir del todo, lo cual puede resultar molesto, cuando las tareas parecen no tener fin, pero también útil, porque le permite entrar y salir de cualquier parte del tren y afirmar que está encargándose de cualquier recado para otra persona. Se pone a divagar. *¿Qué vi anoche? Nada. Un efecto de la luz, un síntoma del susto de los pasajeros. ¿O una mala pasada de mi imaginación?* Tiene más bandejas que llevar a Primera Clase, más platos sucios que lavar. *Unos ojos en la oscuridad.* Se estampa contra un auxiliar del vagón restaurante, se mancha el uniforme de té y se le olvida recoger las sábanas limpias del vagón de servicio. Los auxiliares la maldicen, y hasta Anya Kasharina la regaña por no haber tenido cuidado y la echa de la cocina al perseguirla con un cucharón.

Hay un cartel grande colgado en los aposentos de la tripulación que muestra a un joven alegre vestido con el uniforme de Transiberia que dice «¿Se siente un poco raro? ¿Le cuesta recordar algo? ¡Llame al médico!». Weiwei pasa a toda prisa más allá del cartel, con la cabeza gacha.

—Tú calla —le dice al cartel.

Sin embargo, las palabras que Marya Petrovna le ha dedicado esa misma mañana le resuenan en los pensamientos: «¿De verdad no recordáis nada?».

Ha pasado por otros cruces en los que los recuerdos se le nublaban y no podía fiarse de ellos. En una ocasión, una enfermedad del sueño había afligido al tren entero: los pasajeros se quedaban dormidos encima del plato de la cena, los tripulantes se dormían cuando estaban de guardia. Durante varios días, los fogoneros fueron los únicos que se quedaron en vela, para alimentar al tren insaciable en el que iban. El médico propuso ante la Capitana la hipótesis de que el calor los protegía de lo que fuera que afectara al resto del tren. Aun así, los rumores entre los tripulantes decían que se debía a que los Baldíos sabían lo que hacían. Mantenían a los fogoneros despiertos porque eran quienes alimentaban al tren, a un tren tan hambriento como los Baldíos, y estos lo reconocían.

—Una afinidad, eso es lo que es —dijo Anya Kasharina, quien es bastante dada al misticismo, aunque nunca lo admitiría cerca de los Cuervos.

Quienes se habían quedado dormidos durante el viaje compartieron los mismos sueños. Habían caminado sobre la nieve sin dejar huellas a su paso. Unos ojos en la oscuridad los vigilaban. En otro cruce, los habitantes del tren habían sufrido unas compulsiones extrañas y se habían puesto a pintar en la pared unas criaturas impresionantes que juraban que no habían visto en la vida. Transiberia se había esforzado sobremanera para asegurarse de que todas esas historias no se hicieran públicas. Cuando se enteraban de que algún tripulante se iba de la lengua, lidiaban con ellos de inmediato.

Sin embargo, el último cruce había sido distinto. «¿De verdad no recordáis nada?».

Solo tiene un vacío en el lugar en el que debería albergar los recuerdos. Y luego, como si se despertara de un sueño plácido, se dio cuenta de que habían llegado a la Muralla, a la zona de Custodia. Los espejos del tren estaban rotos, la madera pulida de las paredes estaba llenas de marcas en línea recta y en espiral. Weiwei se rasca la cicatriz que tiene en la palma de la mano derecha. Algunos de los pasajeros no llegaron a recuperarse nunca, se quedaron con la mente fragmentada, como el caleidoscopio que el fabricante de cristal le había hecho, con unos patrones cambiantes imposibles de retener en la memoria. Para cuando llegaron a Pekín, tres pasajeros de Tercera Clase habían perdido la vida.

Se detiene en seco y se queda mirando a la figura sonriente del cartel. No, a ella no le pasa nada. Sí que vio algo en el vagón almacén, algo escondido que no debía estar allí. Algo no, alguien.

En cualquier otro cruce, habría ido a buscar al Profesor al encontrarse así, pues sabía muy bien que iba a hallarlo despierto incluso si se presentaba a las tantas de la noche, encorvado sobre sus libros bajo la última lámpara encendida de su vagón. Sabía muy bien que iba a dedicarle toda su atención, que iba a escucharla sin interrumpirla, sin suspirar ni mirar el reloj, y, mientras hablaba con él, lo que fuera que la preocupara se disiparía como el humo del incienso. Cree que el Profesor no le diría que no hay nada escondido en el falso techo, sino que se ofrecería a acompañarla para asegurarse de ello.

Solo que no va a buscarlo, esta vez no. Si de verdad se va a marchar, Weiwei tiene que acostumbrarse a que no esté, tiene que prepararse para cuando ya no viaje más con él.

Aparta el pensamiento de la mente, toma una cantimplora del comedor de la tripulación y la llena de agua. *Por si las moscas.* Se hace con un mendrugo de pan que han dejado en una de las mesas y se lo mete en el bolsillo de la chaqueta. Al hacerlo, nota una presión en los tobillos, y, al bajar la mirada, se topa con Dima, quien la mira lleno de esperanza, con sus ojazos ámbar.

—A los gatos no les gusta el pan —le dice, aunque sabe que, por él, está encantado de intentar comerse lo que sea. Se agacha para acariciarle el pelaje gris espeso y nota el temblor tranquilizador de sus ronroneos bajo la mano. *Nuestro polizón,* piensa. Lo encontraron en el comedor de la tripulación hace cinco años, nada más salir de Moscú. Por aquel entonces estaba en los huesos y engullía todo lo que iba pescando por el suelo. Fue un cruce difícil ese, con tormentas por el camino y sombras en el horizonte, pero el minino se lo había pasado paseando tranquilamente por el tren, sin ninguna precaución, como Pedro por su casa. Y, si bien la Capitana no estaba muy contenta precisamente por que hubieran permitido que un animal subiera a bordo, hasta a ella parecía gustarle el gato y su costumbre de perseguir las luces del pasillo. Una de las cocineras lo llamó Dmitry, de ahí el apodo de Dima, por su tío abuelo, porque decía que la mirada glotona que tenía le recordaba a él.

»¿Quieres hacer algo de provecho? —le pregunta Weiwei, y el gatito se frota las mejillas con los nudillos de ella.

La Capitana (o, al menos, la Capitana que conocían) siempre tiene cuidado con los polizones. Antes hubo quienes estaban lo bastante desesperados como para arriesgarse, por muy alta que fuera la multa, quienes creían que el riesgo valía la pena. Una vez, cuando Weiwei tenía cinco o seis años, había estado jugando en el vagón de equipaje al principio del viaje, antes de que el tren llegara a la Muralla. Era un cruce de invierno, con la nieve que se congelaba en los raíles, con el hielo que trazaba patrones en las ventanas.

Y se había encontrado con un hombre en el vagón de equipaje, agachado debajo de una montaña de lonas, un hombre que apestaba a alcohol y a sudor. Así lo había podido descubrir, tras rebuscar entre las capas de tela hasta llegar a lo que era distinto, a lo que sabía, incluso a esa edad, que no debía estar allí. Recuerda cómo le rodeó la muñeca con los dedos, lo mucho que le apestaba el aliento.

—Tú no has visto nada —le susurró—. ¿Lo entiendes? No estoy aquí. —Y se abrió la chaqueta para mostrarle el brillo de una navaja que llevaba guardada.

Fue corriendo a buscar al Profesor. Por pequeña que fuera, sabía cuándo una persona estaba ahí y cuándo no, sabía que una navaja no podía hacer que alguien fuera invisible. El Profesor la alzó en brazos y fue corriendo a los aposentos de la Capitana para exigirle saber por qué una niña pequeña se había podido acercar tanto al peligro.

Después de eso, los tripulantes la cuidaron más que nunca. Los auxiliares le dijeron que había sido muy valiente, los cocineros le dieron raciones extra de natillas. Anya Kasharina la abrazó y le dijo que tenía que aprender a no arriesgarse demasiado.

No quisieron decirle qué ocurrió a continuación. Le dijeron que era un hombre malvado, que esconderse en el tren sin pagar un billete era lo mismo que robar. No era nada más que un ladrón.

Fue mucho tiempo después que se enteró de lo que había ocurrido de verdad. No habían esperado a llegar a la Muralla, sino que habían tirado al hombre a la nieve. Fueron Belev y Yang, los contrabandistas, quienes se lo contaron una noche entre cruce y cruce, con la panza llena de alcohol, cuando la espera los puso nostálgicos y les dio ganas de presumir. Le contaron que habían abierto la puerta del vagón solo para asustarlo, para que aprendiera la lección. En invierno, el tren avanza despacio y aparta la nieve del camino según marcha.

—Pero ¿cómo abristeis la puerta? —Nunca estaba segura de cuánta parte de sus historias era creíble—. Nadie más tiene las llaves.

Belev se echó a reír.

—Hermanita, sabes mejor que nadie que uno puede conseguir lo que quiera en el tren. Si quieres las llaves, hay formas de hacerse con ellas.

—¿Y qué sucedió? —Pasó la mirada de uno a otro.

—Ahorramos tiempo y esfuerzo y aplicamos la justicia del tren —dijo Yang, limpiándose la boca. Belev soltó un gruñido—. La Capitana lo sabía.

Y eso fue todo. La justicia del tren había tirado al hombre de la navaja a la nieve, a oscuras, a kilómetros de distancia de la civilización. Y la justicia del tren lo había hecho desaparecer de los registros y de los informes, como si nunca hubiera estado a bordo del tren. Le da un escalofrío solo de pensar en él, a solas en la nieve, con solo una chaqueta llena de parches. Desde entonces, ha pensado en él en cada cruce.

No suelen permitir que Dima se acerque a la zona principal del vagón de almacenamiento, por lo que tarda varios minutos en convencerlo para que se aleje de los nuevos olores y escondites. Al final acaba alzándolo en brazos y cargando con él con torpeza por la escalera improvisada hasta llegar al falso techo. Deja la lámpara y espera. Hay una sensación húmeda en el ambiente, a pesar del calor. La quietud de siempre ha desaparecido, reemplazada por la sensación de un movimiento que acaba de cesar, de que está a punto de ocurrir algo. Se le tensan los músculos. Nota que Dima se queda inmóvil, con las garritas clavadas en el uniforme de ella, tanto que le araña la piel. El gato echa las orejas atrás y mueve la nariz. Y entonces se pone a gruñir; un ruido ronco de advertencia que parece salirle de la panza. Poco a poco, deja al gato en el suelo.

—¿Qué pasa? —le susurra—. ¿Qué es lo que hueles? —El pelaje de la espalda arqueada del minino está erizado y tiene las orejas planas contra la cabeza. Tiene tan pocas ganas como ella de adentrarse más en las sombras.

Pero es la hija del tren, no le teme a nada. No tiene que ir corriendo a buscar al Profesor como hizo cuando era pequeña. Si hay un maleante ahí escondido, revelará su presencia. Un polizón es lo mismo que un ladrón y tiene que enfrentarse a la justicia del tren. Avanza poco a poco, despacio, con la lámpara por delante, y mira cómo crece el charco de luz.

Sí que hay algo, al final del vagón, donde reposan unos cuantos barriles viejos. Hay una sombra más oscura que parece preparada para saltar, con una tensión en el cuerpo que se asemeja a la de Dima, como si fuera un animal acorralado.

—Puedes salir —dice Weiwei en chino—. Tengo… Tengo pan y agua. Si tienes hambre… Puedo ayudarte…

Silencio. Repite las palabras en ruso.

—El pan tiene semillitas… Lo prepararon ayer mismo.

Las sombras siguen quietas; no son nada más que sombras. Weiwei suelta un suspiro. Se alegra de no haberle comentado nada a Alexei, porque nunca iba a dejar que lo olvidara. Se echa adelante para recoger la lámpara…

… y las sombras se mueven. Oye el sonido de algo que se arrastra, huele a humedad y podredumbre, y la imagen que se ha formado en la mente, la de un maleante con una navaja en la oscuridad, se deforma y se rompe, pero no puede volver a juntar las piezas en una forma que tenga sentido, no puede convencer a sus piernas de que se muevan, aunque Dima ha empezado a soltar un chirrido constante y agudo, un sonido que Weiwei no ha oído nunca. Lo único que puede hacer es quedarse agazapada, sin poder moverse, mientras el gato se prepara para saltar. Entonces se le entrecorta el aliento, se le escapa como un sollozo…

… y las sombras adoptan la forma de unos brazos y piernas, de un rostro de pómulos pronunciados y ojos atentos. El sonido de algo arrastrándose resulta ser el susurro de la seda.

No es un maleante ni un animal salvaje, sino una chica. Vestida con seda azul, con el cabello suelto y enmarañado a la altura de los hombros. Es algo tan inesperado, tan alejado de cualquier cosa que se hubiera imaginado, que Weiwei se tropieza al retroceder y choca con el suelo.

Con un siseo, Dima sale pitando por la trampilla. Weiwei y la polizona intercambian una mirada. A pesar de que el vestido que lleva hace que parezca mayor, cuando la mira más de cerca cree que debe ser más o menos de su edad, aunque le cuesta asegurarlo a ciencia cierta. Intenta centrarse en el rostro de la chica, pero le cuesta, por alguna razón: hay algo en la forma en la que la chica la mira que hace que a Weiwei le pique la piel bajo el cuello de la camisa. No está acostumbrada a que le presten tanta atención tan de cerca; es ella la que lo observa todo, no a quien observan.

—¿Vas a salir corriendo también? —le pregunta la polizona en ruso.

—¿Por qué iba a salir corriendo? —responde Weiwei, más a la defensiva de lo que había pretendido—. Estoy donde tengo que estar. Eres tú la que está en mi tren.

La chica asiente, solemne, y toca el suelo con la palma de la mano, como si quisiera reconocer con ese gesto que Weiwei tiene derecho a él.

—Has traído agua —dice. No lo pregunta, sino que lo da como un hecho. Como si no esperara otra cosa.

Weiwei le entrega la cantimplora, y la chica la acepta con las dos manos y bebe sin preocuparse de no hacer ruido.

—Tendrías que haberlo pensado bien antes de colarte en el tren —le dice Weiwei tras unos instantes.

La chica la mira sin parpadear, y Weiwei tiene que admitir que la impresiona un poco: es la primera vez que alguien la mira más rato del que ella puede mirar a los demás. Acaba sacando el mendrugo de pan, y la chica se lo quita de la mano antes de echarse más atrás en el espacio del falso techo. Cuando alza la lámpara, ve una suerte de nido.

—¿Estás sola? —Es la primera pregunta que se le ocurre; las demás no acaban formando palabras completas en sus pensamientos.

La polizona asiente, con una expresión ilegible.

—¿Y estás...? —Se interrumpe a sí misma. Todo es tan diferente a lo que se había imaginado que no le encuentra el sentido. Un hombre con una navaja y la boca llena de amenazas es algo que se puede entender. El peligro disfrazado de cuchillo y de gruñido es algo a lo que puede encararse y enfrentarse. Pero esa chica sola representa un peligro distinto. Hay una línea que no puede cruzar.

»¿Cómo has subido al tren? —pregunta en su lugar—. ¿Cómo es posible que nadie te viera?

La chica duda antes de contestar:

—Porque tengo cuidado y soy sigilosa y tranquila. Porque no soy lo que estaban buscando.

Su ruso tiene algo extraño, es un poco tenso y anticuado, como si buscara palabras que no están del todo a su alcance.

—Pero necesitas comida y bebida —le dice Weiwei—. Vas a tener que arreglártelas para buscar todo eso, y seguro que sabes lo largo que es el viaje. ¿No pensaste en lo peligroso que es? ¿No pensaste en lo que pasará si alguien te encuentra?

La chica se encoge de hombros, un gesto que a Weiwei le parece perturbador, aunque no sabe por qué.

—Tú puedes ayudarme.

—¿Y si no te ayudo? —Weiwei se cruza de brazos.

La polizona le dedica una sonrisa tan repentina como inesperada.

—Creo que sí quieres ayudarme. Creo que se te da bien mentir y que eres lista, porque has traído a un gato para descubrir lo que soy. A esos hombres no se les habría ocurrido la idea.

—Esos hombres... —Weiwei se queda callada. La polizona ha estado observándolo todo, no está tan poco preparada como parece. Y no aparta la mirada del rostro de Weiwei.

Es una locura. Tendría que salir corriendo a buscar a la Capitana, no tendría ni que estar pensándoselo. Todos saben de sobra las normas, el castigo que se le aplica a cualquier tripulante que ayude a un polizón: confinamiento en sus aposentos y un despido inmediato en cuanto llegan a su destino. Una lealtad absoluta hacia el tren, hacia Transiberia, eso es lo que exigen las normas. *Pero ¿dónde está la lealtad de la Capitana hacia el tren ahora?* ¿Por qué tendría que ir corriendo a buscarla cuando les ha cerrado la puerta a sus tripulantes? Cuando se ha desvanecido, cuando no está.

—Puedo traerte más agua —le dice Weiwei poco a poco—, y más comida también, pero tengo que ir con cuidado y no traerte demasiada, porque si no alguien se acabará dando cuenta. Y tienes que quedarte aquí escondida. Me lo tienes que prometer.

La polizona ladea la cabeza, como si se lo estuviera pensando.

—Aquí estaré —dice.

Weiwei asiente, y los miles de preguntas que quiere formular se le acumulan en la cabeza, de modo que escoge la más simple de todas.

—¿Puedes decirme cómo te llamas?

La polizona no contesta.

—No tiene que ser tu nombre de verdad, si no quieres. Yo me llamo Weiwei —dice, llevándose una mano al pecho, como ha visto a algunos adultos hacer cuando hablan con niños pequeños, como han hecho con ella en incontables ocasiones. La chica aparta la mirada.

—Elena —acaba diciendo, y Weiwei piensa: *Mentira*.

Deja la lámpara en el falso techo y vuelve a salir por la trampilla.

—Volveré pronto —le dice, y la chica asiente mientras la observa marcharse, rodeándose las rodillas con los brazos.

Weiwei vuelve a la sección de tripulación deprisa, segura de que muestra la culpabilidad en la expresión. Se dice que la polizona no es peligrosa, que solo es una chica. Está sola y tiene miedo, y seguro que no se habría arriesgado a esconderse en el tren si unas circunstancias horribles no la hubieran obligado a ello. No, no es una falta de lealtad; igual que el tren ha protegido a Weiwei toda la vida, ella protegerá a la chica. Le dará tiempo para que le cuente su historia, para que le diga de quién huye o hacia qué corre.

Está tan perdida en sus pensamientos que un golpe en la ventana que tiene al lado la hace soltar una maldición propia de los ferroviarios y pegar un bote atrás, con lo que choca con un pinche de cocina que pasaba por allí.

—¡Reptadores! —grita el chico, señalando hacia la ventana, donde una criatura del tamaño de un plato se aferra a los barrotes de hierro y golpea el cristal con las patas a toda prisa. Un caparazón le cubre el cuerpo, pero no es de color rosa pálido por debajo, donde le salen unas bocas que se abren y cierran a intervalos irregulares. El pinche se aferra al brazo de Weiwei cuando otro reptador cae sobre los barrotes, y luego otro, hasta que la ventana entera se convierte en una masa de patas que dan golpes y de bocas abiertas.

—Tienen que estar en el techo… —Aun así, normalmente solo se encuentran en los distintos destrozos que hay junto a las vías, no en el tren en sí.

—¡Llamaré al artillero! —exclama el pinche de cocina, de buena gana, y se aleja hacia el aparato de comunicación.

Weiwei se acerca un paso más, pero el gran número de criaturas que se aferraban a los barrotes ha hecho que los soltasen, y se están cayendo del tren, con las patas metidas en los caparazones. Unos instantes después, oye unos disparos, y más cuerpos paliduchos caen del techo y traquetean contra el cristal. Para cuando llega al vagón dormitorio, los aprendices de auxiliar ya se han puesto a apostar sobre el número de criaturas que derribarán de cada ventana.

—¿Quieres probar suerte, Zhang? —le pregunta uno desde lejos, pero ella niega con la cabeza y se sube a su litera. Cree que es la imagen de las criaturas de las ventanas lo que la pone incómoda, no la polizona escondida en el falso techo. Sin embargo, no puede evitar pensar en las palabras de Rostov: «¿Qué más hay por ahí escondido que no llegamos a ver?». Sí que está tentando a la suerte, si lo piensa bien, aunque solo es consciente de ello de una forma distante, como un cambio en el clima que solo se entiende después, en retrospectiva.

PARTE DOS

DÍAS 3-4

A tres días de Pekín, una de las maravillas del mundo natural aparece en el horizonte, reluciendo como un espejismo conjurado por los últimos rayos de la puesta de sol. El lago Baikal, de más de seiscientos kilómetros de largo y, según dicen algunos, de un kilómetro y medio de profundidad. El lago más antiguo conocido por la humanidad. El tren pasa horas marchando a su lado; la luna se alza en el firmamento y tiñe el agua de plata. Cuesta no ponerse a pensar en la oscuridad que contiene, en la vida que puede albergar en esas profundidades a las que la luz del sol no se acerca. Mi consejo para los viajeros precavidos es que no pasen mucho rato mirando esas aguas.

Antaño, ese gran lago contenía unos proyectos de ingeniería muy ambiciosos para aprovechar la fuerza del agua para las minas. Cuando el oro empezó a escasear, a finales del siglo dieciocho, los trabajadores dijeron haber sido testigos de unos cambios en el agua, haber visto sombras que acechaban bajo la superficie. Solo que nadie les creyó a ellos ni a otros que afirmaban haber presenciado algunos cambios extraños en el comportamiento de los animales, que captaban un raro aroma que impregnaba el ambiente. Se avistaron enjambres de insectos, aves que volaban cerca de los asentamientos. Un brillo peculiar en el reflejo del sol al rozar el agua.

Se dice que se había extraído tanto de aquella tierra que esta se quedó con hambre. Se había estado alimentando de la sangre que derramaban los imperios, había roído los huesos de los animales y de las personas que los gobiernos abandonaban a su suerte. Y le gustó el sabor de la muerte.

La guía de los Baldíos para viajeros precavidos, página 23.

EL LAGO

Hay un poema de John Morland que Henry Grey intenta recordar. Es algo así como «Que en el agua y en el cielo se revele | la gloria de su pensamiento». No, así no, menciona un reflejo, como el agua que refleja el cielo... Antes se lo sabía de memoria, pues el poema le había hecho compañía cuando recorría los páramos a pie. «Un reflejo de la gloria de su pensamiento», tal vez. No, así tampoco es. Aun así, le sirve por el momento, mientras el firmamento siga siendo un cuenco azul pálido y el gran lago los espere por delante, desvaneciéndose en una neblina borrosa en el horizonte. Grey lo observa con codicia, con ansias por acercarse más. Observa un cúmulo de insectos alados que parecen formar un círculo que gira y gira en el aire, al otro lado de la ventana. ¿Una formación para cazar, quizá? Saca su cuaderno maltrecho para anotar la pregunta y hojea las páginas llenas de preguntas ya escritas, con bocetos alrededor de las palabras, como si nunca tuviera tiempo ni de buscar una página en blanco. Alza sus binoculares, con lo que los abedules de la orilla se tornan nítidos, y las lenticelas con forma de ojo que hay en la corteza pálida de los árboles parecen devolverle la mirada, como si siguieran el avance del tren. Una de ellas parpadea, está seguro de que no se equivoca, pero, cuando deja los prismáticos fijos en ellas, todos los ojos están abiertos e inmóviles. Menea la cabeza, aunque se deja una anotación de todos modos: «¿Nos observan?».

A pesar de que había esperado estar a solas para observar cómo se acercaban al lago, un grupo de caballeros reposan en unas butacas cerca de la ventana del otro extremo, rodeados del humo de los cigarros que ofusca el paisaje del exterior. Hablan en voz alta y se equivocan al mencionar la profundidad y el largo del lago, de modo que Grey gira la silla para que no estén en su campo visual. De poco le sirve.

—Doctor Grey, parece perdido en sus pensamientos. Venga a compartir algunos de ellos con nosotros, porque bien que nos hacen falta, por desgracia. —Se trata del joven francés, el de la esposa bella, quien ya está dejándole espacio a Grey entre los fumadores—. Justo les estaba diciendo a estos caballeros que tenemos a un científico y académico entre nosotros, y aquí está. Tal vez pueda prestarnos su sabiduría. Estábamos observando una… ¿Cómo se dice? Una paradoja metafísica.

—De esas que tanto les gustan a los rusos —dice un caballero chino, corpulento y barbudo, con un inglés sorprendentemente melifluo.

—Debatíamos si algo es menos bello si se sabe que es peligroso. Como este lago, por ejemplo. —LaFontaine hace un ademán hacia la ventana, sin desviar la vista hacia ella—. Es digno de la atención de los mejores pintores, pero también es venenoso, está infectado…

—No sabemos si es venenoso o no —objeta uno de los demás.

—¿Acaso aquí no está todo envenenado?

—Bueno, eso depende de la definición que le dé cada uno, y, a menos que creamos de verdad que Transiberia ha mandado a alguien a comprobarlo, no podemos afirmar con rotundidad que…

—Pues el terreno en sí, entonces —lo interrumpe LaFontaine—. El terreno, en general, sí que podemos decir que representa una amenaza para nosotros. Y, aun así, puede considerarse bello. —Abre los brazos, y los caballeros allí reunidos asienten por lo bajo. Solo el clérigo, cuyo nombre Grey se ha enterado de que es Yuri Petrovich, se niega a mostrarse de acuerdo y sigue encorvado en una butaca.

»¿Y esa amenaza socava su belleza? ¿Es un cisne más bello que un águila? ¿Es una ballena plácida más maravillosa que un tiburón agresivo?

Una paradoja que casi no es digna del término, piensa Grey, aunque forma un triángulo con las manos de todos modos y hace ver que se pone a reflexionar sobre esas absurdidades.

—La belleza es subjetiva, claro —empieza a decir—. Sin embargo, todas las criaturas de nuestro Señor deben considerarse bellas, desde la criatura más humilde y común hasta la menos corriente. Como científico y hombre religioso, debo decir que ni el conocimiento ni el peligro deben cambiar lo milagrosas que son todas las criaturas terrenales. Este lago... —Mira por la ventana y capta un atisbo plateado, con la silueta de un árbol en relieve—. Puede que este lago resulte letal para los seres humanos, pero ¿quiénes somos nosotros para decir que no hay criaturas que naden y vivan en sus aguas? —«Un reflejo del firmamento», ¿así era? Tiene los versos en la punta de la lengua.

—Pero ¿qué propósito puede tener este caos? La ausencia de orden, de significado.

—Es eso precisamente. —Grey se echa hacia delante, con ganas. Albergar dudas y estar seguro de algo al mismo tiempo siempre le da un escalofrío en la base de la espalda, y es así como sabe que se está acercando a Dios—. El significado. ¿Por qué debemos creer que la ausencia del orden equivale a una ausencia de significado? ¿Acaso no es significado suficiente que nos preguntemos qué es? ¿No es eso lo que Dios nos exige? —Nota que va alzando la voz, cada vez con más fuerza—. No es una ausencia de significado lo que nos rodea, ¡es un exceso! Me pregunta, joven caballero, si se puede considerar que la belleza y el peligro se cancelan entre ellas. ¿Por qué tiene que ser así? Nos dan significado tras significado, unos que podemos leer y estudiar y que nos asombran. —Se percata de que, mientras que algunos de los señores asienten pensativos, otros parecen entretenidos—. Hay un poema —sigue Grey—, uno de John Morland, tal vez lo conozcan. —Los caballeros se lo quedan mirando, con expresiones vacías—. No importa. Dice...

—«Y en el agua y en el cielo se revela el reflejo del firmamento, su mirada centinela». —La voz de Yuri Petrovich es intensa y fuerte. No se vuelve para mirar al resto.

—Eso mismo —dice Grey, un tanto sorprendido—. Veo que conoce...

—La Gran Siberia —lo interrumpe el clérigo, enunciando cada palabra poco a poco— no revela nada más que la ausencia de la mirada del Señor. No se puede estudiar, no hay ningún significado que encontrar en algo que es una abominación.

El vagón se ha sumido en el silencio. Yuri Petrovich tiene la mirada fija en el exterior, con la espalda encorvada. Grey ya ha visto a otras personas así, a miembros del clero que sufren el peso de su fe y que, a pesar de eso, se aferran a ella con más fuerza todavía, que quieren que los demás vean cómo sufren para que puedan sufrir también.

—Y, aun así, señor —le dice LaFontaine—, ha decidido viajar a través de lo que considera una abominación. —Se echa atrás en su asiento, con un tono despreocupado.

—Mi padre se está muriendo —responde el ruso, con la misma expresión que antes—. No puedo permitirme esperar los meses de viaje que me llevaría la ruta del sur.

—Lo siento mucho —dice Grey, en medio del silencio.

—No hay nada que sentir. Pronto estará con Dios, y ya no le preocupará la podredumbre del mundo terrenal. Guárdese su pesar para sí mismo.

Los demás caballeros intercambian una mirada. Encienden sus cigarros una vez más, y el espacio que rodea a Yuri Petrovich crece.

—Bien que viaja en Primera Clase igualmente —oye Grey que alguien suelta por lo bajo.

—Todas las criaturas de este mundo son parte de la creación de Dios, por extrañas que parezcan algunas —dice Grey—. Todas tienen cabida en el mundo.

El clérigo le dedica una sonrisa retorcida.

—Aquí solo camina Satanás y deja ruinas a su paso.

—Por Dios, menos mal que nos hemos confesado antes de subir a bordo —comenta LaFontaine, lo cual le gana unas carcajadas discretas de los demás.

Por poco que le guste alejarse de un debate, hay algo en el comportamiento del clérigo que hace que Grey vuelva a sus notas y observaciones. Aun con todo, no puede evitar crecerse ante el reto que se le presenta. ¿Satanás? No, ese hombre se equivoca, y él, Henry Grey, va a demostrarlo. Escribe los versos del poema de Morland. Tendría que haberse acordado sin ayuda.

Aquella misma tarde, cuando Grey vuelve a su compartimento y abre el armario para vestirse para la cena, ve que sus mudas de ropa están apartadas a un lado para hacerle sitio a un casco y un traje de protección, con guantes y botas gruesos. El ingeniero ha comenzado a cumplir con su parte del trato. Grey toca el cuero marrón y grueso del traje, el cristal resistente de la parte delantera del casco, y le da un escalofrío de pura emoción.

LOS APOSENTOS DE LA CAPITANA

En su compartimento, Marya encuentra una tarjetita apoyada en la mesa. Con una caligrafía elegante, dice que la Capitana pide su presencia en una velada que van a organizar esa misma noche.

Ocho en punto.
Vestido formal.
Confirme asistencia al auxiliar jefe.

A pesar de que es una oportunidad idónea para acercarse al núcleo del tren, los nervios hacen que se le forme un nudo en la garganta. La Capitana, más que ninguna otra persona a bordo, seguro que sabe de engaños; al estar tan cerca de ella, ¿sabrá ver a través de la fantasía con la que Marya se ha envuelto? ¿Verá el espectro de su padre que lleva en el rostro? Le parece un poco pronto para enfrentarse a un escrutinio como ese.

No, es justo para eso para lo que has venido, se dice a sí misma, feroz, por mucho que la tarjeta le tiemble en las manos. *Es lo que querías.* Quiere limpiar la reputación de su padre, la suya propia, porque, sin ella, ¿qué le depara el futuro? El destino de una institutriz, tal vez, escondida como una sombra en los hogares de los ricos, poco más que una sirvienta, cuando de otro modo se habría sentado a su mesa, como una igual. Nota una punzada de culpabilidad por que sus motivos no sean más altruistas, pero es en esos temas en los que tiene que pensar, ahora que tiene que labrarse su propia vida en el mundo. Aunque no tiene ninguna posibilidad de recobrar la fortuna y la vida que ha perdido, si restaura la buena reputación de su familia, al menos podrá soportarlo todo con la cabeza bien alta. Además, negarse a la invitación de la Capitana solo iba a conseguir que llamara más la atención, porque los demás se pondrían a hablar del desaire. Y es difícil pensar en una excusa plausible a bordo del tren, sin nada más que hacer, por lo que se pondrán a hacer preguntas. ¿Acaso se cree por encima de esos eventos sociales? ¿Qué esconde? Ya sabe que los chismes son la moneda de cambio del tren, que, para evitar pensar en los peligros del exterior, los pasajeros vuelven la mirada hacia dentro, lejos de las colinas implacables, de los movimientos extraños entre la hierba. Charlan entre ellos, lanzan miradas furtivas hacia los demás, y las historias se acumulan, crecen y cobran vida propia. Lo sabe porque ve que la Condesa hace lo mismo; disfruta de lo lindo con las especulaciones, observa a sus compañeros de viaje y va tejiendo el pasado de cada uno. La Condesa tiene un buen ojo para detectar lo absurdo y se lo pasa pipa con las rarezas de los demás mientras Vera suelta resoplidos con un gesto de desaprobación. Marya, más incómoda que nunca, se pregunta qué dirá la Condesa sobre ella. Decide aceptar la invitación.

Al fin y al cabo, tiene ganas de conocer a la Capitana, a esa mujer con el papel de un hombre. Marya ha leído los artículos apasionantes sobre ella: un escritor la denominó la «Dama de los Ferrocarriles» de Transiberia, mientras que otro cuestionó si de verdad era una mujer. Cada artículo estaba teñido de una cierta fascinación que rozaba el escándalo. «Claro que, si bien uno no puede evitar cuestionarse lo ético que es que una mujer les dé órdenes a los valientes hombres del tren, Transiberia siempre se ha labrado su propia forma de hacer las cosas». A pesar de las historias, lo índole única de la posición de la Capitana hace que a Marya le cueste imaginársela, porque no hay nada similar con lo que compararla.

También destaca más por su ausencia, aunque, al mismo tiempo, es omnipresente. «A la Capitana no le gustaría», «la Capitana siempre dice que...», «la Capitana lo entiende». Su cargo está en boca de todos los miembros de la tripulación, en la de los pasajeros que ya han viajado alguna vez, quienes la recuerdan como se haría con una deidad bondadosa pero poderosa. Con todo, la mujer en sí no aparece por ninguna parte, sino que se pasa los días encerrada en sus aposentos. Los auxiliares siempre dicen que está trabajando, para apaciguar a quienes preguntan por ella. Por su parte, Marya cree que lo que hace es esconderse, y eso refuerza su decisión.

Su padre admiraba a la Capitana, está convencida de ello, a pesar de que nunca tenía ganas de hablar del trabajo.

—Esa mujer está hecha de hierro —dijo una vez sobre ella, y es el mayor halago que escuchó de sus labios en toda la vida. Sin embargo, que se esconda en sus aposentos, que se aleje de la vida del tren, no encaja con la descripción que le dio su padre.

Se pone su mejor prenda de seda, un vestido de noche que fue de color azul celeste y que ahora ha teñido de negro, como un traje de luto, y se coloca un collar de perlas muy fino. El contraste entre el negro y el blanco la hace sentir como si fuera una ilustración en una novela melodramática. Se acerca a una cajita de la mesa y saca la canica de cristal, que refleja un brillo cálido ante la luz crepuscular. Se la coloca en el corpiño y nota el frío del cristal contra la piel. ¿Qué era lo que le había dicho la hija del tren? Que podía conseguir que volviera en sí. Esta noche tiene que recordar quién es, por qué está a bordo.

Los otros invitados para la ocasión son el naturalista, Henry Grey, y la Condesa. También contarán con miembros de la tripulación, según le informa la invitación, aunque no serán muchos.

Dos auxiliares los acompañan hasta el lugar. Conforme pasan por el último compartimento de Primera Clase, la puerta se abre y los Cuervos aparecen. Les dedican una reverencia bastante tiesa, y, por detrás de ellos, Marya capta un atisbo de unos estantes a rebosar de cajas y archivadores. Sabe que a Transiberia le gusta guardar sus secretos a buen recaudo, que se queda con la información para analizarla más adelante. Los aposentos de la Capitana están cerca de la parte delantera del tren, y pasan a través de

Tercera Clase y de los dormitorios de la tripulación antes de que los lleven a una sala de recepciones. A diferencia de las salas de Primera Clase, llenas de telas y colores opulentos, este compartimento tiene una sencillez que sorprende. Hay paredes de paneles de madera con unos mapas enmarcados y fotografías del tren de los últimos treinta años, con un suelo de parqué pulido, además de unas sillas de madera curvadas y un mueble bar. Se percata de la ausencia del emblema de Transiberia, omnipresente en otras partes del tren, y tampoco ve las demás florituras y decoraciones, lo cual produce una calma sencilla. Suena música de un gramófono que hay en un rincón, y un cuarteto de cuerda espectral proporciona un contrapunto incongruente al bajo de percusión que emiten los raíles.

—El mayor orgullo de la Capitana —dice un hombre que tiene al lado, haciendo un ademán hacia la fotografía—. La pidió de París. —Es delgado y de cabello oscuro, con una barba bien recortada, y lleva un traje de estilo occidental y unas gafas de marcos finos. Sabe al instante quién debe ser: Suzuki Kenji, el Cartógrafo del tren. Un hombre que le caía bien a su padre, uno de los pocos nombres que había mencionado alguna vez.

—Me pregunto si esos músicos se llegaron a imaginar alguna vez que su música iba a llegar tan lejos —comenta Marya—. Adonde no hay ningún auditorio en mil kilómetros a la redonda.

—Es un público inesperado pero exigente —dice el hombre, con una sonrisa—. Soy Suzuki Kenji —se presenta.

—Un placer conocerlo —responde ella, antes de carraspear—. He leído mucho sobre usted y su trabajo. —Su nombre aparecía en incontables ocasiones en los artículos que hablaban de los descubrimientos de Transiberia. Había visto reproducciones de sus mapas que colgaban en salones, fotografías de él en la prensa popular. Y su padre hablaba de él como un amigo. Sabe que tiene un vagón entero solo para él, con torre de observación incluida. Su padre debió haber pasado mucho tiempo allí arriba, porque hablaba con mucho orgullo sobre haber fabricado lentes para ayudar al Cartógrafo a refinar y mejorar sus catalejos para observar mejor el paisaje del exterior.

—¿Le apetece una copa de vino? —La voz de Suzuki la hace volver al presente.

Si bien había pretendido abstenerse de beber alcohol por miedo a que la bebida le nublara las ideas, decide que lo mejor será que se calme un poco. Mientras Suzuki sirve el vino, lo observa de cerca. Le parece una persona distinta al resto de los tripulantes que ha conocido, más contenido, más él mismo. Se pregunta cuánto sabrá. Su trabajo es verlo todo, observar y registrar, por lo que seguro que sabe lo que ocurrió durante el último viaje, seguro que sabe si lo que Transiberia afirmó sobre su padre es cierto o no. A menos que estuviera tan centrado en el exterior que no se percatara de lo que sucedía en el propio tren.

Suzuki nota que lo mira y ella baja la vista, sonrojada.

La Condesa desciende sobre ellos e insiste en que el Cartógrafo le muestre uno de sus maravillosos mapas de los que tanto ha oído hablar.

—Cómo no; hay uno colgado en esa pared, de hecho —responde, ofreciéndole un brazo, y le dedica una sonrisita a Marya por encima de la cabeza de la Condesa.

El otro tripulante presente en la velada es el Primer Ingeniero, Alexei Stepanovich. Pese a que es mucho más joven de lo que se había imaginado, se comporta con unos aires llenos de confianza. Aun así, por detrás de esa valentía ve que está incómodo y que lanza miradas furtivas a todas partes.

—¿La Capitana nos acompañará en algún momento? —pregunta Marya, pues le parece raro que los hayan invitado solo para dejarlos a lo suyo.

—Ah, sí, seguro que sí… Estará al caer. —Duda un poco y mira la puerta cerrada de reojo—. Es que siempre hay mucho que hacer al principio de un cruce.

—Sí, ya he oído que está muy ocupada.

El ingeniero se inclina para ajustar la aguja del gramófono.

—Y seguro que se vio muy afectada por los tristes sucesos del último viaje.

A Alexei se le resbala el dedo, y la aguja rasga el disco.

—El tren y la tripulación estamos mejor que nunca —dice, con el mismo tipo de frases trilladas de Transiberia que notó con

Weiwei. *Qué bien les han enseñado*, piensa, aunque no sabe a ciencia cierta si es que no son capaces de hablar de lo sucedido o si no están dispuestos a ello. Creía que su padre había decidido no decir nada, que se había encerrado de forma deliberada, pero, al estar en el tren, ya no está tan segura.

Está a punto de seguir insistiendo con el ingeniero cuando ve que se tensa y se pone en posición de firmes. La sala se queda inmóvil, como si alguien le hubiera dado a un interruptor.

—Buenas noches —dice la Capitana en inglés.

¿Esta es la famosa Capitana de la que tanto he oído hablar?, piensa Marya. Una mujer menuda, de unos sesenta años, con el cabello gris recogido en unas trenzas que le rodean la cabeza. Lleva el uniforme de Transiberia, sin nada que la distinga del resto de la tripulación, salvo por las franjas doradas que tiene en las mangas. Y el hecho de que es una mujer, claro está. Sin embargo, Marya nota que la Condesa se desalienta un poco a su lado. ¿Qué se esperaba? ¿Una guerrera, una heroína de una historia de aventuras, alta, feroz y orgullosa? Seguro que sí.

Un auxiliar entra en la sala con un carrito lleno de comida, seguido de pinches de cocina que llevan bandejas. La Capitana se hace a un lado para dejarlos pasar y hace un gesto para indicar que deben entrar en el comedor.

Marya se sienta entre el Cartógrafo y el ingeniero, al lado opuesto del naturalista británico. La Capitana se ubica a la cabeza de la mesa y no habla más de lo estrictamente necesario. A pesar de ello, la Condesa compensa la falta de conversación, pues habla con la comodidad de alguien que sabe que siempre le van a hacer caso.

El primer plato es una mousse de pescado ahumado, con cada porción servida en un pequeño molde plateado con forma de pez, seguido de varios cortes de embutidos y verduras encurtidas. Luego sirven un plato de pollo al vapor con pimientos picantes, bañado en aceite. La Condesa, al otro lado de la mesa, parece dudar, mientras que el Cartógrafo le sirve más comida a Marya cada vez que se sirve a sí mismo.

—Tiene que comer bien —le dice—, o si no la jefa de cocina se pondrá nerviosa y vendrá a suplicarme que le cuente qué tenía de malo la comida, y no me dejará en paz hasta que me haya comido hasta el último bocado de lo que prepare.

—Debo confesar que todo está mucho más rico de lo que me esperaba —comenta Marya—. Aunque mi único preparativo ha sido Rostov.

—Ah, nuestra exquisitez culinaria ha mejorado mucho desde que escribió su guía. Nuestra jefa de cocina lo maldice en todo momento por el daño que le hizo a nuestra reputación.

—Seguro que gran parte de su guía es una exageración.

—No lo es, de hecho. Fue un dibujante con mucha maña y supo plasmar el paisaje mucho mejor que la mayoría de los artistas profesionales que lo han intentado. Creo que las historias de lo que le ocurrió, las de su propia vida, han ofuscado la obra en sí, la han retorcido hasta que se convirtió en algo que no es.

—Sí. —Por alguna razón, le gusta oír que lo halagan, y eso le da la confianza que necesita para preguntar a Suzuki por su trabajo. Por su parte, el Cartógrafo escucha sus preguntas pensativo y las responde. Marya casi se lo está pasando bien y todo.

»Perdone —le acaba diciendo al hombre—, debe estar harto ya de explicarles su trabajo a los pasajeros.

—Pues no, la verdad. No me suelen preguntar nada.

—Ah, qué raro.

—Quizá no lo sea tanto —explica él, con una sonrisa—. Las respuestas que tengo que dar no son del gusto de todo el mundo.

Hay algo escondido detrás de esas palabras, piensa, y le da la sensación de que, sea lo que fuere, no es para ella. La Capitana los observa, y Marya ve por primera vez un atisbo de intensidad férrea, un vistazo a una inteligencia fría y dura. La confianza que ha ido aunando se tambalea un poco. Aunque tiene una historia preparada sobre su difunto marido y su interés por la Sociedad y sus miembros, no se ve con fuerzas de lanzarse a soltar una mentira tan elaborada.

En su lugar, antes de perder la valentía del todo, dice:

—He oído que la Sociedad de los Baldíos lleva a cabo un trabajo muy impresionante.

La conversación de la mesa se queda en silencio, hasta que Henry Grey suelta un resoplido.

—Para las amas de casa y los clérigos jubilados seguro que lo parece —dice. Ve que el ingeniero alza la mirada hacia él, deprisa, antes de volver a quedarse mirando el plato.

—Pues a mí siempre me ha parecido algo admirable —interpone la Condesa—. Que puedan hacer tanto con tan pocos recursos... El otro día leí un artículo fascinante sobre la fosforescencia. ¿Es esa la palabra? Lo escribió un caballero que parece que se volvió bastante noctámbulo durante su viaje, para haber observado tanto. Es un gran aporte a la comunidad científica, a mi parecer.

Durante los meses siguientes a la muerte de su padre, Marya leyó todo lo que pudo sobre la Sociedad, con la esperanza de poder encontrar un rastro que la llevara hasta Artemisa. Por supuesto, ya sabía cómo se había fundado, gracias a los científicos naturalistas aficionados que, frustrados porque les impidieran acudir a las conferencias y charlas que se organizaban en las mejores universidades de Europa y de Asia para debatir los cambios, organizaron sus propios debates en comedores, iglesias y bares. Los debates crecieron hasta acabar formando una Sociedad abierta a cualquiera, una que no requería invitación ni membresía académica, una que, desde el principio, había publicado artículos tan largos como polémicos para señalar los peligros de la vía ferroviaria que proponía Transiberia, el daño que podía hacerle al terreno.

—Y, aun así, tal vez haya cosas que escapan a nuestra comprensión. Que no están hechas para que las entendamos.

Los comensales se vuelven a la vez al oír la voz de la Capitana.

—Buscan un significado en el terreno, una razón —continúa—. Pero ¿quién dice que hay una razón que vayan a poder encontrar?

—La razón de Dios seguro que está —interpone Henry Grey.

La Capitana guarda silencio.

—¿Y Artemisa? —pregunta Marya, antes de dar un sorbo de vino para apaciguar la sequedad de la boca—. Sea quien fuere.

¿De verdad entiende el tren o solo es un charlatán que suelta rumores infundados? O una charlatana, claro. Siempre he tenido ganas de saber quién es.

Un silencio incómodo invade la mesa.

—Un charlatán —responde la Capitana, seria.

—Parece que últimamente se han producido ciertos desacuerdos entre sus filas —comenta la Condesa—. Una división de opiniones, por así decirlo. Desde los sucesos desafortunados del último cruce. —A pesar de que lo dice con los aires de alguien que suelta un comentario sin importancia, Marya capta la mirada astuta de la señora. Sabe muy bien lo que hace. Y Marya ha visto las mismas caricaturas en los periódicos; el otro día vio una que mostraba a los miembros de la Sociedad con forma de mosca, con el collar de los clérigos o los sombreros de las damas, que se atacaban entre ellos con plumas para escribir mientras una araña grotesca y bulbosa con un sombrero de copa se abalanzaba sobre un mapa en el centro de una telaraña que se extendía entre continentes, con una enorme sonrisa. «Una cena con espectáculo», rezaba el pie de foto. Desde luego, Transiberia debía de estar encantada de ver que se formaba esa división.

—En la Sociedad siempre ha habido teorías en conflicto sobre los Baldíos —dice Suzuki—. Solo hay que leer su revista para entenderlo. Y es comprensible que los sucesos recientes hayan hecho que algunos de sus miembros crean que ya no es posible, ni siquiera apropiado, que estudiemos los Baldíos. —Marya repara en que el Cartógrafo evita la mirada de la Capitana—. Y, por supuesto, es positivo que el trabajo de Transiberia sea puesto a prueba y examinado de cerca.

—En ese caso, tal vez podrían compartir más sus investigaciones, para permitir que sean «examinadas de cerca» mejor, como dice —comenta Henry Grey, con intención. Suzuki inclina la cabeza.

—Me temo que tendrá que hablarlo con la empresa en sí.

—Ha sido imposible no notar que Artemisa ha estado ausente durante los últimos meses —continúa la Condesa, como si el último intercambio entre el doctor y el Cartógrafo no hubiera sucedido—. Echo de menos a nuestro misterioso autor anónimo. —Hace una pausa antes de añadir—: Tenía la esperanza de ser el tema de su pluma algún día.

—Desde el último cruce —responde Marya—, desde entonces no ha publicado ni una sola columna. —Se preguntó si eso quería decir que Artemisa era otra de las personas que creían que ya no se debía estudiar los Baldíos.

Conforme los auxiliares comenzaban a recoger los platos y a traer cuencos de gelatina y fruta confitada, la conversación se expande. Han echado las cortinas y han encendido las lámparas. Si no fuera por el movimiento constante del tren, bien podrían creer que están en cualquier sala de visitas de una ciudad cualquiera, en una fiesta para pasar el rato. Si no fuera por la extraña tensión que había entre la Capitana, el ingeniero y el Cartógrafo, si no estuvieran esforzándose tanto por aparentar que todo iba bien.

Ya se ha hecho tarde para cuando la fiesta llega a su fin. Henry Grey le ofrece un brazo a la Condesa para volver a Primera Clase, aunque Marya se da cuenta de que está más centrado en observar a la Capitana, quien se ha sumido en una conversación intensa con el ingeniero. Tiene el ceño fruncido, y ella se pregunta qué estará pensando, si él también tendrá algún motivo para dudar de la Capitana. Aunque, claro, no le sorprende que un científico se ponga a observarlo todo con atención.

—¿Me permite que la acompañe a su compartimento? —le pregunta el Cartógrafo a Marya.

—Muchas gracias —responde ella. Suzuki no le ofrece el brazo, sino que se limita a caminar a su lado, con las manos en la espalda. Supone que esa es la costumbre en Japón, y se pone a pensar en qué más ha leído sobre las islas, solo que no recuerda nada, y se distrae por cómo huele el hombre, a pulidor de metal, como si estuviera tan limpio y reluciente como los instrumentos con los que trabaja. A pesar de que le cuesta discernir la edad que tiene, cree que no puede ser mayor de treinta. Es delgado, tan solo un poco más alto que ella. Marya frunce el ceño y descubre que se alegra de que esté guardando las distancias.

—Marya Petrovna, ¿alguna vez ha...? —Se interrumpe a sí mismo—. Perdone, quería preguntarle si... —Niega con la cabeza—. No estoy seguro de si nos hemos visto antes... Me suena de algo.

Intenta mantener la compostura, pero está segura de que el Cartógrafo será capaz de leerle la expresión que ha puesto.

—Lo siento, no recuerdo haber...

—Error mío, seguro —se apresura a decir él—. Mis más sinceras disculpas, ha pasado tanto tiempo desde nuestro último viaje que se me ha olvidado cómo ser civilizado.

—Para nada, ha sido de lo más educado durante toda la velada; no ha bostezado ni una sola vez, a pesar de mis preguntas sin fin. —Sabe que lo mejor es que se marche cuanto antes. Al fin y al cabo, cuanto más hable más posibilidades tiene él de descubrir de qué le suena tanto. Sin embargo, se da cuenta de que no quiere ponerle fin a la conversación. Ha pasado mucho tiempo desde la última vez que ha hablado con alguien con tanta libertad, con tanta comodidad.

—Creo que ha tenido que depender de nuestro amigo Rostov durante demasiado tiempo. Por muchas cualidades admirables que tuviera, hay límites a lo que es capaz de transmitir —le dice Suzuki con una sonrisa.

—¡Así es! Me encantan sus guías, pero me gustaría que no insistiera tanto en el peligro de saber demasiado. Seguro que es mejor entenderlo todo sobre el lugar al que uno se dirige, no solo las partes que se consideran apropiadas o correctas. Entre usted y yo, tengo ganas de ponerme a escribir mis propias guías para incluir todos los hechos y lugares que han quedado escondidos de los pobres viajeros precavidos. —Se queda callada y se ruboriza. ¿Qué hace contándole eso al Cartógrafo cuando es algo que no le ha contado a nadie más? Por miedo a las risas que la idea iba a desatar, a la condescendencia, a la desaprobación. Solo lo sabía su padre, quien la animaba con discreción. Sin embargo, Suzuki asiente.

—Espero que las acabe escribiendo. Todo viajero debe saber la verdad del lugar al que se dirige, o al menos se le debería poder permitir que lo viera en persona. —Marya oye la sinceridad en la voz del hombre, pero también algo más, un eco distante de unas palabras que se ha guardado para sí mismo—. Creo que eso es lo que quería Rostov, al fin y al cabo.

No sabe cómo responderle, de modo que se produce un silencio incómodo momentáneo.

—Espero no haberme pasado de la raya al haber mencionado a Artemisa —acaba diciendo—. Sé que suele criticar el trabajo de Transiberia. No quería dar a entender que estoy de acuerdo con todo lo que escribe, y desde luego no pretendía importunar a la Capitana.

—A algunos de los que vamos en el tren siempre nos ha gustado leer a Artemisa —contesta Suzuki en voz más baja—, aunque tenemos que hacerlo a escondidas de la empresa, claro.

—Su secreto está a salvo conmigo —le dice Marya. Una idea se le pasa por la cabeza y mira al Cartógrafo, muy pensativa. Pero no, si él fuera Artemisa, su padre seguro que lo habría sabido. Cuando llegan a la puerta del compartimento de Marya, él le dedica una reverencia educada.

—Muchas gracias por una velada encantadora —le dice—. He disfrutado mucho de nuestra conversación.

—Yo también —responde ella, con sinceridad. Lo observa marcharse y piensa que le gustaría poder confiar en ese hombre. Le gusta la calma con la que habla, le gusta que la escuche. Aun así, se pregunta qué es lo que esconde.

PASEOS NOCTURNOS

L as reglas del tren están muy claras: los tripulantes que ayuden a un polizón tendrán que enfrentarse también a la justicia del tren.

—Fuera no hay orden —decía siempre la Capitana, en la charla breve y carente de emoción que daba ante la tripulación antes de cada cruce, mirándolos a todos uno a uno, para que notaran que hablaba con cada uno de ellos a solas—, así que mantenemos el orden dentro. Es por eso que tenemos normas. Si seguimos las normas y mantenemos el orden en el tren, estaremos a salvo.

La polizona ha resquebrajado el orden del tren. *Y, con las grietas suficientes, se acabará rompiendo*. Es demasiado frágil, ¿cómo no se han dado cuenta ya?

—Calla —se dice a sí misma—. No digas eso. —Si la polizona se queda bien escondida, ¿quién se va a enterar? ¿De verdad es posible que una sola chica sea un peligro tan grave para el tren? Pero ¿y si la encuentran? ¿Y si se enferma? ¿Qué ocurrirá entonces? A Weiwei no le gusta pensar en ello. Si se lo cuenta a la Capitana ya, estaría ayudando a Elena. Sí, exacto, la estaría ayudando: se aseguraría de que los tripulantes no se tomaran la justicia por su mano, porque no se atreverían a hacerlo con una chica tan joven, casi de la misma edad que ella misma. Le darían de comer y la cuidarían. Y el orden quedaría restaurado.

Para la noche, ya se ha decidido del todo. Atraviesa los vagones, apretujándose por el comedor de Tercera Clase, donde los pasajeros todavía hacen cola para entrar, sentarse a mesas de seis, sumarse al barullo y maldecir a los cocineros. Atraviesa los vagones dormitorio, donde los pasajeros se separan en grupitos de hombres y grupitos de mujeres, con algún niño de vez en cuando que va de grupo en grupo, como si fuera una pelota que se van chutando. Atraviesa los vagones de la tripulación, donde los trabajadores fuera de turno inclinan la cabeza sobre cuencos de fideos y se rodean del vapor de los platos; así hasta llegar a los aposentos de la Capitana, a un paso más rápido de la cuenta para no ponerse a pensar, y alza la mano para llamar a la puerta.

Se sorprende al ver que es un auxiliar quien abre la puerta, al oír voces y música y al captar el olor dulzón de los postres. Una orquesta suena desde el gramófono, con un sonido rasgado y espectral.

—¿Sí? ¿Qué ocurre, Zhang? Tengo que volver dentro, ya mismo van a pedir el café.

—Eh... —Duda—. ¿La Capitana...? ¿Tiene invitados?

El auxiliar se apoya en la puerta.

—A menos que sea urgente, o, por decirlo de otro modo, a menos que se haya incendiado la vía o el propio tren, vuelve más tarde. No, mejor vuelve mañana, a una hora decente a la que llamar a la puerta de alguien.

—Pero... No lo entiendo. —Detrás del auxiliar, alcanza a ver el comedor de la Capitana. El Cartógrafo está ahí, así como la pasajera a la que le dio la canica de cristal, Marya Petrovna. La mujer sonríe ante algo que él le ha dicho. A la cabeza de la mesa debe de estar la Capitana, aunque no alcanza a verla. La misma Capitana que lleva tanto tiempo desaparecida, la que los abandonó a su suerte, la que está ahí como si todo fuera normal, compartiendo copas de vino con los de Primera Clase.

—Vuelve mañana, Zhang —insiste el auxiliar con firmeza, y cierra la puerta antes de que ella tenga tiempo de discutírselo. Justo antes de que se cierre, ve que Marya Petrovna alza la mirada hacia ella antes de apartarla, sin ningún indicio de que la haya reconocido. Es una sirvienta con uniforme más.

Weiwei se queda plantada en el pasillo vacío, con la mirada clavada en la puerta cerrada como si pudiera perforarla, como cuando era pequeña y estaba convencida de que si quería algo con la intensidad suficiente podía hacer que el mundo se doblegara ante su voluntad.

Había tenido la idea (si es que se le podía llamar así) de llamar y llamar a la puerta hasta que la Capitana no tuviera otra opción que dejarla pasar, tras lo cual pensaba compartir el secreto de la presencia de la polizona para quitarse la carga de encima. Iba a ser una tripulante buena y leal. Solo que entonces se ha acabado encontrando con la cena. A pesar de que puede esperar a la mañana siguiente para volver a intentarlo, una vocecita enfadada le invade los pensamientos y le dice: ¿Por qué? Si la Capitana está comiendo tan pancha y deja el tren a merced de los Cuervos. ¿Por qué tiene que ser ella la que siga las normas?

Hace tiempo, le preguntó a la Capitana por qué habían permitido que una bebé huérfana se quedara en el tren.

—¿No alteré el orden? —preguntó, porque sabía, incluso en aquel entonces, lo importante que era el orden en el tren, que cada uno tuviera su papel, que todo estuviera en su sitio.

La Capitana se lo pensó unos instantes.

—Algunos dijeron —empezó, poco a poco— que solo permití que te quedaras a bordo porque soy mujer. Me da a mí que se aliviaron al ver que, después de todo, yo era tal como se imaginaban. Eso casi me hizo cambiar de parecer.

—¿Y qué hizo que cambiara de opinión otra vez?

La Capitana tamborileó con los dedos sobre la barandilla de hierro que rodeaba la torre de observación.

—Supongo que fue la idea de que la vida humana pudiera triunfar incluso aquí, rodeada de tantísimo caos. Quería que fueras el símbolo de nuestro éxito, un acto de desafío contra los Baldíos.

Un acto de desafío, piensa Weiwei en el pasillo fuera del comedor de la Capitana. *Eso mismo*. Emprende la marcha para salir de allí. Los pasillos de esa parte del tren están todos vacíos, porque los tripulantes están ocupados con sus tareas nocturnas, de modo que no necesita recurrir a ninguna de las excusas que tiene preparadas en la lengua. Unas ansias insistentes e irresistibles se le alzan desde lo más hondo de su ser. Nota la liberación, el alivio de ceder, de dejar caer el objeto preciado que siempre le ha dado muchísimo miedo romper.

Se mete en el vagón de almacenamiento, trepa por las pilas de mercancías, abre la trampilla del techo y entorna la mirada hacia las tinieblas del interior.

—¿Hola? —susurra. Al estar ahí, la idea de subir hacia la oscuridad en la que la espera la polizona la incomoda—. ¿Hola? —repite—. ¿Elena?

Solo que las sombras no le contestan. Sube un poco más y tantea en el suelo en busca de la lámpara que dejó. Capta el mismo olor a humedad, pero la lámpara solo ilumina un espacio vacío. La polizona no está.

Tantea por el falso techo, presa del pánico, solo para asegurarse, para cerciorarse del todo de que no está ahí. ¿Por qué se ha ido? Y lo que es más importante, ¿a dónde se ha ido? Quiere ponerse a gritar. *¿Por qué te has arriesgado tanto?* Puede que Weiwei sea capaz de recorrer el tren sin que capten su presencia, pero es la hija del tren y conoce de sobra su ritmo y su funcionamiento, lo tiene todo grabado a fuego en la memoria como si de un rompecabezas mecánico complejo se tratase: a qué horas cambian los turnos, cuándo el botones suele colarse en la cocina para dar un traguito de vino, cuándo los aprendices de auxiliar se van a echar una siesta a escondidas, cuándo los pasajeros de Primera Clase se visten para salir a cenar. La hija del tren puede colarse por todas partes como un espectro, pero a una desconocida sí que la verán, sí que hará saltar las alarmas. ¿Y qué va a decir la polizona cuando la atrapen, cuando la interroguen? ¿Y si le preguntan si alguien la ha ayudado?

Vuelve a bajar al vagón en sí, el cual también está vacío, y sale al pasillo, donde capta el olor, los restos de humedad en la moqueta, unas huellas tenues, como si alguien hubiera caminado descalzo por un charco lleno de barro. ¿A dónde habrá ido esa persona? Si bien las huellas son demasiado tenues como para seguirlas con facilidad, va captando atisbos de ellas, esa humedad viciada que flota en el aire. Se le estiran las orejas y se tensa, pues espera oír un grito en cualquier momento, en cuanto alguien vea que tienen a una desconocida a bordo, a una intrusa, a una ladrona que les roba espacio y recursos. Solo que todo sigue en silencio. El tren de noche es diferente al tren de día; el movimiento se nota más, por alguna razón, cuando los pasillos están vacíos, cuando el ruido de los raíles llena el silencio y cala hasta los huesos. El tren de noche cruje y susurra, crece, como si soltara el aliento de toda la distancia que ha recorrido durante el día.

Abre la puerta que va al vagón jardín. El ambiente le parece más ligero en él, más limpio. Hay varias lechugas y verduras que crecen en unos recipientes ordenados, y los pollos se pasean por un recinto cerrado. Hay armarios en los que cultivan setas en la oscuridad. Weiwei se dirige a ese vagón en ocasiones, cada vez que le da la sensación de que las paredes del tren se le caen encima.

—Elena, ¿estás ahí? —la llama. La única respuesta que recibe es una mirada extrañada por parte de los pollos, y no hay ningún lugar en el que una polizona pueda esconderse.

Avanza, pues, hacia los vagones dormitorio de Tercera Clase. Apagan las luces a las once de la noche, de modo que el vagón está a oscuras, salvo por una lucecita situada encima de la puerta, que se queda toda la noche encendida. Oye los sonidos de las conversaciones, pero ningún rastro de alboroto, por lo que la

polizona debe de haber pasado sin que nadie la viera. A regañadientes, Weiwei admira lo sigilosa que es. Se dirige a los vagones
comedor, convencida de que la chica debe de estar buscando algo
para comer. No obstante, los cierres de la cocina de Tercera Clase
están intactos, y en la de Primera estará el aprendiz de chef preparando pan para el día siguiente. Weiwei mira hacia el interior con
cuidado, y el olor le recuerda que no ha cenado nada, por lo que
necesita aunar todo su autocontrol para no colarse y hacerse con
un bollito. Luca, uno de los pinches de cocina, está apoyado en el
horno, medio dormido, con varios utensilios en la mano para des-
pertarlo con el estrépito si se queda dormido del todo. Aun así, no
hay ni rastro de la polizona. ¿A dónde más iba a ir si no es en busca de comida?

Y entonces se le ocurre la solución: a por agua.

Sigue adelante, con sigilo pero deprisa, atraviesa el vagón comedor vacío y se dirige hacia los vagones dormitorio de Primera
Clase hasta cruzarlos para llegar a los baños.

Los compartimentos de Primera Clase cuentan con fregaderos
e inodoros, y, al poco de construir el tren, habían tenido baños
completos incluso. Sin embargo, aquello había ocupado demasiado espacio y había sido una presión mayor sobre uno de los aspectos más complicados de la ingeniería del tren, el suministro de
agua. Por ello, habían diseñado unos baños especiales que los pasajeros iban a tener que compartir.

En cualquier tren de vapor, el agua es una necesidad constante
y urgente; en el Expreso Transiberiano, es una obsesión. El tren
tiene sed en todo momento. Engulle agua con una codicia infinita,
insaciable. Bebe y bebe, y los ténderes más grandes jamás cons-
truidos no serían capaces de hacer que cruzaran el gran tramo que
son los Baldíos, de modo que los inspectores, científicos e ingenieros de Transiberia habían construido un laberinto entero de cañerías, bombas y tanques para reciclar el agua y hacerla circular por
todo el tren. Cañerías que los ingenieros tienen que atender y convencer para que sigan funcionando; reservas que el maquinista y
los fogoneros tienen que observar, medir y proteger; grifos que
Weiwei tiene que pulir y que la maravillan. Siempre se molesta

cuando los pasajeros ni se percatan de las cañerías relucientes que recorren los pasillos para ir metiéndose en los compartimentos, las cocinas y los baños (salvo cuando traquetean por la noche, ahí sí que se quejan de que no hay dios que duerma bien en ese tren, con tanto ruido absurdo). Parece que no creen que sea un milagro que salga agua cada vez que abren un grifo, que puedan hundirse en una bañera, en un tren en movimiento, a días de distancia del resto de la civilización.

Sale agua del baño, moja la moqueta alrededor de la puerta y hace que sea de un color rojo más oscuro. Duda antes de abrir la puerta un resquicio, lo justo para colarse en el interior.

Una nube de vapor la rodea. No puede moverse deprisa entre el vapor, porque la ralentiza, se le pega al cabello y a la piel. Lo único que alcanza a ver es un brillo amarillo encima de los espejos, donde la única lámpara de la estancia está encendida, y lo único que oye es el agua que sale de los grifos. El agua le forma un charco alrededor de los pies, desbordada desde la bañera de porcelana blanca. En algún lugar más adelante por el pasillo suena un reloj. Es medianoche.

—¿Hola? —Avanza poco a poco, a través del agua, abriéndose paso entre el vapor. Las baldosas blancas y negras del suelo relucen con cada paso que da.

Hay una chica ahogada bajo el agua. El cabello se le pega como si de algas se tratase, tiene la piel casi traslúcida y la boca un poco abierta.

Y entonces abre los ojos.

Sin pensar en lo que hace, Weiwei se remanga y mete un brazo en el agua. Le busca la mano a la polizona y nota unos dedos fuertes que se cierran en torno a los suyos: Elena tira de ella hacia el agua, y Weiwei piensa que ha oído historias como esa, historias que los pasajeros le cuentan en noches en las que no pasa nada, que se traen de su hogar, de su abuela, historias de rostros en las profundidades, de lugares lejanos a los que uno no debe acercarse. Le da tiempo a pensar en todo eso, incluso a pensar en lo raro que es que piense tantas cosas tan deprisa. Está lo bastante cerca del agua como para notar la calidez en el rostro, para notar que están suspendidas en el tiempo, la polizona y ella, como si se hubieran convertido en un reflejo de la otra, una encima del agua y otra debajo. Piensa que, si permite que la hunda en el agua, no podrá volver a salir, o sí, pero saldrá cambiada, como las personas de las historias, que no consiguen volver a la vida que habían dejado atrás. De modo que tira con más fuerza, se aferra al borde de la bañera con la otra mano y tira y tira hasta que la polizona sale del agua, atraviesa la superficie y manda una ola que salpica el suelo conforme Weiwei se echa atrás a trompicones.

La chica tiene el cabello pegado a la cara, aunque se le ven unos ojos de color azul oscuro. Solo tiene la cabeza y los hombros por encima del agua. Parece una niña pequeña, molesta por que le hayan interrumpido un juego privado.

—¿Se puede saber qué haces? ¿Por qué diantres...? —Weiwei se ha quedado sin palabras, algo que no suele ocurrirle nunca. Hace un ademán hacia la puerta, frenética—. ¿Y si hubiera entrado otra persona? ¿Y si te hubiera visto alguien? No tienes... Ni siquiera tienes algo decente que... —Mira en derredor y encuentra el vestido de seda azul hecho un harapo húmedo en el suelo—. ¿Qué se te ha metido en la cabeza?

Elena ladea la cabeza, como Weiwei ha visto en algunos pájaros cuando le echan el ojo a algo que comer, para calcular la distancia, la velocidad y la probabilidad.

—Quería meterme en el agua —dice, como si no supiera a qué viene tanto alboroto.

—Tenemos que irnos —la urge Weiwei. ¿Cuánto tiempo llevan ahí metidas? El vapor se está desvaneciendo, y con él desaparece la forma en la que parecía suavizar el entorno. Ahora capta todas las esquinas puntiagudas, nítidas de nuevo, cuando la realidad se vuelve a asentar. Solo son dos chicas en un lugar en el que no deben estar, y presta atención en busca de pasos en el pasillo, de gritos de sorpresa al ver el agua que mancha la moqueta del exterior. El agua gotea a bastante volumen como para hacer que los auxiliares vayan corriendo a ver qué sucede.

—Toma. —Recoge el vestido azul, más oscuro que antes por el agua.

La chica se pone de pie para aceptarlo, sin ningún movimiento para cubrir su desnudez, de modo que Weiwei aparta la mirada, más sorprendida de lo que querría admitir.

Oye el salpicar del agua cuando la chica sale de la bañera y frunce el ceño. Tendría que estar drenándose, no inundándolo todo así. Se agacha para darle unos toquecitos al desagüe de un rincón de la sala, el cual va a parar a un tanque debajo del suelo, desde donde el agua se desviará y se reciclará para pasar al ténder gigante y usarla para alimentar el motor. Está atascado con lo que parece ser tierra o barro, con un olor a tierra húmeda que hace que se tape la nariz y vuelva a mirar a la polizona, quien se está poniendo el vestido.

—Tendría que ir a buscarte más ropa —le dice Weiwei, antes de volver a darle golpecitos al desagüe.

—¿Por qué? —Elena se coloca las mangas cortas sobre los hombros, donde caen una vez más.

—¿Cómo que por qué? Porque si vas a colarte en el tren sería buena idea que no te vieran por los pasillos en plena noche con pinta de…

—¿De qué?

Weiwei duda antes de seguir.

—De… De… No sé. Pero, si vas a hacer algo así, tan peligroso como esto, tienes que andarte con cuidado. —Nota que se está enfadando por la locura que ha cometido, por lo absurdo que es, aunque no sabe si es por lo que ha hecho Elena o por lo que está haciendo ella. Por su parte, Elena vuelve a ladear la cabeza.

—Lo siento —dice, y suena tan poco sincera que Weiwei no puede evitar echarse a reír.

—La mayoría de las personas se limitarían a llenar la bañera y ya está, no inundarían la sala entera. —Se imagina el rostro de Alexei si estuviera ahí y se echa a reír con más ganas aún; ha pasado mucho tiempo desde que ha experimentado una liberación como esa, a pesar de lo absurdo que es todo, a pesar de que la Capitana esté encerrada en sus aposentos, a pesar de estar en los Baldíos, rodeada de los Cuervos y de los fragmentos desperdigados de sus recuerdos. Le da la sensación de que unos muros se vienen abajo.

La suerte les sonríe y los pasillos están vacíos. Donde deberían encontrarse con tripulantes de patrulla, no hay ni rastro de nadie. La parte de ella que es leal y buena experimenta un escalofrío de pura incomodidad. La parte que conspira para proteger a una polizona suelta un suspiro de alivio.

Elena camina a su lado en silencio. Según se desplazan a través de los vagones dormitorio, en penumbra, Weiwei se imagina a los pasajeros despertándose para, al ver a dos siluetas pasar a toda prisa, pensar que hay unos espectros que acechan por el tren.

No dicen nada durante todo el camino, pues la medianoche no es momento para seguir los protocolos sociales. Han llegado al vestíbulo que hay antes del vagón de almacenamiento cuando la polizona se detiene de golpe.

—Mira —susurra.

Weiwei le hace caso, pero, como ya es de noche, lo único que ve es su propio reflejo en el cristal, de aspecto fantasmal.

—Fuera no, dentro. —Elena señala, y Weiwei se da cuenta de lo que mira: una polilla en el interior de la ventana, la mitad de grande que su mano, con unas alas plegadas que tienen un patrón negro y gris.

Se acerca un poco más, y la polilla abre las alas para revelar un par de ojos negros, amplios como los de un pájaro nocturno. Weiwei se echa atrás, sorprendida, pero Elena suelta una risita y, con un movimiento raudo, atrapa la polilla con las manos acunadas. Cuando las abre un poco, Weiwei ve la polilla quieta, sin preocuparse. Dos antenas como helechos le salen de la cabeza y se mueven un poco.

—Otra polizona —dice Weiwei. Tiene que haber estado en el tren desde Pekín, con las alas plegadas para pasar desapercibida—. Es bonita. —Aun así, los ojos que tiene en las alas resultan un poco perturbadores, al devolverle la mirada.

Sin decir nada, Elena alza una mano y se coloca la polilla en un lado de la cabeza, como si fuera un adorno del pelo. Gira la cabeza para admirar su reflejo en el cristal.

—Todas las damas querrán una —comenta Weiwei—. Serás la comidilla de todo Moscú. Aunque a lo mejor necesitas un vestido nuevo.

Elena echa un vistazo al vestido de seda azul húmedo que lleva antes de alisar la tela e inclinar la cabeza. *Como la señora francesa elegante de Primera Clase*, piensa Weiwei.

—Nunca he tenido ropa nueva —dice—. Estaría bien.

La polilla abre las alas para acomodársele en el pelo, y Weiwei nota un deseo repentino. Quiere la polilla. No para ponérsela en el pelo, sino para quedarse con ella, para atesorarla, para tener algo que sea suyo, por cómo brilla. Por sus ojos amplios rodeados de un tono pálido. Casi no tiene nada que no sea del tren: su única vestimenta es el uniforme de los tripulantes; sus únicas posesiones, unos cuantos libros y fotografías que esconde de los ojos fisgones. Quiere algo bonito, algo que sea solo suyo.

—Toma, te la regalo. —Como si le hubiera leído la mente, Elena baja la polilla, permite que le camine por los dedos mientras mueve las antenas como helechos arriba y abajo, como si intentara saborear la humedad que le cubre la piel. Weiwei estira una mano, y la polilla se le posa encima, tan ligera que casi no le nota las patas, el roce de las alas. Conforme va pasando por su mano, le deja un rastro de algo que parecen escamas, plateadas y secas.

LAS MAREAS

Más allá del lago, se adentran en una región húmeda y pantanosa. El brillo de la superficie del agua, espesa, aceitosa y de colores cambiantes según el ángulo de la luz, capta la mirada de Marya. Los demás pasajeros de Primera Clase esconden lo incómodos que se encuentran bajo una capa frágil de conversación y de comentarios traviesos, como si estuvieran viendo a las mujeres mundanas de París pasear por sus jardines de recreo.

—Es bastante relajante, la verdad. Podría pasarme el día entero aquí —comenta Guillaume en el vagón bar.

Su esposa y él tienen los mejores asientos, los que están en el centro del vagón, en un lugar óptimo para ver todo lo que ocurre. Hay cierta jerarquía que se desarrolla en Primera, un orden, y los LaFontaine ocupan la cúspide de la pirámide. Hacen gala de su glamur tan a la ligera que pretenden no darse cuenta de ello, pero su mesa es la más ruidosa y la más animada durante cada cena, y cada noche, en el vagón bar, los otros pasajeros se vuelven hacia ellos como plantas que buscan el sol. Aunque las carcajadas que se oyen son las de Guillaume, quien se acomoda en su silla para contar otra historia, mientras Sophie LaFontaine inclina la cabeza hacia lo que está bordando. A Guillaume y a la pequeña corte de Primera Clase no parece que les importe mucho; de hecho, ni se percatan de ello. *Parece triste*, piensa Marya, por mucho que sea rica y bella y tenga a alguien que la quiere. Brilla con sus vestidos elegantes y su cabello dorado, pero es un brillo frágil, a punto de romperse, como si no confiara nada en sí misma.

Justo por debajo de los LaFontaine está la Condesa, por su edad, por su dinero y por el estilo de conversación animado que tiene, el cual, por mucho que Vera ponga los ojos en blanco, a los demás les resulta encantador. Luego está el mercader de seda, Wu Jinlu, quien suelta historias inverosímiles, flirtea con descaro y ha hecho sonreír incluso a Vera. Más abajo está Oresto Daud, un comerciante de Zanzíbar que ha ganado una fortuna con el comercio de especias. Los habitantes del tren lo ven como una persona exótica, pues todos ellos (al menos los de Primera Clase) provienen de Asia o de Europa, por lo que su posición queda elevada, aunque sea un hombre callado y modesto.

En el nivel medio de la jerarquía están los Leskov, una pareja de Moscú que regresa de una misión diplomática. Galina Ivanovna habla por los codos, mientras que su marido casi no dice nada, y a Marya le parece que, con ello, se han labrado una existencia feliz juntos, aunque se ponen nerviosos ante cualquier alboroto al otro lado de la ventana. Luego están los pasajeros que Marya ve como los caballeros académicos barbudos: Henry Grey y *herr* Schenk, quien a la Condesa le pareció muy tedioso, además de un hombre chino bastante serio. Son caballeros respetados por la posición que ocupan y por lo mucho que saben, aunque no les piden que compartan mucho.

La posición de Marya es inestable. La Condesa la ha adoptado bajo su protección, lo cual le otorga un estatus más elevado, pero su estado de viuda la manda para abajo otra vez. En ocasiones se percata de que dejan un espacio vacío a su lado, como si su dolor pudiera ser contagioso. A ella le va bien que así sea.

Yuri Petrovich, el clérigo, ocupa la parte inferior de la pirámide. No lo invitan a sentarse en los pequeños círculos que van organizando en el vagón bar cada noche, y en el comedor se sienta a solas en una mesa para dos. A la Condesa le parece gracioso y está esforzándose por cultivar al hombre, aunque hasta el momento el único fruto que han dado sus intentos es cierta cantidad de sermones sobre la inmoralidad femenina y la decadencia de la aristocracia.

—Me dice que no es demasiado tarde como para que me arrepienta de mi modo de vida decadente, aunque me temo que me ve tan mayor que me subestima —le confiesa la Condesa a Marya mientras beben té juntas. Sin embargo, Marya no puede evitar que la presencia del hombre la ponga de los nervios. Tal vez sea porque, a diferencia de los otros pasajeros de Primera, no hace ningún intento por pretender que el paisaje del exterior no lo perturba, sino que clava la mirada en los árboles muertos que se alzan de los pantanos, como si pudiera mantener los cambios a raya con la intensidad de su mirada de desaprobación.

Para cuando llega el quinto día, ya se ha establecido un orden en los días de Primera Clase. Las mañanas se pasan en el vagón de observación o en la biblioteca, jugando a las cartas o charlando sin más. Marya ve que prefieren estar en compañía, que no quieren quedarse a solas. Después de comer, puede producirse un recital por parte del músico amargado, encorvado con su violín o sobre el piano del vagón bar; o una charla por parte de algún tripulante sobre la historia del tren. Hoy le toca al Segundo Ingeniero, un tal señor Gao, quien les habla de los primeros arquitectos de la vía. Marya ha decidido que esa va a ser su oportunidad. Fingirá que le duele la cabeza y aprovechará que todos están ocupados para colarse en Tercera Clase, donde podrá encontrar a miembros de la Sociedad. Allí por fin usará a su marido imaginario, porque a una joven viuda que busca a un conocido de su difunto marido seguro que le perdonan que se salte algún que otro protocolo social.

Sin embargo, cuando las puertas se abren, no es el ingeniero quien entra, sino Suzuki, con un proyector pesado.

—¡Señor Suzuki! No sabíamos que iba a ser usted quien nos iba a ayudar a ser más listos hoy —comenta la Condesa. El Cartógrafo deja el proyector y le dedica una reverencia.

—El señor Gao ha tenido que ir a atender otro asunto. Espero que mi presencia no sea demasiado decepcionante.

—Por supuesto que no —responde la Condesa, con una sonrisita cómplice en dirección a Marya, quien hace caso omiso de ella. Quizá se quede a la charla después de todo, para saber más sobre el trabajo del Cartógrafo y aprovechar la oportunidad para observarlo más de cerca.

Suzuki ha colocado el proyector y una pantalla en lados opuestos del vagón, y las butacas están dispuestas de cara a él. Va a hablarles sobre el tema de «cartografiar terrenos imposibles». Ha echado las cortinas y ha atenuado las lámparas antes de que las imágenes zumben y traqueteen hasta colocarse en su sitio en la pantalla para mostrar en color sepia el mismo terreno por el que viajan, con cada imagen acompañada de una fecha escrita a mano en la esquina inferior. Cuando empezó la charla, soltaron preguntas y hablaron animados, como si haberse alejado del exterior hubiera levantado los ánimos, pero ahora el vagón se ha sumido en el silencio conforme ven las imágenes pasar, año tras año, cruce tras cruce. Marya cae en la cuenta de que se está aferrando a los reposabrazos de la butaca con demasiada fuerza. Una imagen de hace tres años muestra un sauce llorón cuyas ramas rozan el agua; en la siguiente imagen, las ramas se han retorcido hasta formar siluetas esqueléticas, y, en la siguiente, al árbol le falta una mitad, como si el aire que lo rodea la hubiera engullido. Y en otra, de unos meses después, las ramas están alzadas y separadas, como si la fotografía se hubiera tomado en plena explosión.

Al oír que una puerta se abre, Marya se da media vuelta y ve que unos trabajadores de Transiberia han entrado en el vagón. Si bien espera que tomen asiento, se quedan de pie cerca de la puerta, con la mandíbula tensa.

—Como pueden ver —dice el Cartógrafo, tras un breve vistazo hacia donde se han quedado los Cuervos—, al capturar pruebas fotográficas en lugares específicos a lo largo del viaje, podemos establecer un esquema visual que nos proporcionará información muy valiosa sobre la velocidad a la que se producen los cambios. —Habla de forma más deliberada, según le parece a Marya, como si hubiera pasado a leer de un guion muy meticuloso. Como si dijera dos cosas distintas a dos públicos diferentes—.

Desde que comenzaron, los cambios han sido impredecibles. Los organismos crecen y se pudren, renacen y mutan, en un ciclo que gira mucho más deprisa que ningún otro en el mundo natural. Espero que estas fotografías, tomadas durante estos últimos tres años, formen parte de la exposición de Transiberia en Moscú, para mostrar todo lo que aporta la empresa a la comprensión científica de los Baldíos.

Marya se arriesga a echarles otro vistazo a los Cuervos. Observan a Suzuki con una intensidad que le pone la piel de gallina solo de verla, pero, cuando vuelve a mirar al Cartógrafo, ve que está la mar de tranquilo. Se percata de que no quieren que muestre esas fotografías, no quieren que el público que seguro que acude a la Exposición las vea antes de tiempo, ni siquiera los pasajeros de ese vagón. Se ponen a aplaudir, por mucho que Suzuki no haya terminado de hablar, y los pasajeros miran en derredor, extrañados, antes de sumarse al aplauso. El señor Li abre las cortinas mientras el señor Petrov le da las gracias al Cartógrafo por su fascinante charla. Suzuki hace una reverencia, aunque Marya no es capaz de leerle la expresión. A pesar de que le gustaría poder hablar con él para ver si sus sospechas son fundadas o no, los Cuervos ya lo están acompañando al exterior.

Después de la charla, la mayoría de los pasajeros giran las butacas para que estén de cara al interior y ponerse a hablar, a leer o a jugar a las cartas. *Los Cuervos no tienen de qué preocuparse*, piensa Marya, *ninguno de estos quiere ver el terreno del que hablaba Suzuki, no quieren pensar en los cambios*. Solo Sophie LaFontaine mira hacia fuera de reojo, antes de devolver la vista al cuaderno que lleva en el regazo. No obstante, cuando Marya intenta ver qué está dibujando, la mujer inclina el papel en la otra dirección.

El cambio entre Primera y Tercera es palpable en la madera barata de las paredes, en los tablones del suelo, en el olor de las verduras hervidas de la cocina que invade el ambiente. Las mesas del vagón restaurante están a rebosar de pasajeros, aunque ninguno de ellos le presta atención, sino que miran al exterior o gritan a los auxiliares, atosigados. Duda al llegar a la puerta que conduce a los vagones dormitorio. Ya ha pasado una vez por allí, de camino a los aposentos de la Capitana, pero lo hizo acompañada de otros pasajeros de Primera Clase, de los auxiliares. ¿Qué pensarán los demás al verla sin acompañamiento en Tercera Clase? Le parece ridículo que algo así siga importando ahí, donde el propio terreno parece burlarse del orden humano, y tampoco es que haya ninguna norma que diga que los pasajeros de Primera no pueden ir adonde les plazca. Cuadra los hombros y abre la puerta. Aun así, se incomoda de repente al ser consciente, rodeada de la masa de humanidad del vagón, de lo elegante que es su tela de duelo, de lo bien tejido que está su corpiño, de que se verá como algo obsceno que se preocupe por ir a la moda tanto como por representar su dolor. Las miradas se vuelven hacia ella. En ese lugar es obsceno preocuparse por cualquier lujo.

—¿A dónde vas tan deprisa, guapa? —pregunta una voz desde una litera de arriba—. Sube para aquí y ya verás qué rápido hago que se te olviden las penas.

—Le darás más penas aún, zoquete —le dice alguien más al primero.

—No les haga caso —le dice una mujer mayor a Marya—. Tienen menos modales que cerebro incluso.

Marya mantiene la vista baja y sigue andando, con las mejillas al rojo vivo. Se creía más fuerte, después de todo lo que ha hecho durante estos meses, tras haber encontrado al hombre en el taller diminuto y apartado del callejón oscuro y angosto, quien podía proporcionarle (a un módico precio) los documentos que necesitaba para convertirse en otra persona. Se sentía como una impostora, como si fuera el personaje de una historia. Se sentía como si hubiera caído de un mundo a otro, a uno en el que había personas que trabajaban en las sombras, personas cuyo nombre no era su nombre de verdad, con lugares en los que las ratas correteaban por el mismo suelo en el que jugaban los niños pequeños, sin darse cuenta de la oscuridad y la mugre que los rodeaba. Era algo que siempre había estado ahí, solo que nunca lo había visto, y se creía superior por saber de su existencia, por haber visto más allá de las fronteras de su vida privilegiada. Sin embargo, ahora lo que se siente es tonta y expuesta. ¿Y para qué? La mayoría de las ventanas tienen las cortinas echadas y no hay nadie que mire al exterior, ningún indicio de que alguien pueda ser un miembro de la Sociedad.

Aun así, no puede ni pensar en volver por donde ha ido, en enfrentarse a esas miradas divertidas, a esos ojos que la sopesan como si fuera una mercancía que comprar y vender. Se obliga a atravesar el segundo vagón dormitorio y suelta un suspiro de alivio cuando cruza la puerta y se encuentra en el vestíbulo del otro lado.

—¿También busca paz y tranquilidad? —pregunta una voz.

Marya pega un bote. El vestíbulo está mal iluminado y parece consistir tan solo de cajas y armarios, con lo cual forma un espacio junto a una de las ventanas donde una persona puede sentarse casi sin que nadie la vea. Un hombre alto y mayor con cabello gris alborotado sale de donde ha estado sentado, en un banco bajo.

—No quería asustarla —se disculpa.

—Ah, no, no es eso. Es que no esperaba encontrarme con nadie por aquí. —Espera no parecer tan nerviosa como está, aunque al hombre no parece extrañarle su aparición repentina.

—Es mi escondite —dice, con voz conspiradora—. Los demás pasajeros no se pasan por aquí, y los tripulantes me dejan a lo mío. Claro que estoy más que dispuesto a compartir —añade.

—No quiero molestar —empieza a decir, hasta que se percata de los binoculares que el hombre lleva en las manos.

—Ah, va en contra de todos los consejos, lo sé —reconoce el anciano—. Pero yo siempre miro. —Hace un ademán con la cabeza hacia la ventana antes de llevar la vista a los prismáticos y darles la vuelta una y otra vez—. Yo siempre miro —repite, y Marya cree ver que los ojos se le anegan en lágrimas.

—¿Busca algo en concreto? —quiere saber ella, volviéndose para mirar por la ventana. Sin embargo, antes de terminar la pregunta, ya se da cuenta de qué es lo que busca. No se cree que no se haya dado cuenta de dónde están, con todas las veces que ha

leído la descripción que Rostov escribió sobre ese lugar—. Ah...
—Suspira.

—Creerá que soy un viejo iluso —dice él, sonriendo.

—No, para nada.

Se trata de uno de los pasajes más célebres de su guía: «Una cascada atraviesa la roca... Fue ahí que vi una silueta que salía del estanque que hay bajo las rocas, con los ojos oscuros, con el cabello cayéndole como algas sobre el rostro. Una niña, aunque me observaba de un modo para nada infantil. Una chica, aunque tan incorpórea y salvaje como el agua que la rodeaba. Una chica que no lo era del todo». Sus palabras han sido objeto de estudio y de debate desde entonces. Marya ha visto varias ilustraciones en las revistas: algunas muestran a una niña de aspecto inocente; otras, con pinta salvaje, y otras más, las más perturbadoras, a una mujer seductora. Aun con todo, nadie ha visto nada similar desde entonces, y se ha terminado llegando a la conclusión de que debió de haber sido una mala pasada de la luz o un indicio del trastorno mental cada vez más grave que Rostov padecía.

—Sé lo que se dice —sigue el hombre—, pero, aun así, siempre he albergado la esperanza... Y he pensado que quizá se daría en este último viaje. —Su sonrisa se torna más triste.

—¿Ha estado en muchos cruces? —le pregunta Marya, emocionada.

—Sí, en muchos. Pero ya ha llegado la hora de que deje que este cuerpo cansado que tengo descanse un poco.

—Y en el último cruce, ¿también estuvo a bordo cuando...?

El anciano les da la vuelta a los prismáticos una vez más.

—Así es.

Si bien está claro que no quiere hablar de ello, al igual que los tripulantes, Marya lo presiona de todos modos, por mucho que sepa que las palabras van a hacerles daño a los dos.

—Transiberia dice que fue por el cristal, que estaba defectuoso, pero he oído que algunos no están de acuerdo. —Intenta sonar como que no es nada más que un chisme, como las ancianas que visten de negro en sus salones, las que intercambian noticias sobre quién ha muerto hace poco—. He oído que la Sociedad de los Baldíos cree que hay gato encerrado. Ojalá Artemisa siguiera escribiendo…

Un atisbo de alarma cruza el rostro del hombre, antes de que ponga una expresión vacía y educada.

—Ah, querida, soy demasiado mayor para esas cosas. ¿No es lo normal que la Sociedad y Transiberia se contradigan?

Sabe algo, piensa Marya. Sí que ha sido una expresión de alarma lo que le ha pasado por el rostro.

—Sí, claro, es lo que ocurre siempre. Seguro que es un rumor infundado más. —Le dedica lo que espera que sea una sonrisa bobalicona, pero algo ha captado la atención del hombre en el exterior. El anciano frunce el ceño, y, cuando Marya le sigue la mirada, ve un ondeo en los juncos, como si una ola enorme se abriera paso a través de ellos, y luego otra y otra más, y no puede ser cosa del viento, porque hay un árbol solitario en el horizonte cuyas hojas y ramas permanecen inmóviles.

—¿Qué ocurre? —pregunta, frustrada por la interrupción, aunque incapaz de apartar la mirada de las olas.

—Las mareas —explica el hombre, y añade, casi solo para sí mismo—: Pero es demasiado pronto. —Se tantea los bolsillos de la chaqueta hasta dar con un cuaderno desgastado que se pone a hojear.

Un temblor sacude el tren, y a Marya se le tensa el estómago. Su padre le había hablado de las mareas una vez, de que parecen burlarse del tren, de que no siguen ningún patrón, ninguna norma.

—En esta mesa no se habla de temas alejados de Dios —declaró su madre entonces.

Marya se aferra a la barandilla para no perder el equilibrio. Su padre le explicó que comenzaron durante los últimos años, sin que nadie supiera por qué. El tren tiene que ser más listo que las olas, poco a poco y con cuidado. Dijo que cada vez eran más fuertes. Experimentan otro temblor, uno más intenso, y se aferra al brazo del anciano. Tiene las muñecas tan finas que los huesos parecen sobresalirle de la piel, como los nudos de un árbol.

—Deberíamos volver al vagón —le dice, guiándolo hacia la puerta, y ve que Weiwei se acerca desde la dirección opuesta.

—No hay nada de qué preocuparse —grita la hija del tren, pero el vehículo se sacude, y el pánico recorre el vagón conforme las pertenencias se caen de las literas en una sucesión de golpes contra el suelo.

—¿Me puede decir cómo se llama? —le pregunta Marya al hombre, pero, cuando este abre la boca para responder, sufren el impacto de otra ola.

Es una experiencia difícil de describir después de haber pasado por ella. Es como si el aire se doblara sobre sí mismo, como un abanico, como si unas manos dotadas de una fuerza imposible empujaran el tren desde un costado, y Marya tiene tiempo suficiente, por ese fenómeno en el que el tiempo parece estirarse y ponerse en pausa, para imaginarse que las enormes ruedas del tren se separan del raíl, que el vehículo vuelca y cae de lado sin que nadie pueda evitarlo. Los apliques, las luces y hasta las paredes en sí tiemblan y traquetean. Varios paneles de la pared caen al suelo con un estruendo, y salen mantas y paquetes del interior, como si las entrañas del tren estuvieran hechas de tela y de papel marrón. *Mercancía de contrabando*, piensa Marya, distante. A los contrabandistas no les va a sentar nada bien.

Entonces todo termina, el tren sigue sobre los raíles, los pasajeros sollozan y el hombre se deja caer al suelo como un títere cuyas manos guía se han quedado quietas.

Sale a trompicones de Tercera conforme llega el médico y despeja el espacio alrededor del anciano afligido. Ya en su compartimento, intenta respirar más tranquila, pero los trucos de los que se vale siempre no le sirven, no logra encontrar el río profundo y lento que le calme la mente, y le da la sensación de que le están apretujando los pulmones, de que el corazón no sabe encontrar el ritmo constante al que debe latir.

El cuerpo de su padre, desplomado sobre su escritorio. El médico, con el sombrero en las manos. «Ha sido un ataque al corazón, no podían haber hecho nada por él».

Solo que hubo cosas que el médico no había visto. ¿Ella sí las había notado? El médico le dijo que estaba demasiado estresada y le había prescrito un tónico para conciliar mejor el sueño. Era algo comprensible, dadas las circunstancias. Y, cuando se despertó, cuando se llevaron el cadáver y comenzaron los rituales burocráticos de la muerte…, ¿de verdad podía estar segura de lo que recordaba? *El agua se acumulaba bajo el rostro de su padre, y tenía unos granos de arena en la mejilla. ¿De dónde habían salido? Lo limpió todo antes de alertar al resto de la casa, antes de permitirse pensar en lo que hacía. Le cerró los ojos a su padre para que nadie viera los patrones que tenía en ellos, como el cristal cortado, sin color, tan vacíos como las ventanas que fabricaba.*

LA CHICA QUE NO LO ES DEL TODO

Los tripulantes lo recogen todo, como de costumbre. Recogen y tratan de mantener a los pasajeros tranquilos mientras el tren sigue avanzando a trompicones a través de la marea. Weiwei ve que Alexei y otro ingeniero pasan por allí a toda prisa, con la mandíbula tensa y el rostro pálido. El tren ya ha sufrido el efecto de las olas en otros cruces, solo que nunca ha recibido el impacto de una tan potente como esa.

El tren es el más resistente que ha construido la humanidad.

Es seguro, es seguro.

Sin embargo, ya no las tiene todas consigo, no como antes. Todos habían sabido, incluso antes del último cruce, que estaban sobresforzando demasiado el tren. Aun así, se creían las palabras que usaban para presumir, habían formado sus propios mitos en torno al gran tren blindado, estaban muy seguros de que iba a seguir marchando toda la vida.

—¿Cómo está el Profesor? —Anya Kasharina se pone de pie cuando ve que entra Weiwei. Los vagones cocina y los restaurante son un caos de vajilla rota, de sopa tirada por el suelo y de sal desperdigada por las mesas. Weiwei camina con cuidado y oye el crujido del cristal roto bajo los pies.

—Está con el médico —contesta Weiwei.

—¿Es...?

—No se ha hecho daño, pero creen que las mareas han sido más de lo que podían soportar sus nervios. —No se atreven a pronunciar «enfermedad de los Baldíos» en voz alta. Lo mejor es no pensar demasiado en ello, aunque todos los auxiliares llevan dardos tranquilizantes encima, por si algún pasajero o tripulante se ve afligido por el trastorno.

La jefa de cocina se limpia las manos en el delantal. Le cae muy bien el Profesor, siempre le da porciones extra y le dice que coma, que está muy delgado.

—Bueno —dice, demasiado contenta—, siempre le decimos que tiene que dejar un rato los libros, ¿no? Me da a mí que lo que le pasa es que está demasiado cansado.

El tren ralentiza la marcha de repente, y Weiwei mira por la ventana y ve otra ola pasar; el aire refulge, la hierba se aplana. Anya se lleva una mano al pequeño icono de hierro de santa Matilda que cuelga de su cuello.

—Va a hacer que se nos ponga mala la mantequilla, la poca que queda —musita para sí misma. Las mareas desestabilizan el delicado equilibrio del tren, amargan el vino y hacen que los pinches de cocina cumplan sus tareas con torpeza. Mantienen a los tripulantes en vela y hacen que hasta el más tranquilo de los auxiliares pierda los papeles.

Cuando cierto orden vuelve a los vagones restaurante, la jefa de cocina coloca un pastel de semillas en las manos de Weiwei, envuelto en muselina.

—Para el Profesor —le dice—. No va a mejorar de los nervios si no atiende el estómago primero.

No obstante, los pies de Weiwei la llevan hacia el vagón almacén. Se promete a sí misma que irá a ver al Profesor después, porque, además, lo más seguro es que el médico no la deje pasar, y el Profesor tiene que dormir, no vale la pena molestarlo para nada. Hace a un lado la sensación de culpabilidad y trata de hacer caso omiso del peso de la tarta de semillas que lleva en el bolsillo de la chaqueta. Lo que necesita es descansar, tiempo para recordar lo que las vías significan para él. *Nada ha cambiado*, piensa para sus adentros, feroz. Van a seguir yendo en el tren toda la vida.

Cuando se acerca a los aposentos de la Capitana avanza más despacio, algo a lo que se ha acostumbrado durante este cruce. Si camina lo bastante despacio, si llega en el momento justo, es posible que se abra la puerta, que salga la Capitana. *No, estará en la torre de observación*, piensa. El Cartógrafo y ella estarán observando el rastro de las mareas para mandar órdenes a los maquinistas: cuándo ir más despacio, cuándo esperar, cuándo avanzar a toda máquina.

Acaba de pasar por la puerta cuando oye que se abre, por lo que se da media vuelta. Solo es Alexei, con el cabello pegado a la frente y manchas de aceite por los brazos. La decepción la invade, hasta que la expresión de su amigo hace que se extrañe.

—¿Qué pasa? —exige saber—. ¿Se ha roto algo? Lo habéis arreglado, ¿verdad?

—Por el amor de Dios, Zhang... —Echa un vistazo por el pasillo antes de hacerle un gesto para que lo siga. Conforme llegan a la puerta del vestíbulo, tres encargados de reparación pasan a toda prisa por su lado y saludan a Alexei con un ademán de la cabeza. Los tres tienen la misma expresión tensa. Weiwei se vuelve para mirarlos.

—¿A dónde van? —Unas herramientas que no conoce hacen que avancen más despacio—. ¿Qué ha pasado?

El ingeniero la lleva a un rincón del vestíbulo y baja la voz.

—No se lo puedes contar a nadie. No queremos que cunda el pánico.

—No diré nada. —Traga en seco.

—Cuando nos ha dado la ola, debe de haber desconectado una de las cañerías del ténder, pero eso se puede reparar, no debería pasar nada. El problema es que ha afectado a todo el sistema no sé cómo y ha provocado escapes.

Ese es el mayor miedo de los tripulantes, el miedo que los acompaña en cada cruce, el miedo de que algo se haya movido en las entrañas del tren, entre los pistones y las cañerías, de que algo se suelte a pesar de todo el cuidado y la atención que le dedican, de que ese algo haga que otra cosa se suelte y que el más diminuto de los fallos acabe convirtiéndose en algo imposible de parar.

—¿Cómo que escapes? Pero... ¿cuánta agua hemos perdido?

Si bien Alexei no responde, Weiwei ve la respuesta en lo mojado que tiene el pelo, en la parte inferior de sus pantalones, empapados hasta alcanzar un color azul más oscuro.

—Pronto pasaremos por un pozo, un poco más adelante —contesta al fin—. Podremos rellenar parte del agua al menos, solo que, hasta entonces, vamos a tener que medirnos.

—Pero ¿no faltan días para eso? —Solo se acuerda de haber necesitado un pozo en una o dos ocasiones. El tren tiene que ralentizar tanto la marcha para hacer descender el extractor de agua que es un riesgo que solo corren si es necesario.

—Sí —dice él, nada contento—, y vamos a tener que ir más despacio para conservar lo que nos queda.

—Así que tardaremos más en llegar al pozo. —Un escalofrío de pura ansiedad le recorre la espalda.

—No tenemos otra opción. Tendremos que esperar que nos dure lo suficiente y racionar el agua para beber. Y rezar a todos los dioses del raíl para que llueva.

No sabe por qué lo primero en lo que piensa es en la polizona. No sabe por qué la imagen del agua saliendo de las cañerías, gota a gota, tan preciadas todas, le da tanto miedo. Y no por la sed insaciable del tren, sino por una chica a la que apenas conoce. Piensa en ella emergiendo del agua del baño, una chica ahogada que volvió a la vida. Camina con paso torpe hacia el vagón almacén. A pesar de que el tren ya está ralentizando la marcha, el traqueteo y el golpeteo de los raíles parece sonar más alto, con más insistencia, como si quisiera burlarse de ellos al recordarles cuánto recorrido les queda por delante, con el pozo y el agua que les va a salvar la vida perdidos en una distancia inalcanzable.

Aun así, la polizona es una boca extra a la que alimentar, a la que darle agua, una boca que recibe lo que no es suyo. Y ahora que no habrá suficiente agua como para usarla sin pensar, ahora que van a tener que medir hasta la última gota, será una carga que el tren no podrá soportar. A Weiwei le entran náuseas. Acelera el paso al entrar en el vagón de servicio, y más botones pasan por su lado deprisa, demasiado ocupados como para preguntarle a dónde va. Todavía hay trabajadores recogiendo lo que los armarios han soltado al suelo al abrirse. Cruza el vagón jardín, donde lo único que ve en lugar del verde de las filas de verduras son los tallos marchitos que están por venir, y llega al vagón almacén. Espera que Elena se haya quedado escondida, que no la haya asustado el movimiento errático del tren.

No obstante, la polizona no está escondida en el falso techo, sino que la encuentra en el pasillo, junto a la ventana, tan concentrada en el paisaje que no nota su presencia, de modo que Weiwei solo ve su reflejo en el cristal, con la boca un poco abierta, con el cabello enmarcándole el rostro, con los ojos grandes y oscuros. La ve relucir, espectral, contra los abedules, con las puntas de los dedos en la ventana, como si se comunicara con su doble del exterior. Entonces la Elena del cristal la mira, y, por un momento, parece que el exterior esté mirando hacia el interior, antes de que, de forma casi imperceptible, altere la posición e imite la propia postura de Weiwei y pase a ser la Elena que conoce. Solo que es demasiado tarde: Weiwei ha visto cómo es por primera vez, en lugar de ver a quien pretende ser, y ¿acaso no lo sabía desde el principio? ¿No se ha estado engañando a sí misma? No es una polizona asustada y perdida que necesita protección, sino una criatura de los Baldíos, una chica que no lo es del todo.

PARTE TRES

DÍAS 5-8

Cuando comenzaron los cambios en la Gran Siberia, hubo quienes se vieron atraídos hacia los bosques y los pantanos, quienes pasaban cada vez más tiempo fuera de casa. Hubo quienes no volvieron nunca. Por descontado, solo podemos elaborar hipótesis sobre qué hizo que esos padres y madres, esos hijos e hijas, abandonaran a su familia y dejaran de lado su vida. Tal vez querían estar más cerca del agua y de la tierra. Puede que a los viajeros precavidos, acostumbrados a navegar con cuidado a través de ciudades y tierras que no conocen, les resulte un comportamiento extraño. No obstante, debo confesar que mi encuentro con la criatura de los Baldíos despertó cierta curiosidad en mí, por lo que he empezado a sospechar que puede tener algo que ver con esas personas extraviadas. ¿Quién puede afirmar con rotundidad que no existen más criaturas como ella, que nos observan desde el cobijo de la naturaleza?

La guía de los Baldíos para viajeros precavidos, páginas 35-36.

ELENA

Se quedan inmóviles, congeladas. Elena sigue de cara a la ventana, de modo que sus rasgos casi se desvanecen en el paisaje del exterior. Aun así, tiene la mirada clavada en la de Weiwei, y el momento se estira, forma un tiempo suspendido, y hasta el traqueteo y el golpeteo de los raíles parece desvanecerse. Elena se desprende de su astuto disfraz, del papel que ha estado interpretando, con tan solo adoptar otra actitud, una postura que hace que parezca que tiene unas extremidades más fuertes y angulares, una mirada más precavida y penetrante. Una postura que indica que está preparada para salir corriendo, y, si Weiwei se mueve, si dice algo, el momento se vendrá abajo y lo que sea que quede entre ellas se perderá para siempre. Pero no se mueve. Ya no tiene dónde esconderse, cómo seguir pretendiendo. En el exterior, los juncos han dado paso a un bosque de helechos, con unas criaturas similares a anguilas que pasean entre las hojas y dejan un rastro plateado a su paso. Elena deja de mirar a Weiwei para seguirlas, y ya no es una pasajera curiosa sin más, sino que tiene un atisbo de reconocimiento: no mira un paisaje extraño, observa su hogar. Weiwei no puede evitar tomar aire de sopetón al pensar en ello, y Elena vuelve a centrar su atención en ella, intensa y potente.

Weiwei sigue sin moverse.

—Creía que ibas a tener miedo —le dice Elena. Weiwei no aparta la mirada.

—¿Me vas a hacer daño? —pregunta.

—No.

—Entonces no tengo miedo. —Aunque sí que lo tiene, y está segura de que Elena lo sabe de sobra. Aun así, a las dos se les da bien mentir, eso es un hecho.

Elena se vuelve para mirarla y tiene un aspecto inseguro, por primera vez desde que Weiwei la conoce. Deja una mano apoyada en el pasamanos de latón que tiene detrás, y la otra, plana en los paneles de madera de la pared, como si se sujetara al tren para no caerse.

—Tiene que parecerte raro —se aventura a decir Weiwei, y señala la pared con la barbilla.

—Como si estuviera vivo, pero sin estarlo —contesta Elena.

Sí, es una buena descripción del tren. Alexei la entendería, piensa. No sería la primera vez que ha visto a los ingenieros hablarle al tren, aunque otras veces lo maldicen o tratan de convencerlo, como si, en secreto, supieran que está vivo más allá del ingenio mecánico que lo forma.

—¿Por eso querías subirte? —Tiene un millón de preguntas que quiere hacerle: ¿qué eres? ¿Por qué estás aquí? Sin embargo, sabe lo forzada que suena, como si estuviera obligada a mantener una conversación educada con alguien a quien apenas conoce.

Elena, por otro lado, parece un poco más tranquila, con menos tensión en el cuerpo. *No va a salir corriendo*, piensa Weiwei. *No ahora, al menos por el momento.* Aun así, su expresión parece más resguardada. Tiene que conseguir que siga hablando.

—Quería saber qué era —explica Elena—. Por qué hace que tiemble el suelo y que el aire tenga un sabor raro. Quería saber a dónde va y por qué no deja de pasar por aquí, por qué el aliento le sale en una nube gris oscuro y para qué necesita tantos ojos.

—¿Qué ojos? —Y entonces se da cuenta de a qué se refiere: las ventanas. Los ojos del tren—. ¿Y qué hiciste?

—Seguí el camino de hierro hasta que una pared más alta que un bosque se lo tragó. Viví en los juncos al lado de un estanque y vi a los hombres que salían de la pared. De ellos aprendí lo que era el tren, me enteré de que le tenían miedo y lo veneraban. Me enteré de que no querían ir en él porque tenían miedo. Pero yo no. Quería saber cómo era que te llevasen por la tierra tan deprisa.

Quería saber a dónde iba. Me enteré de que había una forma de entrar, un camino secreto.

—Viste a los contrabandistas… Los viste usar el tragaluz.

—Fueron muy listos, muy rápidos. Solo se veía lo que hacían si se los vigilaba con atención. Había un soldado en el techo que daba golpes y probaba cosas y decía que sí, que todo estaba como debía, y entonces, cuando nadie miraba, usaba su palo para abrir una puerta. Subía paquetes y bajaba monedas que tintineaban.

—Así que por eso tenían tanto dinero siempre —musita Weiwei.

—Pensé que por ahí podía entrar, que así podía conseguir que me llevara adonde fuera. Pero tenía miedo…

—¿Tú? —la corta Weiwei de sopetón.

Elena agita una mano delante de la cara, una copia exacta del gesto para restar importancia que usa el auxiliar de Tercera Clase, y Weiwei tiene que contener una carcajada.

—Tenía miedo al principio, pero me quedé vigilando y aprendí y supe que estaba preparada. Solo que entonces el tren dejó de venir, y los soldados se pusieron a hablar de marcharse, decían que no iba a volver nunca.

Elena se queda callada, y Weiwei cree que hay algo que no le está contando.

—Solo que entonces acabó volviendo —la alienta Weiwei—. Y aquí estás.

—Aquí estoy —repite la polizona.

—¿Y es…? —Piensa en qué quiere preguntarle—. ¿Es lo que te esperabas?

Elena hace un mohín antes de contestar.

—No me esperaba que hiciera tanto ruido, como si el tren se te metiera en la cabeza.

—Yo no lo noto hasta que paramos —asiente Weiwei. Cuando desaparece el ruido, su ausencia la hace sentir vacía y expuesta, como si no llevara ropa suficiente—. ¿Y ahí fuera? —pregunta, por mucho que pensar en ello le ponga los pelos de punta—. ¿Cómo es estar ahí?

Una vez más, Elena se lo piensa durante un instante antes de contestar, y entonces le da la mano a Weiwei para colocársela en la ventana, con la suya encima.

—Así —dice, y Weiwei nota el zumbido de los raíles que tanto conoce bajo la palma de la mano, recorriéndole los huesos; nota el ritmo del tren bajo los pies y recuerda las palabras de Anton: «Hay un tono concreto, un punto específico en el que todo respira a la vez, el hierro, la madera y el cristal». Un lugar que él siempre buscaba, donde sabía que el cristal iba a resistir. En aquel entonces, Weiwei no lo había entendido. Sin embargo, entre el movimiento del tren y el roce frío de la mano de Elena, cree que capta lo que quería decir.

»Late —explica Elena—, como un corazón. Así se siente. Pero no es solo una cosa, sino muchas. Todo a la vez.

—Todo está conectado —dice Weiwei. ¿No era eso lo que dijo Anton? Y lo nota, lo nota todo latiendo al mismo tiempo: el tren, los raíles, Elena y su propia mano pequeña.

En ese momento, el reloj de la pared indica la hora en punto, y Elena aparta la mano de golpe.

—Tienes cosas que hacer —le dice—. Deberías estar en el vagón restaurante.

Weiwei abre la boca para exigir que le explique cómo lo sabe, aunque se contiene. «Me quedé vigilando y aprendí».

—Y tú deberías estar escondida —dice en su lugar.

El tiempo se torna líquido. Si bien les da cuerda a los relojes de todos los vagones, le parece que no consigue impedir que los minutos y las horas se alarguen y se contraigan, y ya no confía en que los raíles vayan a asegurar que tenga los pies en la tierra. En cada ventana por la que pasa, le parece ver a la polizona, parpadeando en el borde de su vista. En el rostro de cada tripulante cree ver la sospecha, el miedo. «Tú —parecen decirle, con el ceño fruncido—, notamos algo raro en ti, la corrupción del exterior. ¿Se puede saber qué has hecho ahora?».

¿Qué es lo que ha hecho? Le ha dicho a Elena que no tenía miedo, y es mentira. Sí que lo tiene, y mucho.

La mandan a Tercera Clase, para ayudar a los auxiliares a supervisar el racionamiento de agua. Les dicen a los pasajeros que la marcha lenta del tren es normal, que el racionamiento es una medida que toman como precaución. La mayoría de los pasajeros están lo bastante asustados como para creérselo y aceptan, sumisos, los míseros vasos de agua que les dan para beber, los cuencos compartidos que deben usar para lavarse, a pesar de la capa de mugre que no tarda en aparecer en la superficie del agua.

Cuanto más les dice a los pasajeros que no hay nada de lo que preocuparse, más le pica la garganta, más se le seca. Y, en todo momento, mientras trabaja, persuade y tranquiliza, piensa en la polizona, en cómo abordar la pregunta que quiere hacerle: «¿Qué eres?».

Hay preguntas que son más fáciles de formular a oscuras.

—¿Que qué soy?

Ya pasa de la medianoche, y están tumbadas en el falso techo, con la lámpara apagada. Weiwei cree oír a Elena darle vueltas a la pregunta.

—Lo que era antes… —empieza—. Pertenecía a los pantanos y a los juncos, al agua y a la tierra. Pero no, antes de eso… Antes de que fuera algo, había humanos que se sentían atraídos por el agua. Cuando la tierra comenzó a despertar, oyeron el llamamiento. Cambiaron. Comenzaron a hablar con chasquidos y jadeos. La piel se les puso plateada y les salieron agallas en el cuello. Prosperaron.

Tras esa palabra, se queda callada tanto rato que Weiwei se pregunta si se habrá quedado dormida, aunque entonces añade en voz muy baja:

—Obtuvieron lo que buscaban. Pero yo quería más.

—¿Más que los Baldíos? Pero si es un terreno enorme. —Intenta imaginarse cómo sería vivir allí, con todo aquel espacio, debajo de un cielo inmenso. Oye que Elena se da media vuelta.

—¿Por qué lo llamáis así?

—¿Cómo?

—Ese nombre que le habéis dado, como si no hubiera nada. Como si estuviera vacío y abandonado, cuando la realidad es que está lleno de criaturas que viven y piensan.

—Bueno, es que... —empieza a decir Weiwei, antes de quedarse callada. Nunca se lo ha preguntado.

—Todo lo que hay ahí está vivo —explica Elena—. Todo tiene hambre, crece y cambia. Lo notamos así. —Estira una mano hasta encontrar la de Weiwei una vez más, para colocarla plana en el suelo, de modo que los raíles tiemblen a través de las dos.

Weiwei se queda tumbada, con los ojos abiertos en la oscuridad, pensando en lo que le ha dicho Elena, con la sensación de los latidos del tren, aunque va más despacio que de costumbre, con más cuidado, desde las mareas.

—Pero ¿qué eres ahora? —le pregunta, y nota que la polizona se encoge de hombros.

—No lo sé.

OBSTÁCULOS

Henry Grey se despierta sin haber descansado nada. El tren se ha pasado la noche avanzando despacio y con sacudidas, cosa que lo ha ido despertando de sus sueños sucesivos. Si bien no han sufrido el impacto de ninguna otra ola fuerte, el cuerpo se le ha tensado cada vez, al imaginarse que iba a volver a ocurrir.

Un ambiente tenso cubre el vagón restaurante. Varios pasajeros se han quedado en sus respectivos compartimentos, y los que están presentes tienen los ojos rojos y se ven cansados. Por su parte, los camareros son más torpes y lentos que nunca; el desayuno deja mucho que desear, hay manchas en el plato en el que le traen su arenque ahumado y, cuando pide más té, se lo niegan sin mayor explicación.

La Condesa, sentada a la mesa de al lado, exige más café.

—Apenas hay un par de gotitas aquí, ¿es que el café se ha vuelto caro de la noche a la mañana o qué?

—Es una medida temporal, señora Condesa. —El auxiliar se estruja las manos—. Les rogamos que tengan paciencia.

Grey se permite felicitarse a sí mismo por no ser uno de esos pasajeros que se quejan ante el más mínimo inconveniente.

—Debemos actuar con sosiego. —No puede evitar soltar un comentario.

—¿Ah, sí? ¿Usted cree? —responde ella, en un tono irónico para nada necesario.

Ella y su compañera cansada lo miran con frialdad. Tiene que admitir que los demás pasajeros del vagón tienen más pinta de pensar como la Condesa que como él. La joven viuda, Marya, está pálida y callada. Se percata de que no se ha cepillado el pelo y de que tiene unas manchas de tinta en los dedos. Se unta mantequilla en otra tostada mientras reflexiona sobre lo triste que es que los de otras nacionalidades tiendan a desmoronarse ante la más mínima provocación.

Después de desayunar, se retira a la biblioteca, donde espera encontrarse con Alexei. El círculo rojo de su mapa está cada vez más cerca, pues deberían llegar a él en el octavo día del viaje, pero el tren avanza más despacio que nunca. Le duele todo, como si, al estirar cada tendón que tiene, pudiera hacer que el tren avanzara más deprisa. Está muy cerca. Ha pasado todas las noches en su compartimento, tomando notas sobre los esquemas del Cartógrafo que le ha dado el ingeniero y sobre otros artículos y libros que ha ido recabando. Ha practicado cómo entrar y salir de ese traje con casco tan incómodo que tendrá que usar, además de cómo apañárselas con los botes al llevar puestos los guantes gruesos del traje. Está preparado.

Sin embargo, tras pasar una hora allí, todavía no hay ni rastro del ingeniero, lo cual, teniendo en cuenta lo mucho que le paga al hombre, le parece inaceptable. La frustración se le acumula en el pecho y hace que la úlcera que tiene en el abdomen le duela más aún. Tener que depender de los demás le parece insoportable, el no poder hacer nada al encontrarse con la incompetencia y la pereza. Aun así, eso no es lo que un buen cristiano debe pensar. Al fin y al cabo, ¿no se supone que tiene que actuar con sosiego él también? Lo están poniendo a prueba y ya está.

Cuando el reloj de la pared indica que ha transcurrido otra media hora, decide ponerse manos a la obra él mismo, lo cual requiere que cruce los vagones de Tercera Clase con un pañuelo para cubrirse la nariz. Las cáscaras de los frutos secos crujen bajo sus pasos, y el suelo está pegajoso. Hay muchísimos cuerpos ahí metidos, todos muy cerca. Los pasajeros lo miran de arriba abajo conforme pasa entre ellos, pero no amerita ningún comentario, ninguna indicación de que lo reconozcan. Capta el peligro en el ambiente, como si una chispita fuera a ser capaz de prenderle fuego a todo.

En la puerta que conduce al siguiente vagón hay un cartel que indica, en una variedad de idiomas, que los pasajeros tienen prohibida la entrada. Decide hacer caso omiso del cartel y entra en lo que debe de ser el comedor de la tripulación. Las mesas tienen un mantel blanco y sencillo y recorren toda la longitud del vagón, con unos bancos sin respaldo a ambos lados. Varios tripulantes engullen comida cuando entra y no lo miran, de modo que avanza hasta el siguiente vagón a grandes zancadas, a lo largo de un pasillo con paneles de madera y una serie de puertas cerradas.

Está empezando a pensar que el ingeniero tiene que estar evitándolo a propósito cuando lo ve al otro lado de lo que parece ser un vagón de servicio. Está encaramado a una escalera con cierto riesgo y baja de un salto al ver que Grey se acerca.

—Te estaba buscando —empieza a decir el doctor conforme se aproxima. Se da media vuelta para asegurarse de que no haya nadie que los pueda oír—. ¿No se suponía que habíamos quedado para reunirnos hoy?

—No debería estar aquí, ¿quién le ha dejado entrar? —El ingeniero habla en voz queda y con prisa mientras se limpia las manos con un trapo sucio—. A los pasajeros no se les permite entrar aquí.

—Pues nadie me lo ha impedido. Y la verdad es que no tenía otra forma de venir a hablar contigo...

El ingeniero no espera a que acabe, sino que lo mete en una sala de almacenamiento y cierra la puerta. A su alrededor, las cañerías traquetean y sisean, y hay humedad sobre el metal gris.

—Mire, tengo que hablar con usted. No va a poder ser.

Grey se lo queda mirando, sin comprender.

—Pero teníamos un acuerdo, aceptaste mi dinero. Sabes lo importante que es todo esto.

—Le devolveré el dinero, pero no puedo hacerlo, no podemos. Es demasiado peligroso, y más ahora que...

—¿Qué? ¿Y más ahora que qué?

El ingeniero se frota la frente y se deja una mancha de grasa.

—Las cosas se han… complicado un poco. Después de las mareas.

—Sí, ya sé que ha habido un altercado, pero ¿por qué eso va a afectar nuestros planes? Ya lo hemos hablado, es normal estar nervioso al emprender un gran proyecto; la ambición nunca es algo fácil…

—Doctor Grey, entiendo que se haya frustrado, pero solo accedí al plan cuando creía que no iba a suponer un peligro para el tren.

—Y no lo supondrá, ya sabes que jamás pondría en riesgo la vida de los demás.

—Solo que no sería usted quien las pusiera en riesgo.

Y el ingeniero le cuenta, después de intentar convencerlo y de llenarlo de advertencias y palabras técnicas que no puede seguir, que hay un problema con el sistema de abastecimiento de agua.

—Pero podéis arreglarlo.

—Sí, el problema es que…

—Y conseguiremos más agua, así que no hay necesidad de que nos impida…

—Doctor Grey, no me está escuchando. Tendremos poca agua hasta que lleguemos al siguiente pozo, y todavía faltan tres días para eso. E incluso después de eso, aunque hayamos apañado una solución para el problema, seguiremos teniendo un punto débil hasta que podamos solucionarlo como es debido en Moscú.

Grey trata de controlar la frustración que nota que se le alza en el interior, una que no ha experimentado desde aquellas semanas horribles en Pekín, cuando pisoteaba los pasillos de la oficina de Transiberia en vano y notaba todas las posibilidades que se le iban escapando. El dolor de estómago se vuelve peor y un sabor amargo le llega a la boca. No puede permitir que las emociones se apoderen de él; el médico del hospital para extranjeros se lo había dejado muy claro. «La regulación en todos los aspectos, esa será la clave de su salud: la regulación de la dieta, del comportamiento y de las emociones».

—Aun así, con lo ingeniosos que sois todos, seguro que podréis hacer algo, ¿no? Ya lo he notado, por pocos días que lleve a bordo. Es impresionante. —Observa el rostro del ingeniero y se alegra al ver que le ha provocado un atisbo de orgullo—. Aunque —continúa, poco a poco— parece que lo mucho que os esforzáis no siempre es valorado entre los representantes de la empresa.

—Y no seré como ellos —dice Alexei, con una expresión más seria—. No comprenden cómo funciona el tren, la delicadeza que hace falta para asegurarnos de que sea seguro. Creen que pueden presionar y presionar y que no sufrirán ninguna consecuencia. —Se queda callado y recobra el control sobre sí mismo—. Lo siento. No puedo hacerle nada, tenemos que poner fin a nuestro acuerdo.

Grey lo observa marcharse y nota que el dolor de estómago se torna más intenso, tanto que se marea y tiene que aferrarse al pasamanos. *No, no vamos a poner fin a nada*, piensa. No cuando ya ha llegado tan lejos.

EL JUEGO

Es la mañana siguiente a las mareas, y Elena tiene sed.

—Pronto llegaremos al pozo —le asegura Weiwei, tras volver al vagón de almacenaje, con la espalda adolorida por haber cargado con cubos de agua y cantimploras toda la mañana—. El racionamiento es solo hasta entonces. No podrás volver a darte otro baño de medianoche. —Intenta mantener la preocupación alejada de su tono de voz y se obliga a devolverle la mirada a Elena, por mucho que la polizona esté demasiado cerca, con una atención demasiado intensa, tanto que hace que el falso techo parezca más pequeño y cerrado. ¿Se arrepiente de haber abandonado la libertad de su hogar? ¿Qué hará sin el agua que necesita? Las preguntas se quedan en la garganta de Weiwei, pues no se atreve a formularlas. Elena se lame los labios.

—¿Cuándo es «pronto»?

—En tres días —responde Weiwei—. Solo tres días.

Si es que el tren resiste. Si es que tienen agua suficiente como para llegar al pozo.

—Hay un juego —dice Weiwei, tras un rato. Un juego de silencio y de sigilo, de observar y esperar—. Se te dará bien, pero debo advertirte que, por mucho que hayas acechado por los pantanos, a mí también se me da de muerte.

Es un juego de distracciones, porque no sabe qué más hacer.

Solo tiene una regla: que no te vean. Weiwei lo ha jugado desde que era lo bastante mayor como para explorar el tren a solas. O incluso antes de eso, si lo que cuentan los auxiliares mayores es cierto, porque afirman haberla perdido en varias ocasiones, cuando aprovechaba la oportunidad que le proporcionaba una distracción momentánea para escapar, tras lo cual la encontraban hecha un ovillo debajo de una litera de Tercera Clase o en un nido de mantas en el armario de almacenaje. Y más adelante, cuando Alexei se sumó a la tripulación como aprendiz, el juego creció y se convirtió en un sistema complejo con puntos y faltas, una competición para ver cuál de los dos era más rápido, a quién se le daba mejor alejarse de los auxiliares sin que los vieran o engañar a los pasajeros para que miraran a otro lado, para ver quién conseguía dar con el hueco más inesperado en el que apretujarse. No obstante, cuando ascendieron a Alexei al puesto de ingeniero, le dejó muy claro que esos jueguecitos ya estaban por debajo de él.

—Solo lo dices porque yo gano más que tú —le había dicho Weiwei, ante lo que él se había encogido de hombros.

—Porque dejaba que me ganases. Eras muy pequeña.

Después de esa conversación, Weiwei pasó a jugar ella sola de nuevo.

Encuentra una muda de ropa para Elena en la caja de objetos perdidos: un vestido azul sencillo y un mandil de esos que visten algunas de las jóvenes de Tercera Clase. Elena sostiene las prendas sin mucho entusiasmo y hace que Weiwei se eche a reír por la cara que pone.

—Si quieres pasar desapercibida no puedes ir vestida de seda en pleno día. ¿De dónde sacaste el vestido?

—Había señoras que iban a la guarnición y que parecían flores de verano. Quería tocarlas, y les quité el vestido del suelo. Me llamaron «fantasma», pero los soldados no les hicieron caso, así que escondí las medallas de los soldados y les lancé los zapatos al agua, y entonces se asustaron más que las señoras. Encendieron velas y me dejaron arroz dulce y melocotones, y después de eso ya no robé más zapatos.

El fantasma de la guarnición, piensa Weiwei. ¿Los soldados se habrían asustado más de saber que era una criatura de los Baldíos quien los incordiaba y no un espíritu que no descansaba en paz?

—Los asustaste —le explica—. Cuentan historias sobre ti.

Elena parece bastante orgullosa de ello.

—No los asusté tanto como el tren —responde—. Se asustaban cada vez que llegaba de lo que llamáis «los Baldíos». Lo dejaban atrapado y lo vigilaban como si fuera una criatura con garras y dientes y hambre que iba a destrozarlos. Cuando se iba otra vez, se lavaban y se lavaban sin parar y decían que tenían miedo de no volver a estar limpios.

Empiezan por los aposentos de la tripulación, se cuelan en el vagón jardín y salen corriendo cuando los pollos comienzan a graznar, se meten en los armarios de almacenaje y en la lavandería y en el armario de la ropa de cama. Tal como había supuesto, los tripulantes están ocupados con los pasajeros, y los pocos que ven caminando a toda prisa por los pasillos son fáciles de evitar. Aun así, sigue siendo un riesgo absurdo, una locura que hace que se le revuelva el estómago. Le da un escalofrío, a pesar del calor, cuando Elena y ella se esconden detrás de un panel móvil en una pared, uno de los muchos que se usan para la mercancía de contrabando, tras apartarse justo antes de que dos botones pasen por el vagón. Elena se mantiene alerta, con todos los músculos tensos. *Como si estuviera cazando*, piensa Weiwei; paciente y a la espera y lista para saltar en cualquier momento.

Con todo, mentiría si dijera que no le gustaba lo emocionante que era, la alegría de tener a alguien con quien compartir los secretos del tren. Se siente más despierta y más viva que en todo el tiempo que ha pasado desde el último cruce, a pesar del riesgo, del miedo por la pérdida de agua, de todas las reglas que está incumpliendo. Se siente orgullosa del poder del tren, del ingenio de su creación, al verlo de nuevo a través de los ojos de Elena y al intentar responder a todas sus preguntas. La oye tararear para sí misma, y no es una canción exactamente, según le parece a Weiwei, sino un intento por llegar al mismo tono que el tren, por cantar al mismo ritmo que él. Sin embargo, en ocasiones también ve que la polizona frunce el ceño, como si no encontrara el tono adecuado, y se apresura a mostrarle alguna otra maravilla, para sacarla de su lío.

—El fogón —le dice, tirándole de un brazo—. Querías ver el fogón.

Se acercan todo lo que pueden; Elena estaba desesperada por ver cómo la boca ardiente del tren se abre para engullir el carbón. Todavía sigue extrañada de que una criatura tan grande como el tren pueda moverse por sí sola y le ha hecho saber a Weiwei que sus explicaciones dejan mucho que desear. No obstante, es la única parte del tren que siempre está atendida, con los fogoneros precavidos y alerta. Lo más que puede hacer es llevarla al último vagón antes de la cabina (uno de los dos ténderes de agua y carbón) y permitir que mire a través de la ventanita de la puerta, por mucho que cueste ver a través del cristal grueso hacia la oscuridad anaranjada en la que los fogoneros, enfundados en sus trajes protectores gruesos y con sus gafas, se ocupan del fogón como si de los acólitos de una deidad se tratase.

El juego es más complicado en los vagones de pasajeros, aunque en Tercera Clase hay personas suficientes como para que no se note la presencia de una más.

—Es imposible que nadie te vea —dice Weiwei—, así que la regla es que pierdes un punto si alguien te habla.

Elena asiente, pero es Weiwei quien pierde un punto, por mucho que haya practicado colándose entre grupos de pasajeros mientras están ocupados con la comida o con sus discusiones.

—Parece que nadie te ve —se queja, mientras se esconden en un rincón del vagón cocina de Tercera Clase.

—¿Ahora iremos a Primera Clase?

Weiwei niega con la cabeza.

—Sabrán que no eres una de ellos, y los auxiliares estarán más atentos, porque tienen miedo de que los pasajeros se quejen.

—Pero quiero verla. Y nadie me ve. No se quejarán.

—Eso lo dices porque no sabes cómo son: se quejan de todo.

—De mí no —insiste Elena, y le da la mano a Weiwei para sacarla del escondite de la cocina y dirigirse hacia Primera.

—Ay, por los clavos del tren —maldice Weiwei—. ¡Elena, no!

—Solo que la polizona posee una fuerza sobrenatural, por delgada que sea, y logra tirar de ella por el vagón cocina y llevarla al vagón restaurante (que, por suerte, está vacío) y luego hasta el vagón dormitorio hasta casi darse de bruces con Marya Petrovna, que abre la puerta de su compartimento de golpe.

La viuda parece distraída y está despeinada.

—¡Weiwei! —exclama—. Qué suerte, quería ir a buscarte.

La hija del tren se queda inmóvil, consciente de que Elena está a su lado y se coloca contra la pared del vagón.

—¿Cómo se llama el pobre caballero que se encontraba mal ayer? —continúa la viuda—. Quería transmitirle un saludo y desearle que se recuperase pronto.

—Se llama Grigori Danilovich Belinsky —responde Weiwei poco a poco—, aunque la mayoría lo llamamos Profesor.

Marya Petrovna parece estar mirando en dirección a Elena, solo que entonces se frota la frente, como si le estuviera dando jaqueca.

—Gracias —dice—. Le... Le mandaré un saludo. —Y se aleja hacia el vagón bar sin volver siquiera la vista atrás un instante. Weiwei la observa irse.

—No te ha visto —dice, asombrada—. Ha mirado, pero no te ha visto.

Elena sonríe con cierta satisfacción.

—Ya te lo he dicho.

Weiwei está atrapada entre los celos y la emoción. El juego cambia. No es que Elena sea invisible, porque no es tan sencillo como eso, sino que más bien es que puede engañar la vista de los demás para que no la vean.

—Pero ¿cómo funciona? ¿Cambias algo de ti? ¿O del fondo? ¿Por qué yo sí te veo? —A Weiwei le ha llegado el turno de hacer preguntas, y ahora es Elena quien debe ser paciente. Y también un poco orgullosa.

—Ya te lo dije, se me da bien ser sigilosa y quedarme quieta.

—Pero yo te veía…

—Porque sabías que estaba ahí. A ti no puedo engañarte.

—Pero ¿cómo funciona? —insiste.

Lo ponen a prueba en el vagón bar, aunque los nervios de Weiwei sufren un colapso en cuanto entran. La bella francesa alza la mirada de golpe cuando Elena le pasa por delante, y entonces la polizona se queda inmóvil, y es como si se desvaneciera en el fondo. La francesa frunce el ceño y vuelve a lo que estaba leyendo. Weiwei deja escapar el aire que estaba conteniendo.

El marido, cómo no, no se entera de nada. *Otro travesío*, piensa Weiwei, demasiado ocupado pensando en cómo alardeará con sus amigos como para percatarse de lo que ocurre.

—¿Te encuentras bien, niña?

Weiwei se percata de que la Condesa le dedica una mirada extrañada.

—Ah, quizá pueda contarnos cuándo podremos volver a darnos un baño —exige el francés, alzando la mirada—. Que esperen que nos preocupemos de nuestra propia salud es pasarse de la raya.

—Ay, LaFontaine, hay muchos estudios que indican que bañarse demasiado puede ser igual de dañino para el cuerpo —interpone otro de los caballeros europeos.

—No para los que tenemos un olfato sensible —dice el mercader de seda.

—No es de buena educación quedarse con la boca abierta, querida —le dice la Condesa.

Weiwei cierra la boca y aparta la mirada de la pared, donde Elena intenta no echarse a reír.

¡Menudo poder! ¡Cuántas posibilidades! Va más allá de lo que Weiwei podría haberse llegado a imaginar siquiera: unos ojos en las partes escondidas del tren, unas orejas para escuchar los chismes de los auxiliares. Secretos que recabar y guardar. De vuelta en el vagón de almacenaje, Elena saca pecho como el auxiliar de Tercera Clase e imita la sonrisa encantadora de Vassily. Vestida con sacos tirados por ahí, crece y se convierte en la temible Condesa;

alza la mirada al cielo en una imitación perfecta de lo devota que es Vera.

Aun con todo, Weiwei tiene una pregunta que la incordia. Espera a que llegue el momento apropiado para formularla, cuando el tren se haya quedado más en silencio por la noche y ellas hayan vuelto al vagón de almacenaje, cuando Elena le haya podido dar sorbitos al agua que Weiwei haya podido llevarle de su propia ración.

—Un hombre —dice Weiwei— escribió que una vez vio a una chica desde la ventana del tren, y que la chica lo perseguía, a él y a su libro. Después de eso no volvió a escribir. Lo escribió hace veinte años, poco después de que construyeran las vías. ¿Crees que es posible que esa chica…? —Duda antes de terminar la pregunta—: ¿Crees que puedes haber sido tú? —Si bien parece imposible, el tiempo avanza de una forma distinta en los Baldíos, o eso es lo que afirma el Cartógrafo, por mucho que ella sepa que no ha encontrado ningún patrón.

—Me acuerdo de un hombre —responde Elena poco a poco—. De entre todos los hombres que vi, uno me devolvió la mirada. Puso las manos en la ventana y abrió la boca como si fuera a decirme algo.

—Pero ¿cómo te vio? —Es la pregunta que ha estado rondándole por la cabeza desde que ha sido testigo de lo que Elena es capaz—. Si te quedaste tanto tiempo observando, si puedes esconderte tan bien, ¿cómo puede ser que consiguiera verte?

Elena no responde de inmediato.

—No lo sé —acaba diciendo, y Weiwei se permite sonreír al captar la molestia en el tono de voz de la chica—. A lo mejor es que algunas personas prestan más atención —continúa—. No muchas; solo las personas como tú, que buscan algo. Las que no están conformes con lo que tienen.

—Yo no busco nada. —Weiwei frunce el ceño. *Todo lo que necesito está en este tren.* Siempre le ha bastado, y nada ha cambiado, por mucho que el Profesor opine lo contrario.

—¿Su libro es famoso? —pregunta Elena, tras unos segundos de silencio.

—Sí, es el libro más famoso sobre los... sobre el tren y sobre esta zona. El autor se llamaba Rostov. Escribió una guía para los pasajeros del tren, para que supieran con qué podían encontrarse. Para que pudieran... andarse con cuidado. Lo que pasó es que en su viaje perdió la fe. Algunos dicen que lo que perdió fue la cordura. —*No estaba satisfecho*, piensa. *Quizá fue eso.* Ha leído sus otros libros, sus guías para viajeros precavidos que hablan de Pekín, de Moscú y de muchos otros lugares en los que no ha estado nunca, y en todas ellas la certeza de Rostov salta a la vista en cada página. Visita esto, ve a ver eso otro, esta es la historia, el significado, la verdad. Sin embargo, su guía de los Baldíos es distinta: su certeza desaparece, y, cuanto más mira, menos entiende. No es de extrañar que nunca pudiera volver a ser quien era.

—¿Qué le pasó? —pregunta Elena en otro tono de voz.

—¿A Rostov? Nadie lo sabe a ciencia cierta. Después de escribir el libro... Bueno, la gente dice que se volvió loco. Desapareció.

—¿Y tú qué dices?

—Quiero pensar que decidió probar suerte con otro estilo de vida, que dejó de ser precavido —contesta Weiwei, tras pensárselo unos instantes—. Que siguió viajando.

—Siguió viajando —repite Elena, aunque Weiwei no puede evitar pensar que lo más probable es que se cayera al río Nevá o que acabara en un arroyo de San Petersburgo, irreconocible. *Eso es lo que les pasa*, le dice la voz susurrante que tiene en la cabeza, *a aquellos que se pierden en el paisaje. A aquellos que no están satisfechos con lo que tienen.*

EL CARTÓGRAFO

Durante la segunda mañana desde las mareas, Marya sale antes de la cuenta del desayuno, pues las quejas incesantes de sus compañeros de viaje le resultan menos apetitosas aún que la comida.

—¿Es que quieren envenenarnos con este café? —quiso saber la Condesa—. ¿O lo que pretenden es que no volvamos a dormir?

Les han servido un café bien cargado en unas tazas diminutas, junto con más palabras tranquilizadoras por parte de los auxiliares, quienes les aseguraron que solo se trataba de una medida temporal, solo hasta que consiguieran más agua, lo cual iba a ser pronto, muy pronto.

En el exterior, la tundra se extiende hacia el horizonte, aunque, durante el desayuno, los auxiliares les han aconsejado que no mirasen con demasiada atención, pues podría provocarles náuseas. «Es posible que el paisaje parezca ondear —escribió Rostov—, como si estuviera pintado en un lienzo hecho de la gasa más fina y otro cuadro, no idéntico del todo, se hubiera colocado encima, y luego otro más. En ocasiones parecerá que todo se puede ver a la vez, y eso produce un efecto de lo más desapacible en quien lo observa». Claro que el hecho de que les hayan dicho que no deben mirar hace que Marya tenga más ganas de hacerlo. Aun así, acaba viendo que Rostov tenía toda la razón del mundo.

Intentó ir a ver a Grigori Danilovich, el Profesor, pero se lo impidieron, tal como Weiwei había vaticinado. Aunque se esfuerza para no mostrar la frustración que siente, le cuesta, y más al estar tan segura de que el hombre sabe algo, algo que no quería contarle.

¿Había sido la mención a Artemisa a lo que había reaccionado? ¿O a lo que había sucedido durante el último cruce?

En su compartimento, echa la cortina y se sienta a la mesita que hay junto a la ventana para escribir en su diario mientras se resiste a la tentación de emplear la palabra «desapacible». Siempre le ha resultado tranquilizador ver que emerge una narrativa, que los pensamientos se le ordenan conforme se forman las palabras en la página. Se detiene y se frota los dedos; el racionamiento de agua ha dificultado la tarea de limpiárselos. Le recuerda a cuando era pequeña, pues, por fuerte que frotara, siempre le quedaba un último puntito de tinta que la delataba y que hacía que su madre o su institutriz se preguntaran por qué no se dedicaba a tejer o a la música, unos empeños más apropiados para una dama que la escritura.

Ya se está rezagando a la hora de anotar los sucesos de los últimos días, dado que acaba de llegar a la charla de Suzuki, y ralentiza la pluma conforme intenta describir la sensación de ver los cambios del paisaje, diapositiva tras diapositiva. Fue una sensación como de vértigo, como si todo aquello de lo que estaba segura se desmoronara. ¿Cómo se sentiría el Cartógrafo, quien no podía hacer nada más que observar y registrar? Deja la pluma e intenta recordar qué fue lo que dijo Suzuki sobre los cambios y la comprensión científica, trata de leer la expresión de su rostro cuando observaba a los Cuervos. Deja el diario a un lado y se pone de pie. Tiene que verlo otra vez.

Un pasillo recorre un costado del vagón científico, y hay una ventanita que da a una parte del taller de Suzuki, pero tiene la persiana cerrada. Cuadra los hombros y llama a la puerta de cristal. Cuando nadie le contesta, prueba a abrirla y descubre que puede hacerlo.

—¿Señor Suzuki? —En lo que entra, le da la sensación de que había movimiento en el interior hace apenas unos instantes. Sin embargo, todo está quieto y solo hay un tenue olor a humedad.

Echa un vistazo por la sala. O por el laboratorio, pues imagina que ese es el nombre que debe tener. ¿Qué le dice ese lugar sobre el hombre? Solo lo que ya sabe. Encima de las mesas hay instrumentos de los que les habló en los aposentos de la Capitana, herramientas para llevar a cabo las observaciones meteorológicas y magnéticas, unas máquinas ingeniosas que sueltan chasquidos al medir la temperatura y la humedad atmosférica y la información barométrica.

La pared más alejada del vagón la ocupa una estantería que contiene libros escritos en distintos idiomas: japonés, sí, pero también chino, ruso, inglés y francés. Marya nunca ha podido resistirse a la tentación de una estantería, por lo que se acerca y pasa las manos por los tomos hasta que ve uno que reconoce y sonríe, a pesar de los nervios. Saca ese volumen gris que tanto le suena y ve que está desgastado, con las páginas llenas de manchas de pulgares y con algunas esquinas dobladas.

—Puede llevarse prestado alguno, si quiere. Aunque seguro que tiene su propio ejemplar de ese en concreto.

Marya pega un bote, con lo que casi se le cae el libro, y ve que el Cartógrafo baja por la escalera de caracol.

—La puerta estaba abierta. —De pronto se siente culpable, al haberse metido en el espacio privado del hombre sin permiso, pero también sorprendida por el estallido de felicidad que ha experimentado al verlo.

—Ya debería saber que no debo molestar a una persona que está ocupada leyendo —dice, en lo que llega al final de las escaleras—. Espero que algún día sean sus libros los que llenen una estantería como esta, para poder aprender sobre más lugares.

—Me temo que tendrá que ser paciente —se ríe ella—. A mi madre no le parecía apropiado pensar siquiera en visitar algún sitio que las personas adecuadas no hayan aprobado antes. Escribir sobre esos lugares sería mucho menos aceptable incluso.

Y lo mismo ocurre con entrar aquí a solas, piensa, en ese lugar desconocido, para hablar con tanta libertad con un hombre al que no conoce.

—¿Incluso ahora, que estamos a punto de entrar en un nuevo siglo? —pregunta él.

—Creo que habría intentado aferrarse al anterior. Y soy yo quien debe disculparse, no pretendía interrumpir sus tareas.

—Para nada, es más que bienvenida. Llevo mucho tiempo a solas con mis gráficos y mis notas y me viene bien un poco de compañía. Recuerdo que me mencionó que le interesaba saber qué tareas llevamos a cabo aquí. Deje que se lo muestre, pues, pero páreme si me pongo pesado, por favor. Una vez el auxiliar jefe me dijo que si le seguía hablando de brújulas y magnetismo iba a clavarse un tenedor en el ojo.

Marya esboza una sonrisa. Se siente más cómoda en ese laboratorio que acompañada de los demás pasajeros y tripulantes, hasta puede respirar más tranquila. El Cartógrafo le habla contento sobre el progreso en las técnicas de observación y medición, le muestra los instrumentos para registrar la lluvia, la presión y la temperatura, le enseña los gráficos e ilustraciones con tanta atención que Marya no puede evitar caer en brazos de su entusiasmo.

—¿Qué lo llevó a querer trabajar en el tren? —le pregunta ella, tras un rato.

—Tenía ganas de aventura —responde, un tanto arrepentido—. Aunque tal vez sea algo que usted entienda. —Y entonces añade—: Y el puesto de Cartógrafo siempre ha sido para alguien de fuera.

—¿De fuera?

—Alguien que no le deba lealtad al imperio ruso ni al chino.

—Ah, claro. —La famosa neutralidad de Transiberia—. Pero Japón... —Trata de recordar lo que ha oído sobre ese país, cerrado a los extranjeros durante tanto tiempo.

—Aunque no podamos recorrer el mundo, seguimos teniendo curiosidad en cuanto a cómo es la Tierra. Aprendí cartografía de un maestro que nunca había salido de la isla pequeña en la que nació, de apenas quince kilómetros de largo. Siempre me decía: «Todo lo que necesitas está aquí, bajo los pies, pero necesitarás diez vidas para entenderlo». Solo que no tuve la paciencia suficiente, quería llenarme la vida de lo que era nuevo, de zonas por explorar. Me pareció que el sacrificio valía la pena.

Sí, eso era lo que había leído. Que los que salían del país no podían volver. Que Japón cerró las puertas al final del siglo pasado, cuando comenzaron los cambios en Siberia. Que el mar no bastaba para protegerlo.

Decide no preguntarle qué es lo que dejó atrás, qué sacrificó. Le da la sensación de que, por amistoso que se muestre, se siente muy solo, incluso por la manera en la que se comporta, como si formara un espacio protector a su alrededor.

—¿Me permitiría ver la torre de observación? —le pide, aunque solo sea por quitarle la expresión extraña y vacía que le ha invadido el rostro.

—Cómo no —dice él. Recobra la compostura, y ella lo sigue por las escaleras de caracol que terminan en una sala redonda con un techo abovedado y cristal por todas partes, con barrotes de hierro entrecruzados. A pesar del hierro que hay de por medio, el paisaje es asombroso, como si flotaran por el terreno, sin tocar el suelo. La sala en sí es igual de impresionante, llena de catalejos y lentes incorporadas en las ventanas, además de unas pilas de mapas ordenadas que cubren una mesa grande. Suzuki se queda quieto mientras ella observa los detalles intrincados de los mapas, con la línea formada por los raíles siempre visibles, y, a su alrededor, cada montaña y barranco etiquetado. Se percata de que son mapas dibujados sobre otros mapas, una y otra vez. *Registros espectrales*, piensa. Registros de lo que ha cambiado o se ha perdido conforme los Baldíos se burlan de la geografía.

—Es importante que se haya visto, que se haya reconocido —dice él—. Aunque haya desaparecido.

Ve el presente incierto superpuesto al pasado, como si la descripción de Rostov de la tundra hubiese cobrado vida en los mapas del Cartógrafo.

—Hay un clérigo en Primera Clase que cree que los cambios son una muestra de degradación moral —dice ella—. Que nosotros mismos lo hemos provocado al alejarnos de Dios.

—Es un parecer bastante común —responde Suzuki, frunciendo el ceño—. Pero no lo comparto. Ah, permítame que le sirva algo de té. Me he guardado un poco de agua.

Cuando le entrega la taza, Marya se percata de que el Cartógrafo tiene unas manchas de tinta en el dorso de las manos, aunque se tira de las mangas para cubrirlas. Le sorprende de parte de un hombre tan ordenado y preciso, y, al mirarlo, se pregunta por qué decidió trabajar en el tren, rodeado de tanto cambio e incertidumbre. Parece muy reservado, como si siempre lo tuviera todo controlado; todo lo que hay en la torre está en su lugar, en uno escogido adrede. Aunque quizá sea eso: al cartografiar los cambios, puede plasmarlos, imponer cierto orden en ellos, por mucho que ese orden desaparezca antes de que la tinta se seque siquiera. Comprende la compulsión que lo lleva a ello.

Le da un sorbo al té, fuerte y amargo, y echa un vistazo por los catalejos y las lentes que rodean la circunferencia de la torre. Hay un solo aparato cubierto por una lona pesada.

—¿Qué es eso? —quiere saber.

—Un modelo defectuoso —responde él, y Marya se percata de que la mano le da un respingo, como si quisiera impedir que mirara, pero es demasiado tarde, porque ella ya ha tirado de la tela, al ceder ante el impulso que la lleva a querer todo lo que le dicen que no puede tener. Debajo de la lona hay un dispositivo de latón compacto con una carcasa brillante. Recuerda haberlo visto en el taller de su padre, quien se había puesto a retocar el aparato en todo momento durante los años anteriores a su muerte, por lo que Marya tuvo que contenerse para no mostrar en la expresión que lo reconocía. Su padre había estado orgullosísimo del aparato, de las nuevas técnicas que permitían fabricar lentes adaptadas a la velocidad y el movimiento del tren, con un mecanismo lo bastante pequeño como para hacer que el telescopio fuera portátil. Sin embargo, solo era un prototipo, según le había contado. Si todo iba según lo planeado, Cristales Fyodorov iba a expandirse e iba a empezar a fabricar lentes. Según le dijo su padre, no bastaba con ver a través de un cristal, sino que había que ver con el propio aparato, usarlo para expandir la visión, para hacer que el tren fuera un observatorio móvil.

—Nunca ha llegado a funcionar como debe. Tengo que llevarlo a reparar cuando lleguemos a Moscú —explica Suzuki, aunque con un desenfado forzado en la voz, y Marya ve que hay un candado en el aparato. Intenta no mostrar lo frustrada que está, con ganas de poder apreciar más de cerca ese vínculo tangible con su padre. No obstante, Suzuki ya le está haciendo un ademán hacia otro de los catalejos—. Con este se ve mejor —dice, y le empieza a explicar cómo se usa.

El catalejo apunta hacia la parte delantera del tren. Coloca el ojo delante de la lente y, a unos doce vagones o así por delante de ellos, ve la torre de vigilancia. Es igual a la torre de observación del Cartógrafo, solo que, junto a los catalejos, hay lo que sabe que son armas. Hay un hombre con el dedo siempre cerca del gatillo, observando el cielo, a la espera de abatir a cualquier criatura que amenace el paso del tren. Y cerca de él reconoce la silueta pequeña y elegante de la Capitana. Es solo la segunda vez que la ve, por lo que se pregunta cuánto tiempo pasará allí, lejos de los pasajeros, del ajetreo y del tedio cotidiano del tren. Parece más fuerte, más presente de lo que había estado durante la cena. Está de pie, con las manos apoyadas en la barandilla, y mira hacia delante, como si instara al tren a avanzar, a cruzar la llanura.

—Si ajusta el dial, podrá ver más lejos. —Suzuki estira una mano para mostrárselo, aunque ella se da cuenta de que lo hace con cuidado para no acercarse demasiado. Marya gira el dial, y lo primero que ve es una mancha borrosa verdosa y azul, como si viera a través de una ventana empañada, hasta que la imagen se vuelve más nítida y ve un cielo azul claro con un bosque debajo, donde alcanza a divisar las ramas plateadas y finas que se alzan como si quisieran acercar más sus hojas hacia la luz.

Un ave de alas amplias aparece tan de repente que es como si la acabara de conjurar.

—Se ve muy claro… como si estuviéramos al lado. —Tan cerca que es capaz de ver la iridiscencia de las plumas de color marrón rojizo del ave, con un breve brillo cobrizo cuando reflejan la luz del sol. Un ave de presa que, con las alas desplegadas, será tan ancha como ella con los brazos abiertos. Piensa en el águila de dos cabezas, el emblema imperial que mira al este y al oeste al mismo tiempo, con los ojos siempre abiertos, siempre alerta.

Desde ahí arriba, alcanza a ver otra vía que se bifurca de la que cruzan. Intenta seguirla, pero los árboles la engullen. Sabe que instalaron otras vías cuando Transiberia todavía tenía la idea de explorar, el plan de construir estaciones de investigación en el interior, de que los trenes iban a abarcar todos los Baldíos. Sin embargo, abandonaron las vías, así como todas esas ideas, cuando llegaron a la conclusión de que era demasiado arriesgado.

—¿Alguna vez se imagina cómo sería seguir esas vías? —pregunta Marya, sin apartar el ojo de la lente.

—Intento no pensar en eso. Los tripulantes las llaman vías fantasma. Es un nombre un poco dramático, claro, y la empresa preferiría que no lo usáramos, pero parece que se ha asentado.

—Y sabemos muy bien lo que opina Rostov sobre los peligros que entraña la imaginación.

—Ah, sí, que lo mejor es pensar lo menos posible. Es un consejo que intento aplicar, claro.

Un consejo que los demás han esperado que siguiera durante toda la vida: no pienses tanto, no hagas tantas preguntas. No te imagines nada.

En el horizonte, una sombra llena el cielo. Una sombra pulsante y en movimiento, como una mancha de tinta que se forma y se reforma, que se retuerce y se da la vuelta en el aire. Suzuki dice algo en japonés que parece un improperio.

—Es muy bonito. —No puede evitarlo. Son aves, cientos de aves; no, miles. El ave que acaba de ver en contraste con un cielo vacío se ha convertido en una masa agitada y furiosa que gira hacia un lado y se convierte en una sombra o hacia el otro hasta ser una joya brillante e iridiscente—. ¿Es normal que se junten así?

El Cartógrafo echa un vistazo por otro catalejo.

—Hemos visto bandadas como esta, porque es un fenómeno relativamente común en esa mutación, pero que se junten semejante cantidad…

Mutación. Un ave se convierte en otra, una especie cambia de comportamiento, de color, de tamaño. ¿Cómo lo explicó Rostov? «Una transformación rauda y restringida a esa parte de la geografía». Le cuesta apartar la mirada de los pájaros.

—¿Qué hace? O hacen, vaya. —Ya no está muy segura de si ve toda una bandada de pájaros o solo uno.

—No hay nada de lo que preocuparse —se apresura a decirle el Cartógrafo, aunque no aparta el ojo del catalejo. Es algo que Marya ya ha visto antes, esa concentración absoluta, cuando iba a ver a su padre al taller, cuando había captado algún atisbo de la emoción que él experimentaba. La pena la invade con tanta fuerza que tiene que aferrarse al catalejo para no perder el equilibrio. La nube pulsante de aves cruza el firmamento, se alarga, se contrae y desciende como una gota de agua solo para cambiar de idea en pleno vuelo y extenderse como las alas de una mariposa. ¿Cómo saben cómo moverse? Como si fueran una sola *mente*. Se imagina a sí misma en su interior, con las alas desplegadas para moverse en una danza que solo entiende en parte.

Entonces la sala se oscurece. Las ventanas se llenan de plumas, ojos y picos afilados. De alas que golpean el cristal. El Cartógrafo y ella están en el centro de la bandada.

—¡Aparte la mirada! —le grita Suzuki, solo que su voz parece proceder desde muy lejos, y ella no es capaz de dejar de mirar; unos ojos de color amarillo brillante la observan, un número incontable de ojos, pero todos forman una sola entidad, la misma mente que los guía, una criatura tan desconocida como irresistible. No puede apartar la mirada, no quiere hacerlo, y solo es un poco consciente de que Suzuki se interpone delante de ella, con los brazos abiertos como si quisiera abrazarla, pero sin llegar a tocarla. Solo que ella no quiere que la proteja, quiere ver, quiere verlo todo. Rodeada de todo ese caos de plumas y garras, piensa que su padre le pide que mire de cerca, por lo que se aleja a toda prisa de los brazos protectores del Cartógrafo. Pone un ojo delante del catalejo.

Y un solo ojo amarillo le devuelve la mirada.

Entonces se produce el sonido de una explosión por encima de ellos, y el movimiento de las aves cambia, se aleja en un remolino, como si la torre fuera un juguete que la bandada ha sostenido durante un instante antes de soltarlo. La luz vuelve a llenar la lente, y el humo sale en una columna desde la torre de artillería.

La forma oscura de la bandada se retuerce y se estira en dirección al norte. Nota la mano de Suzuki en la espalda, para separarla del catalejo, y oye su voz, pero no logra comprender nada, no comprende nada más que el ojo del catalejo. Una mente que lo observa todo.

EL TRAGALUZ

Cuando las aves llegan, Weiwei y Elena están persiguiendo a los Cuervos. Si bien han intentado seguir a la Capitana, hasta a Elena le ha costado acercarse a ella, pues sigue encerrada en sus aposentos. Los Cuervos, por otro lado, se van posando en un vagón y en otro, se quedan escuchando en las puertas. Se saben el nombre de todos los pasajeros y mantienen su ojo avizor clavado en los tripulantes. Allá adonde van Weiwei y Elena, oyen el tintineo de las hebillas, ven el aleteo de las chaquetas negras.

A Elena ya le caen mal.

—No dicen lo que quieren decir de verdad. La cara que ponen no encaja con las palabras. —Los ha visto recoger más agua de la cuenta para ellos mismos, mucha más de la que permiten las raciones, y Weiwei ha tenido que impedirle que se metiera en su compartimento para quitársela, por mucho que ella también quisiera hacerlo.

»¿Por qué los llamáis así? —exige saber Elena. Están en el vestíbulo que hay cerca de los aposentos de la Capitana, esperando en vano, una vez más, para verla aunque sea de lejos.

—¿Cuervos? Porque dan mala suerte. Y por cómo visten... Ese traje que llevan parece que está hecho de plumas negras, como los cuervos. —Le parece un poco absurdo, al contárselo en voz alta.

—¿Mala suerte?

—Pues sí. Los cuervos son... malos... —Weiwei se queda callada y frota un talón contra el suelo.

—Los cuervos solo son cuervos. Los malos son esos hombres.

Están a punto de darse por vencidas cuando Elena se vuelve hacia la ventana. Aves. Unos patrones arremolinados en el cielo, una masa de plumas y alas, de oscuridad y haces de luz. *Podrías caerte ahí y no volver a salir nunca*, piensa Weiwei. Sin embargo, cuando se vuelve hacia la polizona, esta ha puesto las manos en el cristal y tiene una expresión que podría ser de miedo o de añoranza al ver la nube de aves que se acerca cada vez más, hasta que está justo encima del tren y la masa de alas impide el paso de la luz.

Weiwei y Alexei están en el comedor de la tripulación, evitan a los pasajeros y comen galletas secas con queso. La sopa, según les dicen desde la cocina, la han quitado del menú por el momento, y el agua para beber está racionada. Aun así, van haciendo circular unos vasitos de un licor nauseabundo, por mucho que apenas pasen de las doce del mediodía. Weiwei echa el suyo discretamente en la maceta de flores marchitas que hay en el centro de la mesa. La nube de aves parece haber roto el equilibrio incómodo en el que se encontraba el tren; el moroso goteo de quejas y lamentos sobre el racionamiento de agua y la lentitud del viaje se ha convertido en una ola entera, y lo más probable es que los pasajeros, tanto los de Tercera Clase como los de Primera, suelten un torrente de voces alzadas y enfadadas en cuanto ven a alguien con el uniforme de la tripulación.

—La Capitana tiene que salir —dice Alexei en voz baja—. Los pasajeros no son tan tontos, saben que pasa algo y se fían tan poco de los Cuervos como nosotros.

Weiwei suelta un gruñidito en respuesta. No está atenta del todo a lo que le dice Alexei, pues está pensando en Elena. Desde lo de los pájaros, parece menos segura de sí misma, más retraída, y no ha podido tentarla ni con la promesa de otro viaje para ver el fogón. Weiwei fulmina con la mirada a los ventiladores del techo. El calor hace que la mente le funcione más despacio.

—¿No podéis hacer que funcionen mejor?

—Lo estamos intentando. —Alexei se frota los ojos—. Tampoco es que hagamos milagros. Tenemos que llegar al pozo y ya está, todo irá mejor a partir de entonces.

Solo que todavía faltan muchos kilómetros de trayecto para llegar allí.

—¿Has hablado con Marya Petrovna? —le pregunta Weiwei.

—¿La viuda? No, ¿por qué iba a hablar con ella?

—No sé, es que… He oído que estaba en la torre cuando ha pasado lo de los pájaros. Y no deja de hacer preguntas, los Cuervos lo han notado.

—Los Cuervos creen que todo el mundo trabaja para la Sociedad en secreto. Lo más seguro es que esté aburrida, que se sienta sola. Que tú metas las narices donde no te llaman no significa que los demás también lo hagan.

Weiwei intenta aparentar ser inocente.

—Solo creía que podrías saber qué pasa en Primera Clase, como eres tan amigo del doctor Grey…

Alexei se atraganta con la galleta que se está comiendo.

—No soy más amigo de él que tú.

—Te vi hablando con él y me pareció que…

—Pues lo viste mal. —Alexei clava la mirada en ella—. Para ser que te preocupas tanto por los demás, no parece que tengas muchas ganas de ir a ver al Profesor.

—El médico no deja que pase nadie a verlo.

—¿Ah, sí? Porque he oído que Anya le ha llevado sopa esta mañana, y el médico estaba encantado de dejarla pasar.

Weiwei está a punto de soltar una respuesta mordaz cuando un grupo de botones entra en el comedor.

—Qué bien que el Primer Ingeniero se esté esforzando tanto para solucionar el problema del agua. —Se colocan en los bancos de la mesa contigua y esbozan una sonrisita.

—No te des tanta prisa, ya sabemos que los ingenieros necesitan tiempo para descansar y echarse una siestecita.

Alexei clava la mirada en la mesa, pero Weiwei ve que se aferra a su taza con mucha fuerza.

—No les hagas caso.

—¿O es que está muy ocupado ligando?

Estallan en carcajadas, y Alexei se pone de pie tan deprisa que el plato se le cae al suelo. El vagón se queda en silencio conforme el ingeniero sale a grandes zancadas.

—¿Ya estáis contentos? —dice Weiwei, pero no en voz muy alta, porque no le gusta la cara roja que tienen los botones, la peste a alcohol que les sale de la boca. No le gusta el ambiente tenso y cargado de nervios.

Durante el resto de la tarde y de la noche, Weiwei está ocupada con los distintos quehaceres y respondiendo a las exigencias cada vez más malhumoradas de los pasajeros. Siempre hay algo de esa región que pone de los nervios a los viajeros; Weiwei cree que se debe a lo seco que es el ambiente, con los montones altísimos de liquen, de un color amarillo nauseabundo y naranja quemado. Por ello, ya se ha hecho de noche para cuando puede volver al falso techo.

Elena hace una mueca ante el vasito de agua que Weiwei le ha llevado.

—Sabe rara —se queja.

—Ha recorrido las cañerías demasiadas veces —responde la hija del tren. Ella misma lo percibe al beber: un sabor metálico y estancado.

—Hay algo fuera. —Elena alza la mirada de repente—. ¿Lo sientes? —Le da la mano a Weiwei para colocarla contra la pared—. Ahí…

Por su parte, Weiwei no nota nada más que el ritmo del tren.

—¿Los pájaros otra vez? —pregunta, tensa, como si fueran a oír miles de alas al mismo tiempo.

—No. —Elena parece extrañada—. Es otra cosa. —Ladea la cabeza y escucha con atención. Entonces se pone a tantear en el techo, hasta que Weiwei se da cuenta de que busca el tragaluz.

—¡Elena, no! —La agarra de la mano mientras ella busca el mecanismo de apertura—. Es peligroso, te van a ver.

La mano de la polizona es poderosa, y lo mismo ocurre con la tensión de sus extremidades. *Podría lanzarme volando si quisiera,* piensa Weiwei. *Y no podría hacer nada por impedírselo. Es mucho más fuerte que yo.*

Solo que Elena espera y la observa.

—No te hará daño —le asegura en voz baja.

—¿El qué?

—Respirar el aire de fuera. No te hará daño.

—Es que sí que nos hizo daño —responde ella, con un tono más acusador del que pretendía—. En el último cruce.

—Pero seguís aquí, sin haber cambiado.

Nada ha cambiado.

—¿Sabes qué pasó? Si nos estabas vigilando, si todo está conectado, ¿sabes por qué no nos acordamos de nada?

La polizona tensa la mandíbula, y entonces, muy para la sorpresa de Weiwei, le acuna el rostro con las manos como si quisiera mirarla desde lo más cerca que le fuera posible.

—No lo sé —dice—. Pero ¿para qué quieres saberlo? ¿Por qué importa?

Esos ojos no son de un solo color, piensa Weiwei. *Son un torbellino de azul, verde y marrón.*

—¿Cómo que por qué importa? —*Porque sí que ha cambiado todo. Porque quiero entender por qué.*

—¿No ha hecho que sintieras más curiosidad? —le pregunta Elena—. ¿No es por eso que me has ayudado?

Y la suelta para tirar de la trampilla. El aire de los Baldíos se cuela en el tren.

El ruido invade los oídos de Weiwei. La fuerza del viento se lleva las palabras que iba a pronunciar, y suelta un grito ahogado de puro pánico, con los pulmones ardiendo. Se echa atrás, cubriéndose la cara, y vuelca sin querer la lámpara que había dejado en el suelo.

—El aire no puede hacerte daño. —Elena está a su lado—. ¿Confías en mí? Mira. Mira arriba.

Y Weiwei se desenrosca poco a poco para mirar hacia el cuadrado de cielo que se ve a través del techo y captar un caleidoscopio de estrellas. La piel de la polizona es casi traslúcida a la luz que entra desde arriba.

—Tú me has enseñado el tren, ahora deja que yo te enseñe esto. —Está a punto de ponerse de pie cuando Weiwei tira de ella para impedírselo.

—Ten cuidado. Pueden vernos desde las torres de vigilancia.

Se ponen de pie poco a poco a través del tragaluz, y Weiwei se asombra ante la sensación de velocidad: le parece que van mucho más rápido que desde el interior del tren. Las torres están a oscuras, aunque sus ventanas relucen con el reflejo de las luces de los vagones que tienen debajo. Se imagina a Oleg, el artillero, apuntando por el techo del tren, viendo algo que se mueve y que no debería estar ahí, por lo que coloca la mira en ellas.

Se marea al notar el viento soplarle contra la piel y mecerle el cabello, al experimentar semejante terror, libertad y velocidad. Se queda sin respiración y se le tensa el pecho al pensar en que el aire de los Baldíos le va a entrar a los pulmones, pero, mientras el pánico crece en su interior, Elena le pone una mano encima de la suya.

—Mira.

Le sigue la mirada a Elena y, si el viento no le hubiera arrebatado la voz, habría soltado un grito, porque en el horizonte hay unas siluetas enormes y pálidas que se mueven poco a poco, con todo su peso, y alzan su cornamenta al aire. Unas siluetas que parecen estar iluminadas por la luz de la luna, solo que desde dentro. Hay ocho o nueve de ellas, más altas que las formas de los árboles. Nunca las había visto antes, no sabía que había criaturas como esas, que vivían su vida lenta y secreta conforme el tren pasaba por allí. Y, por encima del rugido de los raíles, les llega un sonido triste y grave. *Están cantando*, piensa Weiwei. Cae en la cuenta de que nunca se ha planteado cómo suenan los Baldíos; incluso si alguna vez lo ha pensado, está segura de que nunca se ha imaginado que iban a sonar como una canción.

—¿Los entiendes?

Elena no le contesta, pues sigue escuchando con una expresión cautivada. Aun así, Weiwei ve la respuesta: un cambio diminuto, un ceño fruncido lo más mínimo.

—No —dice, tras unos instantes de silencio.

Observan a las criaturas durante un buen rato, hasta que el tren las deja atrás. Unas nubes han comenzado a tapar las estrellas, y el paisaje se torna más oscuro, pero no quiere que acabe, no quiere dejar de notar esa sensación de estar volando. Apoyan la barbilla en los brazos que reposan en el techo, y podría quedarse allí toda la noche, con las dos atrapadas entre la tierra y el cielo, transportadas a través del aire como si flotaran.

De vez en cuando ve unas lucecitas diminutas, como si alguien hubiera encendido una cerilla que arde de color azul antes de que el viento la apague. Por su parte, Elena mira hacia el firmamento, alza las palmas de las manos y luego se lame los dedos.

—Algo está cambiando —dice.

—¿Se acercan lluvias? —Weiwei alza la mirada—. Hemos estado rezando para que lloviera, para llenar los tanques de agua. Quizá venga una tormenta.

Elena no le responde, sino que mantiene la mirada apuntando hacia arriba.

Weiwei lo nota en el cuero cabelludo, una sensación que le llega hasta los dedos. Hay un crepitar en el ambiente, como si estuviera cargado de energía. Como si el cielo estuviera esperando para estallar a su alrededor.

LLAMAS DE VALENTIN

E l cielo turquesa de los últimos días se ha puesto de un color gris pálido y agitado. Las aves no vuelan en él, y parece estar más bajo, más pesado de lo que ha estado nunca, como si un velo grueso descendiera hacia los árboles de la superficie. *¿Cómo podré volver a casa después de esto?*, piensa Marya. ¿Cómo podrá sentarse en salones tapizados para hablar de los recitales más recientes o de la moda del palacio cuando sabe que existen paisajes hechos de hueso, que hay bandadas de pájaros capaces de llenar el cielo? ¿Cómo podrá soportar que los jóvenes tediosos le hablen de sus viajes por Europa, de sus iglesias y museos, si ella ha sido testigo de catedrales de abedules?

Por supuesto, tiene que recordarse que esa vida, por mucho que no la quiera, no estará a su alcance durante mucho más tiempo, de todos modos. Va a tener que ganarse la vida, y quizás eso también le cueste más después de ver lo que ha visto.

—Ay, querida, tiene que haber sido más que espeluznante. ¿Pasaste mucho miedo? —Un golpecito en el hombro de parte de la Condesa pone fin a su divagación. Tras el incidente con los pájaros, Marya ha acabado siendo el centro de atención: Guillaume y la Condesa la han colocado en el papel de una heroína gótica, pues a los dos parece gustarles la literatura de terror. Se percata de que su jerarquía en Primera Clase ha cambiado desde el desayuno, momento en el que los LaFontaine se han pasado por la mesa en la que la Condesa y ella comen. En la mesa de al lado, los Leskov y el mercader Wu Jinlu escuchan con atención.

—Tiene que contárnoslo todo —le pide Guillaume.

—Imagino que tienes que haber sufrido unas pesadillas horribles. —La Condesa da un sorbo a su café.

—No, he dormido bastante bien, gracias.

—Pero hace muchísimo calor, yo no puedo pegar ojo. Vera tiene unas tinturas maravillosas, si te hacen falta.

—Yo no habría vuelto a dormir si hubiera estado ahí —interpone Galina Ivanovna, antes de santiguarse—. La han bendecido con una constitución más férrea que la mía.

Marya espera que de verdad sea así.

—Le aseguro que ocurrió tan deprisa que casi no recuerdo ni un solo detalle. —Es mentira, claro. Lo que quiere hacer es volver a mirar por el catalejo, notar esa sensación de que le prestaban atención. ¿Qué era lo que decía Rostov? «Un mundo siempre fuera del alcance. Estiré la mano hacia él y lo único que noté fue cómo se me escurría entre los dedos».

¿Esto es lo que siente el Cartógrafo cada día?, se pregunta. *Está tan cerca de un cielo lleno de aves imposibles... ¿Estará ahí ahora? En su torre, para observarlo todo.*

—¿Y dónde se había metido la Capitana cuando ocurrió el ataque? —Galina Ivanovna se aferra a la mano de su marido—. Creía que nos habían asegurado que estábamos completamente a salvo.

—El artillero vio los pájaros a tiempo. Fue su disparo lo que los asustó. —El agotamiento invade a Marya de repente, al verse atrapada en la misma conversación que ha ido dando vueltas y vueltas desde el día anterior.

—Pero ¿y si la próxima vez no se asustan? ¿Qué será de nosotros?

—En ese caso, señora, debemos esperar tener la misma sangre fría que Marya Petrovna. —Guillaume se limpia los labios con delicadeza con su servilleta, con lo que Marya, y no por primera vez, admira que siga respetando las normas sociales, a pesar de la situación en la que se encuentran.

Un auxiliar deja platos de embutidos y de rodajas finas de calabaza china delante de ellos.

—¿Otra vez sin arroz *congee*? —exige saber Wu Jinlu. El auxiliar le da sus más sinceras disculpas y le suplica que siga siendo paciente durante un tiempo más.

—Esta mañana no había agua para mi baño —dice Galina Ivanovna—. Qué lástima que el tren se quede tan corto respecto a lo que nos prometieron.

—Así es más emocionante, ¿verdad, cariño? —Leskov le da la mano a su esposa, quien le dedica una sonrisa indulgente. Marya no puede evitar pensar cómo será que Suzuki le dé la mano así, notar el roce de esos dedos largos y delgados para tranquilizarla. Aparta el pensamiento de su mente.

—Mi mujer me riñe por entregarme demasiado a las novedades y la aventura —dice Guillaume—. Pero, con estas maravillas que hay, ¿qué otro camino podemos seguir? ¿Acaso no es complaciente y hasta desagradecido tratar esas cosas como algo común?

—Disculpen a mi marido —dice Sophie—. Le da por ponerse poético cuando tiene a un público que lo escucha.

—Lo que quiero decir es que no hay nada que temer. —Guillaume se pone a comer con más entusiasmo del que Marya cree que se merece—. ¿No hemos visto ya lo resistentes que son las paredes y las ventanas?

—A mí me parece que un poco de miedo es algo saludable —dice Sophie.

—Estoy de acuerdo —interpone Marya. Se percata de la sonrisita que aparece en los labios de Guillaume cuando las mira a ella y a su mujer. *Y, para él, así todo está bien. Lo correcto es que las mujeres tengan miedo y que los hombres sean los valientes*, piensa.

Antes de que pueda marcharse, Henry Grey la acorrala, pues, como todos los demás, quiere que le cuente lo de los pájaros. ¿Puede describirlos con mayor exactitud? ¿Qué tamaño exacto cree que tenían con las alas abiertas? El doctor vio la bandada desde lejos, y, al percatarse de lo que sucedía, fue corriendo a la torre del Cartógrafo, solo para acabar llevándose un chasco porque llegó demasiado tarde. Ahora ha sacado su cuaderno y la mira con ansias.

Ve la expresión de los demás: qué cutre resulta su seriedad, qué gracioso es que le importe tanto.

—El señor Suzuki dijo que ha visto bandadas como esa antes, solo que no con tal cantidad de pájaros y nunca tan cerca del tren.

Grey asiente y apunta algo en su cuaderno antes de alzar la mirada, a la expectativa.

—Tenían ojos amarillos, con unas pupilas grandes y negras.

—*Ojos que me miraron a través del catalejo. Como si una de las aves se hubiera quedado quieta, a la espera. Vigilando en nombre de las demás*—. Y sus plumas parecían marrones, pero se veían otros colores cuando reflejaban la luz: verde y dorado.

—¿Y qué me dice de su comportamiento? ¿Había depredadores en el cielo que provocaran que se movieran en bandada? ¿Vio alguna otra cosa?

El vagón entero los escucha, con el tintineo de los cubiertos y las conversaciones en pausa.

Lo que vi fue que se movían adrede. Que una mente que pensaba los dirigía.

—No —responde—. No había nada más en el cielo. Pero todo ocurrió muy deprisa. Ojalá pudiera explicárselo mejor; no tengo dotes de naturalista precisamente.

—No, descuide, dadas las circunstancias es más que comprensible. —Aun así, está claro que está de acuerdo con ella.

Marya está a punto de decir algo más cuando una exclamación de parte de la Condesa la interrumpe.

—Dios bendito, ¿qué es eso?

Los demás le siguen la mirada hacia la ventana. Unas llamas pálidas, de color blanco azulado, parpadean por el suelo, giran y dan vueltas como si fueran hojas en una corriente de aire, antes de alzar el vuelo y desvanecerse.

Oyen un estrépito de vajilla cuando el auxiliar deja la bandeja sobre la mesa con demasiada fuerza.

—He leído sobre ese fenómeno: se denomina Llamas de Valentin —explica Grey—. Es muy poco común, según entiendo, y solo se produce bajo unas condiciones atmosféricas particulares.

Las llamas parecen ondear alrededor del tren y por encima de las vías.

Marya también ha leído al respecto, en la guía de Rostov. Reciben el nombre en honor a un joven campesino cuya aldea fue arrasada por el zar. El niño lloró por la pérdida de su hogar y de

sus campos, y sus lágrimas se convirtieron en fuego cuando caye-
ron al suelo. Tras ello, cada vez que el zar dañaba las tierras, las
llamas volvían: eran un presagio de un desastre inminente.

—Son una advertencia, según Rostov —dice Marya. Grey niega con la cabeza y le resta importancia.

—Se producen por los gases del suelo y las condiciones am-
bientales. Les aseguro que no son ninguna advertencia.

Aun así, Marya ve que el auxiliar se ha puesto blanco como la
tiza y recoge la mesa con manos temblorosas.

Después de desayunar, acompaña a la Condesa al vagón de observación. Vera se niega a entrar, y, por mucho que traten de tranquilizarla, nada la convence de que las llamas azules son inofensivas.

—Yuri Petrovich, que Dios le maldiga la vista, le dijo que son
las llamas del infierno que surgen desde el interior de la tierra
—le explica la Condesa, una vez que ya no están con Vera—. Y
ella insiste en que no piensa arriesgar el alma al acercarse más de
la cuenta.

La propia Anna Mikhailovna no se preocupa tanto por su alma,
piensa Marya, mientras la Condesa se sienta en su butaca y habla
por los codos sobre lo molesto que es que los clérigos les llenen la
cabeza de tonterías a los sirvientes, antes de que se le cierren los
ojos y se le ralentice la respiración. Marya, por su parte, está más
despierta que nunca. Tiene demasiado en que pensar: el Cartógrafo, las aves. ¿De verdad vio aquel ojo enorme? Es como intentar
aferrarse a los restos de un sueño muy gráfico que se desvanece
de todos modos. ¿Y qué pensara Suzuki de ella después de que se
le hubiera presentado en la puerta sin compañía? *Demasiado osada*,
se riñe.

—Sabes, querida, puede que los demás se pregunten qué haces aquí sola. —La Condesa, como si los pensamientos de Marya
la hubieran despertado, clava la mirada en ella—. Y, aunque yo
no quiero rendirme ante las costumbres sociales sin importancia, no quiero que... —Hace una pausa y se lo piensa—. Que te

pongan en un aprieto. —Cierra los ojos una vez más—. Lo digo sin acritud.

Marya se queda muy quieta. La Condesa tiene razón, claro. Pero ¿cómo va a averiguar lo que necesita si no actúa con tanta osadía?

«Cabezona, eso es lo que es tu hija —solía quejarse su madre con su padre—. Hace las cosas solo porque alguien se lo ha prohibido, es demasiado provocadora». Solo que ella nunca había querido provocar a nadie, lo que pasaba era que no podía evitar querer ver qué había ocurrido para luego anotarlo todo en su diario, plasmarlo en un lugar fijo para intentar entenderlo en la privacidad de su habitación.

No. El recato no le va a dar ninguna de las respuestas que busca.

Espera hasta que la Condesa se queda dormida del todo, y entonces, tras pasarse para sacar una novela del vagón biblioteca, cruza los vagones de Tercera Clase con la cabeza en alto hasta que llega al vagón enfermería.

Llama a la puerta del médico y se encuentra con un hombre menudo y pulcro con una sonrisa espeluznante. La mira con una intensidad que hace que ella piense que le gustaría atraparla bajo su microscopio, quitarle la piel capa a capa y asombrarse al ver lo que contiene.

—Puedo permitirle una visita breve, pero no debe cansar a mi paciente —le dice el médico—. Y perdone que se lo diga, pero la lectura no será la mejor medicina para él... Tiene que evitar sobresforzar la mente, como comprenderá. —Entonces le quita el libro que ha traído y lo coloca en la mesa con un golpecito sobre la cubierta.

La lleva a una puerta contigua que abre con una llave que se saca del bolsillo.

—Es solo por precaución —se excusa, al ver que ella frunce el ceño.

El hombre (el Profesor, según lo había llamado Weiwei) está sentado en una cama estrecha, apoyado en la pared, con una manta que lo cubre hasta la cintura, por mucho que haga calor en el compartimento.

—Solo unos minutos —le insiste el médico—. Estaré en la sala de al lado. —Oye que cierra la puerta con llave, y se le tensa el pecho. El compartimento carece de ventanas, y las paredes están acolchadas.

—Espero que no le moleste que haya venido a verlo —empieza Marya, y se presenta, incómoda ante el escrutinio del hombre. Se queja para sus adentros de que el médico le haya quitado la novela, porque al menos eso le habría dado una razón más plausible para su visita, un tema de conversación.

—Por supuesto que no, querida. Me alegro de verla de nuevo, después de que nuestra conversación previa terminara un poco de sopetón. Y estoy bastante bien, me han asegurado que no sufro de… —Duda antes de proseguir— de ninguna enfermedad que represente un peligro para usted. A pesar de lo que pueda parecer. —Hace un ademán hacia las paredes acolchadas. Se ha dado el caso de algún afligido que se ha vuelto violento cuando no podía llegar al exterior. No se imagina que el Profesor pueda hacerle daño, pero ha leído que las víctimas pueden desarrollar una fuerza fuera de lo común cuando caen presa de su manía.

—Es solo una precaución —dice, y el Profesor asiente. Aun así, Marya cree que el hombre se anda con cuidado. Tal como debería hacer, al hablar con alguien con un nombre y una ropa que no son suyos, y nota una punzada de asco por lo que está haciendo. No, por lo que Transiberia la ha obligado a hacer.

El silencio se alarga, y, a falta de un tema de conversación mejor, Marya le dice:

—¿Tiene comida suficiente? ¿Puedo traerle algo? Cuando yo me pongo mala siempre quiero comer algo que me recuerde a casa, y estaría encantada de pasarme por la cocina y pedirle…

—¿Por qué ha venido de verdad? —la corta el Profesor, y, tras su fachada estudiosa y frágil, Marya capta un atisbo de acero. Empieza a tartamudear una respuesta, pero el hombre sigue—: Porque, si la empresa la ha mandado a verme, han perdido el tiempo. No sé nada. —Se cruza de brazos, con el desafío en la mirada.

—¿Cómo? No, nadie me ha mandado aquí. Por favor, créame.

—Pero no ha venido solo porque esté preocupada por mi salud —insiste él.

Si es sincera con él, quizás el Profesor le devuelva el favor. Toma aire, y, con una voz que espera que sea lo bastante queda como para que el médico no la oiga, si es que se ha quedado atento en la puerta, comienza a hablar.

—Busco respuestas sobre lo que ocurrió durante el último cruce.

El Profesor pone una expresión neutra adrede.

—Continúe —le pide.

—Tenía la esperanza de encontrarme con alguien que recordase algo, con cualquiera que pudiese saber si de verdad fue culpa del cristal.

—Es lo que dice Transiberia.

—Sí —responde ella, devolviéndole la mirada—. Eso es lo que dicen. Pero creo que el fabricante del cristal... —¿Cuán sincera debía ser?—. Creo que planeaba escribir a Artemisa, o quizá sí que lo hizo, para desvelar lo que no podía decir de otro modo.

Una vez más, capta la misma expresión momentánea en el rostro del Profesor.

—La reputación del fabricante quedó por los suelos y...

—Y, aun así, Artemisa le habría hecho caso, ¿verdad? Si había una verdad que desentramar... ¿No es eso lo que hace la Sociedad? Investiga, incluso cuando Transiberia no quiere que lo hagan.

El Profesor guarda silencio unos instantes.

—*Perum per vitrum videmus* —acaba diciendo.

—«A través del cristal vemos la verdad» —repite Marya. El lema del gremio de fabricantes de cristal de San Petersburgo. En latín; la ciudad siempre con la vista a Occidente. El Profesor le dedica un ademán con la cabeza, como si acabara de pasar una prueba.

—Lo conocía, entonces —le dice.

—Solo por su reputación —responde Marya, con las palabras que tanto ha ensayado—. Soy de San Petersburgo, ¿sabe? Y mi familia también trabajaba en el gremio del cristal.

—Ya veo —dice el Profesor, colocándose bien las gafas—. Pero ver no siempre es posible, por mucho que miremos. Y, en ocasiones, es mejor no ver nada. —Le dedica una mirada que le recuerda a la Condesa, como si quisiera escudriñar todos sus secretos—. ¿Sabe lo poderosa que es Transiberia?

—Por supuesto. Todo el mundo sabe lo poderosa que es.

—Pero ¿de verdad lo entiende? Porque creo que la mayoría no. —El rostro del Profesor está cada vez más colorado—. ¿Sabe cuántas toneladas de té transporta el tren, cuánta tela y porcelana? ¿Sabe cuánto valen las ideas y la información que lleva consigo? Y, mientras el tren estuvo aparcado estos últimos meses, ¿sabe cuánto han perdido? ¿Sabe lo impensable que es eso para una empresa tan inmiscuida con los parlamentos, los ministros y las cortes? El tren tiene que hacer su viaje, esa es la única verdad que importa. Y da igual a quién se lleven por delante para que así sea.

La única verdad que importa.

El Profesor le hace un ademán para que se acerque más a él.

—Vaya a la ventana donde nos conocimos y mire de cerca.

A pesar de que Marya abre la boca para hacerle más preguntas, antes de que pueda oye una llave en la cerradura. El Profesor se echa atrás en la cama y cierra los ojos, y Marya se levanta al tiempo que la puerta del compartimento se abre y unos abrigos negros llenan el umbral. Como si hubieran aparecido al oír la mención a Transiberia.

—Señorita. —Entran en el compartimento con una reverencia, con unos movimientos tan idénticos que resultan escalofriantes, y hacen que la estancia sea demasiado pequeña, con las paredes demasiado cerca.

—Hemos venido a ver cómo está el paciente y nos hemos encontrado con que ya tiene visita. —El ruso habla con un inglés meticuloso y perfecto, mucho mejor que el de ella—. Quizá se conocían ya.

—No, solo estaba preocupada por…

—Tenemos amigos mutuos en San Petersburgo —la interrumpe el Profesor, sin mirarla—. Por favor, deles recuerdos de mi parte.

—Por supuesto —contesta ella, tras dudarlo. Es muy consciente de la mirada evaluadora de los Cuervos—. Ya me iba, el Profesor está cansado.

—Su preocupación es encomiable. No lo entretendremos mucho. —Le indican la salida, y, aunque se da media vuelta para intentar ver al Profesor, ha quedado oculto tras la tela oscura.

Poco a poco, vuelve a través de los aposentos de la tripulación y se detiene en el vestíbulo que hay antes de Tercera Clase. Hay más cajas apiladas delante de la ventana en la que conoció al Profesor, por lo que tiene que apartarlas y reza para que ningún tripulante se pase por allí y le exija una explicación. Acaba haciéndose un hueco lo bastante grande como para apretujarse con dificultad y mirar de cerca la ventana, como le acaba de aconsejar el Profesor. Al principio no ve nada, hasta que capta algo metido en la esquina inferior derecha de la ventana, tan tenue que escaparía a la mirada de cualquiera que no pegara la nariz al cristal. Si bien podría confundirse con un arañazo, para ella es inconfundible: una veleta con forma de barco, un símbolo de San Petersburgo y la marca que su padre dejaba al fabricar los cristales.

Se queda de piedra y pasa los dedos por el barquito. Es como ver su firma. Después de todo lo que habían dicho de él, de las culpas que le habían arrojado, del escándalo, siguen usando el mismo cristal que afirmaron que tenía fallos, el mismo que aseguraban que había dejado entrar los Baldíos.

Solo que ahí mismo tiene una prueba de que Transiberia mintió sobre su padre o una prueba de que los están poniendo en peligro con sus descuidos; en cualquier caso, una prueba suficiente para perjudicarlos, para contribuir a restaurar la reputación de su padre... Sin embargo, las palabras del Profesor le rondan por la cabeza: «¿Sabe lo poderosa que es Transiberia? Esa es la única verdad que importa».

Se queda mirando el barquito. En el exterior, unas llamas azules crepitan por el suelo, por encima de las rocas. En el horizonte, el cielo se oscurece.

LA TORMENTA

El clima en los Baldíos es impredecible: en verano, unas nubes cargadas de nieve son capaces de juntarse en un cielo despejado, la lluvia puede caer y quedarse flotando en el aire, y, si se las mira de cerca, las gotas forman unos patrones imposibles. Las tormentas son capaces de desatarse en un frenesí sobre la llanura solo para desvanecerse en un instante, como si el cielo se hubiera limpiado por sí solo. Weiwei nació durante una tormenta, con unos truenos que silenciaban los gritos de su pobre madre. «Y en tu caso fue como si hubieras oído el llamamiento de los truenos y quisieras salir al mundo, por mucho que tu madre lo estuviera dejando», le contó Anya Kasharina. Los tripulantes niegan con la cabeza, tristes, cuando hablan de su madre. En sus historias, se ha convertido en una mujer bella y valiente, aunque nadie se la ha descrito de un modo que parezca real. Se pregunta si también debería sentirse triste, pero no logra aunar los sentimientos apropiados.

«Eso es porque tienes aceite en las venas, en vez de sangre —le decía siempre el Profesor—. Porque eres la hija del tren, y el tren no llora ni se queja, sino que sigue adelante». Nota otra punzada de culpabilidad. Todavía no ha ido a verlo, pero es que parece que no puede obligarse a caminar hacia la enfermería. No soporta verlo darle la espalda a su trabajo, enfrentarse a la posibilidad de que este sea su último cruce. Él también tiene aceite en las venas, aceite y tinta.

La despiertan temprano para un turno de guardia y la mandan a la torre de vigilancia para ayudar al artillero. La tormenta les ha pisado los talones toda la noche, formada por una masa de nubes en movimiento que se abren con los destellos de los relámpagos.

No hay ninguna lámpara encendida en la torre, de modo que Oleg es tan solo una silueta encorvada en la penumbra plateada de la estancia. El artillero la saluda con un breve ademán de la cabeza y le entrega unos prismáticos. Vistas de cerca, las nubes de tormenta parecen estar cargadísimas de lluvia. *Tiene que caer para empapar el suelo con agua fría*, piensa.

Pensar en agua hace que se acuerde de lo seca que tiene la garganta, de que hace tiempo que no se puede lavar. Se lleva la punta de los dedos a la cara. ¿Tendrá polvo de los Baldíos en los pulmones? Intenta averiguar si nota algún cambio que se esté produciendo en su interior, como cuando era pequeña y se buscaba algún diente suelto, cuando tanteaba en busca de algo que no estuviera bien, de una parte de ella que empezara a resultarle menos conocida. ¿Nota algo? Ya no está segura de nada. De todos modos, no se ha sentido normal desde el último cruce, pues los recuerdos perdidos son tan chocantes como si le hubieran amputado una extremidad.

Observa las nubes crecer y retorcerse, de forma tan similar a las aves de la torre del Cartógrafo que resulta espeluznante. Parecen acercarse, como si le siguieran el ritmo al tren.

—De poco nos sirven las armas contra eso —dice Oleg.

Ojalá pudieran abatir las nubes para que soltaran la lluvia que prometen.

—¿Se ha pasado por aquí la Capitana? —pregunta Weiwei. El artillero duda un instante antes de contestar.

—Solo un rato, hace una hora o así. Ha dicho que iba a la cabina.

—¿Cómo te ha parecido?

—Como la capitana de un tren que se está quedando sin agua y que intenta sacarle ventaja a una tormenta.

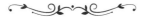

Durante la mañana, los pasajeros están asustados y no han dormido nada. Las nubes de tormenta están más cerca, y el cielo parece parpadear con una luz azulada, como si las Llamas de Valentin se hubieran quedado flotando en el aire. Cree notar cómo el viento sacude el tren, como si comprobara lo resistente que es. Ojalá lloviera. Si lloviera, la tensión horrible que invade los vagones podría disiparse en cierta medida. Si lloviera, tendrían agua para saciar la sed del tren, para mantenerlos en marcha un poco más, hasta que alcancen el pozo y se quiten de encima uno de los temores que los incordian.

Evita pasar por Primera Clase, porque no quiere volver a explicar por enésima vez que no puede hacer nada por solucionar los problemas; que lo siente mucho, pero que los ventiladores no pueden ir más deprisa; que no, no hay agua helada. Al menos en Tercera no exigen hablar con su superior, sino que se limitan a quejarse y a soltar alguna que otra palabra malsonante entre dientes. Aun así, tienen calor, están tensos y enfadados, con las cortinas cerradas ante la luz antinatural del exterior.

—Es normal —les asegura Weiwei una vez tras otra—. Así es el clima en los Baldíos, ya estamos acostumbrados.

Solo que saben que les miente, Weiwei lo nota en cómo se apartan de ella, enfadados por la poca ayuda que les brinda.

Un niño corre hacia ella, y el corazón le da un vuelco. Tiene el cabello pegado a la frente y los ojos muy abiertos y llorosos.

—Mi mamá está mala, ven, por favor, ven. —Le tira de la mano, y Weiwei lo sigue a regañadientes hasta encontrar a su madre sentada en la litera de abajo, con los desechos del viaje a su alrededor.

—¿Qué quiere? —gime la mujer—. ¿Cómo espera que lo sepamos? —Está de espaldas a la ventana y se tapa los oídos con las manos. Cuando el niño le pone una mano en el hombro, despacio, ella la aparta de un empujón, y, por mucho que intente aparentar lo contrario, Weiwei ve lo angustiado que está.

—Déjala tranquila —le dice Weiwei al niño—. A veces pasa. Se pondrá buena cuando cese la tormenta. —Aunque se teme que acabe siendo otro caso más para el médico, si sigue así durante mucho tiempo.

—¿Y si no pasa?

—Seguro que pasa, no te preocupes. Correremos más que las nubes. —Intenta poner un tono de voz tranquilizador, pero la verdad es que ella también lo nota. Hay algo deliberado en el clima, como si la tormenta tuviera la capacidad de pensar. Otro vendaval enfadado sacude el tren, y piensa en Elena, agazapada bajo el tragaluz, sedienta. Si bien la noche anterior le llevó más agua, cada vez se le hace más difícil, pues la racionaban más con cada día que pasaba.

»Las paredes son resistentes —continúa—. El tren es fuerte, más que ningún otro tren. —Es como un hechizo: si lo repite lo suficiente, se hará realidad. Es la realidad.

—¿Y los raíles? —El niño la mira desde abajo—. ¿Cuán fuertes son los raíles?

—Son los más fuertes del mundo. —Tras unos segundos, añade—: ¿Cómo te llamas?

—Jing Tang —susurra, y se limpia la nariz con la manga, con lo cual Weiwei retrocede un poco. Siempre se sorprende al ver lo mucho que gotean los niños y al comprobar que sus padres quieren alzarlos en brazos de todos modos.

—¿Y tu padre? ¿Está por aquí?

El niño señala hacia un grupo de hombres encorvados que juegan a las cartas, y Weiwei está a punto de sugerir que su padre podría cuidar de él (aunque sin demasiada confianza), cuando capta el atisbo de una tela azul. Elena. Recorre el vagón poco a poco, pasa la mirada de las ventanas a los pasajeros y se frota los brazos como si tuviera frío.

—Volveré más tarde para ver cómo está tu madre. —Weiwei se agacha para hablar con Jing Tang y trata de no mirar a Elena directamente—. Tú quédate tranquilo. —Sin embargo, el chico se revuelve, mira por el vagón y luego de vuelta a Weiwei, con el ceño fruncido. Y no es el único. Cierta incomodidad se extiende entre los pasajeros, quienes se apartan de Elena. No la miran, pero sí que le dejan sitio. Fuera cual fuere su truco para pasar desapercibida, parece que ya no surte efecto. Saben que está ahí.

—Quédate con tu madre —se apresura a añadir Weiwei.

El estallido de un trueno hace que un temblor recorra el tren, como si los propios raíles estuvieran cargados de electricidad. Alguien suelta un alarido.

—Es culpa mía —susurra Elena, cuando Weiwei se le acerca.

—Solo es una tormenta —responde ella, en lo que intenta guiarla para salir del vagón. El cabello de Elena le cae mustio y opaco alrededor del rostro, y tiene unas zonas de los brazos con la piel descolorida, de un tono marrón verdoso—. Vamos al vagón de almacenamiento para que descanses.

—No... Mira. —Elena abre la gruesa cortina de un tirón. Desde unas nubes bajas y arremolinadas en un cielo amarillento, los rayos destellan hacia la tierra en un zigzag enorme. Weiwei se inclina para acercarse más y aparta los dedos del marco de la ventana cuando una descarga le pasa por la piel.

A su lado, Elena vibra de lo tensa que está.

—Al cielo no, al suelo.

Una forma oscura le llama la atención.

—¿Qué es eso? —Otros pasajeros lo han visto también, aquellos que no han podido resistirse a abrir las cortinas, y el miedo recorre el vagón entero. Weiwei mira más de cerca, con los ojos entornados de pura incredulidad—. ¿Son trenes? —Sí, son unos trenes de sombras que surgen de la tierra. Se impulsan desde el subsuelo, sinuosos y brillantes, y sueltan humo desde los orificios que tienen bajo el blindaje de su piel. Le siguen el ritmo al tren sin mayor esfuerzo; de vez en cuando vuelven a meterse bajo tierra o sortean obstáculos que se les interponen en el camino. Avanzan con una facilidad suave que hace que a Weiwei le entren náuseas. No son algo natural, ni por asomo.

»Es como si se burlaran de nosotros —comenta Weiwei. *Cualquier cosa que se mueva de forma tan deliberada tiene que poder pensar por sí misma*, piensa.

—No —la contradice Elena en un susurro—. Se están burlando de mí.

El estallido de otro trueno, otra sacudida del tren, y los trenes sombríos se sacuden también, como si el suelo en sí estuviera cargado de electricidad. Alguien reza, alguien más llora.

—¡Cerrad las dichosas cortinas! —El auxiliar se abre paso a toda prisa.

—Ven, vamos a... —Weiwei se vuelve hacia Elena, solo que esta ha desaparecido.

Un trueno estalla en el firmamento.

Weiwei se acuerda de cómo se puso Elena cuando los pájaros se cernieron sobre el tren: se apretó contra la ventana, con una expresión de miedo y añoranza. ¿Había notado que las aves la llamaban? ¿O acaso la rechazaban?

VISIONES

enry Grey siempre ha sabido cuándo se acerca una
tormenta porque lo nota como una pesadez en la mente, como un sabor metálico. Su *spaniel*, Emily, se solía
pasear por la cabaña y ladraba para que la dejara salir, tras lo
cual se quedaba inmóvil en el umbral y volvía a entrar con un
gemido. Él se quedaba en la puerta y notaba la expectativa en el
ambiente. Había días en los que la tierra y el cielo parecían estar
más cerca, cuando percibía el tirón de la superficie en los huesos. La presión que experimentaba en la cabeza solo cesaba después de que estallara la tormenta, ante la liberación que los
rayos traían consigo, y, tras esa sensación, lo colmaba la euforia;
se volvía incapaz de quedarse quieto, salía hacia el páramo sin
hacerles caso a las premoniciones llorosas de su criada que le
aseguraban que le iba a caer un rayo y que lo iba a calcinar en el
acto. En Alemania, a veces llamaban a los ciervos voladores
hausbrenner, «quemacasas», porque creían que dichos escarabajos llevaban carbones en sus fauces poderosas, con lo que hacían
que a las casas les cayeran rayos. Era una imagen que siempre le
había gustado. También se decía que el escarabajo labrador europeo provocaba rayos al batir las alas. Cuando salía, una parte de
él quería llamar a los truenos y a los rayos, retarlos a que le cayeran encima.

Ahora experimenta la misma sensación, mientras sus compañeros de viaje buscan el cobijo de sus respectivos compartimentos: una corriente que le recorre la piel, como si hasta el último
folículo se le hubiera llenado de electricidad, una emoción que le

surca las venas y lo deja sin aliento con cada trueno, con cada destello de luz.

A través de las paredes de su compartimento, oye una plegaria repetida sin cesar. Debe de ser Yuri Petrovich, de rodillas en el suelo, sin duda. Es un ruido enloquecedor, una discordancia que apenas llega a captar.

Ya no lo soporta más. Tiene que moverse. Se hace con su libreta y su pluma y sale de su compartimento a toda prisa, sin saber muy bien a dónde se dirige. Oye un trueno y le da la sensación de que unas manos enfadadas sacuden el tren. *No*, piensa. *No, estamos a salvo en manos de Dios.* Apoya las suyas en el alféizar de una ventana y las aparta de sopetón, al notar una descarga.

—Dios todopoderoso. —Las palabras le llegan a los labios por voluntad propia—. Dios todopoderoso, apiádate de nosotros, mantennos a salvo. Dios todopoderoso, no te alejes de mí.

Capta un movimiento en el exterior, unas criaturas que se alzan de la tierra, con el caparazón liso y marrón. ¿Alguna especie de ciempiés gigante? No, no se mueven mediante unas patas, aunque sí que tienen un caparazón quitinoso, y, desde debajo de él, las criaturas parecen emitir una sustancia similar al humo. Coloca las manos en la ventana y desea de todo corazón que el cristal y el hierro desaparezcan. Las criaturas siguen al tren, se mueven por la superficie como si esta fuera agua, caminan de una forma que no ha visto nunca. *Nos están imitando*, piensa. Tiene que plasmar lo que está viendo; hay bocetos que dibujar, notas que tomar. No sabe si alguien habrá sido testigo de esas criaturas antes, pero está seguro de que nadie las ha descrito en ninguna publicación. Repasa las distintas clasificaciones mentalmente, intentando no perder de vista a las criaturas, pero el tren adquiere velocidad, como si intentara correr más que la tormenta, y solo alcanza a ver atisbos de ellas. Otro temblor violento sacude el vagón entero y hace que se tropiece, y las luces parpadean. *Ahí están: cuenta cuántas son, observa cómo se mueven, céntrate en lo que tienes que hacer. ¿La tormenta las ha convocado? ¿O son los quemacasas de los Baldíos, que hacen que los rayos caigan sobre el tren? Tienen un cuerpo segmentado. Son invertebrados,* se dice a sí mismo. A pesar de que las luces del vagón se apagan en cuanto entra, en el destello del relámpago lo ve. Una silueta rodeada de luz, como un ángel de mármol en el patio de una iglesia, igual de seria, tranquila y quieta. Espectral. *Solo es un pasajero*, le dice la parte racional de su mente. *Lo que pasa es que la tormenta lo hace parecer algo sobrenatural*. Sin embargo, no se trata de una silueta humana, pues ni siquiera la tormenta puede ocultar ese hecho. Le dan ganas de estirar una mano hacia la figura y tiene que contenerse para no ponerse de rodillas en una pose reverencial.

Y entonces se produce un estruendo lejano, como de tierra al agrietarse y de metal y madera partiéndose al mismo tiempo. Una sacudida recorre el tren entero, y acaba de rodillas en el suelo de todos modos. Nota los frenos del tren y la presión contra los huesos, como si algo le tirara de los tendones. Cada vez más despacio, una presión agonizante que destrozará el tren y a todos los que viajan en él. *Cuando nos llega el final, se nos otorga una visión*, piensa. Y se siente agradecido por ello.

FINAL DEL TRAYECTO

Para cuando Weiwei llega al vagón restaurante de Primera Clase, las luces se han apagado del todo, de modo que tiene que caminar guiándose con los relámpagos. Se queda quieta en el umbral, sin aliento, a la espera del siguiente destello. Cuando llega, lo que ve es a Elena, en el centro del vagón, iluminada.

Y, en el otro extremo del vagón, la puerta se abre. Es Henry Grey, aturdido, con cara de estar soñando. Se queda mirando a Elena, sin poder creérselo.

Por delante de ellos, las vías explotan.

PARTE CUATRO

DÍAS 9-14

Hay quienes aceptan lo que ven como la irracionalidad pura de la Gran Siberia, quienes, en su profusión caótica de formas, encuentran el reflejo de las ideas preconcebidas que tienen sobre la anarquía, el nihilismo y la libertad. No obstante, no debemos desestimarlo y achacarlo a las indulgencias propias de los jóvenes, dado que hay muchas personas mayores y más sabias que ellos que también han perdido la cordura. Así es, pues: puede que los viajeros precavidos noten que piensan cada vez más en las partes del paisaje que no están al alcance del tren, en la promesa que contiene lo nuevo y lo desconocido. Dejar que la mente divague es peligroso. Si las ansias de perderse en el terreno se tornan demasiado apremiantes, se aconseja beber una tintura fuerte de jengibre, capaz de purgar el cuerpo y la mente de forma bastante eficaz.

La guía de los Baldíos para viajeros precavidos, página 48.

LAS VÍAS FANTASMA

E l tren se mueve más despacio que nunca, centímetro a centímetro, con el mismo cuidado que alguien que cruza un puente de cuerdas en lo alto de un acantilado, seguro de que la cuerda va a romperse en cualquier momento, sin saber si logrará mantener el equilibrio sobre el puente, por imposible que parezca. Se dirigen a las vías inferiores, a las vías fantasma. Weiwei intenta no pensar en la madera podrida ni en el metal oxidado. Intenta no estremecerse con cada temblor o sacudida. Si mira atrás, todavía alcanza a ver las llamas que arden en los raíles principales, donde ha caído el rayo, donde el fuego ilumina el cielo nocturno.

Qué suerte que haya ocurrido tan cerca de un cruce con una de las vías abandonadas, o eso dicen los pasajeros. Qué suerte han tenido, como si los constructores estuvieran cuidando de ellos y les hubieran regalado una vía de escape. Y la Capitana los ha guiado con seguridad, los ha preparado para el cambio de vía, les ha asegurado que todo va bien.

—*Por favor, quédense en sus respectivos compartimentos y literas mientras la tripulación se encarga de todo.* —Los altavoces hacen que la Capitana suene enlatada y lejana, pero Weiwei no capta ni un temblor en su voz, ni un solo indicio de que el haber tenido que cambiar de vía no es algo común. Aun así, los tripulantes saben que no es nada más que una imitación de una capitana, una actuación muy astuta. ¿Cómo se atreve?

Weiwei no sabía que estaba tan resentida con ella.

¿Dónde se ha metido Elena? Weiwei se ha llevado tanta agua como ha podido y ha dejado la cantimplora en el falso techo, por muy consciente que sea de lo poco que pesa, de la poca agua que contiene. Lo único que puede hacer es esperar que la polizona esté escondida en algún lugar seguro.

Han dejado atrás la tormenta; eso es lo único que les importa a los pasajeros, entre las sábanas de sus literas o aferrados a alguna bebida en el vagón bar, y los tripulantes los dejan con su tranquilidad, pues no tienen más muestras de amabilidad que ofrecerles. Se afanan por asegurarles que sí, que qué suerte han tenido.

Solo que los tripulantes saben la verdad. Ya no tienen el contoneo de siempre al andar, dado que ya no son capaces de predecir cómo se van a mecer los vagones, así que andan como borrachos. Los pasajeros están apaciguados pero alerta y se intentan aferrar a algo cuya enormidad se les escapa, a algo que no logran entender de verdad. Solo los tripulantes lo comprenden: han perdido la vía, la única certeza del viaje.

La vía principal se mantiene a base de trenes especiales y de reparadores que arreglan cualquier problema que el Cartógrafo y los ingenieros hayan notado. Por otro lado, las vías fantasma no gozan de tales cuidados, y los pocos mapas que Suzuki tiene de ellas quedaron desfasados hace años. No tienen cómo saber si dichos raíles estarán intactos, si soportarán el viaje. Abandonados desde hace mucho tiempo, ya no son nada más que fantasmas. Los tripulantes pisan con cuidado, como si les diera miedo aplastar los raíles con su propio peso.

Es temprano por la mañana, y al cielo le falta color, agotado por los esfuerzos de los días anteriores. El tren se impulsa a su ritmo,

doloroso kilómetro a doloroso kilómetro, a través de un paisaje que parece echárseles encima, contraído en un valle sin árboles, en una ladera escarpada, rodeado de sombras a punto de desatarse. Weiwei se arrodilla en uno de los sillones que hay bajo las ventanas del vagón bar. Si mira con atención, logra captar unos colores en la roca, solo que, cuando intenta denominarlos, repara en que le faltan las palabras necesarias. Desenfoca la vista y ve que se forman unos rostros que sobresalen de los acantilados. La mente humana ve lo que quiere ver, como siempre le dice el Profesor. Vemos caras en la corteza de los árboles, en los patrones del papel pintado, porque nos buscamos a nosotros mismos en todo lo que atisbamos. Sin embargo, los rostros que Weiwei ve en la roca son bulbosos y distorsionados, aterrados y atrapados. Aparta la mirada de golpe.

—La cuestión es —está diciendo Vassily desde detrás de la barra— si crees en las visitas celestiales o no.

—¿Cómo? —Weiwei vuelve la vista hacia allí deprisa.

Alexei suelta un resoplido, pero Weiwei nota que no está centrado en la conversación. Está nervioso y distraído. Ninguno de ellos ha pegado ojo desde que salieron de la vía principal; aun así, por mucho que a Weiwei le piquen los ojos de puro cansancio, comparte las pocas ganas que tienen todos de retirarse a la soledad de sus respectivas camas.

—¿A qué te refieres con visitas celestiales? —exige saber ella.

—Es lo que cuentan por ahí, que se produjo una visión angelical justo antes de que cayera un rayo, que venía a avisarnos. Enviado por la deidad que cada uno prefiera, supongo.

—El Señor ya podría ahorrarnos tener que imaginarnos demasiadas cosas.

—Solo transmito lo que he oído que dicen los pasajeros.

Weiwei intenta ocultar la preocupación que siente.

—Pues no los animes —le dice Alexei—. Que ya están todos bastante nerviosos de por sí.

—Vienen los Cuervos. —Vassily se endereza.

Hasta los Cuervos tienen las plumas alborotadas, piensa Weiwei. La expresión neutra que tienen en todo momento parece más forzada, y la corbata del señor Petrov no está recta del todo. Han perdido su simetría.

—Confiamos en que estén bien, a pesar del cambio inesperado de circunstancias. —Se permite esbozar una sonrisita carente de humor, como si acabara de soltar un chiste. Nadie le responde, y su compañero ni siquiera imita la sonrisa. Otro descuido en su simetría.

—¿Se nos remunerará por los días extra de viaje? —pregunta Alexei, y Vassily cierra los ojos—. Lo más probable es que esta complicación añada un tiempo considerable al trayecto.

Los Cuervos enfocan la mirada en él.

—Como bien sabe, Transiberia se mantiene firme en su compromiso de compensar a todos sus empleados de forma adecuada —responde el señor Li—. ¿Han desviado el agua de Tercera?

Una expresión adolorida pasa por el rostro del ingeniero.

—Sí, de uno de los vagones...

—Pero pedimos que fuera de los dos. ¿No entendió nuestras órdenes?

—El agua ya está racionada; tiene que haber un poco al menos para que puedan lavarse, si no...

—Hay que hacer sacrificios por el bien del tren. Estoy seguro de que no tenemos que dar más explicaciones —lo corta el señor Li, con un tono dulce como la miel—. Los pasajeros de Primera Clase pueden recibir una jarra de agua por la mañana; sin embargo, hay demasiados pasajeros en Tercera Clase como para hacer lo mismo. Es mejor no dársela a ninguno, en vez de solo a algunos. Lo entenderán. Por favor, asegúrese de que se cumplan las órdenes.

—A mí las órdenes me las da la Capitana. —Alexei se ha puesto pálido.

—Y la Capitana está de acuerdo con nosotros. Por supuesto, es usted libre de preguntárselo directamente.

Los Cuervos dejan que el silencio se alargue. *Saben que no se lo va a preguntar, saben que ninguno de nosotros va a ir a hablar con ella*, piensa Weiwei. Les dolería demasiado oírlo de boca de ella.

—Les damos las gracias por todo su esfuerzo. —Y, dicho eso, los Cuervos se alejan acompañados del tintineo de sus hebillas. Weiwei observa cómo se marchan antes de volverse hacia Alexei.

—No lo vas a hacer, ¿verdad?

El ingeniero suelta un suspiro exagerado, y Weiwei recuerda de repente al chico que conoció cuando empezó a trabajar en el tren, el que se paseaba enfundado en un uniforme demasiado grande para él, hastiado porque una niña lo retaba a colarse en todas las partes a las que no le permitían ir. «Soy yo el que se acaba metiendo en líos, no tú», le decía.

—No me queda más remedio. Además, tienen razón; de algún lado se tiene que ahorrar el agua. —Tiene un tono de voz cansado, resignado.

—Es que los de Tercera ya están alterados de por sí. Si les racionamos más el agua se nos van a echar encima.

—Pues van a tener que aguantarse. Necesito más tiempo.

—Pero volveremos a la vía principal antes de que lleguemos al pozo, ¿verdad? —Ve que Vassily se queda muy quieto—. ¿Verdad?

Alexei le devuelve la mirada.

—Suzuki dice que no hay forma de llegar a la vía principal hasta que hayamos dejado el pozo atrás.

—¿Y eso qué implica? ¿No será...?

—¿Muy justo? Sí. Pero no nos queda otra. Si racionamos el agua más aún, deberíamos poder llegar al siguiente pozo.

—Se van a volver locos. Montarán un motín.

—Les diremos que es porque hemos tenido que salir de la vía principal. No hace falta que sepan nada más.

—¿Y qué pasa cuando salgamos de las vías fantasma y sigamos racionando el agua?

—Un problema a la vez. Ya pensaremos qué hacer cuando lleguemos a eso.

—Pero ¿no hay...?

—Por el amor del hierro, Zhang, todos estamos en la misma tesitura, todos vamos a tener que sufrir por lo que ha pasado, pero soy yo el que tiene que hacerse responsable, algo que tú no podrías llegar a entender. —Se queda callado—. No quería decir eso.

—Sé lo que querías decir. —Si bien intenta decirlo con un tono ligero, le sale como una acusación, y ve que Alexei tensa la mandíbula. Con un asentimiento brusco, sale del vagón dando grandes zancadas.

—Será mejor que lo dejes estar —le dice Vassily—. Es con los Cuervos con quienes está enfadado, no contigo.

—¿No te parece raro —empieza, en parte para distraerlo y que no vea que se ha ruborizado y en parte porque es algo que la ha estado carcomiendo toda la mañana— que los raíles no estén más dañados y desgastados? Creía que iban a estar llenos de vegetación.

A pesar de que los equipos de reparación mantuvieron las vías después de que las abandonaran, por si las llegaban a necesitar, ya hacía años que se habían acabado rindiendo. Sin embargo, en ese lugar en el que todo crece, en el que el musgo es capaz de cubrir rocas enteras entre un cruce y otro, en el que las vides escalan los troncos según las miras, las vías fantasma están intactas. Como si hubieran estado esperando. Vassily suelta una carcajada estridente antes de contestarle.

—¿Ahora te quejas de que tengamos demasiada suerte? —Lleva una mano al icono que cuelga en la pared, junto a los estantes llenos de botellas, toca el marco de hierro y luego el rostro de la santa. Aunque no cree mucho en ello, Weiwei toca el hierro que enmarca la ventana. *Demasiada suerte, no; demasiado poca, en todo caso*, piensa. Todo está mal. No solo las vías fantasma, la tormenta y el agua, sino todo. El Profesor tuvo razón al decir que algunos cambios eran demasiado importantes como para volver a como estaba todo antes. Tenía razón.

Recorrer el tren parece que toma más tiempo, por lo lento que avanza. En los vagones cocina se oye el traqueteo de las sartenes y los cuchillos. El olor de la pimienta y de las especias le llega a la nariz, y sabe lo que hacen: enmascaran las sobras con sabores fuertes para extender la comida tanto como les sea posible. ¿Cuánto tiempo podrán hacerlo? ¿Cuántos días sumarán las vías fantasma a su viaje? Intenta no pensar en la sed de Elena, en la piel seca que le ve alrededor de los labios, en cómo se colocó contra la ventana para ver mejor las nubes de tormenta. En cómo los pasajeros se volvieron hacia ella, pues supieron que había una desconocida entre ellos. Llega al vagón enfermería y respira hondo.

Está hecho un ovillo en la cama, con las gafas en la mesita y los ojos cerrados. Dormido parece muy frágil, como si pudiera hacerse pedazos si lo tocara.

—¿Profesor?

No se mueve.

Weiwei acerca más la silla a la cama y le da una mano.

—Soy yo —le susurra—. ¿Me oyes?

El Profesor abre los ojos despacio, sin centrarse en nada, antes de que una sonrisa le tire de los labios.

—Ha vuelto. ¿Vio lo del cristal? He estado pensando… en lo que me dijo. Quizá me he rendido demasiado rápido. Quizá tenga que volver a escribir.

—Me alegro de oírlo —dice Weiwei, dándole un apretón en los dedos, aunque se teme que esté desvariando—. Cuando te encuentres mejor te ayudaré, como antes.

—No les conté nada. —El Profesor frunce el ceño—. Querían saber… Temen que usted no sea quien dice ser… —Entonces parpadea—. ¿Weiwei?

La hija del tren le sonríe e intenta no mostrar lo preocupada que está por el rostro demacrado que tiene delante, por lo confuso que parece.

—¿Alguien más ha venido a verte?

—Se me ha olvidado cómo se llama… Iba de negro… —Bosteza, y Weiwei huele un dulzor en él que reconoce.

—Marya… —dice—. Una pasajera de Primera Clase. ¿Fue ella?

—Dile que tenga cuidado. —Se le están cerrando los ojos.

Weiwei espera unos instantes, pero la respiración del hombre es regular y profunda. Con cuidado, le sube la manga derecha;

ahí, en la piel tan frágil como el papel que tiene en la parte superior del brazo, hay un cúmulo de marcas de aguja.

Fuera del compartimento del médico una vez más, apoya la frente en la ventana. Tendría que haber ido a verlo antes. ¿De verdad está tan mal como para que lo tengan que sedar? Sabe que puede ser un acto amable, para impedir que los afligidos se hagan daño. ¿O tal vez es por otro motivo, por uno que tiene que ver con la visita de la viuda? Weiwei se rasca el cuello, húmedo por el sudor. El ritmo alterado de unos raíles que no conoce hace que le cueste más pensar. Marya Petrovna, siempre con sus preguntas, siempre donde no debería estar. «Temen que no sea quien dice ser...». Podría pasarse por Primera ahora mismo, transmitir la advertencia y exigir saber qué es lo que quiere. Aunque tal vez no debería delatarse tan deprisa. ¿Y si la viuda quería sonsacarle información? ¿De verdad cabe la posibilidad de que sepa quién es en realidad el Profesor? Piensa en los ojos descentrados del pobre, en lo frágil que le ha notado la mano al dársela, y siente la imperiosa necesidad de ir en busca de un lugar tranquilo para hacerse un ovillo y cerrar los ojos con fuerza. Está más que agotada y no sabe qué debería hacer. Sin la Capitana, sin el Profesor, no es nada más que... ¿qué? Una rata de tren. Nadie en absoluto.

Un ruido tenue hace que alce la mirada. Dima pasea por el pasillo en dirección al vagón de servicio, con la nariz en el suelo y la cola alzada, alerta.

—Dima, Dimochka... —Se agacha, pero el gato no le hace ni caso y pasa por delante de ella, con aspecto decidido. Se apoya en los talones y, por alguna razón absurda, los ojos se le anegan en lágrimas. Solo que entonces lo huele: ese olor a humedad que ya asocia con Elena, y, si mira bien, ve unas huellas húmedas en la moqueta, unas tiras de algas delgadas. Suelta una maldición, frota la moqueta con los pies y se mete las algas en los bolsillos, con la esperanza de que nadie las haya visto ya. Se acuerda de que los pasajeros captaron la presencia de Elena durante la tormenta, sabían que estaba ahí. Y Grey. Henry Grey la había visto. ¿Iban a creer lo que vio? Daba igual; los rumores y el miedo avanzaban tan deprisa como el tren en sí. O más deprisa aún. Todos iban a estar atentos, en busca de la visitante de Grey. *El ángel, el fantasma, el monstruo.*

Sigue a Dima hasta el vagón almacén, donde se detiene fuera de la puerta y se dispone a lavarse con un aire de despreocupación muy bien estudiada.

—Gracias, Dimochka —le dice, acariciándole la cabeza.

Elena está sentada en el suelo del vagón, con cajas abiertas y mercancías tiradas por doquier.

—¡No! No podemos permitir que nadie sepa que hemos estado aquí. —Weiwei se pone a recoger, pero Elena le tira de la manga. Le han salido unas marcas en la piel, como unos moretones verdosos, y tiene los labios secos y cortados.

—Vamos muy despacio. ¿Cuándo correremos más?

—No tenemos otra opción; no sabemos si la vía es segura. Pero no será mucho tiempo. —Intenta que el tono no le salga dudoso.

—¡Tenemos que jugar! Me toca a mí; no, a ti. Tienes que llegar a la cabina. Mira, me esconderé aquí y vigilaré…

—Elena, no. —Weiwei le da las manos y nota lo húmedas que son—. No. —Se aferra a ella como si pudiera anclar a la polizona donde está—. Alguien te vio, un pasajero. Tienes que quedarte escondida. ¿Me entiendes? No puedes seguir dando vueltas por los pasillos.

Solo que Elena ya ha salido corriendo por la puerta.

—¡Aquí no hay nadie! Ya jugaré yo, tú vigilas.

Actúa con fervor, con una energía incansable que Weiwei asocia con los afligidos por la enfermedad. Lo ha visto en alguna ocasión, antes de que intentaran forzar las puertas que conducen al exterior, tirar y tirar de la cerradura hasta que se desmayan de puro agotamiento o por el efecto de una jeringa.

—Vuelve aquí —susurra Weiwei, con el tono más amable que es capaz de producir, hasta que ve que Elena desvía la atención hacia la ventana—. ¿Qué pasa?

—Nada, nada. Ven; me esconderé y tienes que encontrarme.

—Espera…

En el exterior, un perro negro pasa a toda prisa, con unos ojos amarillos clavados en el tren. *No, es un zorro*, se corrige. Tiene las orejas y la cola de punta. Mientras lo observa, otro aparece, como una sombra que se libera de su dueño, y luego otro y otro más: uno se convierte en dos y luego en cuatro hasta que hay un mar entero de cuerpos ágiles a su lado, siguiéndole el ritmo al tren, con destellos plateados y rojo óxido en el pelaje. *Qué bonitos*, piensa. No son como los zorros de la ciudad, sino que son más grandes, más elegantes; parecen entrar y salir del tiempo en sí. No se le puede seguir la pista a ninguno en concreto, porque los ojos no lo permiten, por mucho que los de los animales estén fijos en el tren.

—No mires —dice Elena, tirándole de un brazo, con una cadencia extraña en la voz—. Tienes que pretender que no los ves.

—No pueden hacernos nada; aquí estamos a salvo. —Las pupilas de los animales son una línea vertical oscura, y los párpados se cierran de lado, como los de un lagarto. *Me vigilan*, piensa. *No…, vigilan a Elena.*

—Por favor. —Tira de Weiwei con tanta fuerza que esta se cae hacia atrás y se da un golpe en la cabeza contra la pared. Elena se agacha a su lado, con la expresión cargada de remordimiento—. Lo siento —le dice—. Perdóname.

—¿Qué pasa? Cuéntamelo, por favor. —Weiwei se masajea la cabeza—. No es solo por lo del agua, ¿verdad?

—Ya te lo dije —susurra la polizona—. Ya no sé qué soy. Desde que seguí las vías, desde que me puse a vigilar y aprender… Y ellos tampoco saben lo que soy.

Weiwei casi espera encontrarse el hocico de los zorros en la ventana, mirando hacia el interior.

—Ya no los oigo —continúa Elena—, no los noto. No sé si se burlan de mí o si me llaman para que vuelva.

SECRETOS

Marya se ha retirado al vagón biblioteca. Ya no soportaba más estar encerrada en su compartimento, pero agradece poder escapar de la cháchara nerviosa de sus compañeros de viaje. El alivio de haber dejado atrás la tormenta se ha convertido en ansiedad y en quejas amargas por lo despacio que avanzan y por el racionamiento de agua más estricto. Si bien los tripulantes intentan mostrar una fachada de competencia y tranquilidad, ya ha visto alguna grieta en ella. El auxiliar anciano que suele estar de guardia en el vagón biblioteca no está por ninguna parte, tal vez porque los ventiladores de dicha estancia parecen girar incluso más despacio que los de otras partes, como si solo empujaran el aire caliente de un lado a otro. Se hunde en una butaca junto a la ventana. A pesar de que es como respirar en un horno, la incomodidad vale la pena por la soledad llena de paz que le proporciona.

Los Cuervos la han estado vigilando, está segura de que es así.

En el exterior, los abedules están cada vez más cerca del tren, y cree captar de vez en cuando unos zorros de ojos amarillos que aparecen y desaparecen de entre los troncos. Tras haber abandonado la vía principal y la tranquilidad que le proporcionaba la guía de Rostov, no puede evitar sentir que se ha roto una cadena, que se ha cortado una cuerda de seguridad. Le da un toquecito al cristal con una uña. No ha encontrado más ventanas que contengan la firma de la fábrica de cristal de su padre, pero una ya le basta. Ojalá pudiera volver a hablar con el Profesor. ¿Qué más sabe? Está segura de que hay algo más ahí escondido. De hecho, cada vez está más convencida de que sabe exactamente quién es. «La única verdad que importa». ¿Acaso Artemisa no había escrito esas mismas palabras? ¿Qué mejor lugar para esconderse que el propio tren, detrás de la careta académica del Profesor, tan a la vista que era imposible de ver? Aun así, no se ha atrevido a ir a visitarlo otra vez. No le gustó cómo se presentaron allí los Cuervos, cómo los habían mirado a los dos, tan pensativos. ¿Y si lo que había hecho ella era conducirlos hasta Artemisa? Escondido delante de sus narices desde el principio…, ¿y ella les había descubierto quién era? Le dan náuseas solo de pensar en ello. Aun con todo, al notar que la vigilan desde tan cerca, no ha podido seguir indagando por el tren.

Tarda unos instantes en darse cuenta de que alguien la llama por el nombre, y se da media vuelta, sobresaltada. Se encuentra con Suzuki, quien parece arrepentido.

—Perdone. La he visto muy atenta al exterior.

—No estaba desapareciendo, no se preocupe —contesta ella, tras recobrar la compostura—. Estoy protegida contra ello. —Abre una mano para mostrarle la canica de cristal, con su reflejo azul. Está cálida, como si la hubiera estado aferrando con fuerza, a pesar de que la ha sacado casi sin darse cuenta.

—Ah. —La mira más de cerca—. Es todo un honor: no hay muchas personas con las que Weiwei querría compartir una de esas.

—¿De verdad? Porque me dio la impresión de que estaba un poco harta de mí.

Suzuki se echa a reír.

—Es una impresión que ha cultivado con mucho cuidado. Se las hicieron cuando era muy pequeña —le explica—. Nuestro fabricante de cristal. Claro que los tripulantes no dejaron de maldecirlo cada vez que acababan pisando una en el peor momento.

Marya enrosca los dedos alrededor de la canica. ¿Las palabras del Cartógrafo esconden algo? Le da miedo alzar la mirada, pero ¿es por lo que él podría verle en la expresión o por lo que ella podría encontrar en la de él?

—Discúlpeme, espero no haber…

—No, no. —Alza la mirada y le sonríe. Y lo único que capta en la expresión del hombre es preocupación por haber dicho lo que no tocaba. El Cartógrafo le devuelve la mirada, y Marya nota otra vez como si un hilo que los ata se estuviera estirando, como si se tensara—. Debe de haber muchos datos interesantes que investigar en estas vías antiguas —empieza, al mismo tiempo que Suzuki le dice:

—Esperaba encontrarme con usted...

Los dos se quedan callados.

—Los trabajadores de Transiberia, Petrov y Li, han estado preguntando por usted —le cuenta Suzuki—. Creía que debía saberlo.

—Ya veo. —Es lo único que se le ocurre como respuesta.

—Estos últimos meses han estado ocupados protegiendo el buen nombre de la empresa, y quizás eso ha hecho que juzgasen a los demás demasiado deprisa. Aunque —añade— siempre han sido propensos a sospechar de los demás.

Suzuki da un paso más hacia ella, y sus ojos oscuros solo contienen preocupación.

—Lo que quiero decirle es que tenga cuidado. Sea lo que fuere que quiera, debe andarse con cuidado con cómo pretende conseguirlo. —Marya cree que el Cartógrafo estira una mano para tomar la suya, pero se acaba echando atrás.

—Eh...

Deja de hablar cuando la puerta se abre de par en par y el auxiliar anciano entra en el vagón a toda prisa para colocarse en un asiento en el otro extremo.

—Me temo que estoy descuidando mis tareas —dice Suzuki, con la postura más recta.

—Por supuesto, debe de estar más ocupado que nunca —se apresura a contestar ella.

Suzuki le dedica una reverencia y se da media vuelta para marcharse, pero duda.

—Les he pedido al señor Petrov y al señor Li que vinieran a la torre —dice, sin volverse para mirarla—. Me parece que lo más correcto es que los de Transiberia observen el estado de los mapas por sí mismos. Me imagino que tardaré al menos una media hora en explicarles la situación del todo.

Marya le mira la espalda. No delata nada.

—Ya veo —repite.

Marya se pasa por su propio compartimento y rebusca en su joyero mientras se pregunta qué diantres se le ha metido en la cabeza. ¿Ha entendido lo que Suzuki quería decirle? Sí, está segura de que sí. Le está dando tiempo, una oportunidad para pasar a la acción sin que nadie se entere, sin que la vean. En cuanto a por qué lo ha hecho… Eso es lo que no entiende.

Aun así, no tiene tiempo para preocuparse por ello. Ya la ha encontrado: una horquilla especial, doblada a la perfección, el fruto de una niñez que había pasado rebelándose contra las puertas cerradas y los silencios de su hogar. La lleva consigo desde entonces, a la espera de reunir la misma valentía que tenía cuando era más joven. *Ahora*, se dice a sí misma, para intentar que le tiemblen menos las manos. *Ha llegado el momento.*

Se dirige al otro extremo del vagón, al compartimento con un «12» de plata grabado en la puerta. Coloca la oreja cerca de la madera pulida y no oye nada en el interior. Echa un último vistazo por el pasillo antes de sacar la horquilla e introducirla en la cerradura. En unos instantes, oye el chasquido y se cuela en el compartimento antes de cerrar la puerta tras ella.

Es un compartimento de lujo, más grande que el suyo, con dos puertas en un lado. Hay un escritorio grande en el centro de la sala principal, con una silla a cada lado, y filas de estanterías por las paredes. Le dan ganas de sentarse delante de ese escritorio de nogal ordenado y trazar unas líneas gruesas de tinta negra por todos los papeles, para decir «mirad dónde he estado».

—Céntrate —susurra para sí misma. No tiene cómo saber cuánto tiempo será capaz Suzuki de entretener a los Cuervos. Sin embargo, por mucho que se estremezca ante cualquier crujido, se queda helada cuando la falda roza contra la mesa y la hace traquetear, una parte de ella está emocionadísima. Los secretos, el riesgo. Hojea los documentos del escritorio y no nota nada incriminatorio. Solo que ¿cómo va a entender lo que es incriminatorio y lo que no si encuentra algo? Todos esos nombres y cifras escritos en caligrafía elegante no significan nada para ella. Los libros de contabilidad de los estantes le resultan igual de incomprensibles, aunque al menos reconoce algunos de los nombres: ministros del Tesoro, del Departamento de Transporte y Comunicaciones. *Todos sobornados por Transiberia*, piensa.

Se agacha para abrir un armarito. En el interior hay al menos seis cantimploras grandes, todas llenas de agua. Hace una mueca. Pues claro que los Cuervos no han pasado ni una pizca de sed: Transiberia se queda con lo que le viene en gana.

Hay un mapa enmarcado en una pared. En el centro, señalada de color dorado, está la línea que forman los raíles para unir los continentes. Y desde dichos raíles se extienden otras líneas de colores distintos, hilos que enlazan las ciudades del mundo. Las líneas de los raíles y del mar. Con ese mapa, se pueden trazar las rutas de la mercancía que porta el tren: la porcelana y el té del oeste de China hasta Pekín y Moscú, para luego distribuirlo hasta París, Roma o Nueva York; la lana que va de Inglaterra a Pekín. Hilos de poder y riquezas. No le extraña que Transiberia hubiera estado tan desesperada por hacer que el tren volviera a ponerse en marcha.

A pesar de que ha estado intentando no mirar al exterior, porque le da miedo desaparecer en ese estado peligroso y onírico, un destello de la luz del sol le llama la atención, y ve algo que reluce por delante, a través de los árboles. Agua. Debe de ser por eso que el tren ralentiza la marcha. Tiene que darse prisa.

Corre a los libros de contabilidad de las estanterías, todos ellos llenos de columnas de bienes y cifras. Frunce la nariz y desea haberles prestado más atención a los artículos de Artemisa. Había lanzado acusaciones de corrupción, de productos de seda y de cerámica que desaparecían antes de llegar a Moscú, de fondos que se desviaban, perdidos entre un libro y el siguiente, aunque nada se llegó a demostrar en ningún momento. Echa un vistazo de reojo al reloj de la pared: ya lleva quince minutos buscando.

Abre un archivador que estaba escondido en un rincón y ve página tras página de informes, todos ellos sin importancia, hasta que, al final de todo...

... ve la letra de su padre.

Saca las fichas delgadas e intenta que no le tiemblen las manos. Están grapadas a una carta escrita en un papel de mayor calidad, con el logotipo de Transiberia. La carta está escrita en inglés y dirigida a «los señores Li y Petrov». Solo ocupa una línea y está firmada por el director de la junta. «Estimados señores —reza—: La información que adjuntamos a continuación ha llegado a nosotros. La confiamos a su experiencia y discreción».

Pasa página para ver el documento adjunto. Encuentra la fecha (justo antes del último cruce) y ve que la carta está escrita por su padre y dirigida a la junta directiva de Transiberia, aunque las palabras le bailan según las lee. «Las lentes nuevas, junto con los registros fotográficos, nos han proporcionado unas pruebas irrefutables de que el ritmo de los cambios es cada vez más rápido, de que se producen a una velocidad que se corresponde con el aumento del número de cruces. Ya no puede caber duda de que el tren en sí provoca unos cambios específicos y localizados. Hemos aconsejado en vano que se reduzca el número de cruces que se llevan a cabo».

Un aviso para Transiberia. Su padre había visto el peligro incluso antes del último cruce.

El tren da una sacudida que hace que Marya pierda el equilibrio. ¿Están frenando más? Se obliga a seguir leyendo. «No puedo quedarme con la conciencia tranquila si no digo nada a sabiendas de que la seguridad de cientos de vidas está en riesgo».

No fue solo una advertencia, sino una amenaza.

Oye que llaman a las puertas de los compartimentos del pasillo, seguido de unos pasos rápidos que pasan por delante de la suya, por lo que dobla los documentos y se los esconde en el corpiño antes de devolver el archivador a su rincón. Sale del compartimento sin que nadie la vea y cierra la puerta a sus espaldas.

«La confiamos a su experiencia y discreción».

PLEGARIAS

Ahí está Henry Grey, de rodillas. A su alrededor, por el suelo de su compartimento, una alfombra hecha de bocetos. Las criaturas con forma de tren serpentean entre las hojas de papel, en ocasiones desaparecen bajo árboles esqueléticos, entre conjuntos de flores. Y, entre ellas, una figura pequeña aparece una vez tras otra. Henry Grey reza, con la mente despejada. Había pedido una señal, y una señal es lo que se le había concedido. Paciencia, solo necesita paciencia. Ya llegará la respuesta, ahora lo sabe. Se pone de pie, con el dolor de estómago atosigándolo. En el exterior, el ambiente ondea por el calor. El sol se refleja en un brillo en el horizonte, entre los árboles, como si la tierra se convirtiera en cristal, como si se derritiera y formara agua. Como en el poema de John Morland: « ... en el agua se revela el reflejo del firmamento».

Alguien llama a la puerta.

—¿Quién es? —pregunta, impaciente.

—*Déjeme pasar.* —Es la voz baja del ingeniero, Alexei.

Cuando le abre la puerta, el ingeniero no tarda nada en cerrarla después de entrar. En una mano lleva un manojo de llaves; en la otra, una pistola de dardos pequeña, de las que Grey ha visto metidas en vitrinas de cristal cerradas en las paredes del tren.

—El tren va a parar —dice, sin esperar a que Grey le diga algo—. Vamos a pasar por un lago, y mediremos lo hondo que es. Le puedo dar una hora.

Grey nota una luz que lo invade, una certeza gloriosa. Apoya las manos en los hombros del ingeniero.

—Has tomado la decisión correcta —le dice—. No olvidaré todo lo que has hecho por la investigación. —Experimenta un lazo fraternal tan intenso que los ojos se le anegan en lágrimas.

—Podrá salir por la última puerta de este vagón, justo antes de llegar al vagón restaurante —explica Alexei con brusquedad—. Me aseguraré de que los demás miren para otro lado. Y usted tendrá que asegurarse de que se coloca bien el traje y el casco, bien encajados. Ya conoce el peligro que entraña.

—Lo entiendo.

—Cada una de las puertas dobles se abre con una llave —sigue el ingeniero, mostrándole el manojo—, y cada llave necesita una combinación distinta, así que tiene que escucharme con atención. La llave de plata abre la puerta interior: dos chasquidos a la izquierda y cinco a la derecha. La dorada abre la puerta de fuera: cuatro chasquidos a la derecha y seis a la izquierda.

Grey lo anota todo.

—Y tenga esto también. —Alexei le entrega la pistola de dardos—. Son dardos tranquilizantes; es lo que usamos a bordo cuando hay algún caso grave de la enfermedad, cuando los pasajeros se hacen daño. Se carga así. —Saca un pequeño vial y una jeringa y lo coloca todo en el arma—. No le servirá de nada contra algo grande y rápido, pero le proporcionará cierta protección. Y aquí tiene todos los viales que he podido llevarme sin que nadie lo notase. —Se los entrega a Grey, quien los deja en la mesa con cuidado—. Solo tendrá una hora, y no puedo garantizarle qué consecuencias acarreará que la empresa se entere. Pero no mencionará mi nombre en ningún momento, ¿le queda claro?

—Muy claro, no tienes de qué preocuparte.

El ingeniero deja las llaves sobre la mesa y se marcha, con una expresión muy distinta a la del joven inseguro que Grey había conocido hacía tiempo.

Lleva las manos a las llaves y al arma como si fueran reliquias sagradas. Da las gracias. El tren empieza a frenar, y Grey se dirige a la ventana. Más adelante, ve la luz del sol reflejada en el agua. *Señales y bendiciones por doquier.*

ESPECTROS

Agua. Reluce entre los árboles. Weiwei nota que los tripulantes contienen la respiración conforme se acercan. Agua para el motor, agua para ayudarlos a sobrevivir hasta que puedan volver a la vía principal. Aun así, el riesgo que conlleva usarla es tan grande, aunque solo sea para el fogón... Es agua de los Baldíos, desconocida y sin probar. ¿Quién sabe qué cambios puede llegar a desatar en ellos? Apoya la cara en la ventana y ve que el suelo es suave y húmedo, que tiene hierba y tierra reluciente. Por delante, un bosque de abedules parece surgir de un lago poco profundo. Se da cuenta de que está aferrada al pasamanos con tanta fuerza que le duelen los dedos.

El tren va a parar. Por primera vez, que ellos recuerden, va a parar. La tensión en el ambiente de cada vagón se podría cortar con un cuchillo. *El tren va a parar.*

Cuando divisaron el agua, lo primero en lo que pensó ella fue en ir corriendo a hablar con la polizona para contarle la buena noticia («Ya casi está, pronto te pondrás buena otra vez»), pero se había contenido. ¿Y si decidían que el agua estaba demasiado corrompida, que el riesgo era demasiado alto? No soportaba pensar siquiera en la cara que se le quedaría a Elena. Sin embargo, otro pensamiento furtivo y más egoísta también contribuyó a su decisión: Elena le había dicho que no sabía si se estaban burlando de ella o si la estaban llamando para que volviera. Si veía el agua, si notaba la atracción... Weiwei intenta no pensar en ello.

—¿Quién va a salir? —exige saber, cuando ve a Alexei en el comedor de tripulantes. Alguien va a tener que bajarse del tren para medir la profundidad, para traerle una muestra a Suzuki para que la someta a sus pruebas—. ¿Uno de los reparadores?

—La Capitana —responde él, con un gesto tenso.

—¿Cómo? No puede ser, no haría... —El protocolo indica que la Capitana tiene que quedarse en el tren en todo momento. Es una persona demasiado importante como para que corra riesgos innecesarios.

—Insiste en ser ella. Justo ahora ha decidido por fin que tiene que salir. —Menea la cabeza, contrariado.

—Pero... —Le han entrado náuseas. El tren se va a parar en las vías fantasma, donde ni siquiera tienen la guía de los mapas de Suzuki—. ¿Cómo va a bajarse? Tiene que quedarse en el tren, los pasajeros ya pasan demasiado miedo de por sí.

—¿Acaso no ha salido ya? ¿Llegó a subir al tren?

Weiwei se sorprende por lo duro que es el tono de voz de su amigo.

En Tercera Clase, como cabe esperar, los pasajeros están asustados y no dejan de soltar exigencias, pero la promesa del agua los tranquiliza en cierta medida. Weiwei espera que sea una promesa que puedan cumplir. Deja al auxiliar para que lidie con los pasajeros y se escapa en dirección a Primera, con la intención de encontrar por fin a Marya.

Los pasajeros de Primera Clase se han reunido en el vagón bar, y la Condesa exige explicaciones a voz en cuello sobre por qué los tratan como a niños, mientras que los auxiliares tienen todos una expresión de paciencia llevada al límite.

—¿Ha visto a Marya Petrovna? —pregunta Weiwei.

—No desde el desayuno —responde la Condesa—. Me temo que le dolía la cabeza y ha ido a descansar a su compartimento.

Solo que Weiwei ya ha llamado a su puerta y la joven viuda no estaba allí.

—Ah —dice—. Iré a ver cómo está también. —Baja la mirada ante el escrutinio de la Condesa.

Los auxiliares le hacen un ademán con la cabeza; están cerrando las cortinas.

—Es por su seguridad, señora —dicen, antes de que a la Condesa le dé tiempo a quejarse—. Es mejor no mirar. —*O que te miren.*

Weiwei se dirige hacia los vagones de la tripulación, cerrando cortinas por el camino, aunque no quede ningún pasajero en los pasillos. Ella tampoco quiere ver nada. A su alrededor hay agua que gotea de las ramas y de las hojas, que encharca el suelo, que refleja los colores del cielo y de los árboles, pero también otros, unos que no están ahí, unos que los ojos de Weiwei no son capaces de comprender.

Está a punto de cerrar las últimas cortinas del vagón restaurante de Tercera Clase cuando le llega el olor.

—Elena… —Weiwei se da media vuelta, sin saber muy bien si preocuparse o sentirse aliviada.

—¿Los has visto? —Hay una telaraña de venas oscuras que florece en la piel de la polizona; el blanco de los ojos ha pasado a ser de un color verde aguado, y las pupilas, negras, se le han agrandado.

Se está pudriendo, piensa Weiwei, y se obliga a no echarse atrás.

—No estás bien —empieza a decirle, pero Elena la corta.

—Mira —insiste, señalando hacia el exterior—. Están esperando.

Weiwei le hace caso. Entre los árboles, al principio capta un atisbo de movimiento, algo que bien podría haber sido el polvo levantado por el avance del tren, antes de vislumbrar algo más: la silueta de una figura; no, menos que eso, el recuerdo de una silueta, como si mil motitas de polvo se hubieran juntado en la idea de un humano, en su recuerdo, incluso con el cabello alborotado por un viento ausente, con una vestimenta que ondea a su alrededor. Mira el tren directamente. Y entonces, por imposible que sea, alza un brazo. Como si imitara a Elena.

Weiwei se echa atrás, no puede evitarlo. El tren ya va tan despacio que alcanza a ver los demás espectros que aparecen, como unos personajes que parecen salir de un cuadro: sólidos desde lejos, pero, desde cerca, tan solo un conjunto de pinceladas y puntos. Cree que las están llamando.

—No puedes mirar, tú misma me lo dijiste. —Weiwei aferra a Elena de los hombros y nota los huesos que le sobresalen de la piel, la piel que se resquebraja bajo sus dedos—. Solo son un truco de los Baldíos. Si no miras, no pueden hacerte daño.

No obstante, Elena sigue mirando, y lo hace con un hambre voraz en la expresión. Weiwei recuerda lo que le dijo cuando vieron a los zorros: «Ya no los oigo, no los noto», y abre la boca para decirle que no importa, que ahora es una más del tren, pero es demasiado tarde. Elena retrocede y se encierra en sí misma.

—Espera... —Solo que la polizona ya ha salido corriendo por el vagón, hecha una maraña de pelo y extremidades—. ¡Elena, espera! —Solo que ya se ha ido, y Weiwei se tropieza y se da con el marco de la puerta cuando el vagón se sacude y sisea, cuando los frenos chirrían. El tren tiembla al detenerse.

QUIETOS

El gran tren se ha parado. Todo el poder que creían ostentar parece disolverse en la nada junto con los últimos rastros de vapor. Los pasajeros se quedan completamente quietos, como si temieran que al moverse fueran a llamar la atención de las criaturas curiosas, atentas y hambrientas que hay en el exterior. Los tripulantes dejan las cortinas cerradas: es mejor no ver nada, que nada los vea. Es mejor no pensar en lo pequeños que son, en que el tren, parado en medio de un terreno tan vasto, no es tan grande como creen, como presumen ante los pasajeros. Presumir carece de sentido ahí. Todas las promesas están a la espera de que las rompan.

Marya, delante de la ventana de su compartimento, sostiene la carta de su padre, y, por mucho que el tren haya dejado de avanzar, las letras se le mueven de todos modos. No entiende todos los detalles, pero tiene pruebas suficientes para restaurar la reputación de su padre, para demostrar que había intentado con desesperación hacer que Transiberia comprendiera el peligro en el que estaba el tren, el peligro que el propio vehículo provocaba. Esa información, junto con la firma del cristal, tendría que bastar. Cuando lleguen a Moscú, piensa seguir el ejemplo de su padre y acudir directamente a la prensa. O tal vez, si el Profesor es Artemisa de verdad, pueda convencerlo de que vuelva a escribir.

Si es que llegamos a Moscú, vaya, piensa.

Su padre había intentado impedir que el tren volviera a ponerse en marcha. Sabía que no era seguro.

«No puedo seguir sin decir nada. Lo que he visto es una carga que me pesa más con cada día que pasa», escribió.

Marya apoya la frente en el cristal.

Henry Grey, con movimientos torpes al estar metido en ese traje y ese casco prestados, mete la llave en la primera cerradura. ¿Y si el ingeniero no había llegado a establecer la combinación? ¿Y si todo el esfuerzo era para nada? Cierra los ojos. Estar tan cerca solo para que la oportunidad se le escape de las manos… «Dos chasquidos a la izquierda y cinco a la derecha», y la puerta se abre. Entra en un espacio pequeño y cierra la puerta tras él. Ahora a por la puerta exterior. «Cuatro chasquidos a la derecha y seis a la izquierda». Con un golpeteo de la maquinaria, ya está, la puerta se abre, Grey baja del tren y pone los pies, con sus botas gruesas, sobre un terreno que nadie ha tocado antes.

Un explorador que se dirige al Edén.

Weiwei corre a toda prisa a través de los vagones, rumbo al vagón de almacenamiento, al tragaluz, adonde el instinto le dice que huye la polizona. ¿Cuán rápida puede llegar a ser Elena? Muy rápida, mucho más que Weiwei. Y más cuando un grupo que se ha congregado en torno a una ventana se le interpone en el camino en el comedor de la tripulación.

—Ahí… Ahí está.

Observan a una figura con traje de protección y casco que se mueve despacio, atada al tren mediante un cable largo. La Capitana, con viales de cristal y una vara medidora.

—No tendría que haber salido ella —murmura uno de los ingenieros.

—Insistió en ser ella. Dijo que no le pediría a nadie más que se arriesgara tanto.

Nadie pregunta qué pasará si el agua es demasiado profunda para el tren, si la prueban y descubren que no es segura. Es mejor quedarse callados y rezar a los dioses de las vías. Y a Weiwei le parece, mientras intenta abrirse paso entre ellos sin que la vean, que todavía hablan con orgullo. Todavía veneran a su Capitana y quieren creer que lo va a solucionar todo.

—Señorita Zhang. —Una voz hace que se frene en seco. Cierra los ojos y piensa en salir corriendo, pero los Cuervos se le han puesto delante—. ¿A dónde va con tanta prisa?

—No hay motivos para preocuparse. —La observan desde arriba—. El artillero protege a la Capitana; no le pasará nada.

Aun así, no consiguen esconder la preocupación de su rostro. *Se les está saliendo todo de control*, piensa.

—Es un recado urgente para un pasajero —dice—. Tengo que ir al vagón de almacenamiento. Para un pasajero de Primera Clase.

Los Cuervos la miran durante un instante más de lo necesario antes de dejarla pasar, solo que entonces Alexei la llama con una expresión urgente, y tiene que contenerse para no ponerse a sollozar de pura frustración.

—Por aquí, mira —le dice, pero ella no le hace caso, sino que mira al lado opuesto, de modo que es la única que ve a otra figura bajar con torpeza del tren, con el peso de unos botes, redes y cajas.

Henry Grey.

Weiwei duda. Y entonces ve un movimiento repentino más cerca del tren, un destello azul con cabello apelmazado y tez pálida, aunque desaparece en un instante. Sabe que ha fracasado y teme que las piernas le fallen. Elena tiene sed y ha entrado en pánico; si Grey la ve antes de que llegue al agua, no será capaz de esconderse. Y la atrapará con sus redes como a otro más de sus especímenes. La atrapará y la encerrará detrás de un cristal.

Marya no sabe muy bien a dónde va, pues solo piensa en que no hay ningún escondite que le pueda servir en su compartimento. Su padre había avisado a Transiberia, y los de la empresa no le habían hecho caso. Y no solo eso, sino que lo habían convertido en cabeza de turco y lo habían llevado a la ruina. Notarán que la carta ha desaparecido, y ya sospechan de ella. Tiene que dificultarles el camino para que tarden en atraparla.

«No puedo quedarme con la conciencia tranquila si no digo nada».

¿Y Suzuki?, piensa. *También debe de haberlo sabido, pero no dijo nada.* Se le tensa el pecho. ¿Por qué no defendió a su padre? ¿Sabía que Marya iba a ir al tren y que iba a encontrar esa carta? ¿Sabía quién es en realidad?

Los pies la llevan al vagón bar.

—¡Ahí estás! Tienes que acompañarnos; nos hemos puesto a apostar para distraernos, no podemos hacer otra cosa. —La Condesa la llama, y Marya va a sentarse a su lado, acepta las cartas que le entregan y las mira sin ver nada.

Cuando nadie mira, saca la carta de su corpiño y la mete tanto como puede en un costado de la butaca.

Tras un rato, Sophie LaFontaine alza la mirada de sus cartas para decir:

—¿Dónde está el doctor Grey?

Weiwei ha golpeado en la ventana y ha hecho sonar la alarma. Está rodeada de confusión.

—¿Quién es?

—¿Cómo ha salido?

—¿De dónde ha sacado un traje de protección?

—Es Henry Grey —dice, y su propia voz le suena como si viniera desde un lugar distante—, el naturalista. He visto esos botes en su compartimento.

Ve que Alexei se pone pálido de repente.

—Va a conseguir que muera la Capitana.

—Va a morir él también…

¿Cuánto tiempo ha pasado? ¿Cuánta distancia habrá podido recorrer Elena? Las paredes del tren parecen volverse blandas como la melaza, y Weiwei se siente vacía por dentro. ¿Cuándo comió por última vez? Ya ni se acuerda.

—Déjenme salir. Iré a buscarlo. —Piensa salir a por él y alejarlo de Elena: es lo único que puede hacer. Intenta no hacerle caso a la vocecita que le dice «también puedes abandonarlo a su suerte. Puedes ir a buscar a Elena y suplicarle que vuelva».

Se produce un momento de silencio, seguido de más alboroto cuando todos discuten a la vez.

—No digas tonterías, Zhang. Ya voy yo. —Alexei la mira como si hubiera visto un fantasma—. No tenemos más cuerdas, es demasiado peligroso.

—No, la señorita Zhang tiene razón. —Petrov y Li silencian la discusión—. No podemos permitir que nuestro primer ingeniero abandone el tren en un momento tan delicado, pero la señorita Zhang ha demostrado ser rápida y tener muchos recursos. Su tamaño y su velocidad le concederán una ventaja. —Los Cuervos vuelven una mirada calculadora en su dirección, con una idea tan fácil de leer que casi le hace gracia. Se enfadaría por lo poco que valoran su vida, si no fuera porque es lo único que le va a permitir salir.

—Aunque no le pediríamos que tomase un riesgo tan grande, claro, a menos que esté segura…

—Claro que no está segura, no sabe lo que dice. —Alexei alza la voz.

—Por favor —suplica ella—. Se nos acaba el tiempo.

Necesita la ayuda de tres de ellos para meterse en el traje. Le queda demasiado grande, le ralentiza los movimientos y le dificulta la respiración. A través del cristal empañado del casco ve a Alexei: callado, retraído y triste.

—No tienes por qué hacerlo —le dice—. No pueden pedírtelo, no tienen derecho. —Oye la voz amortiguada: el casco hace que todo parezca estar más lejos, que no parezca real.

Quiere decirle algo para tranquilizarlo, solo que el corazón le late con más pánico que nunca y no la deja pensar. ¿Cuánto tiempo ha pasado ya? ¿La habrá visto? ¿O Elena habrá conseguido desvanecerse en el agua, en el bosque? Los Cuervos la observan con las manos entrelazadas por delante.

—Si el Profesor se enterara... —empieza a decir Alexei, con voz entrecortada.

—Se lo contaremos después —dice ella—. Será una buena historia.

—No pierdas de vista la vía —le indica el ingeniero—. Sin cuerda, estás a tu suerte, y no puedes fiarte del terreno. Solo del raíl. ¿Lo entiendes? No lo pierdas de vista. Y, si no lo has encontrado para cuando el sol toque la copa de esos árboles —señala por la ventana hacia los abedules más altos—, vuelve de inmediato. ¿Queda claro?

Weiwei asiente con torpeza, y Alexei da un paso hacia ella antes de arrepentirse.

—Vuelve, por favor.

Los demás la ayudan a llegar a la primera de las puertas cerradas y se la abren con una caballerosidad que la hace querer echarse a reír. Le entregan la otra llave; todavía no se ha puesto los guantes. Y entonces cierran la puerta y la observan mientras queda fija en su sitio con un golpe seco. Weiwei mete la llave en la cerradura exterior y, con una plegaria al dios de los raíles, pisa los Baldíos.

EL EXTERIOR

Henry Grey está encorvado bajo el sol, corre con torpeza entre la hierba y le duelen las rodillas. Los días que ha pasado sin actividad física lo han dejado anquilosado, y la pistola de dardos que lleva en el cinturón se le clava en un costado. El sonido que hay fuera le llega como un impacto físico, incluso amortiguado por el casco: los graznidos intensos y el canto melódico de unas aves que no reconoce, el chirrido y el siseo de los insectos que lo rodean. Quiere capturarlo todo, quedárselo, estudiarlo y aprender, pero hay tanto que no tiene cómo sostenerlo todo.

Ya no le hace falta pronunciar ninguna plegaria, pues ¿qué es eso sino un acto de fe? La luz del sol que se cuela entre las hojas motea el suelo. Alza la mirada hacia los árboles, unos abedules plateados, con una corteza pálida que se desprende como un papel delicado. Qué apropiado encontrarse con un símbolo de la pureza. Pero no. Lo que le parecían las fisuras propias de la corteza vieja resultan ser riachuelos de color rojo oscuro que supuran una sustancia espesa. Cae en la cuenta de que se trata de savia, de savia roja, como si los árboles sangraran. Que un terreno esté tan cargado de significado... ¿Cómo es posible que no vean el simbolismo que hay en ese lugar? Rebusca en su mochila para sacar un vial de cristal y una pipeta, y las manos le tiemblan de pura emoción. Sin embargo, la savia roja parece alejarse de él: en cuanto coloca la pipeta más cerca, la sustancia retrocede sobre sus pasos. Se la queda mirando. Tal vez sea una mala pasada del brillo del sol, una ilusión óptica. Aun con todo, por mucho que lo intente, no logra recoger ni una gota. Qué extraordinario... ¿Se está protegiendo a sí misma? ¿Protege el árbol? Le resulta frustrante, sí, pero también fascinante. No obstante, el tiempo que tiene allí es demasiado preciado: no puede permitirse entretenerse cuando hay tantas otras maravillas por descubrir.

Se aleja de las vías, aunque no demasiado. No ha pensado mucho en el viaje de vuelta, ese es un problema para el futuro. Por el momento, saca sus trampas y sus redes. El borde de un estanque siempre es un buen lugar en el que atrapar animales, y, si se queda muy quieto, justo como está ahora mismo, se le posarán en los brazos, le investigarán las botas. Atrapará especies de libélulas, escarabajos y sírfidos desconocidas para todo el mundo. Unas alas traslúcidas le baten cerca de la mejilla, unas patas delicadas le rozan la chaqueta. Cualquiera de esos animales podría provocarle la muerte, ya sea instantánea o larga y agonizante. Piensa en los mapas que tanto ha estudiado: antes de que se produjeran los cambios, esa zona estaba formada por terrenos cultivables, por bosques y lagos. Tal vez podría haber encontrado la muerte en los pantanos cargados de malaria, pero ninguna otra criatura pequeña habría podido matarlo. Sin embargo, después de todo lo que sucedió allí, ¿quién sabe qué veneno podrían albergar esas moscas diminutas, qué toxinas podrían dejarle en la piel con esas patas delicadas que tienen?

A pesar de que debería tener miedo, sabe cómo quedarse quieto, sabe lo que es el mimetismo: tomar prestada la apariencia de un depredador para que los enemigos se mantengan alejados, o la apariencia de algo benigno como una roca o un árbol. Eso es lo que aprendió a hacer durante tantos años en los páramos de su hogar; ralentiza el pensamiento y los movimientos para que esas criaturas que viven tan deprisa no lo perciban como algo vivo.

Algo le roza el casco, y Grey sacude una mano en su dirección, presa del pánico. Solo es una uva. Nota una punzada de vergüenza antes de permitirse sonreír por lo absurdo que es: la carga social de un inglés. Las uvas caen de las ramas que lo rodean, de un color rojo brillante. Parecen telarañas gigantes que cuelgan en unos patrones complejos entre los árboles, reluciendo gracias a la poca luz solar que se adentra entre las ramas. No, las telarañas no son la analogía más adecuada, porque carecen de simetría, de repeticiones pacientes; son tan irregulares y arbitrarias que aterran. La naturaleza es deliberada, lo sabe muy bien. Es matemática. Solo que no en los Baldíos.

Oye algo que se mueve por encima. Alza la mirada a tiempo para ver un ave enorme, pálida y fantasmal, que vuela a través de las copas de los árboles, girando y colocando bien las alas para esquivar las ramas. Frota el cristal del casco, frustrado por lo mucho que amortigua los sonidos. Quiere notar el aire en la cara, quiere olerlo y tocarlo todo, y no puede evitarlo: se quita el casco.

Lo abruma la tremenda cantidad de olores distintos, lo aturde la cacofonía del canto de las aves. Mira hacia arriba. El pico del pájaro es afilado y curvado y desprende unas gotas rojas, y él lo observa, fascinado, mientras escupe un líquido espeso. Cuando un hilillo largo le cuelga del pico, se posa en una rama y lo hunde en la savia roja antes de emprender el vuelo una vez más, pasar entre dos árboles y tejer una red de seda que gotea. Grey busca su cuaderno, con el deseo desesperado de contar con más tiempo. Ojalá pudiera quedarse más, con todo lo que espera que lo descubra, con todo lo que le queda por admirar, oler, tocar y guardar. Pero ¿cuánto tiempo sería suficiente? Necesitaría una vida entera para entenderlo todo.

Algo lo empuja con fuerza, y se cae al suelo. La tierra está llena de piedras afiladas y ramas, y el dolor hace que vuelva en sí, con lágrimas en los ojos. Alza la mirada, con la vista borrosa, y se cae para atrás. Se las había arreglado para interponerse en el camino de la telaraña del pájaro, aunque no recuerda haber caminado hacia allí. Solo que ahora hay algo atrapado en la red, algo que parece un cruce entre un insecto y un pájaro, grande como un caballo, con alas de plumas negras y un cuerpo lleno de pelaje, aunque la criatura se mueve tanto en un intento por escapar que Grey no logra juntar los fragmentos que ve. Ya húmedo y goteando savia roja, el animal se mueve cada vez más despacio, y el pájaro pálido desciende en picado desde su rama, con las alas estiradas y sus ojos cristalinos fijos en la presa de la telaraña. Se produce un momento de alas que se agitan con desesperación y de un pico rojo que apuñala, de gritos horrendos que resuenan por el bosque hasta que cesan de golpe. Entonces el pájaro pálido se asienta en la telaraña y se entretiene con su cena. Grey aparta la mirada. Fuera lo que fuere, la criatura lo ha salvado al meterse en la trampa.

¿Qué es lo que hacen las telarañas? ¿Una especie de hipnosis? Si bien ha oído hablar de insectos que engañan así a sus presas, no sabe de ningún ave que lo haga. La habilidad de tejer telarañas ya es impresionante por sí misma, pero que tengan ese efecto en la mente, y en la mente humana, para colmo, además de en la animal... Ojalá pudiera llevarse alguna prueba, ojalá pudiera mostrarla en la Exposición... El cuerpo le tiembla entero cuando se vuelve a poner de pie, intentando no hacerle caso al dolor. Una especie completamente nueva, un comportamiento que nadie ha observado antes. ¿Qué mejor forma de ilustrar el nuevo pensamiento edénico?

Se acerca a la telaraña. Solo necesita una pequeña muestra, nada más... Estira una mano...

Y al árbol le salen alas y se mueve.

Los pájaros alzan el vuelo desde una rama tras otra, con alaridos discordantes, hasta que el ambiente se llena de alas pálidas y picos de color rojo brillante. Vuelan y descienden y escupen esa seda espesa y pegajosa, y Henry Grey se pone a correr, pero unos hilos rojos brillantes se le interponen en el camino, se le enganchan en el pelo y se le pegan a la piel. No consigue sacar la pistola del cinturón, por mucho que tire y tire, aunque ¿de qué le serviría un dardo tranquilizante contra tantos pájaros? Sin ver nada, continúa adelante mientras los alaridos se burlan de él, con el aleteo cada vez más cerca, con picos que se cierran a su alrededor. El suelo cede bajo sus pies y cae al agua con un grito ahogado por el frío repentino. Los hilos lo hunden, y los pájaros le atacan los brazos cuando los alza para protegerse la cabeza. Cada vez se sumerge más y más. Nunca le ha gustado el agua, con los estanques oscuros del páramo, muertos e inertes, que arrastraban el cielo hasta sus profundidades. Le hacían notar el tirón de la perdición. Vuelve a ser un niño que se sacude en la parte poco profunda de un río mientras sus compañeros de clase se zambullen y salpican, se burlan de él, lo agarran de las piernas e intentan sumergirlo. Se está hundiendo; unos brazos fuertes lo rodean y lo empujan cada vez más abajo, lejos de los picos y de las garras de las aves, pero rumbo a una oscuridad distinta. Aunque se resiste y trata de pelearse con lo que sea que lo sostiene, son unos brazos demasiado fuertes. *No, así no, no cuando sé que he fracasado...* Intenta abrir los ojos en el agua turbia, pero le cuesta ver, y la oscuridad se le cierne en los bordes de la visión. Unas algas flotan ante él, similares a una melena, con un destello de iridiscencia.

Y entonces los brazos firmes que lo rodean lo alzan, lo sacan del estanque y lo dejan en el suelo. Las algas y el agua adquieren forma humana. Forma femenina. No, es un fragmento de un sueño. Le duelen los pulmones. Nota una mano en la cara, en los labios. Intenta respirar y tose agua. ¿Cómo es posible que se haya salvado? Tantea en busca de la mano, nota una muñeca delgada y capta un atisbo de piel y ojos. Humanos, pero no humanos. Le suena. Conoce esa figura, la vio en la tormenta. Creyó que se trataba de una visión, aunque ahora ve que se equivocaba. Es una criatura de los Baldíos.

EN LAS TIERRAS SALVAJES

L a hija del tren se tambalea entre los árboles, metida en un traje que le pesa, que la entorpece. Vuelve la vista hacia el tren. Nunca lo ha visto desde esa distancia, nunca lo ha visto fuera de la estación, y siempre le ha parecido una máquina enorme, mucho más grande que todo lo que lo rodea. Aun así, ahora lo ve diminuto en comparación con el cielo de los Baldíos. Capta unos brillos en las torres de vigilancia: la observan a través de las lentes, a través de las miras. En busca de cualquier movimiento que se produzca a su alrededor.

Se da media vuelta y sigue caminando, intentando no hacerle caso a la llamada del tren, a lo incorrecto que le parece estar alejándose de él. Sin embargo, una vez que ya está fuera de la vista del vehículo, se quita el casco y respira con alivio antes de hacer una mueca por el asalto auditivo y olfativo que le llega. Debería tener miedo, y lo tiene, pero, a pesar de todo, no puede evitar emocionarse. Cuánta libertad, cuánto espacio. Y los colores que ve... Son más brillantes de lo que parecían detrás del cristal, más vívidos, más presentes. Podría bebérselo todo con los ojos: el azul claro, el verde extravagante; la vida que aletea, zumba y corretea; las criaturas voladoras que parecen joyas delicadas, con alas como el cristal de las iglesias de Moscú.

Está segura de que Elena habría ido directamente hacia el agua. ¿Y Grey? Lo más seguro es que intente evitar a la Capitana, que se mantenga al margen de donde los raíles se acercan al agua, donde la Capitana debería estar midiendo la profundidad y recogiendo muestras para que Suzuki las analice. No, los dos se estarían alejando de los raíles, escondidos entre los árboles, desde donde relucen otros estanques. Weiwei mira en derredor, sin saber qué hacer. Rodeada del calor y del ruido del exterior, la claridad de su propósito se le escapa. Le había parecido de lo más sencillo cuando estaba al otro lado de las ventanas: tenía que encontrar a Grey y mantenerlo lejos de Elena para que esta tuviera tiempo de encontrar el agua y recobrar las fuerzas. *Solo que eso no es todo, ¿verdad?* Al estar fuera, ese otro deseo, el egoísta, hace acto de presencia. *Lo que pasa es que no quieres que te abandone.* Le viene un mareo de repente y apoya una mano en el árbol solo para retroceder al ver su savia roja.

Le da la sensación de que el entorno la observa, que estira sus manos invisibles para tocarle la piel, con curiosidad, con hambre. Es consciente de cada hoja de hierba, como si cantaran.

Al adentrarse entre los árboles, los pies se le hunden en el suelo conforme desciende en dirección al agua. Las ramas forman un arco sobre ella, como un techo alto y abovedado, y la luz se cuela entre las hojas hasta tornarse verde y dorada. El agua hace que todo esté en movimiento, que el mundo entero ondee, sin quedarse quieto.

Ya es consciente de que está perdiendo la noción del tiempo que ha pasado. Le parece que su vida siempre ha estado regida por pitidos y relojes y horarios, pero ya no, no en el exterior. Ha perdido la certeza del tiempo.

Se coloca el casco bajo el brazo y observa el terreno pantanoso más de cerca. Lo que le habían parecido ramas blancas desperdigadas por debajo de los árboles resulta que no son ramas, sino huesos. Huesos grandes y pequeños y otros que solo pueden ser dientes. Pese a que su primer instinto es salir corriendo, se obliga a ralentizar la respiración, a quedarse anclada al suelo. Los insectos zumban a su alrededor y chocan contra su cara. Un olor dulzón y enfermizo se mezcla con el de su propio sudor. Siempre le ha gustado ser pequeña: le permite ir por el mundo sin que nadie se percate de su presencia, esconderse y pasar desapercibida y mantenerse a salvo. Sin embargo, rodeada de esos árboles, se siente demasiado pequeña como para estar a solas. Nunca lo ha estado, y ahí está más sola que la una, rodeada de tanto que es ajeno a ella, de insectos, huesos y zumbidos, de tantísimos árboles que se alzan demasiado, y ella es demasiado pequeña, demasiado humana, y está demasiado perdida.

Oye unos aullidos desde algún lugar cercano. Los oye y piensa que están consumiendo algo, y eso hace que el instinto primitivo de huir la embargue y le aparte todos los demás pensamientos. Los aullidos proceden de algún lugar más en el interior de los árboles, y Weiwei corre en dirección opuesta, porque, diga lo que diga Alexei, no ha perdido la cordura del todo. Corre hasta que tiene que parar, con los pulmones ardiendo. A su alrededor, los árboles han cambiado. Son deformes, de unos colores extraños, cubiertos de unas plantas que parecen brillar y gotear, de color turquesa, amarillo y naranja. Le cuesta mirarlos, como si hubieran salido de un sueño propio de la fiebre. Se acerca un poco y ve que no forman parte de los árboles en sí, sino que son líquenes, más grandes y brillantes que ninguna otra cosa que haya visto antes. Líquenes que parecen crecer según los mira, que pulsan y se multiplican hasta propagarse. Parpadea deprisa. Le recuerdan al cristal tintado del tren, solo que tan duros y brillantes como si el cristal hubiera cobrado vida de repente y se hubiera empezado a mover por voluntad propia. Mirarlos hace que la cabeza le dé vueltas. Aparta la mirada, y entonces se da cuenta de que ha perdido de vista las vías. No sabe muy bien cómo ha ocurrido. El tren estaba ahí mismo, a su derecha, pero en algún momento ha tenido que girarse y ya ha desaparecido. ¿De dónde habían salido los aullidos? Le duelen las piernas, y el aliento le sale entrecortado. ¿Cómo se le ha ocurrido pensar que podía adentrarse sin más en lo desconocido? ¿Qué derecho tenía a hacerlo?

Solo que entonces ve unas siluetas que le suenan entre los árboles, unas formas humanas, y, por mucho que sepa que no puede fiarse de sus propios sentidos, se pone a correr hacia ellas, y, conforme se acerca y las formas cobran sentido, tropieza y se detiene.

Elena está encorvada encima de Henry Grey, tumbado. El cabello de la polizona cae sobre la cara del doctor y le oculta el rostro a ella, y algo de su postura hace que Weiwei piense en los depredadores y las presas, en la primera vez que se encontró con ella en la oscuridad del vagón de almacenamiento. Lo notó, aquella presencia de algo que la observaba, algo fuerte y hambriento. Inhumano. Lo notó en la mano que tiró de ella hacia el agua de la bañera, lo vio en el reflejo de la chica que no lo es del todo.

Weiwei da un paso atrás. Mira a Grey, quien tiene la piel muy pálida y los ojos cerrados. A su alrededor, unos brotes blancos y finos surgen de la tierra y se dirigen hacia él, y Elena se inclina más cerca.

—¡No...! —se le escapa a Weiwei.

Elena alza la cabeza de sopetón, con los ojos como platos y las pupilas dilatadas. Weiwei retrocede otro paso y abre la boca para llamar a Elena, pero se ha quedado sin palabras. La polizona no ha dejado de mirarla.

Las aves se han quedado en silencio, y los insectos flotan en el aire sin hacer ningún ruido. No sopla ningún viento que meza las ramas de los árboles. Hasta los hilos blancos que rodean a Henry Grey parecen avanzar más despacio. Todo se ha quedado a la espera.

—¿No qué? —Elena se pone de pie poco a poco, con la mirada fija en el rostro de Weiwei.

Y ella lo nota en la expresión de Elena: comprensión, traición.

—No quería decir que...

—Se pondrá bien dentro de poco. Puedes llevarlo al tren.

—Elena, por favor...

—Lo han atacado los pájaros —continúa Elena, con un tono duro—. Han visto que no era presa ni depredador, sino ladrón.

Un ladrón, con sus redes y sus botes para las muestras.

—Creía que iba a verte, que iba a intentar atraparte. Por eso lo he seguido. Creía que iba a atraparte en sus redes. —A Weiwei se le entrecorta la voz, y Elena le dedica una sonrisa triste.

—No podría. La hierba lo ataría, los pájaros le sacarían los ojos, el agua lo ahogaría. —Se queda callada y gira la cabeza como

Weiwei ha visto que hacen los búhos. Escucha algo. A lo lejos suena otro grito inhumano.

¿Dónde está la Capitana? Ya debe de haber vuelto al tren, se dice Weiwei. *El artillero la protege y no se ha alejado mucho de los raíles. Está a salvo.*

—No deberías estar aquí —le dice Elena—; ninguno de los dos.

—Pero... —Al tenerla delante otra vez, se le ha olvidado todo lo que quería decirle. Todo es distinto ahí, al ver cómo Elena forma parte del terreno, al verla caminar con confianza, descalza sobre el suelo. Quería salvarla, solo que no necesita que nadie la salve.

»Vuelve conmigo. —Aunque no soporta la idea de perderla, según lo dice, las palabras le suenan débiles—. Por favor. Hay muchas cosas que querías ver.

—Ese no es mi lugar —le responde ella, mirándola a los ojos—. Tenías miedo. Creías que le estaba haciendo daño.

—No...

—Sí. —Y entonces añade con más suavidad—: Y lo entiendo. De verdad.

—Entonces puedo quedarme yo. —Suelta las palabras antes de haber tenido tiempo para pensárselas—. Podría quedarme, podrías enseñarme a vivir aquí. Podría aprender.

Elena no contesta, sino que se agacha y pone las manos planas sobre la hierba húmeda. Y entonces dice, sin alzar la mirada:

—Matamos a vuestro Rostov.

Weiwei oye el viento entre las ramas de los árboles, el zumbido de los insectos. La sangre que le late en los oídos.

—Volvió —sigue explicando Elena—. Era mayor. Se coló entre los guardias y cruzó la Muralla. Quería el espacio abierto, la tierra y la hierba y las rocas. No podía dormir, ¿sabes? Decía que lo llamábamos en sus sueños, que no lo dejábamos descansar. Se arrodilló en la hierba y lloró.

—No entiendo qué...

—Lo matamos. Sus huesos yacen en el suelo. No pertenecía a este lugar.

—No, no, perdió la cordura, se cayó al río, se... Nadie puede cruzar la Muralla.

—Hay formas de hacerlo, si alguien está lo bastante decidido. Lo que no se puede hacer es sobrevivir, no aquí. —Alza la mirada—. Así que ya ves, no puedes quedarte.

—No te creo.

Grey se mueve un poco.

—Vuelve —musita, y suelta una tos húmeda—. Por favor...

—Tienes que ayudarlo a volver. —Elena se aparta de él—. Hay algo más por aquí.

—Es la Capitana, está comprobando la profundidad del agua...

—No, no me refiero a ella. —Elena se queda inmóvil con esa pose que ya conoce: preparada, alerta, con cada parte del cuerpo atenta—. Sabe que estáis aquí.

Weiwei le sigue la mirada. ¿Es un movimiento entre los árboles lo que ve? ¿Le llega un hedor a podredumbre en el ambiente? *¿Es esto lo que notó Rostov cuando se arrodilló en la hierba para llorar? ¿Esperó hasta que la tierra se lo llevó? ¿Pasó miedo?*

—Lo alejaré de aquí —le dice Elena—. Tienes que llevarlo al tren. —Mira a Grey—. Y no puede llevarse nada. No tiene derecho.

—Espera...

—Algo viene hacia aquí. —Tiene la expresión llena de miedo, y se pone a correr—. ¡Vete!

Weiwei se ha quedado plantada donde está. Ahora que Elena se ha ido, los ruidos que la rodean se tornan más urgentes, pero no logra obligarse a moverse. Los árboles parecen crecer en torno a ella, con las ramas cada vez más largas, estirándose; el agua burbujea en la tierra; un anillo de setas diminutas de color blanco hueso le ha brotado en una esquina de la bota...

Las arcadas de Grey hacen que vuelva en sí.

Sacude el pie con un gritito y se aparta del terreno pantanoso.

—Estaba aquí... —El hombre se ha puesto a gatas e intenta mirar en derredor, pero se deja caer de nuevo. No parece cuestionarse por qué Weiwei está ahí con él, como si hubiera dado por sentado que algún miembro de la tripulación iba a estar a la espera para salvarlo, incluso después de haber quebrantado todas las normas del tren—. ¿La has visto? Tienes que ayudarme a encontrarla... Es la prueba que necesitaba...

A Weiwei le da asco. ¿Cómo se atreve a decir que Elena es una prueba? ¿Cómo se atreve a hablar de ella? Como si fuera algo que puede poseer, como si tuviera derecho a hacerlo. Se imagina que lo deja ahí tirado («Ha salido corriendo hacia el bosque, no he podido salvarlo...») para que las criaturas de los Baldíos hagan lo que quieran con él. Nota las ganas de hacerlo, lo fácil que le resultaría. Que desapareciera haría que Elena pudiera desaparecer también, la mantendría a salvo de los demás curiosos que pudieran venir más adelante.

—Por favor —suplica. Hecho un ovillo en el suelo, con el rostro manchado de barro. Weiwei lo sujeta de un brazo y tira con fuerza.

—Tenemos que irnos. No he visto a nadie más aquí; se ha caído al agua.

—No, me ha salvado, era una criatura como... Una especie de... Era extraordinaria. —Se impulsa para ponerse de pie.

—Dicen que los Baldíos hacen que nos imaginemos cosas —explica ella—, ¿verdad? Hacen que la mente nos juegue malas pasadas. —Echa un vistazo a su alrededor en busca de su casco y se lo pone.

—No lo entiendes —insiste Grey—. Me estaba ahogando... No, los pájaros me estaban atacando, y estaba en el agua...

—Caballero, por favor —le dice, agachándose a su lado—, lo ha pasado muy mal, pero tenemos que volver al tren. Aquí no estamos a salvo.

Grey rebusca por el suelo y tira de las setas que siguen creciendo.

—Tenemos que irnos —insiste Weiwei, en voz más alta, pero el doctor la aferra de un brazo.

—Hay muchísimas criaturas aquí, criaturas maravillosas. ¿No quieres que las guardemos? —Weiwei intenta apartarse, pero Grey la sostiene con fuerza—. Lo entiendes, ¿verdad? ¿No quieres sostenerlo todo en las manos? Nuestro deber es estudiarlo todo…, entenderlo todo.

Quiere alejarse de él, de esa necesidad desesperada, del compañerismo que parece sentir con ella.

—Ya han intentado matarlo —susurra—. Todo lo que hay aquí tiene hambre.

Solo que él también se muere de hambre. Lo nota en su mirada, en la misma luz que tenía Elena cuando se quedó mirando el agua desde el tren. Y, por mucho que no quiera, lo comprende.

El doctor se pone de pie con dificultad, se tantea los bolsillos y saca un puñado de bolsas de muselina.

—No me llevaré nada grande, nada que pueda causar problemas en el tren.

«No puede llevarse nada. No tiene derecho».

Weiwei no sabe qué hacer. Posa la mirada en el liquen de los árboles. Hay un fragmento que se asemeja al abanico de una dama, con unos colores que le recuerdan a Elena: azules y verdes, de una forma que los ojos no se deciden y no saben lo que ven. Un ornamento tan bonito que no puede apartar la mirada. La abruma la sensación de quedárselo, la convicción de que, si lo tiene y lo guarda para siempre, tendrá una forma de llenar el hueco de la ausencia de Elena.

Grey se dispone a retirar fragmentos del liquen y los envuelve en las bolsas. Saca una caja, y ella se percata de que debe de tratarse de alguna especie de trampa. Se pone a gatas en el suelo y se agazapa encima de la caja. A pesar de la ropa húmeda que lleva, del rostro lleno de barro, del peligro que lo rodea, parece que tiene todo el tiempo del mundo.

Si bien tendría que detenerlo, lo que hace es quedarse al margen. Y, cuando él le da la espalda, arranca el fragmento de liquen verde azulado y se lo mete en un bolsillo.

Oyen un rugido a lo lejos, de algo enorme e inhumano que hay entre los árboles. Se da media vuelta para mirar a Grey, ve que ya está agazapado y mirando el cielo y se percata de que no tiene ni idea de cómo volver al tren. Ya hace tiempo que ha perdido el camino de vuelta, y la tierra parece haber engullido sus huellas.

—¿Por dónde es? —La voz del doctor está teñida de miedo.

No lo sabe. No le suena nada. Cada vez que mira en una dirección distinta, le parece nueva, como si estuviera cambiando a tiempo real. Otro alarido, ronco y agudo, y entonces lo oyen: el largo silbido del tren, como si respondiera.

Siguen el sonido del tren, a pesar de que el camino se les hace muy largo, pues se les hunden los pies en el terreno pantanoso y cada paso les parece uno de esos sueños en los que el suelo es demasiado blando, en los que te atrapa y te impide llegar adonde sea que vayas.

Acaban saliendo de entre los árboles hasta un terreno más firme, y ahí está el tren, tan ajeno a ese lugar que hace que se detengan en seco.

Un insecto se posa en el cristal del casco de Weiwei, y esta lo aparta con la mano, por lo que solo le da tiempo a atisbar un cuerpo largo y verdoso con alas delicadas. Una libélula. Otra más llega, y la vuelve a apartar, y llega otra más, y, a pesar de llevar el casco, oye un pitido en el aire, muchísimos pitidos, como si alguien hubiera golpeado el borde de una copa una vez tras otra, cada una de ellas llena de una cantidad de agua distinta, hasta que el ambiente se ha llenado del sonido. A su lado, ve que Grey se dobla sobre sí mismo e intenta protegerse la cabeza con los brazos. Ve que, a un lado del tren, las libélulas están formando un enjambre, cientos de ellas, miles incluso, y el sonido es como una criatura aparte, implacable.

—¡Corra! —le grita a Grey, solo que la voz se le pierde en el estruendo. Tratan de apresurar el paso, aunque no antes de que vea unos charcos rojos en el suelo, debajo de las libélulas, las cuales aterrizan un instante en ellos antes de echar a volar otra vez. ¿Más savia de los árboles? No. Están en un campo abierto, lejos del bosque. Es sangre, sangre derramada, y, cuando las libélulas vuelan, parecen sufrir un escalofrío y aparecer y desaparecer, como si al batir las alas pudieran flotar no solo en ese ambiente, sino en otro al mismo tiempo. ¿De quién es la sangre? Los pitidos hacen que le duela la cabeza, y el suelo no está donde se lo espera; con cada paso que da, llega antes al suelo de lo que se espera o más tarde, y el movimiento errático le hace daño en las piernas.

Otro rugido, uno que suena desde mucho más cerca.

—¡Tiene que ir más deprisa! —grita, pero Grey va más y más despacio y se tropieza cada pocos pasos, y a Weiwei cada vez le cuesta más tirar de él y le dan ganas de abandonarlo a su suerte. Pero entonces una persona con traje de protección sale del tren y corre hacia ellos, le sujeta el otro brazo a Grey y se lo pone sobre el hombro. La Capitana. A Weiwei se le aflojan las piernas de puro alivio. Avanzan más deprisa, y, a pesar de su ritmo torpe de seis piernas, cada vez están más cerca del tren.

Weiwei alcanza a ver rostros en las ventanas, unos ojos que pasan de ellos a la espiral creciente de insectos. Ve a Alexei haciéndoles ademanes para que corran más, con otras personas a su lado, cada vez más frenéticos. Y entonces se abre la puerta y la Capitana los empuja para que suban antes de hacer lo mismo y cerrar la puerta con fuerza.

Hay demasiadas voces como para entender lo que dicen; todos hablan a la vez. Weiwei se quita el casco con dificultad y se queda mirando a la Capitana, tan contenida e ilegible como siempre, pero, por fin y por algún milagro, presente. Apoya una mano en el brazo de Weiwei y le lanza una pregunta con la mirada.

—Todo bien —responde ella, con la voz entrecortada, aunque hay mucho más que quiere decir, y le da miedo apartar la mirada por si la Capitana vuelve a desaparecer sin previo aviso.

Aun así, unos gritos de alarma hacen que vuelva a mirar por la ventana, por mucho que al principio no entienda lo que ve. Está formado por demasiadas partes distintas como para tener sentido, como para existir. Es demasiado grande, más que demasiado. Tiene piel de lagarto y una lengua que sale de una boca con más dientes de la cuenta. Abre la boca para tragarse cientos de libélulas a la vez y se coloca sobre sus patas traseras para atrapar a las que vuelan más alto. Unos caparazones blancos le relucen en el lomo, como los percebes que ha visto en los mercados marinos de Pekín. Las lágrimas se deslizan por las mejillas de la hija del tren en una reacción que no alcanza a entender. Su propia debilidad la enfurece.

El doctor coloca el rostro en el cristal. No hay ni una lágrima en el rostro de Henry Grey, sino que solo contiene asombro, fascinación. Weiwei experimenta unos celos incandescentes de sopetón: quiere sentir ese asombro, quiere que se le conceda como si de un regalo se tratase, el regalo que Henry Grey recibió tan a la ligera. Sin embargo, lo único que siente es una falta de comprensión tan terrible como enorme, tanto que podría ahogarse en ella. La criatura posa la mirada en el tren antes de volver a prestarles atención a los insectos, al dictaminar que el tren es algo trivial, carente de importancia para lo que le importa: comer y sobrevivir. Weiwei se abraza a sí misma y nota los ángulos afilados del abanico de liquen que se ha metido en el bolsillo del traje, su superficie suave y extraña. De color azul marino y verde esmeralda. Son los mismos colores que tendría Elena si estuviera ahí con ella.

—Ha salido del bosque sin más —dice Alexei, y Weiwei ve que se ha puesto pálido, con un brillo enfermizo—. Justo cuando se acercaban. —La Capitana avanza hacia el aparato de comunicación para hablar por el auricular de latón, y, unos segundos más tarde, Weiwei nota el temblor del motor. Los fogoneros deben de haber estado preparados, a la espera, con el tren a punto para despertar de un momento a otro. La criatura vuelve la cabeza hacia la parte delantera del tren, desde donde sale humo. Abre las fauces más aún, como si quisiera captar el sabor desconocido que embarga el ambiente.

—Más deprisa —exige la Capitana, hablando hacia el aparato, y notan los crujidos y el esfuerzo de la aceleración. La criatura ruge cuando pasan por su lado y alza la cabeza por todo lo alto, tanto que Weiwei cree que los va a aplastar con ella. El agua salpica las ventanas, y los abedules se acercan más y les impiden ver las garras y las escamas de la criatura.

—¿Nos está siguiendo?

Todos se han puesto tensos. Esperan que llegue el estruendo, el peso de esas fauces enormes, el golpe devastador de esa cola gruesa y blindada. Solo que el tren sigue a través del agua, sin que nada se lo impida, y Weiwei no puede apartar la mirada. Busca un atisbo de cabello oscuro, de tela azul embarrada.

CONSECUENCIAS

—He oído que la Capitana está acabada, ¿saben? —Guillaume habla en el tono susurrado y entusiasmado de alguien que se moría de hambre de más cotilleos.

—Es que ha permitido que ocurriera, ¿no es así? —asiente Wu Jinlu—. Con todo lo que presumen de tener el tren más resistente del mundo y toda esa palabrería, el hombre fue capaz de salir. Parece que no es tan seguro al fin y al cabo.

—La soberbia siempre es el primer paso hacia la desgracia —murmura Galina Ivanovna, devota como nadie.

Es la primera hora de la noche, y el tren ha vuelto a su ritmo de siempre: sacan la porcelana de lujo para la cena y los auxiliares sirven el vino con unos guantes blancos prístinos. El ambiente está menos tenso desde que les han dado la noticia de que se ha acabado el racionamiento de agua, aunque Marya se percata de que casi nadie ha tocado su plato de sopa. Hunde la cuchara en el cuenco y, por un momento, ve un brillo aceitoso en la superficie, el ondeo de un color que no es capaz de nombrar.

—¿Alguien ha visto a nuestro intrépido explorador? —inquiere la Condesa.

—El médico lo tiene en observación, según he oído —responde Wu—. En cuarentena. Parece que se ha quitado el casco y se las ha arreglado para casi terminar ahogado en un pantano.

A Galina Ivanovna le da un escalofrío.

—Pero ¿cómo sabrán si... si está... infectado?

—Imagino que pronto quedará claro si lo está o no, y tomarán las medidas necesarias —dice Wu.

—Ah, ya conocen a esos ingleses —dice Guillaume—. Seguro que no le ha pasado nada, nunca se enferman. El clima horrible ese que tienen los hace inmunes.

—La chica también ha salido para buscarlo, ¿saben? —comenta Wu Jinlu—. La huerfanita del tren. Sin reparar ni un momento en su propia seguridad, según he oído. Ha sido bastante heroico, la verdad.

—Dicen que Grey ha sufrido una especie de crisis, que no sabía dónde estaba ni qué hacía —dice la Condesa, con bastante deleite.

—Pobre hombre —interpone Guillaume—. Es verdad eso que dicen de que algunas mentes no pueden soportarlo. —Parece muy satisfecho con su propia mente, hecha de una pasta más resistente.

—Y la criatura… —continúa la Condesa—. ¿La han visto bien? Yo me imagino que la veo cada vez que echo un vistazo fuera. —Sin embargo, a su pregunta la sigue un silencio incómodo. *No quieren tener que acordarse*, piensa Marya. No quieren pensar en los dientes afilados, en las mandíbulas fuertes. Les resulta más fácil hablar de Henry Grey y de su fragilidad humana.

—Si van a castigar a la Capitana por el fallo de seguridad —empieza Galina Ivanovna—, ¿qué ocurrirá con el doctor Grey? ¿Volverá después de la cuarentena? ¿Tendremos que tratarlo como si nada?

—Me figuro que eso es lo que prefieren los dos caballeros de Transiberia —dice la Condesa—. Parece que les gusta mucho la virtud del olvido.

Dichos caballeros de Transiberia no han aparecido para la cena. Marya se los imagina en su compartimento, confusos e iracundos al ver el rastro que dejó una persona a la que no habían invitado, una ladrona curiosa y poco cauta. Se los imagina contando y calculando para tratar de enumerar lo que les falta. ¿Se le habría olvidado algo? Ha perdido el apetito, y el vino le sabe amargo.

—Si me disculpan, creo que me retiraré a mi compartimento un poco más pronto de la cuenta hoy —dice, apartando la servilleta y poniéndose de pie. Tiene que alejarse de la cháchara frágil de Primera Clase.

Los caballeros se ponen de pie con ella.

—Pero más tarde volverá, ¿verdad? —El tono de Anna Mikhailovna sugiere que es más una orden que una pregunta—. Necesitamos cuatro personas para el *bridge*.

En lo que Marya se piensa una respuesta apropiada que no la obligue a nada, la puerta del vagón se abre, y los Cuervos entran con su traje negro de siempre, con sus expresiones neutras de siempre.

—Sí, por supuesto —dice Marya. Los de Transiberia la observan con una mirada astuta—. Tengo ganas de jugar con ustedes. —Se dispone a alejarse, pero los Cuervos le bloquean el paso hacia la puerta.

—Esperamos que no la hayan alarmado mucho los sucesos de hoy —dice el ruso—. La seguridad y el bienestar de nuestros pasajeros es lo más importante para nosotros, como bien sabe.

Los dos miran en derredor para asegurarse de que los demás pasajeros también los escuchen.

—Y les podemos asegurar que la expedición científica de hoy se ha llevado a cabo bajo las más estrictas condiciones y que los hallazgos del doctor Grey nos ayudarán a entender mejor los Baldíos, de modo que podamos hacer que los cruces sean incluso más seguros para nuestros pasajeros.

Marya se da cuenta de que los está mirando con la boca abierta, por lo que se obliga a cerrarla con fuerza. Echa un vistazo hacia la mesa y ve que la Condesa frunce el ceño.

La comprensión llega al rostro de Guillaume.

—Ah, así que todo estaba planeado, ¿no? Vaya, uno diría que nos podría haber avisado antes, para ahorrarnos la preocupación.

Marya se imagina que se han preocupado nada o menos por la vida de Grey, pero los Cuervos fuerzan una expresión de remordimiento de todos modos.

—El doctor Grey insistió en que nadie supiera que pretendía salir. Seguro que saben que es un hombre de lo más modesto: no quería público ni consternar indebidamente a nadie.

La Condesa arquea las cejas, y algunos pasajeros más intercambian una mirada de incredulidad, pero nadie dice nada hasta que Galina Ivanovna anuncia con un tono alegre:

—Todos hemos dicho cuánto admiramos la dedicación con la que se entrega a su trabajo. —Algunos asienten poco a poco.

Es como un hechizo, piensa Marya. Palabras que se transforman en hechos: «Lo digo, por tanto, es así». Funciona incluso con una historia que no tiene pies ni cabeza, como esa. ¿De verdad a nadie se le ocurre preguntar por qué Weiwei tuvo que salir a buscarlo si todo estaba planeado? ¿Acaso los propios caballeros de Transiberia se lo han acabado creyendo? ¿Se han convencido de que la mentira que decidan contar es la verdad? Ese es el poder que tiene la empresa. ¿Cómo se atreven? Nota las palabras que quieren salirle desde lo más hondo, las ganas de gritarles a la cara lo mentirosos que son. Se esconden detrás de sus trajes negros y elegantes, de sus palabras suaves y tranquilizadoras. Quiere quitarles la máscara, revelar la podredumbre que contiene. La cabeza le da vueltas, y ve que la Condesa la mira con cierta preocupación, pero no puede hacerle nada; se pondrá enferma si no dice…

—¿Me permite que la acompañe? Quizá pueda mostrarle el libro por el que me preguntó.

Marya se da media vuelta y se encuentra con Suzuki, quien ha dejado una mano en el aire, cerca del codo de ella. Se tensa. No quería tener que hablar con él, no quería tener que hacerle todas las preguntas que lleva dentro.

—El de la historia del tren que le mencioné, ¿recuerda? Lo he encontrado en la biblioteca y le he pedido al auxiliar que se lo reservase. —La guía con amabilidad pero con firmeza hacia la puerta—. Creo que le resultará fascinante.

Están a medio camino por el vagón dormitorio cuando por fin confía en poder hablar con tranquilidad.

—No hacía falta que… —empieza.

—En ese caso, mis disculpas por haber malinterpretado la situación, porque creía que estaba a punto de desvelar delante de nuestros amigos de Transiberia y de todos los pasajeros de Primera quién es en realidad.

Se produce un largo silencio entre los dos.

—Tengo razón, ¿verdad, Marya Antonovna Fyodorova?

A Marya le pitan los oídos. Ha pasado muchísimo tiempo desde la última vez que oyó su nombre de verdad. Si bien se imaginó que el Cartógrafo sabía quién era después de la última vez que hablaron, no había querido darle muchas vueltas. No había querido pensar en él.

—¿Cómo lo ha sabido? —le acaba preguntando. La mirada que le dedica él es medio entretenida y medio incrédula.

—Por las preguntas que hacía, por el catalejo que sabía cómo funcionaba… Puede que no me tenga en muy alta estima, pero tampoco soy tonto. —Marya se ruboriza, y Suzuki continúa como si nada—. Y pensé que tenía sentido… Claro que la hija de Anton Ivanovich iba a venir a averiguar la verdad.

—La verdad —repite ella, intentando mantener la voz tranquila—. ¿Qué verdad es esa?

Suzuki echa un vistazo por el pasillo antes de contestar.

—Venga —le pide—. Será mejor que mantengamos la excusa.

La lleva al vagón biblioteca, donde un auxiliar dormita en un rincón y se incorpora cuando entran. Suzuki le susurra algo al oído al hombre, quien esboza una sonrisa de oreja a oreja y sale del vagón con una mirada de reojo a Marya por el camino.

—Mejor que seamos la comidilla de la tripulación a que hagamos que los Cuervos sospechen más aún —le explica Suzuki, aunque no la mira a los ojos. Se acerca a uno de los estantes y saca un volumen pesado, lo abre sobre una mesa y enciende una lámpara que queda encima—. Tal vez prefiera sentarse —continúa.

Marya ve las ojeras de Suzuki y, a pesar de que mantiene una expresión tranquila, no deja de tirar de las mangas de su camisa con esos dedos largos que tiene para taparse más las manos. Lo incómodo que se siente él hace que Marya se avergüence.

—Estoy bien de pie, gracias —responde. No piensa ayudarlo más de lo que ya lo está ayudando y endurecerá el corazón ante el dolor que le ve en la cara.

—Pregúnteme —le pide él—. Hágame sus preguntas y le daré todas las verdades que pueda.

—Unas verdades que no tendría que estar averiguando yo sola —dice, y Suzuki se estremece como si le hubiera dado una bofetada—. ¿Es verdad que el cristal estaba defectuoso?

—No —dice—, no es verdad. —Estira una mano para tocar la ventana, como si fuera la estatua de un santo. La reverencia del gesto hace que Marya se quede sin respiración un instante. El Cartógrafo continúa, todavía con los dedos en la ventana—. Se agrietó, eso sí.

La ligereza que Marya había comenzado a experimentar se desmorona al instante.

—Pero…

—Se agrietó, y ahí estaba la respuesta que Transiberia quería para la pregunta imposible: «¿Qué salió mal?». Fue una respuesta fácil, seguro que se quedaron todos muy aliviados. El cristal se agrietó a la vista de todo el mundo, en una ventana de Tercera Clase. Eso fue lo que lo provocó todo, la histeria y la pérdida de memoria. Da igual que su padre avisara a la empresa de que estaban organizando demasiados cruces; da igual que el cristal se tuviera que reemplazar más a menudo si pretendíamos viajar a tanta velocidad y con tanta frecuencia: ahí estaban la respuesta y la solución. La culpa para el cristal y su fabricante, que habían dejado que el exterior se colara.

Marya se percata de que está enfadado. Con Transiberia, consigo mismo. Y, por alguna razón, la ira de Suzuki hace que una parte de la de ella desaparezca.

—Entonces, ¿por qué dice que la culpa no fue del cristal?

El Cartógrafo aparta la mano de la ventana, como si se acabara de dar cuenta de lo que estaba haciendo.

—Porque los cambios ya habían comenzado.

—¿Qué quiere decir? —Marya se lo queda mirando y deja que el silencio se alargue entre ellos. Escucha los sonidos del raíl, el tictac del reloj de la pared.

Y Suzuki se pone a hablar.

—Su padre y yo compartíamos el mismo interés —dice—. Queríamos trazar mapas de los Baldíos, observar cada cambio tan de cerca como pudiéramos, por pequeño que fuera. Queríamos examinarlo todo más y más de cerca. Su padre inventó unas lentes que se basaban en los nuevos ingenios de la astronomía, solo que, en lugar de usarlos para ver el cielo nocturno, nos permitían ver el mundo que nos rodeaba.

—Esa parte la sé; el telescopio de su torre, el prototipo... Lo consumía la idea de que podía ver lo bastante cerca como para captar cómo estaban hechos los pétalos de una flor, la base de la vida, según decía. Y su empresa se lo quitó todo. Su empresa y ustedes. Si hubiera tenido más tiempo, podría haber hecho que funcionara. Podría haber conseguido mucho más.

Solo que Suzuki está negando con la cabeza, y, antes de que a ella le dé tiempo a preguntarle cómo se atreve a contradecirla, dice:

—Es que sí que lo consiguió. El prototipo funcionaba.

Marya intenta asimilar lo que le dice, cómo encaja eso con todo lo demás.

—Pero me dijo que estaba defectuoso... —Aunque le había notado algo en la voz en la torre. *Miedo*, piensa.

—Funcionó mejor de lo que podríamos habernos imaginado, solo que de una forma que no comprendíamos. No lo entendimos hasta que... —Se queda callado, y Marya lo ve ordenar los pensamientos, con el mismo cuidado con el que ordena sus mapas—. Cuando probamos las lentes en Pekín, alcanzábamos a ver con unos detalles extraordinarios. A través de un tubo lo bastante pequeño como para subirlo por las escaleras, éramos capaces de contar las baldosas de un tejado a un kilómetro y medio de distancia. Sin embargo, al usarlo en los Baldíos, vimos... —Niega con la cabeza—. Vimos venas que recorrían a todas las criaturas para conectarlas entre ellas, como si fueran hilos... Es difícil de explicar..., pero era como si estuviéramos viendo un tapiz y su parte trasera al mismo tiempo: el patrón y el cómo se forma. ¿Tiene sentido? No, seguro que no...

«Lo que he visto es una carga que me pesa más con cada día que pasa»; eso es lo que decía su padre en la carta. Lo que vio y que lo convenció de que el tren debía dejar de circular.

—Continúe —le pide Marya.

—Fue un descubrimiento apabullante. En aquel cruce de Pekín a Moscú, casi no pudimos apartarnos del telescopio. Al principio planteamos la hipótesis de que fuera un efecto localizado, un cambio de una región en particular que no habíamos podido observar antes, pero no tardamos en darnos cuenta de que esos hilos o esas venas, pues cada uno de los dos teníamos un término preferido, se extendían por todos los Baldíos para conectarlo todo. Y también nos percatamos de que podíamos seguir el patrón de los cambios en tiempo real: veíamos cómo una bandada de pájaros dibujaba la espiral del centro de una flor en el aire, que el orden de las marcas de las alas de un insecto era imitado en el cuerpo de una seta que brotaba.

Marya se imagina la alegría que debía de haber experimentado su padre. «Son ventanas, todos lo son», le había dicho, sosteniendo las lentes de un telescopio para que ella lo viera. Qué orgulloso debía de haber estado.

—Y vimos el tren también —continúa el Cartógrafo—. Vimos el tren en los patrones: su forma se repetía en las hojas, y los raíles atravesaban la corteza de los árboles. Vimos ruedas en el liquen que cubría las rocas.

—Las criaturas aquellas —dice Marya, poco a poco—, los gusanos o lo que fueran, parecían imitar al tren.

—Igual que nosotros observamos, los Baldíos nos observan a nosotros —asiente Suzuki.

—Eso le dio miedo a mi padre. Encontré la carta que le escribió a Transiberia… Pero usted sabía que iba a encontrarla, ¿verdad? Sabía que estaba en el compartimento de los Cuervos.

—En cuanto llegamos a Moscú, su padre insistió en compartir nuestros hallazgos con la junta de la empresa. Dijo que teníamos pruebas de que el terreno estaba aprendiendo, que lo que siempre nos habíamos temido, la imposibilidad de predecir los cambios por su naturaleza aleatoria, no era el verdadero peligro. Lo que es peligroso es que sí que significan algo, que hay una intención detrás de todo ello, y entonces pudimos verlo por nosotros mismos.

—El patrón y el cómo se forma —susurra Marya.

—Intenté disuadirlo —continúa Suzuki—. Me avergüenza admitir que me negué a firmar su carta. Le dije que necesitábamos más tiempo para entender lo que veíamos, y, cuando no recibimos ninguna respuesta por parte de la empresa en Moscú, fue todo un alivio. —Cierra los ojos—. Y luego, en el cruce de vuelta a Pekín, en el último cruce, nada más pasar por la Muralla volvimos a ver los patrones en el exterior, pero esa vez también los vimos dentro. En el propio tren. Vimos la silueta de los helechos en los paneles de madera, los patrones del agua en la tela de las cortinas. Empezamos a dudar de nuestra propia cordura, de las pruebas que veíamos, y entonces... —Se queda callado—. Y entonces todo se vuelve oscuro. Pasara lo que pasare, ha desaparecido de nuestros recuerdos. Cuando recuperamos el conocimiento, ya habíamos llegado a la Muralla de Pekín, y el cristal estaba agrietado. No había ni rastro de todo lo que habíamos visto. Y su padre... —Se le quiebra la voz—. Su padre se culpó a sí mismo. No tardó en aceptar la responsabilidad por lo que había ocurrido con el cristal, en desestimar lo que habíamos visto y defender lo que la empresa decía que era «la explicación más clara».

—¿Y por qué no dijo nada usted? La pérdida de su reputación, de su forma de ganarse la vida, lo dejó destrozado. Lo mató.

El dolor recorre el rostro de Suzuki, y se apoya en el respaldo de la silla como si estuviera a punto de caerse.

—Porque soy un cobarde. Porque el tren es lo único que tengo, y, si las puertas a los Baldíos se cierran de una vez por todas, no me quedará nada. Cuando salí de Japón, pasé a ser un hombre sin país y me hice trabajador de Transiberia en su lugar, un hombre del tren. Sin eso, no pertenezco a ninguna parte. No fui lo bastante fuerte... ni lo bastante altruista como para soportar pensar que lo que habíamos descubierto pudiera provocar la destrucción de la empresa.

—Es que deberían destruirla. Nos ha puesto a todos en peligro; usted nos ha puesto en peligro.

Suzuki parece desolado.

—He intentado convencerme de que nos equivocamos, de que lo que vimos fue una triquiñuela de los Baldíos, de que las paredes del tren son tan resistentes como presume la empresa. He guardado el telescopio nuevo y me he obligado a no mirar, por mucho que el mirar y el observar sean lo que le ha dado significado a mi vida.

Marya intenta impedir que le tiemblen las piernas. No sabe si es por tristeza, por furia o por algún otro sentimiento, uno demasiado complicado como para denominarlo, demasiado grande como para intentar aferrarse a él en ese vagón poco iluminado, sobre esa vía desconocida.

—Y ahora está intentando expiar su error —añade ella en voz baja.

EN CAUTIVERIO

A Henry Grey le han quitado la ropa y los zapatos para quemarlo todo. Lo han limpiado y frotado hasta que la piel se le ha puesto rosa y sensible. Y ahora lo han confinado a un compartimento de la enfermería. La cama es estrecha y está dura y las paredes acolchadas amortiguan los sonidos y hacen que su propia respiración suene a un volumen enloquecedor, aunque es el hecho de no contar con una ventana lo que más lo incordia. Suplicó que le permitieran quedarse en su compartimento y prometió no salir bajo ninguna circunstancia hasta que terminara el periodo de cuarentena, pero la Capitana y el médico no dieron el brazo a torcer.

—Es por su propia seguridad —le dijo el médico—, ya que estuvo expuesto al aire al quitarse el casco, además de al agua.

—Le aseguro que me encuentro perfectamente bien.

Sin embargo, el médico había estado demasiado ocupado midiéndole la frente, sacándole sangre y dejándolo medio ciego con una lámpara pequeña con la que le apuntó a los ojos.

—Es solo por precaución —le dijo. Llevaba una máscara para taparse la boca y apestaba a crema desinfectante.

Más tarde, los dos caballeros de Transiberia habían ido a verlo, aunque se quedaron al otro lado de la puerta, la cual contaba con una pequeña trampilla corredera a la altura de la cabeza, y le hablaron a través de ella. Le transmitieron, en términos burocráticos que podrían dormir al más insomne, que Transiberia se disculpaba por cualquier incomodidad que la situación le provocara y le recordaron los formularios que había cumplimentado antes de subir a bordo, con lo que eximía a la empresa de toda responsabilidad por los efectos que le provocara el exterior. Y luego le habían hecho una retahíla de preguntas sobre cómo había conseguido salir del tren, quién lo había ayudado y qué había esperado conseguir, con lo cual él se encerró en sí mismo y declaró que un inglés como él no era tan fácil de intimidar.

Y ahora está solo. Lo único a lo que se puede aferrar es a que la chica fue lo bastante avispada como para pedirle la chaqueta prácticamente nada más volver al tren, mientras los demás estaban distraídos con la gran criatura que había salido del bosque. Grey se la había entregado sin enterarse de nada, con los bolsillos llenos de los poquísimos especímenes que le había dado tiempo a recolectar, y la vio desaparecer y volver con las manos vacías unos segundos más tarde. Le parecía impresionante que sus salvadoras hubieran aparecido en una forma tan inesperada: una chica del tren canija y una criatura de los Baldíos.

Se estira sobre su cama dura, y, tras un rato, cree notar el agua fría a su alrededor una vez más. Las aves gritan por encima de él y lo buscan. Tal vez las hayan cegado los patrones cambiantes del sol en el agua, porque parece que no lo encuentran. Atacan con su pico afilado de forma salvaje a su alrededor, pero él se desvanece, se ahoga; unas algas se estiran para atarlo de pies y manos, para arrastrarlo hasta la oscuridad en la que no queda ni rastro del sol. Y entonces unos brazos fuertes lo rodean, las algas se transforman en cabellos oscuros y brillantes bajo el agua, que se enroscan a su alrededor como unos zarcillos resbaladizos conforme tiran de él hacia el exterior, hacia tierra firme, hacia la vida. En su recuerdo, abre los ojos, pero el sol y las sombras le fragmentan el rostro a su salvadora y componen unas piezas dispares que no es capaz de volver a formar. Grita por la frustración, y, unos segundos después, oye el chasquido de otra rendija al abrirse, en esa ocasión la que está en la pared que da al compartimento del médico.

—¿Doctor Grey? ¿Está usted bien?

Abre los ojos y ve el rostro del médico que lo mira desde el otro lado de una rejilla.

—Sí, solo ha sido una pesadilla —contesta, tajante.

—¿Puede describirme el sueño? —Oye el roce de unos papeles cuando el médico pasa las páginas de un cuaderno—. Cualquier cosa que recuerde, cualquier detalle. —No hace ningún intento por ocultar lo ansioso que está, sino que mira a Grey con codicia en sus ojos pequeños. Hace que al doctor le den náuseas.

—Bueno, recuerdo ciertos detalles, aunque son bastante difusos...

—Cualquier cosa nos vale, doctor Grey, cualquier cosa. Antes de que se le olvide...

—Una mujer...

—¿Sí?

—Iba vestida como solía ir mi madre, pero, cuando me he acercado, se ha transformado en la copia exacta de su majestad, la reina... —Se alegra al ver la decepción que se cruza en la expresión del médico y oye que vuelve a guardar el cuaderno—. ¿Puede ser por los efectos de los Baldíos? Mi querida madre falleció hace veinte años ya.

—Cabe la posibilidad, sí —responde el médico, con el tono de alguien que felicita a un niño un poco torpe pero con buenas intenciones—. Bien, bien. Bueno, aquí estoy si me necesita; no dude en llamarme si empieza a notar que no es usted mismo.

La rendija se cierra, y Grey se cruza de brazos, sintiendo la calidez que le otorga la satisfacción mezquina. Aun así, las últimas palabras del médico se le repiten en la mente. ¿Se siente como él mismo? Ya no está seguro, ya no sabe si se acuerda de cómo se supone que debe sentirse. El dolor que tiene en el estómago es su compañero de viaje incansable, pero hay algo más, un tirón que nota en las costillas, uno que ha notado desde la noche de la tormenta, desde que vio la aparición.

Se incorpora tan deprisa que la oscuridad se le cierne en los bordes de la visión. La vio, era real, por mucho que la chica del tren tratara de convencerlo de lo contrario. La vio en el tren y en el agua. Lo había seguido para cerciorarse de que estuviera a salvo. Se pone de pie, incapaz de soportar estar quieto un segundo más. El tirón que nota en las costillas se vuelve más intenso, como si alguien tirara de él mediante un hilo tan fino que resulta invisible, aunque sigue siendo tan fuerte como una cuerda anudada. La energía acumulada que tiene en las piernas hace que le duelan. Ha leído historias sobre ello, sobre la emoción que embarga a uno cuando consigue salvarse sin que se lo espere, cuando se determina que puede volver a la vida. Siempre lo ha achacado a una sentimentalidad propia de los débiles, pero lo que experimenta ahora no es tan solo gratitud o alegría, sino algo más intenso aún. Una vida devuelta es una vida que se ha tomado prestada, más frágil y brillante de lo que podría haberse llegado a imaginar. Es una vida que ya no le pertenece. Nota que quema todas las dudas que sentía.

—Un nuevo jardín del Edén —susurra—. Un nuevo jardín del Edén.

Tendrá sus especímenes para la Exposición. Tendrá tiempo para estudiarlos, para considerar cómo exhibirlos mejor. Sin embargo, solo serán el principio, el pistoletazo de salida para el conocimiento que llevará hasta el mundo entero.

El médico le lleva la cena, y, junto a ella, más preguntas, más pruebas. Las respuestas le salen de la boca en forma de mentiras fáciles y fluidas. Las suficientes para que el médico siga convencido de que está dispuesto a ayudar, pero nada tan interesante como para que se quede con él más tiempo del necesario. Luego lo van a ver los hombres de Transiberia otra vez, y en esa ocasión entiende que han estado diciendo que su excursión al exterior estaba planeada y, por tanto, permitida. Que Transiberia (en busca de conocimiento científico, por supuesto) lo ideó todo desde el principio. Él solo era la herramienta con la que llevaron a cabo la operación.

—¿Y qué se supone que he conseguido...? Perdonen, ¿qué se supone que hemos conseguido con la excursión? ¿No creen que querrán ver el fruto de mi labor o que preguntarán qué he averiguado? Lo único que he sacado del viaje es ropa hecha jirones y arañazos, y no me acuerdo de nada del exterior. —*Nada más que el zumbido de las moscardas y las alas iridiscentes de los escarabajos, las telarañas que goteaban savia roja, las plumas blancas de los pájaros enormes, el olor turboso de mi salvadora, el cabello que me había rozado la piel.*

Los de Transiberia esbozan una pequeña sonrisa y le dicen que están seguros de que un hombre tan inteligente como él podrá improvisar si es necesario.

—¿Puedo preguntarles a qué se debe la pretensión? —Está bastante seguro de que comprende por qué lo hacen, pero quiere oírlo de parte de ellos. Aunque no le gusta la ofuscación, el esconderse bajo las capas de las palabras y los significados, no puede evitar alegrarse un poco: la codicia de Transiberia los ha llevado a quedarse con todo el conocimiento, a querer asegurarse de que nadie más se entere de las riquezas que hay en los Baldíos. Ahora sí que van a ver de lo que es capaz.

—Hacemos lo que es mejor para el tren, doctor Grey —contesta Petrov.

—Es mejor que nuestros pasajeros crean que todo tiene su razón de ser —añade Li—. Claro que, si se enteran de algo que indique lo contrario, disponemos de medios para ejercer más actos punitivos. Todo con base legal, por supuesto.

Los hombres de Transiberia lo miran con seriedad, y Grey responde:

—Sí, sí, por supuesto. —Sin embargo, lo que piensa es que tal vez sea verdad que todo tiene una razón de ser. Otro aluvión de emoción lo embarga una vez más. *Quizá sí que es así.*

MUTACIONES

A Weiwei le duele la cara de llevar la máscara de la inocencia durante tanto tiempo. Está desesperada por que la dejen sola, pero el médico insiste en hacerle preguntas interminables sobre cómo está, sobre si se quitó el casco o el traje de protección en algún momento (ella insiste en que no lo hizo, claro) y sobre si siente náuseas o jaquecas. Parece llevarse un chasco cuando le asegura que se encuentra bien, y le acaba pidiendo que vuelva a verlo para examinarla de nuevo. Los pinches de cocina la siguen por todas partes y le exigen que les explique cómo es estar «ahí fuera». No se quita la careta en ningún momento y les da los detalles espeluznantes justos para que se vayan contentos. Sigue buscando a Alexei y no lo encuentra por ninguna parte.

Durante la confusión de su regreso al tren, volvió corriendo a los aposentos de la tripulación y guardó los botes y las bolsas en su litera, escondidos bajo las mantas. Alberga la esperanza de que, con todo lo que ha ocurrido, la idea de organizar inspecciones sorpresa haya desaparecido, al menos por el momento. Ha vuelto a esconderse allí para huir de las preguntas y de las miradas indiscretas y aprovecha al máximo el hecho de que su decisión de ir a buscar a Grey sea vista como un gesto heroico, por lo que, al menos por el momento, hacen la vista gorda cuando no cumple sus quehaceres. Aun así, le gustaría poder disfrutar más de esa libertad inesperada. En lugar de ello, lo que la invade es la soledad. Qué rápido se había acostumbrado a la presencia de Elena, a acabar con sus tareas corriendo para poder ir a explorar con ella, a sentarse en la penumbra para leer capítulos de la guía de Rostov en voz alta mientras Elena la interrumpía con preguntas para las cuales no solía tener respuesta. Pasa los dedos por las escamas azules y plateadas del liquen, casi imaginándose que se van a disolver. Eso sí que no se lo piensa devolver a Grey; es solo para ella, su trocito de los Baldíos, de Elena.

No obstante, la culpabilidad de haber robado es una carga pesada. ¿Acaso no era eso lo que Rostov había querido? Algo que no podía tener. Se pregunta si la criatura del bosque descubrirá qué es lo que falta, si abrirá sus fauces enormes para rugir de ira. Se pregunta si Elena notará el robo como una herida.

Sus cavilaciones se ven interrumpidas por el crujido de los altavoces, y está a punto de enterrar la cabeza en la almohada cuando oye su propio nombre.

—*Zhang Weiwei…, preséntate en los aposentos de la Capitana… inmediatamente.* —Se incorpora de repente mientras el mensaje se repite. *Lo sabe*, piensa, frenética. Se ha enterado de lo de Elena, de lo de los especímenes robados. ¿Qué castigo podría ser suficiente para eso?

—Zhang, ¿de verdad vas a hacer que te espere? —le grita un auxiliar, y, cuando baja de la litera, se encuentra con un grupito de rostros expectantes que la miran con una mezcla de aprensión y envidia.

Le tiemblan las piernas. El agua que ha recolectado el tren por el camino significa que pueden aumentar la velocidad, aunque todavía avanzan con cuidado, al avanzar por unas vías que no conocen. Aun así, el ruido de los raíles parece más alto de lo normal y el ritmo del tren la distrae, como si los límites que la separan de la vía se estuvieran volviendo más tenues, como si los pistones y los engranajes, el complicado rompecabezas de piezas en movimiento que Alexei entiende tan bien, reflejaran los latidos de su corazón, la sangre que le bombea por el cuerpo.

Cuando llama a la puerta, lo hace sin la esperanza de que se vaya a abrir, a pesar de que la haya convocado. Aun así, es la Capitana quien aparece al otro lado. Mira a Weiwei de arriba abajo y luego se acerca a la mesa, sirve un líquido de una botella marrón y le entrega la copa, con un ademán hacia una butaca.

—No te veo muy bien, bébete esto.

Weiwei se sienta, da un sorbo a ese líquido ardiente y tose cuando la quema por dentro.

—¿Mejor? —La Capitana arquea las cejas.

—Sí —tartamudea ella, aunque, de hecho, lo único que ha conseguido la bebida es hacer que esa sensación de límites tenues empeore. Los huesos le vibran. ¿Será que el aire de los Baldíos sí que la ha cambiado?

La Capitana no se sirve una copa para sí misma, sino que se queda de pie junto a la ventana. Weiwei cae en la cuenta de lo poco que la ha visto sentada, como si no soportara volverse lo bastante blanda como para dejarse caer en una silla.

Venga, sácalo ya. Será un alivio, después de tantos secretos. Será un castigo bien merecido, sea cual fuere, para alguien que ha traicionado al tren, para una ladrona.

La Capitana se vuelve de sopetón, como si acabara de tomar una decisión.

—Confío en que no hayas sufrido ningún daño por tu aventura en el exterior.

Weiwei intenta asentir y encogerse de hombros al mismo tiempo y se derrama la bebida en el uniforme.

—Si te preguntara quién ayudó a Grey a salir del tren, imagino que me dirías que no lo sabes, así que no insultaré tu lealtad.

—*Las arrugas que tiene en la frente se han vuelto más marcadas durante el cruce,* piensa. Tiene los pómulos más pronunciados, la piel fina y con textura de papel. Aun así, Weiwei notó lo fuerte que estaba cuando había tirado de ella y de Grey para meterlos en el tren.

Weiwei abre la boca solo para volver a cerrarla. A pesar de que intentar ver lo que piensa la Capitana es una tarea imposible, le da la sensación de que hay algo escondido detrás de sus palabras, algo que debería entender, un significado que debería poder comprender, solo que se le escapa. Incluso cuando era pequeña, era consciente de que la Capitana nunca la trataba como una niña, pero en ocasiones le habría gustado que sí lo hiciera. Le gustaría que le dijera que todo va a salir bien.

La Capitana se acerca a la mesa, alza la botella marrón y la vuelve a dejar sin servirse nada.

—Transiberia me ha pedido que dimitiera —dice.

Weiwei se queda muy quieta. No se fía de qué va a hacer si se mueve.

—Conduciré el tren a la Exposición de Moscú, por supuesto, y después nombrarán a otro Capitán. No es así como quiero que acabe mi etapa en el tren, pero... últimamente no nos he guiado bien. Será lo mejor para el tren.

La sangre le late con fuerza en los oídos.

—¿Por qué me lo cuenta?

—Lo compartiré con el resto de la tripulación cuando llegue el momento, pero quería decírtelo a ti antes porque tienes derecho a saberlo. Porque el tren y tú compartís una conexión que... —Duda antes de acabar la frase—: Una conexión que creo que ninguno de los demás entendemos.

—Entonces, ¿por qué no ha seguido siendo nuestra Capitana? —Le tiembla la voz, aunque ya le da igual—. Usted también está conectada al tren, pero ¿dónde ha estado? ¿Por qué ha permitido que la echasen, por qué no se ha resistido? —Quiere ponerse a patalear, a llorar de pura ira, a hacer que el suelo se prenda fuego con la furia de las Llamas de Valentin.

La Capitana se vuelve hacia la ventana.

—Eso es todo —concluye.

Casi no es consciente de que sale de los aposentos de la Capitana, de que vuelve con un paso automático por el pasillo hacia el cobijo de su litera. No puede obligarse a ordenar lo que piensa, porque le es imposible imaginarse el tren sin la Capitana, es un sinsentido. Tiene que decírselo a los demás; si aúnan fuerzas, podrían obligar a Transiberia para que no aceptaran la dimisión, podrían negarse a trabajar, hablar con la prensa...

Sin embargo, antes de que pueda pensar más en ello, oye el tintineo de las hebillas, y los Cuervos descienden como si fueran capaces de captar el olor de la deslealtad. La hacen sentarse en una litera de abajo y se quedan de pie, con una mirada voraz. Y, a pesar de que sabe que solo es un efecto de lo cansada y preocupada que está, cree ver que los trajes les van más holgados, que los omóplatos les sobresalen más de la espalda: ya no son cuervos ni hombres, sino una mala imitación de los dos.

—Vemos que la Capitana ha hablado con usted, señorita Zhang. Lamentamos que no lo haya consultado con nosotros antes.

—Le habríamos pedido que no la molestara si no había necesidad.

Weiwei no es capaz de leerles la expresión. Al mirarlos desde abajo, le cuesta hasta distinguirlos, saber cuál de los dos le está hablando.

—No me ha molestado —musita.

—Estamos seguros de que entiende por qué la información tiene que quedar entre nosotros.

—Será nuestro secreto.

—No nos gustaría complicarlo todo al revelar más detalles de los necesarios. Por supuesto, valoramos mucho el trabajo que Alexei Stepanovich lleva a cabo en el tren. Un acto insensato no debería poner en peligro una trayectoria profesional entera; seguro que usted también lo ve así. Sin embargo, si la decisión que ha tomado la Capitana se volviera pública...

—Si los tripulantes creen que la han tratado de forma injusta...

—La verdad debe salir a la luz, por supuesto.

Weiwei intenta controlar su expresión. ¿Cómo saben que ha sido Alexei? Pero claro que lo saben: la culpabilidad había estado más que clara en la cara que puso, porque nunca se le han dado bien las mentiras y los engaños, no como a ella. Le entran náuseas. No puede hablar con nadie. No puede hacer nada.

Esa misma noche, hecha un ovillo en su litera, quiere cerrar los ojos y sumirse en un olvido que le permita encontrar la paz. Quiere despertarse y encontrarse con que todo lo que le ha hecho daño ha desaparecido, con que ya nadie habla de marcharse, que ya están en la vía de siempre y que todo el tiempo que han pasado en las vías fantasma no ha sido nada más que una pesadilla, un truco de los Baldíos. En algún momento de la noche, nota el peso cálido de Dima que estira las patitas en el colchón, pero incluso él parece no poder encontrar el descanso a su lado y se baja de un salto.

Ha sacado los especímenes de su escondite, debajo de las sábanas, y los ha alineado en el pequeño estante que recorre la pared. Así los llama ya: especímenes, como el doctor Grey. Sin embargo, el suyo, el abanico de liquen, es distinto. No es un espécimen de nada, sino que es una criatura propia, solo para ella, algo que nada ni nadie le puede arrebatar. Es el que se ha colocado más cerca, de modo que, cuando se tumba de lado con la cabeza en la almohada, es el primero que ve. Los insectos que recogió el doctor los ha dejado más lejos, cubiertos por una tela. No le gustan los golpecitos que dan al cristal con las patas delanteras, ni tampoco cómo mueven las antenas finas que tienen en la cabeza, como si saborearan el aire, como si la saborearan a ella. En una de las bolsas de muselina hay un rollo de musgo, de color verde oscuro y sombrío. Ese sí que le gusta. Se imagina que se tumba en él y se hunde en su frialdad terrosa. Y se queda dormida.

Cuando vuelve a despertarse, oye unos ruidos desconocidos en la oscuridad, como si algo diera golpes contra un cristal. Como si algo creciera.

PARTE CINCO

DÍAS 15-17

Algunos de los fenómenos de los Baldíos se han estudiado y ya se comprenden: los efectos del clima y de la presión atmosférica que provocan espejismos, como la aparición repentina de algo que parece ser un campamento, por ejemplo, con banderas que ondean en lo alto de las tiendas de campaña, o la luz espectral de las Llamas de Valentin. Otros fenómenos, sin embargo, desafían todo lo que sabemos sobre la naturaleza. Nos obligan a ver los Baldíos como haríamos con un libro escrito en una lengua muerta, como una serie de signos que no tenemos ninguna posibilidad de descifrar.

La guía de los Baldíos para viajeros precavidos, página 55.

PRESENCIAS

M arya sueña con unas venas que crecen de la tierra. La piel se le transforma en corteza de abedul, y todo cambia a su alrededor: las hojas brotan, mueren, caen y vuelven a brotar. Se despierta enredada en las sábanas. Se toca el pelo, más que segura de que se va a encontrar unas hojas secas enredadas en él, de que tendrá las uñas manchadas de tierra.

El reloj de la pared indica que son las tres de la madrugada. Abre las cortinas, en contra de todos los consejos que les han dado, y se topa con un cielo nocturno despejado. Siguen viajando a través de una zona pantanosa llena de estanques, teñida de color plateado por la luna. El agua se extiende hasta el horizonte, desperdigada por todo el terreno. La noche cambia la sensación de perspectiva, de modo que los estanques parecen estar muy cerca entre sí, tanto que podría saltar de uno a otro, como hacía de pequeña cuando saltaba de un charquito a otro en la calle delante de su dacha y veía que los árboles y el cielo se quebraban bajo ella. En San Petersburgo siempre había tenido a un adulto que le daba la mano y la obligaba a caminar a su lado; solo en el campo había gozado de la libertad necesaria para saltar y salpicar, lejos de quienes la vigilaban.

Echa un vistazo al paquete elegante que hay en la mesa antes de apartar la mirada otra vez. Le han dejado el paquete en el compartimento esa misma tarde, junto con una nota del Cartógrafo. «Eran de su padre», era lo único que decía. Ella había dudado, aterrada de lo que se iba a encontrar por alguna razón que no comprendía. Cuando por fin arrancó el papel marrón, vio cinco cuadernos. Abrió el primero, con la mano temblorosa. Una espiral de líneas oscuras que acababa formando una rosa. Vides que se entrelazaban por las ramas de unos árboles delgados. Raíces blancas y finas que se propagaban por la tierra, frutas moradas pesadas y maduras sobre unos tallos verdes. Una polilla con las alas abiertas que revelaba dos puntos similares a los ojos de un búho. Esos dibujos son diferentes a cualquier otro que haya visto trazado por su padre como ornamento. Los paneles de cristal tintado que decoran el tren son sencillos y austeros, y las formas naturales que muestran están reducidas a su esencia, sólidos e inmóviles en el cristal. Sin embargo, en esos cuadernos, todo florece y crece, todo está tan lleno de vida, tan maduro, que le dan náuseas.

Tan lleno de vida que su padre había llegado a creer que estaba poniendo en peligro a los demás.

Un impulso repentino la lleva a echarse la bata encima del camisón y a salir al pasillo. Quiere ver más cielo del que le permite la ventana de su compartimento. Los demás compartimentos tienen la puerta cerrada, y un auxiliar se ha quedado dormido y encorvado sobre sí mismo en el otro extremo del pasillo. Atraviesa el vagón bar y el de la biblioteca, vacíos y con una única lámpara para iluminarlos, y llega al pasillo que hay fuera del laboratorio de Suzuki. Se percata de que la puerta que da a la torre de observación está entreabierta, de modo que la luz ilumina un poco el pasillo, y acelera el paso para acercarse.

No hay ninguna lámpara en el vagón de observación, sino solo cristal, agua y luz de luna. Duda en el umbral antes de obligarse a entrar, aunque se siente un poco ridícula al estar allí con su ropa para dormir. Es un paisaje precioso: los estanques están tan en calma que parecen espejos, y el horizonte se pierde en la oscuridad. Se adentra más en la estancia, con los puños apretados para resistirse a la sensación de estar caminando bajo el cielo en sí, y llega al otro extremo del vagón, donde tiene más aspecto de barco que de tren, con los raíles como una estela que dejan en el agua a su paso. Casi nota la brisa nocturna en el rostro, casi saborea la humedad y la sal. Las nubes se cruzan por delante de la luna y hacen que el paisaje entre y salga de la oscuridad. *No hay nadie,* piensa. *Ningún humano entre donde estoy y la Muralla, a mil kilómetros y medio de distancia.*

Un sonido casi imperceptible hace que se dé media vuelta. Capta un olor terroso, como a humedad, y le llega una sensación fría a la nuca.

El vagón está vacío, con las mesas bajas y las butacas iluminadas por la luz pálida. Sin embargo, en el otro extremo, en el más cercano a la puerta, las sombras ocultan los asientos del final, y piensa, con un escalofrío de puro terror, que hay alguien allí. La sensación de estar expuesta, al cielo, al exterior y a cualquiera que la mire desde dentro o desde fuera, la invade de nuevo. No es capaz de moverse. Intenta preguntar quién anda ahí, pero no le sale ningún sonido; además, ¿quién va a estar ahí escondido, en la oscuridad y en plena noche? No, lo que pasa es que ha sucumbido a la enfermedad de la que todos hablan, al menos el Profesor y los pasajeros de Tercera Clase, porque los de Primera deciden no pensar en ello, como si sus riquezas y sus compartimentos de lujo fueran protección suficiente.

—¿Hay alguien ahí? —Esa vez sí que lo dice con una voz más fuerte. Suelta el cristal y se acerca a la puerta. Seguro que las sombras resultan ser cojines y nada más, que el sonido es solo un crujido propio del tren, que el olor es un recuerdo de una dacha antigua y de un camino en el campo. Sin embargo, cuando se acerca, está segura de que ve algo que se mueve, de que hay alguien ahí escondido, observándola.

Marya Antonovna, en su vida de sobreprotección, habría salido corriendo. Habría huido y se habría hecho una bolita en el suelo a la espera de que alguien fuera a decirle que no pasaba nada, porque siempre había alguien allí para decírselo, alguien que la cuidaba: su familia o una sucesión de institutrices. Sin embargo, Marya Petrovna es distinta, Marya Petrovna se defiende. No le tiene miedo a nada porque no existe de verdad. ¿O acaso existe más de lo que llegó a existir la otra Marya? Ya no lo sabe. Quizá sí que es cosa de la enfermedad de los Baldíos. O tal vez su madre tenía razón, y la luz de la luna es peligrosa para las damas jóvenes.

—Sé que estás ahí —dice, y se acerca más.

Una nube tapa la luna y sume el vagón en una oscuridad momentánea que se lleva al intruso. Oye unos pasos y el siseo de la ropa, hasta que solo hay silencio. Cuando la nube pasa, el vagón está vacío. Tantea por los cojines un poco, solo para asegurarse, pero se acaba sintiendo tonta.

Solo queda el olor.

Espera hasta que se le tranquiliza el pulso antes de salir despacio del vagón. *Seguro que ha sido un crío de Tercera, que se ha escabullido a espaldas de sus padres para vivir una aventura nocturna y se ha quedado callado por la culpabilidad. Sí, seguro que ha sido eso.* Al haber salido al pasillo bien iluminado, con el peso del equipamiento científico detrás del cristal que tiene a su espalda, vuelve a pensar con coherencia.

Aunque seguro que un niño se echaría a reír o a llorar. Se acabaría delatando. Se le aflojan las piernas, y tiene que aferrarse al pasamanos de latón. Y, justo cuando se molesta ante su comportamiento absurdo, la luz de la puerta de la torre del Cartógrafo se vuelve más intensa, y el propio Suzuki aparece al final de las escaleras, todavía abrochándose la camisa.

Cruzan la mirada a través del cristal, y Marya se ruboriza. Ha hecho el ridículo, paseando en plena noche con su bata, fuera de su vagón, como una espía incompetente.

Suzuki abre la puerta que da al pasillo.

—¿Se encuentra bien? Parece… —Se queda callado, como si acabara de caer en la cuenta de que él tampoco está bien vestido, con la camisa sin meter en los pantalones y los puños de las mangas sueltos.

—Me ha parecido oír algo —responde ella, tensa—, pero solo han sido imaginaciones mías. No pretendía molestarlo. —¿O no es cierto? ¿Acaso no había albergado la esperanza de que él tampoco pudiera dormir, de que, al observar las vías, una parte de él pensara en ella?

»¿Qué es…? —suelta Marya de repente—. Esas líneas que tiene en las manos… —Si bien al principio había creído que eran manchas de tinta, ahora ve un patrón en ellas.

Suzuki se echa atrás y se baja más las mangas, pero ella lo sujeta de la muñeca y se queda quieta, sorprendida por su propio atrevimiento.

—Déjeme ver —le susurra.

El Cartógrafo se tensa, aunque se remanga, y ella ve, en una espiral que le recorre el brazo, líneas de tinta. ¿Tatuajes? Solo los ha visto una vez, en una feria en la que un hombre que tenía cuentos de hadas tatuados por todo el cuerpo movía los músculos de modo que los tigres parecieran avanzar y los árboles crecieran. Pero no, Suzuki está inmóvil, tanto que casi parece que no respira, y, aun así, las líneas se mueven, y no son solo líneas, sino ríos, contornos, senderos serpenteantes y finos. Y el raíl, una línea negra que le sale de la muñeca como si de una vena se tratase, una línea que le traza en la piel el viaje que han recorrido.

Marya se lo queda mirando, incapaz de comprender lo que ve.

—Tiene… tiene la enfermedad.

—No, no es…

—Otra cosa más que esconde.

—Por favor, tiene que entenderlo. —Al oír algo que procede de la torre, vuelve la vista atrás—. Vamos a regresar a la vía principal, tengo que irme, pero me gustaría hablarlo mejor con usted y…

Solo que Marya se aparta del Cartógrafo. Tiene que alejarse de él, de la forma en la que el cuerpo de Suzuki parece ser un esbozo de las tierras voraces del exterior, de su piel inquieta que cambia en todo momento.

EL CRUCE DE LAS VÍAS

—Ya casi hemos llegado —dice Vassily.

—¡Ya las veo! —exclama Luca, uno de los pinches de cocina.

—No seas mentiroso, nadie llega a ver tanto. —Uno de los botones le da un empujón que hace que se tambalee, pues se ha subido a una mesa.

—Sí que las veo, están ahí mismo. —Luca recobra el equilibrio.

Están en el vagón restaurante de Tercera Clase, donde han empujado las mesas para colocarlas junto a las paredes. Desde que han vuelto a la vía principal, el ambiente es más relajado, y una sensación casi vertiginosa invade el tren, ahora que avanza a mayor velocidad de nuevo. Por fin alcanzan a ver el cruce de las vías.

Weiwei estira el cuello para ver mejor, y ahí está: una piedra blanca, alta como un hombre, simple y medio cubierta de hierba y de vides trepadoras. Otra más está en el lado opuesto, y entre las dos forman dos señales austeras, el indicador de que van a cruzar los continentes.

Recuerda que le contaron la historia cuando era muy pequeña. Se acuerda de que el Profesor la tomó en brazos cerca de la ventana cuando iban a pasar por las piedras para hablarle de los constructores.

Cuando construyeron la vía, Transiberia, desde sus sedes de Pekín y de Moscú, había querido colocar unas piedras negras de las canteras de Arcángel, con poemas inscritos: versos que cantaran la gloria de los grandes imperios. Los constructores de la vía, sin embargo, habían querido que las piedras contuvieran el nombre de aquellos que habían dado la vida en el empeño. Como no se pusieron de acuerdo, dejaron las piedras tal cual, aunque los constructores lograron salirse con la suya. Pidieron unas piedras de color blanco puro, el color del luto, y, para cuando la noticia llegó a los mandamases de la oficina, ya era demasiado tarde. Así fue como los que perdieron la vida en los raíles se quedaron con su tumba.

Cada vez que el tren pasa entre las piedras, la invade una sensación escalofriante, como si el tiempo se alargara. Como si los espectros de los primeros constructores se pusieran en fila para verlos pasar, apoyados en sus palas, entornando los ojos cuando el tren traquetea a toda velocidad por encima de sus huesos. Los tripulantes se quitan el sombrero o tocan algo de hierro. Weiwei echa un vistazo a los pasajeros y ve aprensión al llegar a un continente nuevo o alivio al volver a uno que ya conocen. El violinista toca una canción que suena urgente y triste, una melodía insistente y repetitiva que los pinches de cocina imitan con sus cucharas y sartenes, y los tripulantes, con tarareos y silbidos nada melodiosos. Hasta los pasajeros se suman, inseguros al principio, hasta que van ganando confianza conforme el sonido llena el vagón y la canción sube y baja de tono, se repite, cambia y les da la bienvenida a Europa.

Mira en derredor, hacia el sacerdote portugués que cierra los ojos y mueve la cabeza al ritmo de la música, a los tres hermanos del sur que se echan vasitos de un licor por el gaznate, a las parejas y familias y viajeros solitarios que han entablado amistad con los demás porque es imposible estar a solas en Tercera Clase, y la canción del músico los une todavía más. Capta algo extraño en la melodía y se da cuenta de que el violinista está combinando una canción popular china con una rusa, con notas que chocan, se suavizan y vuelven a chocar. Tiene los ojos cerrados mientras toca, y Weiwei se pregunta cómo será perderse tanto en el sonido. Nota que se le mueven los pies por voluntad propia al tiempo que los pinches entonan su cántico, como otra línea de percusión debajo de la música: «Cruzamos, cruzamos, cruzamos», y los botones los imitan, y los auxiliares y los pasajeros; se adentran en los años de supersticiones, de rituales. Al fin y al cabo, hay que marcar bien los límites, pero ¿qué tienen las líneas que hacen que uno quiera saltar al otro lado? El suelo del vagón tiembla bajo ella cuando todos se ponen a dar pisotones, «cruzamos, cruzamos, cruzamos». Porque los límites están protegidos, y a quienes protegen siempre hay que decirles que los que van a cruzar no tienen miedo.

Respira hondo. Hay cierta euforia en la expresión de la gente del vagón. *Por eso tenemos nuestros rituales, por eso son necesarios: para poder olvidarnos de todo por un rato*, piensa.

Quiere poder olvidarse de todo también. Quiere olvidar el dolor de la ausencia en la que antes estaba Elena, en la que la Capitana y el Profesor habían estado para mantenerla a salvo. Quiere olvidar el miedo de lo que ha contribuido a llevar al tren.

Ladrona. Traidora. ¿Qué dirían esos pasajeros que se mecen y bailan si supieran lo que ha hecho? Si supieran que ha dejado que el exterior entrase. Piensa en las escamas del liquen que crecen en la oscuridad, en los insectos que esperan en los capullos que han formado, y está segura de que se mueven, como si también les llegara la música. Está segura de que los nota crecer.

Y la sensación hace que se maree.

—En Primera se están emborrachando como nunca —comenta Alexei, tras aparecer a su lado. Él mismo está sonrojado, y el aliento le apesta a alcohol. Casi no le ha dirigido la palabra desde que Weiwei salió del tren. Cree que quizás esté celoso de no haber podido ir—. Y dicen por ahí que un fantasma deambula por los pasillos.

—¿Cómo?

—Sí, que acecha en el baño de Primera Clase. Se me había olvidado lo poco que me gusta el cruce de las vías.

—¡Oye! —Ha llegado al primero de los vagones dormitorio cuando una figura pequeña va corriendo en su dirección; Weiwei lo sujeta con fuerza cuando intenta pasar por su lado y el niño se retuerce en su agarre. Ella misma ha jugado a lo mismo más veces de las que es capaz de recordar y es más rápida que cualquier rufián de Pekín. Además, no tiene ninguna intención de apretujarse contra la pared, lo cual es el objetivo de los participantes.

»Cuéntame lo del fantasma.

—¿Qué? —Jing Tang se queda quieto ante la pregunta inesperada.

—He oído por ahí que vas contando historias sobre un fantasma en el baño. —Se lo acerca más—. ¿No sabes que hablar de fantasmas da mala suerte? Te oirán y creerán que son bienvenidos.

—¡Pero es verdad! —El niño intenta alejarse—. La vi en el espejo, ahí. —Señala hacia uno de los baños de Primera Clase antes de gritar—: ¡Auch!

Weiwei le suelta el brazo, porque se lo había empezado a apretar sin darse cuenta.

—¿Ahí?

El niño asiente con cierta culpabilidad.

Tras un segundo de vacilación, agarra al niño del hombro antes de que le dé tiempo a pensárselo demasiado, lo lleva hasta la puerta y la abre de un empujón, con el estómago hecho un nudo por... ¿qué? ¿Las expectativas? ¿El miedo?

Un grifo que gotea se oye incluso por encima del ruido de los raíles. La estancia no tiene vapor; nadie se baña a estas horas, ni siquiera ahora que ya vuelven a contar con agua destinada para tal propósito. La bañera está vacía, el agua no se desborda y no hay ninguna chica ahogada que salga de ella. La embarga una decepción tan grande que cree que se va a ahogar también.

—No hay nada —dice en voz demasiado alta—. Ningún fantasma.

—Estaba aquí. —Jing Tang parece triste—. La vi en el espejo.

—Seguro que viste a una pasajera.

—Que no, que era un fantasma.

Le gusta lo terco que es, pues es un rasgo que a ella le ha servido de mucho, así que solo lo despeina de un modo que sabe que a él no le gustará y lo saca del baño.

—Ya sabes que no puedes entrar en esta parte del tren. ¿No se preocuparán tus padres?

—Ni se habrán enterado de que no estoy.

Weiwei imagina que está en lo cierto, pero se guarda el comentario.

—Pues los auxiliares sí que se han dado cuenta, y te pondrán a trabajar de ayudante si te ven colándote donde no debes estar.

—¿De verdad? ¿Podré trabajar en el tren como tú?

—Bueno...

Ve que el niño se está imaginando con el uniforme puesto, paseando por los pasillos del tren. Ha enderezado la postura un poco y todo.

Llegan al vagón comedor de Tercera Clase, donde la música y los pasajeros con dotes de bailarines los rodean.

—Venga, vamos a tu vagón dormitorio —dice, pero Jing Tang exclama:

—¡Mira! —Ve a su madre, quien vuelve a ser ella misma, sentada y apiñada alrededor de una de las mesas, con su padre, en plena partida de cartas y dados. Su padre alza la mirada y estira una mano en su dirección.

—Ven aquí, briboncillo, a ver si nos traes buena suerte —suelta uno de los otros jugadores, y el niño acaba metido en el grupo, apretujado en el regazo de su padre mientras su madre los rodea con un brazo.

Weiwei aparta la mirada. ¿No saben que se acerca la Custodia? El golpeteo incesante de los tambores improvisados hace que le duelan los huesos, y el ambiente le parece pegajoso y embriagador. El alarido de una carcajada aguda, el estruendo del cristal al romperse. Ve al auxiliar de Tercera Clase discutiendo con un granjero un tanto agresivo, a Alexei con una copa en la mano. Las luces de Tercera Clase son menos numerosas e intensas que las de Primera, y, en esa penumbra, le da la sensación de que la escena se disuelve, de que los pasajeros se funden con las sombras. El violinista es una silueta, como un mural desgastado en la pared de un templo, un punto de quietud en una masa que no deja de moverse y de mecerse. Se cuela tras la gruesa cortina de la ventana, apoya la frente en el cristal y se alegra de lo frío que lo nota, al menos en términos relativos. Cierra los ojos. Del mismo modo que ocurría cuando era pequeña, el mundo que hay al otro lado de la cortina desaparece, con el sonido amortiguado incluso por una barrera tan endeble.

Abre los ojos hacia la oscuridad. Los auxiliares siempre la reñían por quedarse mirando el exterior demasiado rato durante la noche. «No es seguro —le decían—, no te quedes mirando así, no quieres ver lo que te puede devolver la mirada». Solo que ella sí que quería ver, siempre lo ha querido. Abre los ojos tanto como hacía de pequeña, hasta que las formas indistinguibles del exterior forman un paisaje que es capaz de captar. Ve algo, un movimiento a lo lejos. Alas que se alzan desde la sombra de los árboles. *Búhos*, piensa. *Salen de caza.*

Y algo le devuelve la mirada; no el paisaje del exterior, sino algo que está mucho más cerca. Unas formas pálidas brotan al otro lado del cristal, unas venas de moho, como las líneas que deja el agua del mar tras de sí, que crecen según las ve. Da un paso atrás y oye un grito ahogado de sorpresa cuando choca con alguien.

—Estaba limpiando —dice, según reaparece ante un aplauso, como si acabara de hacer un truco de magia, «¡vean cómo saco una chica de detrás de la cortina!», además de otras voces que preguntan quién más estaba ahí escondido con ella.

Echa un vistazo al otro lado de las demás cortinas, con cuidado de que los pasajeros no se percaten de nada, y ve que en las demás ventanas se forman los patrones. Toca el cristal. Sí que está en el exterior, pero… Se imagina los especímenes robados, que proliferan; se imagina las escamas en las paredes, las esporas en el aire, todo creciendo por momentos. Lo nota con los dedos a través del cristal, el zumbido profundo de la vida al expandirse, y aparta la mano de sopetón.

Se abre paso a codazos para salir del vagón y recorrer el comedor de la tripulación, donde todavía hay gente comiendo y jugando a los dados, rumbo al vagón dormitorio de la tripulación.

El vagón está oscuro y en silencio. No se oye ni una respiración. Se queda en el umbral para disfrutar de lo vacío que está, del alivio que le llega cuando nadie la observa. Sin embargo, cuando entra capta algo. Algo más llena el silencio. Lo nota cuando apoya una mano en la pared; detrás del sonido del tren y de los raíles, lo nota una vez más: algo que crece.

No se detiene para mirar detrás de las cortinas, sino que va derecha a su litera, sin necesitar ninguna luz que le guíe los pasos, ni siquiera para subir por la escalera. Cuando llega a lo más alto, estira una mano para tomar su abanico de liquen, pero no está allí.

Se queda de piedra. Conforme la vista se le acostumbra a la oscuridad, ve unos patrones en la pared, ya no al otro lado de las ventanas, sino dentro: el liquen hace crecer unas escamas plateadas y azules en dirección al techo. Capta un movimiento en el otro lado de la litera, una forma agazapada que...

—Ladrona —sisea Elena.

EDÉN

—Un nuevo Edén —dice el doctor Henry Grey. Lo acaban de soltar de su cuarentena. Tiene el cuello de la camisa manchado de sudor y parece que hace días que no se afeita. La voz le tiembla de una forma que Marya no había notado hasta el momento, una que le recuerda a quienes predicaban sobre la furia de Dios en los muelles de San Petersburgo, quienes proclamaban el mundo que estaba por llegar—. Eso es lo que hacemos: un nuevo Edén, más perfecto y maravilloso, más lleno de vida, más...

—¿Más a rebosar de serpientes? —Guillaume alza su copa ante unas carcajadas y le hace un ademán al auxiliar para que se la vuelva a llenar. Henry Grey parece no molestarse. Ha pasado toda la velada charlando con quien quisiera escucharlo, y, una y otra vez, con un fervor evangélico, vuelve a hablar de su gran palacio de cristal.

Al lado de Marya, Sophie LaFontaine se ha puesto a dibujar.

—Qué bonito —dice Marya, admirando los trazos grises y rápidos que forman abedules bajo los dedos de la mujer—. Me dan ganas de tocar la corteza de los árboles.

—Quizá se lo regale al doctor Grey —le dice Sophie con una sonrisa—. Aunque me temo que es tan solo una imitación barata de su Edén. —Inclina el papel un poco en dirección opuesta a Marya, pero, al hacerlo, deja ver la hoja de debajo, y el boceto de una figura le llama la atención a Marya. Son unos pocos trazos de una mujer joven en un umbral, pero Sophie le ha dado una sensación de movimiento, de realismo. Aunque no sabe por qué, verla la pone incómoda. Quizá sea porque la figura tiene el rostro medio borroso, aunque, aun así, da la sensación de que la está observando.

Sophie tapa la imagen con prisa.

—¿Es una pasajera? —le pregunta Marya.

—De Tercera Clase, tal vez —contesta la mujer. Entonces continúa en voz más baja—: Creerá que soy tonta, y sé que solo es porque me falta maña y nada más, pero, aunque la he visto varias veces durante el viaje, no he sido capaz de plasmar el rostro. —Hojea las demás páginas del cuaderno, y Marya ve la misma figura, siempre en un umbral o junto a la pared, con unos rasgos borrosos, como si una cámara la hubiera captado en pleno movimiento.

—No —responde Marya—, no creo que sea tonta ni que le falte maña. —Recuerda la convicción que había experimentado en el vagón de observación, lo segura que había estado de que alguien más estaba allí con ella. Se acuerda del ángel de Henry Grey.

«Igual que nosotros observamos, los Baldíos nos observan a nosotros», había dicho Suzuki. Se obliga a dejar de pensar en él, en su piel cambiante.

—No estarás aburriendo a nuestra amiga, ¿verdad, querida? Seguro que las damas modernas tienen más temas de conversación que unos dibujos bonitos, ¿no? —Guillaume se inclina por encima de su mujer para quitarle el cuaderno y lanzarlo sin cuidado al asiento que tienen al lado.

A Marya le llega la peste a alcohol del aliento del hombre.

—Era una conversación perfectamente placentera, gracias —dice, sin hacer ningún intento por no sonar fría como el hielo.

—Pero ¿no lo ven? —Henry Grey ha alzado la voz—. Ahora entendemos el jardín. Somos una nueva especie, el *Homo scientificus*. Se nos ha concedido otra oportunidad, un segundo intento. No podemos desperdiciarlo, no podemos permitir que se nos distraiga. Eso es lo que pienso mostrar en la Exposición...

—Diría que me da lástima —comenta la Condesa—, pero me temo que se lo tome como que lo estoy alentando.

Marya intenta responder, pero le cuesta concentrarse. Es tarde. No ha oído los pitidos del reloj en toda la noche, con tanto ruido que hay y con las canciones alegres del músico, que, a pesar de ello, tiene el mismo aspecto lúgubre que si tocara una marcha funeraria. Al pasar por la frontera, habían brindado por haber entrado en Europa, y luego brindaron otra vez y otra vez más, y la noche desaparece y la música ya no suena, pero parece que nadie quiere irse a la cama.

—Al pobre hombre no le queda nada, claro. Nada más que unas cuantas cajas de mariposas muertas y un ego desmedido acerca de su propia inteligencia. —Anna Mikhailovna da un sorbito delicado a su *sirop de cassis*.

Marya se imagina las líneas de la piel de Suzuki, con su movimiento lento y deliberado. ¿Qué haría Grey si las viera? ¿Cómo encajarían en su supuesto Edén?

—Ojalá se callase ya —suelta de repente, con más ferocidad de la que pretendía—. ¿Por qué lo dejan hablar así?

—Ah, ya se cansará. Los hombres como él siempre se acaban cansando. —La Condesa hace un gesto para restarle importancia, pero Marya ve al clérigo, Yuri Petrovich, agitándose en su asiento, con una energía volcánica que parece estar a punto de erupcionar. A su lado, la Condesa se echa atrás, con la expresión de alguien que se acomoda para disfrutar del espectáculo.

—¡Blasfemia! —El sacerdote le da un golpe al reposabrazos de la silla con el puño. La Condesa ni se inmuta—. ¿Un nuevo Edén? Es la tontería más peligrosa y corta de miras que he oído en la vida. ¿Cree que ha encontrado a Dios en estas tierras salvajes? Al tentador es a quien ha encontrado. Lo ha tentado, como les ocurre a todos los idiotas debiluchos.

El arrebato hace que el vagón se suma en el silencio, pero el minuto de protagonismo de Yuri Petrovich se desmorona cuando llega un niño pequeño de repente, atraviesa la puerta del vagón a toda prisa, se queda plantado delante de todas las miradas que se vuelven hacia él y sale otra vez.

—Yuri Petrovich, está asustando a los niños —le dice Guillaume, pero el clérigo no piensa permitir que lo distraigan del objetivo de su furia.

—¿Es que no lo ve? ¿No se da cuenta de que se ríen de usted? Tanto hablar del Paraíso cuando estamos en el mismísimo infierno. Todos estos viajeros mimados, estos turistas de la región infernal, lo toman por idiota.

—Cálmese —le insiste Guillaume. Sophie y otros pasajeros apartan la mirada, avergonzados, aunque Marya no sabe si es por ellos mismos, por Yuri Petrovich o por el propio Grey. El doctor está demasiado perdido en su fervor como para que le importe.

—Siempre habrá quienes duden —dice, casi para sí mismo—. También habrá quienes no lo sepan ver. Miran, pero no ven, porque ellos mismos han estado perdidos en la naturaleza durante demasiado tiempo, y no han notado la llegada de la comprensión verdadera. El regalo… —Alza las manos en un gesto como de plegaria, y Marya cree verle unas lágrimas que le relucen sobre las mejillas.

—¿A quién está llamando…? —Yuri Petrovich se pone en pie.

—Caballeros. —Wu Jinlu reacciona con una rapidez impresionante y aparece al lado del clérigo de un modo que sugiere que solo estaba ahí por casualidad. Le apoya una mano en el brazo.

—Me calumnia —gruñe el sacerdote.

—Creo que ha sido usted quien me ha acusado de blasfemia…

—¡Osa decir que es un siervo de Dios! Debería caérseles la cara de vergüenza, bebiendo y festejando como si nada. Han cedido a las tentaciones del exterior. Rezaré por su alma. —Yuri Petrovich se quita la mano de Wu Jinlu de encima y sale del vagón a toda prisa.

—Vaya, al final nos ha cantado las cuarenta a todos —comenta la Condesa, quien, según ve Marya, casi no puede contener la alegría que la invade.

Sin embargo, Grey sigue de pie, apesadumbrado.

—Tengo que hacer que entre en razón —dice—. Es demasiado importante como…

—Quizá sea mejor que espere a mañana —lo corta Wu Jinlu—. Parece que le hace falta descansar un poco. —Y es cierto: el británico no parece poder tenerse en pie del todo. Marya se levanta para ayudarlo, y Wu la mira con una expresión de agradecimiento—. Lo acompañaremos a su compartimento.

Entre los dos, lo ayudan a salir del vagón bar y se dirigen por el pasillo del vagón dormitorio.

—La vi —murmura el doctor, como los borrachos que Marya solía ver cerca del agua en San Petersburgo cuando salían tambaleándose de las posadas que había junto al río—. Me salvó la vida.

—La mujer del exterior, en el bosque —explica Wu, arqueando las cejas.

—No. —Grey se detiene en seco y los obliga a pararse de sopetón, apretujados en ese pasillo estrecho—. Estaba aquí. Aquí la vi primero, en el tren.

Marya piensa en la figura de los dibujos de Sophie, la que se queda en los umbrales de las puertas. La que los observa.

—Eso fue cosa de la tormenta —dice Wu Jinlu—, que nos puso a todos nerviosos. Venga, ya casi hemos llegado.

Entran al compartimento con torpeza y colocan a Grey en una de las butacas antes de poder encender las luces. Cuando Marya estira una mano hacia la lámpara de la mesa, suelta un grito ahogado y se aparta.

Grey ha dejado las cortinas abiertas, o bien al auxiliar se le ha olvidado pasar por allí a cerrarlas, y la ventana y la noche del exterior están a vista de los tres. Sin embargo, no es el paisaje lo que hace que se queden de piedra, sino los patrones del cristal. La ventana está cubierta de ellos, como si le hubiera salido escarcha a pesar del calor del verano, o como si el fantasma de unas flores se hubiera plasmado en el cristal, en unos patrones más delicados incluso que los que hacía su padre.

—Es lo que les decía —insiste Grey—. Estamos bendecidos.

—Moho —dice el mercader, dando un paso atrás—. Pero crece muy deprisa.

Tiene razón: crece según lo ven.

—Deberíamos cerrar las cortinas —dice Marya. El terror la invade, un miedo horrible y repentino.

—No, no… —empieza a decir el doctor, pero Marya enciende las lámparas y tira de la cortina para cerrarla.

Intercambia una mirada con Wu, y Marya ve su propio miedo reflejado en el rostro de él. El mercader se seca el sudor de la frente con un pañuelo.

—Seguro que no es nada nuevo para el tren —dice, aunque sin su confianza de siempre.

Un sonido que se produce a sus espaldas hace que se dé media vuelta. Las sombras llenan la entrada del compartimento.

—Buenas noches a todos. ¿El doctor Grey ya se encuentra mejor?

Los Cuervos.

—Mejor que nunca, pero tengo cosas que hacer, tengo que mantener el registro... —Lleva una mano hacia la cortina, y Marya intenta interponerse en su camino.

—El doctor está demasiado cansado, es todo. —*Lo encerrarán*, piensa. *Dirán que es por su protección.* Mira las manos temblorosas de Grey; está segura de que no sobrevivirá a eso.

—Lo único que necesita es dormir bien esta noche —añade Wu Jinlu.

Los hombres de Transiberia asienten y sonríen, aunque dicha sonrisa no les llega a los ojos. Han empezado a perder la compostura, a desprenderse de ese brillo pulido que siempre tenían. El viaje les está pasando factura.

—Por supuesto —dice el señor Li—. No nos gustaría apartar al doctor Grey de su trabajo. —Quizás al ver la expresión de ella, añade—: Lo hemos invitado como orador en nuestro puesto de la Exposición. Mostrará la gran aportación que hace Transiberia para la comprensión científica de los Baldíos. Será una gran oportunidad para todos. —¿Se lo está imaginando o ha pronunciado esas palabras con un énfasis extraño?

—Ah, ya veo —dice Wu Jinlu, aunque una expresión extrañada le cruza el rostro. Por su parte, Marya guarda silencio. Los Cuervos la observan con una mirada evaluadora, y nota los primeros atisbos de miedo. Quiere echarse a reír por lo inocente que ha sido. Grey es un blasfemo para los clérigos como Yuri Petrovich, pero un evangelista para Transiberia. ¿Por qué iban a querer silenciar un fervor como el suyo? Les es útil. *Pasen y vean nuestras maravillas, bendecidas por Dios todopoderoso.*

—¿Y cómo se siente usted, Marya Petrovna?

Lo saben, piensa. *Saben quién soy, lo ven con tanta claridad como si tuviera la verdad tatuada en la piel.* ¿Cómo se han enterado? ¿Ha hecho algo que la ha delatado? ¿O ha sido Suzuki? No, eso sí que no se lo puede creer. No se lo cree.

A pesar de que intenta calmarse, le pitan los oídos, y el compartimento es tan pequeño para todos que le cuesta respirar. Tiene que salir, solo que los Cuervos le bloquean el paso, como si desplegaran las alas para ocupar cada vez más espacio.

—¿Marya Petrovna, sería tan amable de acompañarnos?

—¿Qué pretenden hacer? —exige saber Wu Jinlu.

—Por favor, es por su propio bien. —El señor Petrov da un paso adelante para tomarla del brazo, y ella se echa atrás y choca con la mesa. Grey suelta una exclamación de pura molestia.

—Nos tememos que Marya Petrovna no se encuentre bien. Solo necesitamos que nos acompañe por su propia seguridad y la de los demás.

Ve la mirada de reojo cargada de significado que pasa entre Petrov y Wu. Ve que Wu se aparta de ella y baja la vista al suelo.

—Estoy la mar de bien, se lo aseguro. —Marya intenta hacer que la voz le suene fuerte y firme, pero nota que le tiembla.

—No tiene nada de qué preocuparse, solo se quedará un tiempo en observación.

«No montes una escenita», le dice su madre en su imaginación. Montar una escenita es lo que más miedo le daba a su madre, pero es que es justo eso lo que debería hacer. Debería ponerse a gritar a pleno pulmón para que los demás pasajeros se acercaran corriendo, para decirles que esos hombres eran unos mentirosos, que los que son peligrosos son ellos, que se protegen a sí mismos y a Transiberia cueste lo que cueste.

Aun así, la expresión de Wu Jinlu la desanima. Tiene miedo de ella, de lo que podría llegar a hacer si de verdad ha caído en las garras de una enfermedad que aflige la mente. Puede hacer una pataleta y gritar y jurar que no le pasa nada, que se encuentra perfectamente bien, pero con eso solo logrará convencerlos más aún: negarán con la cabeza y le hablarán en voz baja y con educación explicándole que es lo mejor para ella. Puede acusar a Transiberia de todo lo que le venga en gana, que nadie le hará caso si creen que está corrompida por los Baldíos.

Capta un movimiento detrás de los Cuervos y ve al médico menudo y elegante de Transiberia en el umbral, con una mano en el bolsillo para esconder el bulto de una jeringa, aunque sin mucha maña. Petrov la sujeta de un brazo. Según se marchan del compartimento, se vuelve para ver a Grey encorvado sobre sus libros, escribiendo con fervor, y a Wu Jinlu con la cabeza gacha, incapaz de mirarla a los ojos.

UNA BRECHA

La polizona ha cambiado. Weiwei no sabe exactamente cómo, pero la presencia de Elena parece más sólida, como si ocupara más espacio. Están agazapadas en extremos opuestos de la litera.

—Ladrona.

Hace que el espacio apretujado entre la litera y el techo parezca más reducido aún.

—No lo sabía —se defiende Weiwei—. No sabía lo que iba a provocar. —*¿Ah, no?*, piensa. Los patrones de la pared se mueven, y el liquen crece según lo ve.

—¿Por qué te lo llevaste? No es tuyo.

«Porque lo quería», quiere contestar. «Porque quería sostenerlo y quedármelo. Porque quería algo que no fuera a marcharse, que no se perdiera».

—Lo siento —dice en su lugar—. Lo siento mucho. —El tren le suena como un estruendo, los raíles le hacen traquetear los huesos, y no es culpa de Elena, sino suya, solo suya. Ha traído el exterior al tren, se acercan a la Custodia y no puede hacer nada por solucionarlo. En su imaginación, vuelve a ver el pavor en el rostro de Alexei, la culpabilidad con la que se ha envuelto, y Weiwei se arrepiente más aún.

»¿Por qué has vuelto? —No pretende que suene tan abrupto—. Henry Grey te está buscando. —*La verá*, piensa. Es como Rostov, como ella misma. Buscan algo, no están satisfechos con lo que tienen—. Cree que eres una mensajera, un ángel…

—¿No un monstruo? —Elena lleva una mano a la pared, y el liquen se mueve como las ondas de un estanque, fluye hacia fuera y luego hacia dentro, explora y le lame los dedos.

—No es eso lo que…

—¿No es lo que te parezco? ¿Seguro que no? Cuando estuvimos fuera, creíste que le había hecho daño. Y eso es lo que hacen los monstruos, ¿no? Y es ahí donde debemos estar.

—No… —Sin embargo, vuelve a recordar lo que ocurrió, con Henry Grey tirado en el suelo y Elena encima de él. Le gritó que no, y Elena alzó la mirada. Traicionada—. No es eso.

Weiwei estira una mano para dársela a ella, pero sabe que sus palabras suenan vacías y sin emoción. Elena siempre será una polizona, alguien que está ahí sin invitación, siempre será un monstruo que los demás temerán, uno al que querrán dar caza.

—Te buscaremos un sitio al que pertenezcas —le asegura Weiwei—. Llegaremos a Rusia, y allí verás el mundo que querías, todo lo que te imaginabas…

Solo que Elena se está apartando y se enrosca el cabello entre los dedos.

—¿Qué pasa?

—No es por eso por lo que he venido. No lo entiendes.

—Pero quiero entenderlo, porque, si no, ¿cómo voy a comprender todo esto? Todos los cambios… —Tiene que deshacerse de ello. Se vuelve hacia la pared e intenta desprender el liquen que ya se extiende hasta el techo, empieza a arrancarlo con las uñas…

—Espera, no…

… y es como si un bote de tinta se le derramara de repente por la mente, y todo se vuelve oscuro y vacío hasta que la tinta se desvanece y está…

… en un lugar en el que no debería estar. En el infierno atronador del vagón del motor, viendo cómo los fogoneros le dan de comer al tren, con las llamas reflejadas en sus gafas de protección, con manchas de hollín en los guantes. A través de la mugre de las ventanas, ve que no están muy lejos de la Muralla rusa, cerca del inicio del cruce actual. *Es el último cruce.* ¿Es un recuerdo? No, es algo distinto. Unas chispas de color naranja brillante flotan en el aire, pero, cuando le llegan a la piel, no la queman. No son chispas, sino esporas que danzan hacia el fogón, en busca del calor que alimenta al tren. Ve otras esporas que surgen del fuego, sigue a una de ellas hasta ver cómo se asienta en la pared. Se agacha y ve una capa metálica que se forma, de colores verdes y plateados iridiscentes, como si fuera parte del metal de la pared, pero crece y pulsa al ritmo del rugido del motor, al ritmo de los raíles...

... y alguien se pelea en Primera Clase. Los pasajeros se quejan de que no pueden dormir, dicen que, cuando se ven reflejados en las ventanas, no se ven a ellos mismos. En Tercera Clase, han roto los espejos del baño. Weiwei se mira el corte rojo y ensangrentado que tiene en la palma de la mano derecha, por culpa de una esquirla del cristal. Se ha visto a sí misma reflejada, solo que distorsionada hasta convertirse en una criatura maliciosa e insidiosa, con una expresión hambrienta. Se pone de pie y gotea sangre sobre las baldosas blancas y negras del baño, incapaz de apartar la mirada del cristal.

—He tenido que hacerlo. —Es una mujer de espaldas a la pared, con la mirada perdida en los restos del espejo, con las manos ensangrentadas—. Mentía, mentía...

Sin embargo, Weiwei piensa que quizá decía la verdad...

... y la Capitana se enfurece con el exterior. Están en la torre de vigilancia, al lado del gran lago, casi blanco por el sol de finales de verano, y el horizonte se mezcla con un cielo blanquecino. La Capitana le pide a gritos que cierre las persianas, que esconda el exterior.

—¿Debería ir a buscar al médico?

—No.

—Le traeré agua entonces... —Weiwei quiere salir de la torre, alejarse de esa versión de la Capitana que no conoce. Se dirige hacia la puerta.

—¿Cómo vamos a soportarlo?

Weiwei se detiene. La Capitana alza la mirada, con la piel pálida y húmeda.

—¿No lo notas? Como si intentara entrar... Está ahí en todo momento, crece hagamos lo que hagamos, por fuertes que seamos... ¿Cómo lo soportas?

Weiwei se la queda mirando, inmóvil por la intensidad de la mirada, y entonces ve a la Capitana de verdad, sin su careta: tiene miedo. Le da miedo el exterior. Ni se le había pasado por la cabeza que, detrás de las apariencias, la Capitana estuviera asustada. De repente, las paredes del tren le parecen menos resistentes; el suelo, menos sólido.

—No se encuentra bien —susurra—. Deje que la acompañe a sus aposentos. —Sin embargo, la Capitana le resta importancia con un gesto.

—Déjame en paz.

—Pero no está...

—¡Que me dejes! —Se da media vuelta con tanta ferocidad que hace que Weiwei se aleje, que baje por las escaleras, rumbo a la oscuridad...

... y al vagón dormitorio de Tercera Clase, sumido en una quietud que la sorprende más que cualquier otra cosa de las que ha visto. Los pasajeros están dormidos, solo que tan en silencio que busca señales de vida. Sí, el pecho les sube y baja y abren la boca al respirar. Hay lámparas encendidas, aunque las cortinas están abiertas hacia la noche. Capta un sonidito apenas perceptible, como de algo que se parte. Alrededor de la ventana que le queda más cerca ve la misma capa metálica que ya ha visto en la pared del vagón del motor, pulsando y con vida. Coloca la mano en el cristal y nota el mismo pulso lento. Distintas venas aparecen, se le cuelan bajo los dedos; las venas se estiran de una ventana a otra, y ahí está el ruido de algo al partirse otra vez, y la ventana se agrieta...

—¡ ... vuelve!

Aparta la mano del liquen de la pared. Elena se inclina hacia ella.

—¿Cómo te encuentras? ¿Qué has visto?

A pesar de que Weiwei intenta formar las palabras necesarias, todavía nota el cristal, con vida, hasta que desaparece. Todavía ve las esporas flotando en la oscuridad, luminiscentes. Los días perdidos de su último cruce. El tren alterado, invadido.

—No fue el cristal —susurra—. Transiberia se equivoca; el exterior ya había atravesado las paredes del tren, ya había entrado.

—Se acuerda de las esporas danzando hacia el horno. El propósito que parecían tener.

—¿Qué pasó? —Weiwei reconoce la mirada de Elena, con la misma hambre que cuando había mirado a las aves y los zorros del exterior, a todo lo que la llamaba y que la mantenía alejada al mismo tiempo.

—Éramos parte de todo, estábamos conectados. —Le cuesta hablar más alto que un susurro. Bajo los dedos, todavía nota la cicatriz de la palma de la mano, se acuerda de haberse sacado la esquirla de cristal de la piel. Se acuerda de su reflejo en el espejo destrozado, pequeña, enfadada y hambrienta, como si hubiera visto una parte de sí misma que escondía de los demás—. Se nos mostraron las distintas partes de nosotros mismos. Y entonces...

—El cristal se agrietó. La conexión se perdió. Siente la ausencia, como el dolor que la invade cuando el tren se detiene—. ¿Es así como te sientes? —consigue preguntar—. Vacía.

—Vacía —repite Elena, como si saboreara la palabra, antes de añadir—: Fuera, con la hierba, los árboles y el agua, me he sentido fuerte otra vez. Creía que había vuelto a casa.

Weiwei espera a que continúe.

—Pero traicioné a mi hogar. Lo abandoné, y ahora no me recibe. También ha aprendido, también ha cambiado.

De nosotros, piensa Weiwei. *Ha aprendido de nosotros, de nuestras mejores partes y también de las peores.* Percibe la sangre que le late en las sienes.

—Pero ¿qué significa eso?

Elena se apoya contra la pared antes de contestar.

—Que no van a parar. Da igual lo resistente que sea el tren: ya nada los va a echar atrás.

HILOS

E l sol matutino ilumina los patrones de la ventana y los im-
buye de una vida activa y brillante. Henry Grey estira los
dedos entumecidos hacia el cristal. Está seguro de que nota
cómo crecen los brotes, cómo pulsan con esa energía impaciente
para tirar de cada uno de los poros que tiene hacia ellos. Quiere
poder tocarlos, atraparlos, colocarlos entre las páginas de un libro
como los álbumes de flores silvestres que amontona en los estantes
de su casa.

No prueba bocado, porque el dolor de estómago hace que ni
siquiera soporte pensar en la comida, y, además, está demasiado
lleno de visiones como para reposar, demasiado lleno de conocimiento. Tanto que le arde. Los cuadernos que hay sobre la mesa
son cada vez más gruesos por todos los recuerdos que plasma en
ellos, con todo lo que vio en el exterior, con las ideas que proliferan. Tiene que seguirles la pista a todos los pensamientos antes de
que se le escapen, y estos dejan un sendero brillante tras de sí que
debe seguir si no quiere arriesgarse a perderlos para siempre.

Se agacha para abrir las puertas del armarito en el que guarda
los especímenes. La chica del tren se los había llevado, asustada.
«Están cambiando, doctor Grey», le dijo. El tarro que tiene delante
había contenido una criatura similar a un escarabajo, con alas iridiscentes y unas pinzas negras y fuertes con las que golpeaba el
cristal sin cesar. Aun así, ahora nada se mueve en el interior, sino
que solo hay una masa seca y marrón, con algo de pelaje. Algo
que respira. En la oscuridad, crecen. Sus fragmentos de los Baldíos, a la espera de emerger, de llegar al escenario que será la

Gran Exposición. Un escalofrío de emoción le recorre la espalda. *Aún no, todavía no.* Cierra la puerta con llave y se la guarda en el bolsillo de la chaqueta antes de quitarse de encima un hilo blanco y largo que se le ha pegado a la ropa. Frunce el ceño y se frota el traje con las manos. ¿Se ha cambiado de ropa esta mañana? Cada vez le cuesta más recordar esas cosas. Hasta la imagen de su cabaña y de su jardín le tardan en llegar a la mente: Inglaterra se pierde en la oscuridad ante lo llenos de vida que están los Baldíos. Pero, bueno, el hilo. ¿Acaso alguien se ha colado en su compartimento para husmear? Lo mira más de cerca y cae en la cuenta de que no es un hilo, sino algo más similar a una raíz, finísima, que se ha quedado flotando cuando se la ha quitado de encima. *Una hifa de un hongo*, piensa. Y por ahí hay más; salen de las paredes y llegan al suelo. Se arrodilla y observa cómo esas puntas finas como filamentos se mueven, como si buscaran un terreno nuevo. *Un desierto como el jardín del Señor*, piensa, y rasca la pared del compartimento con las uñas para tratar de llegar a lo que ha brotado en ella, a la vida micelial. Rompe un fragmento de las tablas de madera y acaba viendo más hifas blancas y finas.

—Extraordinario —dice, haciendo caso omiso del dolor que le llega a los dedos, ensangrentados.

Alguien llama a la puerta, y el sonido hace que se ponga de pie de golpe. Echa mano a un par de cojines de la cama y los apila junto a la pared para esconder el estropicio.

—¿Quién es? —Nadie le contesta, de modo que abre la puerta un resquicio—. No quiero que se me moleste… —Solo que Alexei le da un empujón a la puerta para entrar y la cierra tras él.

—Me prometió que tendría cuidado —sisea. Va sin afeitar y tiene los ojos inyectados en sangre.

—Muchacho…

—Nos ha envenenado a todos.

—¡Para nada! Menudo disparate. —Grey se ruboriza. El ingeniero se seca el sudor de la frente y echa un vistazo por el compartimento.

—Tiene que deshacerse de… de lo que sea que tenga…, antes de que nos haga más daño.

—De verdad que no es necesario que… que exageres tanto. No he envenenado a nadie. Mira. —Lleva al ingeniero hacia la mesa, donde los insectos están a buen recaudo en sus capullos, encerrados en los tarros de cristal—. Esto es lo único que traje, y no hay nada que deba preocuparnos. Nada que siga con vida. —Observa al ingeniero con la certeza, o casi, de que no sabrá reconocer lo que es una crisálida.

Alexei se queda observando los tarros y luego aparta la mirada a la ventana, donde el moho del otro lado del cristal se mueve y late con la luz. Deja caer los hombros.

—¿De verdad crees que esto puede ser cosa mía? —pregunta Grey, con el tono de alguien que habla con un niño pequeño—. Está en el exterior, así que nosotros no hemos podido hacer nada que lo provocase. Además, ¿no es eso lo que queríamos? Averiguar qué significan esos cambios, cómo podemos entenderlos. ¿No hablamos de lo que Transiberia nos oculta? Cuando lleguemos a la Exposición, serán nuestros nombres los que estarán en boca de todos. Pasaremos a la historia, muchacho, seremos los hombres que desentramaron los misterios de los Baldíos, escondidos durante demasiado tiempo por una empresa que se ha aprovechado de sus secretos.

Sin embargo, el ingeniero niega con la cabeza y se aparta de él.

—No tendría que haberle hecho caso. Es culpa mía.

—Venga ya, es normal que te sientas un poco nervioso. Cualquier gran hombre que encuentre su propósito en una hazaña así de descomunal debe ponerse a temblar ante la tarea. Pero los grandes hombres de verdad superan el miedo.

—Pero, para que pase todo eso, tenemos que llegar a Moscú. Lo entiende, ¿verdad? Tenemos que pasar la Custodia. —El joven sale del compartimento tan deprisa como ha entrado. *No puede con la presión del viaje*, piensa Grey. *Pobrecito*.

Después de que se marche el ingeniero, Grey vuelve a agacharse junto a la pared, donde las hifas surgen, imposibles de contener.

Echa un vistazo en derredor, nervioso, y se imagina que cada vez que suenan pasos en el pasillo es porque alguien va a entrar en su compartimento a la fuerza. Por mucho que intente volver a meter los zarcillos finos en la pared, hay demasiados y crecen sumamente deprisa. El pánico lo invade. Le será imposible esconderlos, explicar que no es cosa suya. Sin embargo, cuando se apoya sobre los talones y los observa moverse, salir a tientas de la pared y llegar a la moqueta, le dan ganas de echarse a reír por la sorpresa, por la alegría. La vida lo rodea, y el nuevo Edén se ha adentrado en el tren.

EL TIEMPO PERDIDO

Mira a Elena, y el silencio entre las dos se vuelve tenso. —¡Zhang! —Un grito desde el otro lado del vagón hace que pegue un bote. Weiwei baja a trompicones por la escalera antes de que la voz pueda acercarse más—. Los pasajeros de Primera están nerviosos, tienes que ir para allá —le dice el auxiliar.

—Iré en un momentito —responde. *No mires arriba*, se dice a sí misma. *No mires arriba, que si no él hará lo mismo.*

—Ahora —insiste el hombre.

Weiwei va tras él sin decir nada más. Por detrás de ella, nota los zarcillos de los líquenes que se estiran para seguirla. Quiere que le deje de doler la cabeza, pero el tren no se calla, ni tampoco la voz de Elena que resuena en su mente: «Ya nada los va a echar atrás». Camina tras el hombre hasta el vagón bar, donde el segundo auxiliar está indefenso ante el asalto verbal de la Condesa.

—Exijo que me dejen verla de inmediato —dice ella.

—Pero, señora, el médico dice…

—¿Qué sabrá él? Ayer estaba perfectamente, y no veo ningún motivo por el que le puedan negar que reciba una visita.

Con un mal presentimiento, Weiwei echa un vistazo alrededor para ver quién falta. Marya Petrovna. La culpabilidad la invade. El Profesor se lo había advertido, le había pedido que le dijera que se anduviera con cuidado, pero Weiwei no le había hecho caso. Ni a él ni a Marya Petrovna, y ahora se la han llevado. ¿De verdad estaba enferma? Le preocupaba que la viuda fuera a descubrir a

Elena, con su retahíla de preguntas y su curiosidad insaciable, pero ahora sospecha que lo que buscaba era otra cosa.

El vagón entero resuena con la especulación de los pasajeros.

—Pero ¿no estaremos en peligro nosotros también? Hemos estado cenando con ella desde el principio... —dice alguien—. ¿De verdad nos pueden asegurar que no es contagioso?

—Yo estoy la mar de bien, salvo por una jaqueca que seguro que es solo por preocuparme por ella...

—A mí lo que me gustaría saber es por qué esos caballeros creyeron conveniente llevársela así sin más...

—Es el lugar más seguro para ella, si de verdad está enferma...

—¿Puedes hacer algo al respecto, querida? —la Condesa le dedica su atención a Weiwei y pasa por alto al auxiliar—. Se la llevaron a las tantas de la noche, es de lo más raro.

—Seguro que es solo por precaución, por su salud. El médico está acostumbrado a tratar la enfermedad —responde Weiwei, sin demasiada convicción. La Condesa le dedica una mirada astuta.

—No es la enfermedad lo que me preocupa —dice, en voz baja para que solo ella la oiga.

Weiwei cruza los vagones dormitorio deprisa, rumbo a la enfermería, decidida a rectificar su error de no haber ido a hablar con Marya. Sin embargo, a mitad de camino ve a Alexei salir del compartimento de Henry Grey. *A hurtadillas*, piensa, pero se queda de piedra al verle la cara. Tiene los ojos rojos y una expresión de desesperación que hace que Weiwei no quiera esconderse ni darse media vuelta y pretender que no lo ha visto. El ingeniero la mira y se enjuga los ojos con un gesto enfadado.

—¿Qué pasa ahora? —Tiene el uniforme arrugado y desordenado y se nota que no se ha afeitado—. Por el amor del hierro, Zhang, ¿es que tengo monos en la cara?

La dureza del tono de Alexei le duele.

—¿Qué hacías ahí? —exige saber.

—El doctor… —Se queda callado, se lleva las manos al rostro y se apoya en la pared—. Es culpa mía —dice, con la voz amortiguada.

—¿A qué te refieres?

Alexei se aparta las manos de la cara y hace un ademán hacia el moho de las ventanas.

—Todo esto es culpa mía, he puesto en peligro a todo el mundo.

—No tiene nada que ver contigo —lo tranquiliza ella, poniéndole una mano en el brazo.

El ingeniero la mira con el ceño fruncido, antes de decir en un torrente de palabras:

—Le di las llaves a Grey para que saliera. Es culpa mía que casi murieras, que la Capitana arriesgara la vida para salvaros, que todo esté cambiando. Yo dejé entrar a los Baldíos. —Se arrodilla para rascar la moqueta con las uñas.

—¡Para! ¿Qué haces? Te vas a hacer daño. —Intenta apartarlo del suelo, pero él es mucho más fuerte.

—¡Mira!

Ha revelado unos hilos blancos y finos debajo de la moqueta, que surgen del suelo. Weiwei se echa atrás a trompicones cuando ven que se dirigen hacia ella, que se alzan como si saborearan el ambiente. Quiere poder hablar con Alexei como antes, sin pensar, sin cesar, como su hermanita a la que decía que se parecía, algo que lo sacaba de quicio. Sin embargo, le cuesta apartar la mirada de los hilos blancos, de su movimiento ondulante, del propósito que parecen compartir.

—Nada de lo que pasa es culpa tuya —se apresura a decir ella.

—Eso no lo sabes.

Es que sí que lo sé, quiere decirle. *Lo sé muy bien.*

Se quedan mirándose. Y, en el silencio, una alarma empieza a sonar a todo volumen.

La alarma de brecha. A pesar de que solo la han oído en simulacros, en alguna mala noche se ha despertado convencida de que la acababa de oír sonar por todo el tren. Es un tintineo insistente y discordante que indica a los tripulantes que lleven a los pasajeros de Primera Clase a sus compartimentos y a los de Tercera a sus literas. Que se reúnan en el comedor de la tripulación. ¿Qué hará Elena? ¿Tendrá miedo?

La mayoría están pálidos y asustados y pretenden no estarlo, aunque Alexei tiene peor aspecto que todos juntos; ve que los demás lo miran y se percata de que parece encogerse en sí mismo. Quiere darle un apretón tranquilizador en el brazo, solo que no parece ser capaz de moverse, no cuando tantos terrores se apilan uno encima de otro, de modo que debe reunir toda su fuerza de voluntad para quedarse de pie sin más.

El Cartógrafo se cuela por la puerta. Lo ha visto tan poco durante este cruce que su aparición la toma por sorpresa. En la cara le nota lo agotado que está, como si hiciera días que no duerme.

La alarma se apaga, y la Capitana entra en la sala.

Los tripulantes se agitan tanto que hacen ruido al moverse. Weiwei cae en la cuenta de que debe de ser la primera vez que la ven cara a cara desde que comenzó el cruce; sin embargo, la ira y la confusión del principio del viaje se han transformado en otro sentimiento, incluso en medio de los rumores de que estaba enferma o incapacitada, unas historias más recientes sobre lo que había ocurrido en el exterior se habían propagado por el tren como las chispas de las Llamas de Valentin. Según cruzaban la línea, Weiwei oyó a los pinches de cocina describir cómo la Capitana había rescatado a Henry Grey de las fauces de un gigante de los Baldíos y que se había enfrentado a él con sus propias manos. Y así sigue creciendo el mito.

Aun así, ahí está, seria y austera, y los tripulantes se ponen en posición de firmes, se abrochan los botones del cuello que llevaban abiertos y se bajan las mangas. Weiwei intenta lucir una expresión neutra, pero, cuando la Capitana la mira, baja la mirada. Nota que Alexei aprieta y relaja las manos a su lado.

La Capitana espera a que lleguen los más rezagados.

—Sentaos, por favor —dice. Y entonces, sin mayor preámbulo, pasa a explicar que han encontrado unas especies que han crecido en el interior del tren, de origen y clasificación desconocidos. Tiene la voz tranquila y es tan fuerte y serena como siempre. Casi parece que no ha cambiado nada, que han restaurado el orden por fin.

Weiwei recuerda lo que vio al tocar el liquen, que la Capitana tenía miedo, aunque sabe que todos los tripulantes jurarían que no había nada en el mundo que le diera miedo a esa mujer.

Unas ondas de inquietud recorren el vagón según asimilan las palabras de la Capitana, pero esta alza una mano para callarlos.

—Huelga decir que no debéis tocar nada. El equipo de reparaciones ya está en ello. Aun así, debemos mantenernos alerta. Si veis algo que está donde no debe, debéis informarme de inmediato. A partir de ahora, a cada tripulante se le asignará un vagón que patrullar, de modo que sepamos lo que ocurre en el tren en todo momento. Se aplicará el protocolo de brecha.

El silencio se torna más espeso. El protocolo de brecha permite el uso de «medidas extraordinarias» para proteger el tren con cualquier medio que sea necesario.

La Capitana mira de soslayo hacia un rincón del vagón, y Weiwei se gira para ver a los Cuervos, camuflados entre las sombras. Cuentan con un espacio pequeño pero discernible a su alrededor. Se percata de que se estarán preparando para lo peor, para la posibilidad en la que nadie quiere pensar. *Sellarán las puertas, llevarán el tren a un campo especial, fuera de la vista de Transiberia y de cualquier persona acaudalada que se pase por la Muralla. El silencio se hará poco a poco.* Los tripulantes más veteranos dicen que el médico guarda un medicamento especial en su compartimento, una bebida que facilita la muerte, como cerrar los ojos mientras cae la nieve. El problema, según dicen, es que no tienen suficiente para todos, sino solo para los más afortunados, los que podrán llegar antes al final. Los demás tienen que esperar conforme el ambiente se va cargando, hasta que se acaba el oxígeno.

Weiwei aparta el pensamiento de su mente.

Cuando la Capitana les indica que ya pueden retirarse, Weiwei le da un codazo a Alexei.

—Ven conmigo —le pide, y lo arrastra tras de sí según corre para darle alcance al Cartógrafo, quien ya se aleja por el pasillo—. Se han llevado a Marya Petrovna a la enfermería —le dice desde lejos.

El Cartógrafo se da media vuelta, y el poco color que tenía en las mejillas le desaparece del todo.

—¿Cómo?

—Dicen que tiene la enfermedad de los Baldíos, pero la Condesa duda de ello. He pensado que querría…

—¿Cuándo?

—Anoche. Y de repente, según dicen. —A Weiwei le da la sensación de que el hombre va a salir corriendo a buscarla. ¿Por qué? ¿Qué es para él? Sin embargo, ve que duda y le sigue la mirada. Los Cuervos están en el umbral de la puerta y los observan. Suzuki toma aire.

»¿Por qué es importante? —exige saber Weiwei en voz queda—. Dígamelo o les diré que creo que es una espía, que la he visto escabulléndose por ahí y que hace demasiadas preguntas.

Suzuki le devuelve la mirada antes de contestar.

—Seguidme.

Se dirigen hasta el vagón dormitorio de la tripulación, donde Suzuki comprueba que no haya nadie, se vuelve hacia ellos y se baja bien las mangas, por mucho que la mayoría de los tripulantes se hayan remangado por el calor que hace, en contra de las normas. *Incluso ahora, por mucho que parezca estar a punto de desmoronarse, el Cartógrafo sigue las normas.*

—No lo entiendo —dice Alexei, pasando la mirada de uno a otro—. ¿Qué tiene esa pasajera que ver con usted?

—Tiene algo que ver con todos —responde Suzuki.

Weiwei piensa en la joven viuda y en las preguntas que hacía, en los lugares en los que la ha ido encontrando.

—Preguntaba por el último cruce, quería… —Se queda callada cuando la idea se le pasa por la cabeza. Marya Petrovna, apareciendo por Tercera Clase, yendo a ver al Cartógrafo sin que nadie se diera cuenta, siempre con tantas preguntas—. Tiene algo que ver con Anton Ivanovich, ¿verdad?

Suzuki deja caer los hombros, y Weiwei lo ve tomar una decisión, dejar escapar un peso.

—Es su hija —dice.

Alexei se apoya contra la pared y suelta un largo silbido.

—El Profesor lo sabe; quería avisarla —dice Weiwei—. Pero no le dije... —Ha sido demasiado egoísta. Demasiado egoísta y cobarde como para ayudar a nadie más, ni a Marya ni a Alexei. Solo ha pensado en sí misma desde el principio. En sí misma, por encima de los tripulantes y de los pasajeros. Por encima del tren.

El zumbido que nota en la cabeza y en los huesos se torna más alto. Cree notar las pulsaciones del liquen en la esquina más alejada del vagón. ¿Alguno de ellos había intentado defender al fabricante de cristal cuando llegó la hora de repartir las culpas? ¿O solo se habían aliviado al ver que la carga recaía sobre alguien que no eran ellos?

—Todos fuimos cómplices —dice Suzuki—, pero yo más que nadie. Anton Ivanovich intentó salvarnos de esto. —Hace un ademán hacia los hilos blancos que se han propagado por la pared mientras hablaban—. Tenía miedo de que hubiéramos presionado demasiado al tren, incluso antes del último cruce. Cuánta razón tenía.

El Cartógrafo les explica lo que había desvelado el telescopio nuevo del fabricante de cristal, lo que habían visto durante el último cruce. Y todo eso encaja con las palabras de Elena: «Ya nada los va a echar atrás». Anton Ivanovich supo ver lo que ella no pudo. Y ahora es demasiado tarde.

—¿Y qué pasa con Marya? —exige saber Alexei.

—Tiene pruebas de que su padre intentó advertir a la empresa —dice Suzuki—. Han rebuscado en su compartimento, pero creo que no han encontrado nada. —Empieza a alejarse hacia el otro lado del vagón.

—¿A dónde va?

—A buscar a Marya Antonovna. A empezar a expiar mis fallos.

—A ella le parecerá que es demasiado tarde —interpone Alexei, con un tono gélido. Suzuki se detiene en seco.

—Y tendrá toda la razón del mundo —dice. Cuando sigue andando, Weiwei sujeta a Alexei de la muñeca.

—Ven —le pide. Cuando llegan al otro extremo del vagón, alza la mirada hacia su litera, rezando a los dioses del raíl para que Elena siga ahí escondida, tranquila y a salvo. Si bien no ve ni rastro de la polizona, el liquen se ha propagado más por la pared, incluso en tan poco tiempo. Pronto será imposible que nadie más lo vea, pero, en su lugar, el ingeniero tiene la mirada fija en el reloj que hay junto a la puerta.

—Se ha parado —dice—. El del comedor también está parado. Han escapado de los confines del tiempo.

ALAS

Marya se pone a divagar. Sin ventana, se siente desanclada. ¿Qué decía Rostov sobre esa región? Hay árboles que se desvanecen en los pliegues del aire, y flores moradas en el suelo. Le gustaría tener un cuaderno o un papel en el que escribir, cualquier cosa que impidiera que se le pudrieran los pensamientos. Debe de estar en el compartimento contiguo al del Profesor cuando lo encerraron. ¿Aún estará ahí? Con las paredes acolchadas, no oye nada.

Un tiempo después, un pinche de cocina hecho un manojo de nervios le lleva el desayuno en una bandeja de plata: gachas de avena humeantes, rollitos tibios y café caliente. Aun así, los aromas que en otra situación le habrían hecho la boca agua le dan náuseas. Además, está decidida a no probar bocado. Por principios. Comer de esa bandeja de plata tan bonita sería como aceptar su situación, como si dijera que entiende por qué la han encerrado. Y de eso ni hablar. Ha aporreado la pared y ha llamado al médico hasta que se ha presentado en la puerta para exigir que le diga en qué pruebas se han basado para meterla ahí, pero el médico se ha limitado a tartamudear que era por su propio bien.

No deja de pensar en Suzuki y en el mapa que tiene en la piel. El que cambia. *Como mi padre.* La piel transformada en cartografía, los ojos convertidos en cristal. ¿Cómo se sentiría que le ocurriera eso a uno? ¿Dolería? Intenta apartar la imagen de su padre de su mente, con aquellos ojos vacíos. Se había deteriorado durante aquellos últimos meses, lo había pasado mal y no había tenido a nadie con quien hablar, a nadie que lo entendiera, y ahora ella se ha alejado de Suzuki también. Y no soportará ver que ocurra otra vez, y menos aún a ese hombre, tan amable, triste y solitario, a ese hombre lleno de culpabilidad. Tiene que salir de ahí y contarle lo que le pasó a su padre. Para impedir que vuelva a suceder.

Se pone a dar mamporros en la puerta y grita hasta que se queda ronca, pero al final es una alarma la que le contesta. Un sonido horrible e incongruente, una advertencia para algún peligro. Oye pasos a toda prisa, pero nadie se detiene a verla, el médico no acude a tranquilizarla. Le da la sensación de que las paredes se le vienen encima, de que se está quedando sin aire. Hace demasiado calor y ese compartimento es demasiado pequeño. No puede respirar.

Apoya la frente en la pared y trata de contener el pánico. Entonces nota un tramo descolorido en el acolchado de color crema y frunce el ceño según lo examina más de cerca. Una forma está emergiendo, una polilla atrapada bajo el material. La ve batir las alas. En ocasiones le choca contra la cabeza, y se la aparta con un gesto rápido. Entonces ve otra polilla; ¿por dónde se están colando? Nunca le ha gustado ese vuelo sin rumbo y sin significado que tienen, que se le enganchen en el pelo. Cada vez hay más: las paredes se mueven, y tiene que contener el pánico y el pavor que la invaden al estar atrapada con todas esas alas.

Uno de los insectos le aterriza en el dorso de la mano, y está a punto de quitárselo de encima cuando este despliega las alas y revela dos manchas que parecen los ojos de un búho, de un color negro oscuro rodeado de un aro dorado. Alza la mano y la polilla se queda donde está, posada, con unas antenas delicadas que saborean el aire. Es igualita a las que dibujaba su padre, las ideas para el futuro que nunca se materializaron en forma de cristal. Bien podría haber salido volando de la página. Y, así, se le pasa el miedo.

La alarma vuelve a guardar silencio. Oye unos ruidos en el compartimento del médico, además del estruendo de algo al caer al suelo. El médico se ha puesto a llorar, pero a ella le da igual. La polilla es tan delicada y perfecta que comprende por qué su padre quiso inmortalizarla en el cristal. Está de pie en medio del compartimento, con los brazos estirados, conforme las polillas vuelan y la rodean en trayectorias en espiral, con alas que le baten contra la piel, con cien pares de ojos de búho que se abren y cierran.

Se agrupan en la puerta que da al pasillo, cada vez más de ellas, como si pretendieran atravesarla.

Y entonces la puerta se abre y desvela a una mujer joven con un vestido azul sucio que la mira con curiosidad.

—Hola —la saluda en ruso. Algunas de las polillas se le suben al cabello y a los hombros, como si de una capa se tratase, suave y gris. La chica tiene unos ojos grandes y oscuros, como los patrones de las alas de las polillas, además de unas motitas en la piel desnuda de sus brazos.

Marya se la queda mirando. Ya la ha visto antes, una figura que siempre parecía estar a punto de desaparecer. ¿Podrá ser ella? El ángel de Henry Grey, la chica sin rostro de Sophie.

—He oído las polillas —le dice, como respuesta a la pregunta que Marya no le ha formulado—. Quería venir a buscarlas.

Parece una explicación razonable, se dice Marya.

—Hay alguien en el compartimento de al lado —le dice, en lo que sale al pasillo e intenta mantener la calma—. ¿Puedes sacarlo también?

—Por supuesto —responde la chica, con una formalidad que a Marya le habría resultado graciosa si la situación fuera distinta. La chica alza una mano, con la palma hacia arriba, y doce polillas aterrizan en ella, le recorren los dedos y se pasan por encima. Entonces sopla ligeramente hacia la puerta, y las polillas despliegan las alas conforme aterrizan, forman un patrón en la madera y rodean el pomo hasta que la puerta se abre. La chica la mira con el aspecto de una niña pequeña que quiere que la feliciten por lo lista que es, y Marya obedece con un grito ahogado.

El Profesor sale con los ojos como platos, con el cabello y la barba despeinados. *Tan salvaje como la chica*, piensa Marya, *como si acabara de salir de la selva*. Como si acabara de salir de un sueño para meterse en otro. Lo sujeta del brazo.

—Creo que nos acompaña Artemisa —dice.

El Profesor esboza una sonrisa.

—Creía que iba a desprenderme de ese nombre, pero ahora... Ahora creo que vuelvo a pensar.

La chica lo mira con bastante atención.

—Te conozco —dice, con la cabeza ladeada, examinándolo como alguien haría con un cuadro en una galería de arte—. Te he visto mirando por las ventanas. Durante muchos años.

El Profesor le dedica una reverencia con respeto antes de presentarse.

—Grigori Danilovich. También conocido —le hace un ademán con la cabeza a Marya— como Artemisa. Es un placer, señorita...

La chica mira al Profesor y luego a Marya.

—Quiere decir que no sabemos cómo te llamas —le explica Marya.

HASTA EL ORIGEN

*U*na zona silvestre como el jardín del Edén. Persigue las hifas, finas como filamentos, por los pasillos. Las pierde de vista hasta que vuelve a encontrarlas cuando salen del marco de una ventana o se entretejen en la moqueta como si fueran hilos espectrales. A pesar de que suena una alarma, hace todo lo posible por no hacerle caso. Está seguro de que los hilos y su criatura, su Eva, están conectados. La vio en el tren, durante la tormenta, y luego en el exterior; y todas esas señales, la vida que surge del propio tren... Ella fue el heraldo, la aparición que indicó la verdad a quienquiera que pudiera verla.

—Señor, debe volver a su compartimento. —Un auxiliar joven tiene la desfachatez de sujetarlo del brazo, y Grey se lo sacude de encima.

—¿No ves que estoy trabajando? ¡He pedido que no se me molestase! —brama, y el chico se echa atrás y casi tropieza debido a la prisa por salir de allí.

Grey se pasa una mano por la cara. ¿Por dónde iba? Ah, sí, seguía los crecimientos hasta el origen. Lo ha hecho en muchas ocasiones, paseando por los páramos con la cabeza gacha, en busca de los indicios que lo conducían al brote original, al nacimiento. *A ella.* Está preparado. Se tantea la chaqueta y nota el peso de la pistola tranquilizante, de las jeringas. Ha hecho bien escondiéndoselas y guardándolas a buen recaudo. Ya se le ha escapado en dos ocasiones, y no piensa permitir que se produzca una tercera.

El vagón comedor está vacío. Tiene la sensación de que debe de ser la hora de comer, pero el reloj de la pared se ha parado, y no se acuerda de cuándo comió por última vez. Está un poco mareado y tiene que apoyarse un momento en una de las mesas mientras la oscuridad que le invade los bordes de la visión desaparece.

Llega a Tercera Clase. Ahí todo está sumido en el caos y en el ruido. Hay auxiliares en las puertas del vagón, solo que intentan impedir que los de Tercera vayan a Primera, y no al revés, por lo que consigue colarse sin que nadie se dé cuenta.

Sigue abriéndose paso hacia la parte del tren a la que los pasajeros no pueden acceder. Una idea se le pasa por la cabeza: ¿y si la tuvieran ahí escondida? ¿Lo sabrían desde el principio? No puede ser. A pesar de que se desprende de la ocurrencia, cada vez le cuesta más mantener las ideas en orden. *Piensa en el gran palacio de cristal*, se dice a sí mismo. *Piensa en las exposiciones, protegidas y etiquetadas detrás del cristal. Piensa en el nombre Henry Grey en los libros de historia.*

Entra en el vagón de la Capitana. Está seguro de que ya ha estado ahí antes, aunque le parece que fue hace muchísimo tiempo. Las hifas son más fáciles de ver ahí, sin la moqueta gruesa ni la madera pulida para esconderlas. Varios tripulantes intentan sacarlas a tirones, y el doctor les grita que paren, solo que ellos se limitan a quedárselo mirando sin ninguna expresión y procuran sacarlo de allí a la fuerza cuando exige ver a la Capitana. Nunca ha experimentado una falta de modales semejante. Más adelante ve a la hija del tren, al lado del ingeniero (a ese sí que no le hará ni caso, claro; ¿cómo se atrevía a tacharlo de mentiroso, a cuestionar su integridad?) y del Cartógrafo.

—¡Querida! —la llama. Qué joven es; ¿podrá llegar a comprender la importancia de su misión? Y es china, para colmo, así que ¿qué sabrá ella del jardín del Edén? Aun así, ¿no es eso lo que pretende conseguir? Extender la palabra del Señor a todo el mundo.

—¿Doctor Grey? —La chica le dice algo más, pero él no la escucha, porque entonces la ve en el otro extremo del pasillo, enmarcada por la puerta del vagón. Detrás de ella, quién sabe por qué, está la joven viuda y un anciano que no reconoce. Tiene el vestido hecho jirones y el cabello enmarañado, pero es ella: la criatura de los Baldíos. Los hilos blancos la han llevado a ella, tal como se había imaginado.

Algo se le mueve en el cabello, como si se hubiera traído un viento de los Baldíos consigo, pero entonces se percata de que son insectos, polillas para ser más exacto. De esas que imitan el rostro de un depredador, por lo que tienen dos ojos enormes en las alas, rodeados de un color dorado.

Y entonces cae en la cuenta de que no son solo las polillas las que se mimetizan, sino que la chica también: ya no ve a una chica desaliñada con un vestido sucio y polillas en el pelo, sino a una joven con la cabeza cubierta por un chal, como las mujeres de fe en la iglesia de su aldea. Y luego no ve nada en absoluto; la criatura se ha desvanecido, se ha transformado en otra parte más del fondo, como un depredador en un lago a la espera de la oportunidad para saltar sobre su presa. *Sigue estando ahí*, se dice a sí mismo. Solo tiene que mirar bien, como hace ella. El doctor Grey no es presa fácil. Ve más allá de la superficie. Sí, justo ahí…

La gente grita, el ingeniero tira de él hacia atrás y los auxiliares sujetan a la viuda y al anciano para apartarlos, como si debieran tenerle miedo a la criatura, como si esta fuera a mancillarlos, pero no… Es perfecta, emerge hacia la luz…

Grey apunta con la pistola.

PUERTAS Y REDES

Weiwei no piensa en lo que hace, sino que se mueve hacia Grey y hacia la pistola lisa y plateada que tiene en las manos. Sabe lo que contiene la jeringa: un líquido fuerte hecho a partir de amapola. A pesar de que el médico dice que no causa ningún daño, ella misma ha visto los efectos y sabe que no es cierto. No puede permitir que ese veneno llegue a las venas de Elena. Alexei la llama a gritos, pero ella solo ve la pistola; la aparta de un golpe, lejos de Elena, hacia el liquen que trepa por el techo en ondas plateadas y azules.

El dardo sale disparado y se clava en las escamas del liquen, y el dolor la invade, como si algo le desgarrara los tendones. Se sume en la oscuridad.

Cuando vuelve a abrir los ojos, tras lo que deben de ser tan solo unos segundos, ve a Suzuki agazapado en el suelo y a Marya corriendo hacia él, las escamas del liquen en el techo y los hilos pálidos en el suelo; nota el tren y la tierra, la tierra y el tren, unidos, y ella también forma parte del conjunto; siente el pinchazo del dardo clavado en el liquen, desde donde supura la droga.

—¿Te has hecho daño? —Alexei se ha inclinado sobre ella, le tantea los hombros como si esperara encontrar alguna herida, y Weiwei intenta decirle que sí, solo que no entiende cómo ha ocurrido. Lo único que sabe es que nota un dolor sordo y constante en las extremidades, uno que no es capaz de poner en palabras. No sabe cómo separar las distintas partes de la escena que se desarrolla ante ella.

Ahí está Elena, inmóvil, observando a Weiwei con semejante intensidad que no parece ser consciente de que hay más personas en el vagón.

Ahí está Henry Grey, peleándose con los mecanismos de la pistola tranquilizante, hasta que se le resbalan las manos en el cierre. Podría quitársela si tan solo fuera capaz de obligarse a mover las piernas como es debido, pero parece que el doctor se aleja más conforme ella se acerca. Intenta formar las palabras para decirle a Elena que huya, pero se le ha secado demasiado la boca.

Y, por detrás de ella, oye unos pasos nuevos, rápidos, ligeros y decididos. La Capitana. *Protocolo de brecha*, piensa Weiwei. La Capitana no solo sería capaz de ordenar que dispararan con un dardo tranquilizante, sino que emplearan cualquier método necesario: podría llamar al artillero para que bajara de la torre de vigilancia para encargarse de Elena. Intenta gritar una vez más, decirle que salga corriendo, que hay demasiado peligro ahí, pero no le sale ningún sonido. El Profesor se acerca a Elena, con los brazos estirados como si quisiera calmar a una niña pequeña. Sin embargo, la polizona no le presta atención, sino que mira hacia donde el dardo está clavado en las escamas del liquen del techo. Unas venas más oscuras salen en zigzag desde la punta, como si se hubieran bebido el veneno, y Weiwei nota la droga surcarle las venas: le nubla la mente, hace que le cueste más pensar y que se confunda. ¿Por qué la sacude Alexei? No logra leerle la expresión. ¿Está enfadado? Weiwei no está cumpliendo con sus tareas, tiene que estar en algún otro lado, no puede quedarse holgazaneando…

Un estruendo en el suelo le provoca una oleada de dolor en todo el cuerpo. Grey ha dejado caer la pistola y se dirige hacia Elena, con las manos juntas en un gesto de súplica, solo que no, tiene algo en las manos: la luz se refleja en una aguja plateada. Tiene una de las jeringas de la pistola, pues, para él, Elena solo es un espécimen, algo que atrapar y encerrar detrás del cristal.

Elena pega un salto con un movimiento que ningún humano sería capaz de hacer. Grey se cae de bruces y clava la jeringa en el aire. Es un salto imposible hacia la pared, donde se aferra en una maraña de extremidades antes de saltar al techo, como una araña, y sujetar el dardo para arrancarlo de donde se ha clavado.

Weiwei nota la liberación, las olas de azul más oscuro que pasan por el liquen como si el agua apagara la fiebre.

Sin embargo, también advierte que la Capitana se queda tensa a su lado. Ve que Alexei se queda inmóvil, horrorizado. Se dan cuenta de lo que sucede: hay una criatura de los Baldíos a bordo del tren. Ya no tienen cómo ocultar lo que es Elena. Se agazapa en un rincón del techo, preparada para saltar, y los observa desde lo alto.

Weiwei ve que Alexei estira una mano hacia la pistola de dardos que Grey ha soltado.

—No… —La voz solo le sale en un susurro, pero, cuando el ingeniero se vuelve hacia ella, Elena salta una vez más y aterriza a cuatro patas con la mirada clavada en Weiwei. «¡Ahora! ¡Vete! —quiere gritarle—. Huye y no vuelvas a pasarte por aquí, porque no van a dejar de perseguirte con sus agujas y pistolas. No te aceptarán». Y cree que Elena la entiende, porque, con una última mirada, la polizona se da media vuelta y se dirige al siguiente vagón.

Henry Grey la sigue, con un grito sin palabras, y aparta al Profesor de un empujón.

Weiwei intenta ponerse de pie. Tiene que detenerlo, tiene que avisar a Elena de que ese hombre es peligroso, por torpe e idiota que le parezca a ella, porque tiene el brillo del fervor en la mirada. No obstante, le fallan las piernas, y Alexei y la Capitana van a su lado para ayudarla a recobrar el equilibrio.

—Tranquila —le dice la Capitana, y a Weiwei se le pasa por la cabeza que ha decidido quedarse ahí, con ella, en lugar de perseguir a la polizona. Y es una idea a la que va a tener que darle más vueltas, poco a poco, pero Alexei se pone a hablar, con una furia apenas contenida en la voz.

—Sabías que esa cosa estaba aquí —le dice.

—No es una cosa —responde Weiwei. Si bien todavía tiene la boca seca, ya le vuelven las palabras—. Se llama Elena y no nos va a hacer daño, es…

—¿Que no nos va a hacer daño? —la corta el ingeniero—. Ya nos hace daño solo con estar aquí. ¿No se te ocurrió pensar que iba a haber consecuencias? ¿No se te ocurrió pensar en la Custodia, en lo que nos podría pasar a todos?

—Mira quién habla —espeta ella, y entonces se acuerda de sus peleas cuando eran más jóvenes, cuando se acusaban el uno al otro de sus propias travesuras, cuando se enfadaban por alguna injusticia o falta de respeto imaginada.

—¡Basta! —sentencia la Capitana.

Al otro lado del vagón, Weiwei oye que Suzuki protesta ante Marya y el Profesor y les dice que se encuentra bien. Por encima de ellos, el liquen se esparce por el techo.

—No —dice Weiwei—, no, déjeme hablar. No nos va a hacer daño; lo que ocurre no es culpa suya. Ni tuya tampoco. —Mira a Alexei a los ojos, el tiempo suficiente para convencerlo, está segura de ello. El ingeniero se ha quedado tan quieto que casi parece que no respira. La expresión de la Capitana, a ojos de alguien que no la conozca mucho, no ha cambiado un ápice; sin embargo, Weiwei la ve tensar la mandíbula de forma casi imperceptible, capta el movimiento de un músculo debajo del ojo. La Capitana cree que lo que ha ocurrido es culpa suya, y los remordimientos la carcomen por dentro.

Weiwei piensa, por cruel y egoísta que sea la idea, que está bien que se siga sintiendo culpable un poco más.

—Tengo que ir a buscar a Elena —le dice a la Capitana—. Grey no la entiende y va a intentar atraparla. Se van a hacer daño. Por favor, permítame ir. —Aun así, no es solo Grey quien no lo entiende, sino que lo mismo ocurre con la polizona. Elena, quien observa e imita y cree que eso significa que entiende cómo funcionan las personas, pero hay ciertas crueldades que se le escapan, como la necesidad de atrapar y exhibir, de poseer algo por el mero hecho de poseerlo.

La Capitana guarda silencio y sopesa las posibilidades, como siempre. *Sigue siendo su tren*, piensa Weiwei, con un atisbo de esperanza. Sigue siendo su Capitana.

—Puedes ir —le dice—. Yo me encargo de lo que ocurra en otras partes.

—Pero ¿cómo los seguirá? —Alexei mira hacia el otro lado del vagón, donde, entrecruzados en la puerta que da a la enfermería, hay un número incontable de hilos blancos. Conforme Weiwei se acerca un poco más, ve que forman una red que se mueve y crece en todo momento y que bloquea el camino hacia Elena y Henry Grey.

—No los toques —dice la Capitana, y Weiwei capta el miedo en su voz, pero no le hace caso. Acerca una mano a los hilos y ve cómo se mueven y se superponen, como si le abrieran una puerta.

—A Grey todavía le quedan dos jeringas —suelta Alexei de sopetón—. Ten cuidado.

La Capitana asiente con el movimiento más ínfimo de la cabeza.

Weiwei mira por la ventana, a través de los huecos que han dejado los brotes de moho. En el horizonte, una línea oscura aparece: el primer vistazo a la Muralla rusa.

Aparta los hilos y pasa por la puerta.

PARTE SEIS

DÍAS 18-20

La Custodia nos da la oportunidad de hacer lo que suele ser imposible durante el largo viaje que es la vida: pararnos a reflexionar, a contemplar no solo dónde hemos estado y a dónde vamos, sino dónde estamos. La noche de la Custodia, soñé que el río se desbordaba y el agua nos cubría a todos. Me quedé mirando por la ventana de mi compartimento cómo las criaturas acuáticas se pegaban al cristal. Oí el estruendo de la Muralla al caer, sin poder resistir la inundación, y me puse de rodillas para rezarle a un dios inexistente.

La guía de los Baldíos para viajeros precavidos, página 210.

CAMBIOS

E l tren está cambiando. En el vagón enfermería, las polillas se reúnen alrededor de las lámparas, y los hilos blancos y finos se retuercen en torno a las puertas que dan a los compartimentos médicos. Se oyen ruidos extraños; si pone la oreja en las paredes del compartimento, le llega el sonido de un siseo y de un rasgado, como si la madera en sí creciera. Se acuerda de cuando estuvo fuera y vuelve a notar la sensación de libertad que la embargó, de límites que se expandían, a pesar de las paredes del tren que la rodean. Hasta el olor habitual de la enfermería, a desinfectante mezclado con aceite, le cede paso a un aroma fragrante y terroso.

Sigue el rastro de hilos blancos, ya enmarañados y repletos de unos colores que crecen en ellos: tonos verdes y amarillos con el rojo mezclado de vez en cuando, como si fueran unas bocas que se abren y cierran. Algunos de los hilos trepan por la pared, mientras que otros se hunden en el suelo como si de raíces se tratase. No consigue apartar la mirada de ellos. ¿Eso es lo que sintió Rostov? Cuando se vio tentado a volver a los Baldíos, ¿experimentó esa misma mezcla de asco y asombro? ¿Dio cada uno de sus pasos sin saber si el suelo que pisaba lo iba a seguir sosteniendo?

El altavoz que tiene al lado sisea al activarse con la voz de la Capitana.

—*Nos acercamos a la Muralla rusa…* —Un crujido de estática—. *Por favor, conserven la calma…*

LA MURALLA

—Qué fea —dice Marya. Es una piedra gris que parece engullir la poca luz que queda en un cielo ya apagado, tanto que hasta consigue que el río que tiene delante parezca muerto.

—La construyeron para que fuera resistente, no bonita —le explica Suzuki.

El rostro implacable del imperio ruso que defiende su territorio con semblante serio, que mantiene los horrores a raya. Para los que entran a los Baldíos, representa una última advertencia aterradora de que uno se aleja del fuerte abrazo paternal del zar, de que, a partir de ahí, el orden y la seguridad pasan al olvido. Y, para los que se acercan desde el lado opuesto, representa un desafío. «No sois bienvenidos aquí», parece decir.

Y ahora los horrores somos nosotros, piensa.

Están en la torre del Cartógrafo; ella, Suzuki y el Profesor. Suzuki sigue pálido, y una capa de sudor le cubre la frente, pero se resiste a sus intentos de hacer que se siente en una silla.

—Que tampoco me voy a caer —se queja.

—Es lo que le acaba de pasar —espeta ella, con más furia de la que pretende. El Profesor suelta un sonidito y se aleja para examinar algo con atención a través de uno de los catalejos—. Le ha hecho daño —continúa—. Cuando el dardo ha perforado el liquen, le ha hecho daño a usted y a Weiwei.

—Estoy bien, no es una enfermedad…

—Pero sí que le está afectando, ¿no lo ve? Tiene que ir a la enfermería antes de que lleguemos a la Custodia, antes de que le haga más daño. —Se acuerda de su padre, sangrando arena y agua desde los ojos, de expresión vacía, y no puede soportar pensar que va a volver a ver algo así.

—No es algo que pueda solucionar un médico.

Y tiene toda la razón del mundo, claro. ¿De qué le serviría un médico? No, su padre no había podido salvarse, pero Suzuki sí.

—Déjeme mirar a través del telescopio —le pide, sin apartar la vista del Cartógrafo—. Con el prototipo. Si lo que dice es cierto, esta es la última oportunidad que tengo para verlo por mí misma, antes de que lleguemos a la Muralla. Ábralo y déjeme ver.

El Profesor pasa la mirada entre ella y Suzuki, con una expresión extrañada. El Cartógrafo niega con la cabeza.

—No, no puede.

—¿Por qué no? ¿No funciona? Me dijo que ya no quiere ver, pero yo sí. Quiero ver lo que desveló la habilidad de mi padre, esos hilos o venas o lo que sean. Es lo menos que puede hacer por mí. —Se acerca al aparato y retira la cobertura. Endurece el tono de voz—. Déjeme ver o dígame por qué no puedo.

—Creo que ya sabe por qué —responde el Cartógrafo, tras una larga pausa.

Y sí que lo sabe. Porque, desde el principio, solo ha podido pensar en los últimos momentos de su padre, pero ahora se acuerda también de esas últimas semanas y lo ve cerrando puertas, dándose la vuelta en todo momento. Ve lo que se había esforzado tanto por ocultar.

—Cuando encontré a mi padre… —empieza. Las palabras amenazan con atascársele en la garganta y se tiene que obligar a continuar—. Cuando lo encontré aquella mañana… había agua en el escritorio, y él tenía las mejillas manchadas de arena. Tenía los ojos abiertos, sin color. Como si se hubieran transformado en cristal y el cristal hubiera vuelto a ser agua y arena. Como si hubiera soltado lo que quedaba de su trabajo en forma de lágrimas. —Temía que pronunciar esas palabras fuera a hacer que esos recuerdos tan frágiles se disolvieran en la nada y se llevaran a su padre consigo; sin embargo, conforme les cuenta a Suzuki y al Profesor que limpió la arena y el agua y que le había cerrado los ojos a su padre para que nadie viera lo mismo que ella, nota que una carga le desaparece de los hombros—. Creía que era la corrupción de los Baldíos, de la enfermedad.

—¿Y ahora? —Suzuki se levanta de su asiento—. ¿Qué cree ahora?

Marya se le acerca.

—Creo que ver a través de sus lentes nuevas no solo les permitió notar los patrones y los cambios, sino que les provocó esos mismos cambios. —Poco a poco, le sube una manga al Cartógrafo, con cuidado de no tocarle la piel, pero sorprendida por lo atrevida que está siendo, por lo íntimo que es ese acto. Suzuki se queda muy quieto, y Marya oye que el Profesor suelta un grito ahogado al ver las marcas que tiene en el brazo—. Tengo razón, ¿verdad? —pregunta, echándose atrás. Suzuki le devuelve la mirada.

—Fue durante el segundo cruce después de que empezáramos a usar el telescopio —explica—. Nos dimos cuenta de que los dos estábamos cambiando, como si el paisaje se nos imprimiera en la piel. Al principio intenté ocultarlo, pero entonces su padre vino a verme y me contó que había empezado a ver distinto, de forma prismática, según me dijo. Me contó que veía demasiado, incluso sin el telescopio, que era maravilloso pero también insoportable. —Deja de hablar unos instantes, antes de seguir—: Su padre creyó que podía ser una advertencia, un indicio de nuestra soberbia, de que nos habíamos pasado de la raya. Dijo que no debíamos haber mirado desde tan cerca. Era otra señal de que teníamos que parar, de que había que clausurar la vía. Y nos pusimos a discutir. La última vez que hablé con él fue con palabras llenas de ira.

El dolor se le refleja en el rostro, y Marya necesita toda su fuerza de voluntad para hacer un ademán hacia el telescopio y decir:

—Quiero ver. Quiero ver lo que vieron.

—No, es demasiado peligroso. ¿Cómo puede pedirme eso después de que…?

—¿Y cómo puede ser que usted no se dé cuenta? —Marya alza la voz—. ¿No le acaba de doler cuando la aguja se ha clavado en el liquen? Como si el veneno surcara sus venas también. Lo que vio, los cambios que eso provocó en usted... ¿Y si mi padre se equivocaba y no era una advertencia ni una enfermedad, sino una conexión? Salir de los Baldíos le hizo daño. Creíamos que era porque su reputación había quedado por los suelos, que había quedado destrozado al perder la forma que tenía de ganarse la vida, pero fue algo más que eso. Fue el perderlo todo lo que lo mató. —Hace un gesto para abarcar la torre, las ventanas, el moho que crece hacia dentro desde los bordes del cristal, los tramos de liquen turquesa que aparecen en el suelo—. No debe intentar detenerlo ni romper la conexión, sino que tiene que seguir observando.

A pesar de que Suzuki no dice nada, Marya nota que la tensión le desaparece de la postura.

—Usted no es un hombre de Transiberia —susurra—, sino uno del tren. Y de los Baldíos. De los dos al mismo tiempo.

Suzuki lo sabe. Lo sabe tan bien como ella supo lo que le había ocurrido a su padre, por mucho que no hubiera podido admitirlo en aquel entonces.

—Quiero ver lo que vio mi padre —insiste ella—. ¿Qué daño me puede hacer a estas alturas?

Sin decir nada, Suzuki saca una llave de un cajón y abre la tapa del visor del telescopio. Marya acerca un ojo al cristal y ajusta las lentes, aunque le lleva un momento entender lo que ve: hilos brillantes, como filamentos que reflejan la luz solar, que se extienden por el prado de hierba. Entiende lo que Suzuki le quiso decir, que era como ver un tapiz y su parte trasera al mismo tiempo. El patrón y el cómo se forma.

Se aparta para dejar que el Profesor mire también, y, cuando este termina y se endereza, Marya ve que se enjuga unas lágrimas.

—Con todos los años que he pasado observando —dice—, y ahora me encuentro con esto. —Sin embargo, su voz ha adquirido fuerza, y en la postura le ve un nuevo propósito.

—Quizá todavía quede trabajo para Artemisa, al fin y al cabo —le dice Marya.

Un rato después, Artemisa, con fuerzas renovadas, anuncia que volverá a su vagón para ponerse a ello.

—Les dejaré con su… —hace un gesto difuso hacia la sala— conversación.

—Y pensar que me enorgullezco de ser observador —comenta Suzuki, después de que el Profesor se marche—. Me dan ganas de devolver todos mis títulos.

—Se escondió muy bien —lo tranquiliza Marya—. Solo Weiwei lo sabía.

—¡Weiwei! Pues claro, no me extraña nada.

—¿Qué hacemos ahora? —pregunta ella—. Deje que le traiga un vaso de agua, al menos.

Sin embargo, Suzuki ha posado la mirada en el cabello de Marya.

—Tiene un polizón —dice, y Marya se lleva una mano al pelo y nota las alas de una polilla que sigue enredada en él. Cuando se la quita, el insecto se le posa en la mano.

—Es bonita, ¿verdad? —comenta, pero el Cartógrafo solo tiene ojos para ella. Le sujeta la otra mano y cierra los dedos en torno a ella. Y, cuando Marya baja la vista, ve que las líneas de la piel se le desatan, se le propagan a la mano y le suben por el brazo. Marya aparta la mano de sopetón, y las líneas se desvanecen. Lo ha notado durante esos breves segundos, lo vasto que es todo, tan inmenso. Con tantas posibilidades. Con todas esas líneas que se estiran, con sus contornos y caminos. Todo a la espera.

—No pretendía… —Suzuki se lleva la mano al pecho.

Marya respira hondo para que se le calme el pulso, y entonces estira una mano para dársela a Suzuki otra vez. La vía y el río y la Muralla, todo impreso en la piel de los dos.

Ralentizan la marcha según se acercan al puente, y el ritmo del tren cambia cuando se alejan de la solidez del suelo. El río y la

Muralla se estiran hacia el horizonte a ambos lados del vehículo, y a Marya le entra vértigo de repente, atrapada entre las alturas y las profundidades.

Una sombra bajo el agua. El cuerpo de una bestia enorme que sigue su propio camino río abajo, sin enterarse del tren que tiene por encima. Y ya casi tienen la Muralla sobre ellos, y es alta, de una altura imposible, y más adelante hay una puerta de hierro, pesada e implacable. Y hasta el gran tren tiene que rendirse a sus pies.

Suzuki le acaricia los nudillos a Marya y apoya la frente en la de ella. Marya nota el tirón de los frenos, el crujido del tren al detenerse. El vapor tapa lo que hay al otro lado de las ventanas.

Las líneas que tienen en la piel dejan de moverse.

EL BOSQUE

La quietud del tren hace que Grey se tropiece. Tiene calor y le dan escalofríos, la ropa le parece demasiado pesada y no deja de oír un zumbido apenas perceptible. Cuando se endereza, entiende que, por mucho que las ruedas hayan dejado de girar, el movimiento del interior sigue en marcha. Las vides descienden por las ventanas, unas ramas finas astillan los marcos de las puertas y forman hojas.

—*Jasminum polyanthum* —murmura, aferrando esas flores rosa con forma de estrella entre los dedos. Ve plantas que conoce y otras que no le suenan de nada: acantáceas con dientes afilados y pétalos puntiagudos, orquídeas de un color blanco espectral y hojas que tiemblan al abrirse y al cerrarse cuando les llega el aliento del doctor. Varios insectos zumban en el ambiente caldeado, con alas que sueltan chasquidos que impactan en sus oídos, y tiene que resistirse a la tentación de intentar capturarlo todo, de hundirse en el suelo para notar la nueva vida con los dedos. Sin embargo, no le queda mucho tiempo: es posible que le pisen los talones, la Capitana o los hombres de Transiberia, pero la criatura no estará a salvo con ellos, no la entenderán como la entiende él. Se da media vuelta, pues espera encontrarse con un traje negro en cualquier momento. ¿Cómo los llamaban los tripulantes? Cuervos. Sí, un nombre apropiado, por más que los cuervos sean un ave a la que se le atribuyen muchos aspectos negativos nada merecidos; un animal no puede ser bueno ni malo, no como los humanos, que nacen buenos y puros y tienen que aprender a ser malvados. Los nombres importan. Pero ha visto la codicia en los ojos de esos hombres.

¿Y si también quieren quedarse con ella? La atraparán con sus garras y se la quedarán.

Se obliga a seguir adelante. Qué maravillosa será la Exposición; entre todos transformarán el gran palacio de cristal en un bosque en sí mismo. Sin vitrinas ni bandejas de terciopelo, no: el público tendrá que abrirse paso por la maleza, y allá adonde miren descubrirán algo nuevo, y el mundo moderno mostrará lo ingenuo que es. Aun así, nada será tan impresionante como el nuevo Edén de Henry Grey, como su Eva. Nunca se ha sentido más cerca de lo divino que ahora, al caminar por ahí, en la ladera de un mundo nuevo.

Tropieza con una raíz y acaba dándose con una ventana, embelesado con las flores que proliferan en el cristal. Se acerca más y más, y a través de las flores ve unas vallas de alambre de espino y unas torres altas, con hombres plantados como estatuas que se echan unos rifles al hombro. Y una sombra cae sobre todos ellos, un muro enorme que se alza por delante. Frunce el ceño, sin saber muy bien qué significa, pero, al enderezarse, ve que los hombres y el muro han desaparecido, y, cuando vuelve a captar un atisbo de azul por delante, se olvida de ellos por completo.

—¡Espera! —grita, pero la criatura siempre está a punto de desvanecerse. El pasillo se estrecha. Ahí está, llamándolo; ¿o acaso ha pasado por su lado y vuelve por donde han ido? ¿Se ha transformado en una polilla de alas ligeras para escapar de su agarre?

Un dolor como de un cuchillo que le atraviesa el abdomen hace que se pare y se doble sobre sí mismo por la agonía. También tiene algo que le crece por dentro, que le brota de la úlcera: nota las hojas, los zarcillos, el dolor de unas espinas afiladas.

EL JUEGO, OTRA VEZ

Weiwei se obliga a seguir adelante, hacia el vagón de almacenamiento, aunque todo cambie a su alrededor: las flores del moho de la ventana han entrado en el tren, forman patrones en las paredes y se entretejen en las ramas que crecen según observa la zona.

—¡Elena! —la llama, pero solo oye el siseo de las hojas al rozar. Ahora que el tren se ha detenido, solo hay un espacio vacío y resonante donde antes estaban sus latidos. Cada paso le cuesta lo indecible, y los pasillos parecen alargarse y se tornan cada vez más verdes. Nota un cansancio terrible que le impide avanzar, y cada vez pierde más la confianza en sí misma. Intenta no pensar en el reloj de agua de la terminal de la Custodia, que ya cuenta los minutos.

Pero entonces ve una silueta que se tambalea hacia ella: Henry Grey, con hojas en el pelo y tierra en la chaqueta, como si hubiera salido del propio suelo. A Weiwei la invade la furia. ¿Cómo se atreve a pensar que puede atrapar a Elena y quedársela? ¿Cómo se atreve a hacerle daño al tren, a su tren? Las manos le tiemblan por las ansias de hacerle daño, de quitarle esa pistola absurda que tiene, de empujarlo a la tierra y sostenerlo allí con una fuerza que, de sopetón, sabe que posee.

No obstante, el doctor se ha doblado sobre sí mismo y se abraza el estómago. Cuando alza la mirada, Weiwei ve que tiene el rostro pálido y reluciente por el sudor, y acude a él no para empujarlo al suelo, sino para ayudarlo a recobrar el equilibrio. Es frágil y está enfermo. Ya no le puede hacer daño a nadie.

—¿No la ves? —pregunta el doctor, entre jadeos—. Ahí… Ahí mismo. Me llama.

Weiwei se da media vuelta, pero solo ve el túnel de color verde cada vez más estrecho. Grey le da un apretón en el brazo.

—Gracias —le dice, con los ojos rojos y llorosos fijos en el vagón que tienen delante—. Gracias. —Y se aleja, aferrándose a las ramas bajas según avanza.

—Deberíamos seguirlo —le dice una voz al oído.

Weiwei cierra los ojos y nota el aliento de Elena en la mejilla.

—¿Qué le pasa? —pregunta. Elena surge hacia la luz verdosa antes de contestar.

—Se está muriendo —explica, y lo hace con un tono triste en la voz que Weiwei no se esperaba—. Tiene una herida por dentro, y no puede sanarse.

—Elena —susurra—, tienes que irte. El tren no pasará la Custodia, no con todo esto. Lo sellarán. ¿Entiendes lo que significa eso? Tú eres la única que puede salir por el tragaluz sin que te vean. No tenemos tiempo para seguir a Grey, y no puedes hacer nada por ayudarlo. Tienes que irte.

Los ojos de la polizona relucen en la luz tenue, como si estuviera bajo el agua.

—Aún no —dice—. Aún no. Me puedo quedar un poco más. —Le da la mano a Weiwei y tira de ella.

—No —se niega la hija del tren.

—Pero el tren nos ayudará.

Las vides que las rodean se mueven y se retuercen.

—Iremos a buscar a Henry Grey —dice Elena—. Jugaremos a nuestro juego.

Las reglas del juego han cambiado: es una prueba de velocidad y de observación. Se retuercen para abrirse paso entre los helechos y las ramas que caen desde el techo. Vuelven por el entramado de hilos roto que es la puerta de la enfermería. Los cambios se han propagado por todos los vagones y hay siluetas en la oscuridad que no parecen humanas: mujeres con alas y hombres con cuernos en la cabeza. Una figura lleva una corona de ramas y hojas y estira una mano hacia Weiwei, y, en la palma, tiene unas setas blancas y pequeñas, jugosas y rellenas.

—Yo que tú no me las comería —le dice una voz a su lado. Es Alexei, con las pupilas negras y enormes—. No si no quieres salir volando.

—Pierdes un punto —interpone Elena, saliendo de la maleza—. Dos puntos.

—¿Habéis encontrado a Grey? —les pregunta Alexei, según las acompaña por los vagones dormitorio de Tercera Clase y les despeja un camino entre la maleza, más allá de un sacerdote que cuenta bayas brillantes entre los dedos como si fueran cuentas de plegarias, más allá del niño, Jing Tang, que salta de litera en litera.

—Seguimos buscando —responde Weiwei. Alexei no les pregunta nada más, sino que se limita a acompañarlas sin mediar palabra.

Los pasajeros se han dirigido a otros vagones, y ve a auxiliares, botones y viajeros de Primera Clase, ya sin ninguna distinción. Dima pasea entre ellos, como una sombra gris con ojos como linternas.

—Quizá se acuerde de sus antepasados —comenta Elena, agachándose para acariciarle el pelaje—. Quizá camine entre sus sueños.

Ven una silueta que avanza a trompicones a lo lejos y vuelven a perderlo. Se adentran más en el follaje.

PÁJAROS DE MAL AGÜERO

Marya da caza a los Cuervos. Recorre el tren pasando los dedos por las flores nocturnas y los helechos delicados y húmedos. Las luces del exterior parecen arrojar la luz de la luna por los vagones. Ve al Profesor entre los que están en el vagón comedor de Tercera Clase, garabateando en papeles ya manchados de tierra. Ya no es la persona frágil que vio en la enfermería, como si se hubiera desprendido del paso de los años. Piensa que hay una asimetría extraña en sus respectivas situaciones: al asumir otra vez el papel de Artemisa, ha vuelto a ser él mismo, la persona que es en realidad; y ella se ha quitado su piel prestada y vuelve a ser quien era. *Pero no, tampoco es así*, piensa. La Marya de antaño se ha perdido por el camino, y ahí, en ese tiempo suspendido, hay una persona completamente nueva.

—Ay, querida, yo he vivido mucho, pero usted… —El Profesor deja la frase en el aire.

¿Qué habría hecho con los años de vida que debería haber tenido? Habría visto el sol alzarse y ponerse desde el río Nevá; habría abierto la ventana al aroma del mar; habría paseado y paseado entre los abedules sin fin, de la mano de alguien. Sí, habría sido una buena vida para ella y para un hombre que carece de nación. No poder tenerla le provoca un dolor inmenso.

—Tenga —continúa el Profesor—. El testamento de Artemisa. Cuando retiren el sello del tren al fin, lo leerán. El mundo conocerá su nombre y el de su padre. Nos conocerán a todos.

¿Y cuántos años tardará en ocurrir eso?, piensa. No será hasta que lo que quede de ellos se haya reducido a polvo.

—«A través del cristal vemos la verdad» —dice en su lugar, mirando las ramas que se retuercen alrededor de las cañerías de hierro, hacia los cúmulos de flores de color amarillo brillante que surgen del suelo bajo la mesa.

—¡La verdad! —El Profesor da un golpe en la mesa que levanta una nube de polen que los rodea. Alguien más vitorea. *¿De verdad lo saben?*, piensa. *¿De verdad entienden lo que ocurre o acaso intentan no verlo? Es una verdad muy dolorosa.*

—Gracias —dice, dándole un apretón en la mano al Profesor. Aun con todo, esta nueva Marya todavía tiene cosas que hacer con el poco tiempo que le queda.

En la naturaleza susurrante y en movimiento, el orden de siempre se está desmoronando: los límites entre Tercera Clase y Primera, entre pasajeros y tripulantes, se vuelven difusos. Ve unas sombras más adelante. Allí están. *Los pájaros de mal agüero*, piensa. Se mueven con un propósito que ya ha desaparecido en los demás pasajeros y tripulantes, y se pregunta dónde pretenderán posarse. Casi juraría que bajo la chaqueta que llevan ve unas plumas oscuras. Atraviesan los vagones dormitorio de Tercera Clase y se dirigen a los vagones de la tripulación con gestos furtivos y sigilosos. No dejan de mirar atrás, y ella se funde con las sombras. También ha aprendido a ser furtiva, a guardar secretos.

Mientras los sigue, los vagones pierden su forma. Los brotes de moho y las redes de hilos blancos tapan la luz de las ventanas del comedor de la tripulación, y en el silencio se oyen el susurro y el roce de las hojas. Se quita los zapatos y los deja en un hueco formado entre dos árboles jóvenes entrelazados. Y, tras pensárselo durante un momento, se quita las medias también. Nota el musgo fresco bajo los pies, y de vez en cuando salpica al pisar lo que le parece ser un río.

No es hasta que los ha seguido al vagón de servicio y ve que se detienen junto a una de las puertas que dan al exterior que se percata de lo que van a hacer los Cuervos.

Quieren escapar.

Agachada sin que la vean entre los helechos, le da la sensación de que los observa desde un lugar distante. *Parece que esperan alguna especie de señal*, piensa. Han abierto la primera de las dos puertas que dan al exterior y miran por la ventana, decididos. Uno de ellos saca un reloj de bolsillo del abrigo, le da un toquecito a la tapa y frunce el ceño. Pues claro; pues claro que han pensado irse de rositas a base de sobornos. Se han llevado todo lo que han podido del tren y han conseguido una forma de salir de allí. *Venga, haz algo*, se dice a sí misma, pero parece que no puede obligarse a salir del refugio de los helechos. ¿De verdad será así como ocurrirá? Su dinero y su poder los protegerán otra vez.

Sin pensar en lo que hacía, ha estado pasando los dedos por el agua que burbujea en el suelo, como un manantial, porque la sensación de frescura es agradable. Y, cuando mira abajo, ve que tiene algo en la mano, algo fino y puntiagudo, como si el agua se hubiera transformado en cristal: fuerte, resistente y afilado. Lo lleva a la luz. Es precioso, transparente como el agua, y refleja el color verde y dorado que lo rodea.

Se dirige a los Cuervos. La cuchilla le parece sólida en la mano.

Los dos hombres se vuelven de sopetón.

—¿A dónde vais? —pregunta, alegre.

Se acuerda de aquella noche en Pekín, de cómo le habían hablado a su padre, del pésame insulso que le habían transmitido a su madre. Los Cuervos miran detrás de ella, para asegurarse de que esté sola.

—Como representantes de Transiberia, tenemos un permiso especial para salir del tren antes de hora —dice Petrov, en un intento desesperado por ejercer su autoridad—. Cómo no, esperaremos al final de la Custodia, pero debemos pedirle que vuelva a la enfermería, señora. Es por su salud. —El Cuervo intenta erguirse cuan alto es, pero está más encorvado de lo que parece y mira de reojo al exterior.

—Ah, ¿vais a esperar? —sigue ella—. Qué pacientes debéis de ser, para esperar a un tren que van a sellar.

—Habrá tiempo para...

—¿Para qué? No queda tiempo para nada, y mi padre lo sabía muy bien. Anton Ivanovich Fyodorov os lo advirtió. Os advirtió que esto iba a pasar y no movisteis un dedo.

Por primera vez, los Cuervos se percatan de la cuchilla de cristal que Marya tiene en la mano y se echan atrás.

Y ella se les acerca.

—Señora, debemos pedirle que se quede…

La cuchilla de cristal parece cantar bajo su roce. Qué sencillo será. Qué poderosa se siente, con su instrumento de justicia. Aun así, titubea. Entre los zarcillos y los helechos, entre la naturaleza que no deja de crecer, todavía hay decisiones que es capaz de tomar.

Abre la mano y mira cómo la cuchilla de cristal vuelve a transformarse en agua y se derrama en el suelo.

—Creo que te alegrará saber que han pasado miedo —dice una voz a su lado.

Elena ya no lleva su velo de polillas, aunque una fina capa de polen dorado le cubre los hombros, y unas gotas de agua le caen de las puntas del pelo. *Parece como si brillara*, piensa Marya. Tras ella, entre las sombras, ve a Weiwei y al joven ingeniero.

—Ya lo sabía —dice Marya, y, al echar un vistazo abajo, ve unos zarcillos pálidos que aparecen en el suelo y serpentean hacia ellos; se detienen un instante, como si olisquearan el ambiente, y vuelven a moverse. *Hifas*, piensa. Así las había llamado Suzuki. Unas hifas que lo conectan todo.

Los Cuervos intentan hablar otra vez, pero no les sale ninguna palabra. No ven los zarcillos porque se han llevado las manos al cuello, pero los hilos blancos les han llegado a los pies, se les retuercen por las piernas, y los ruidos que sueltan los hombres son como graznidos de pájaros, inhumanos. Los dedos se les resquebrajan, se les comprimen, y unas ramas les salen de donde deberían tener uñas. Marya intenta apartar la mirada, pero no puede. Los observa mientras sufren espasmos en la garganta, cuando la forma suave de unos huevos les aparece bajo la piel y les sale de la boca, de color verde azulado y vacíos, antes de romperse en fragmentos de cascarones entre sus dientes. Los observa destrozarse fragmento a fragmento, y no se mueve hasta que ya no queda nada más de los hombres de Transiberia que unas cuantas plumas y huesos, además de monedas brillantes, piedras negras que relucen y otros restos que podría haber en un nido abandonado.

Los mira durante un largo rato antes de volverse hacia Elena.

—Has sido tú.

Elena se encoge de hombros de un modo que a Marya le recuerda mucho a Weiwei, a quien ve entre las sombras, con la mirada fija en lo que queda de los Cuervos.

—No he hecho nada, Marya Antonovna —explica Elena—. Porque no ha hecho falta. —Hace una pausa—. Y tú tampoco.

Un sonido del exterior hace que las dos se den media vuelta. Ha pasado tanto tiempo que Marya necesita unos segundos para comprender qué es. Lluvia.

Elena mira hacia fuera, con una expresión extraña. *Ahora sí que no imita a nadie*, piensa Marya. Es su cara de verdad, contenta y triste al mismo tiempo. La chica se pega al cristal, como si pudiera notar la lluvia a través de él, como si pudiera bebérsela.

«El cristal es algo controlado —le decía su padre—. Es el tiempo suspendido».

Sin embargo, lo que se imagina ella es que se convierte en agua, en algo imparable. Se imagina que la Muralla se desmorona, que los Baldíos se desbordan. Nota cómo la llena de una alegría inimaginable.

EL FINAL DE HENRY GREY

L o ve todo desde las sombras. Ve la transformación de los hombres de Transiberia. *Un castigo justo*, piensa. Su Eva es bondadosa y justa. ¿Cómo se le ocurrió pensar que era etérea? Es un ser del agua, de la tierra.

Al otro lado de la ventana ha empezado a llover, y la ve alzar las manos hacia el agua, con los ojos clavados en el firmamento.

—Y en el agua y en el cielo se revela —murmura— el reflejo del firmamento, su mirada centinela.

Tiene que apoyarse en el tronco de un árbol cuando el dolor le ruge por todo el cuerpo, desde el estómago. Le están creciendo espinas por dentro. El corazón le late tan deprisa que bien podría salírsele del pecho, rojo y húmedo, para formar un brote más en la oscuridad del bosque que lo rodea. Cada vez tiene las piernas más flojas, y se deja caer en el musgo verde oscuro del suelo. Eso es lo que ha querido siempre: notar la vida con las manos, los latidos cada vez más intensos, el pulso lento de la tierra. Seguir una línea hasta el origen, leer los mapas de la creación. Y ahí está, en el principio y en el final.

—Doctor Grey... —Abre los ojos. Es la joven viuda quien le ha hablado, arrodillada a su lado. Y, detrás de ella, la hija del tren—. Le presento a Elena.

Y ahí está, mirándolo desde arriba. Reluce.

—Elena... —Los nombres son importantes. Siempre se ha quedado satisfecho sabiéndolos, clasificándolos, anotándolos. Es un acto de fe, para comprender la creación de Dios—. Me salvaste —dice—. Cuando estaba fuera, en el agua. ¿Por qué?

—En otros tiempos hubo otro hombre —dice la chica, dice Elena—. Era como tú, en cierto sentido. Quería averiguar la verdad de las cosas, quería entenderlo todo. Buscaba... la comunión.

—Sí... Sí. Siempre he aspirado a... El trabajo de mi vida... ¿A él también lo salvaste? —Intenta mantener los ojos abiertos y no apartar la mirada de ella, pero le cuesta. Está más cansado que nunca.

—No, nadie lo salvó. Lo siento mucho.

Henry Grey asiente.

—Entiendo lo que eres —susurra—. Eres lo que he estado buscando desde hace tantos años. —El final de la línea que ha estado siguiendo. *Un nuevo Edén*. Ahora lo ha encontrado, y ya no le queda otra cosa que hacer que descansar—. Una forma más perfecta —añade, o tal vez solo lo piensa. Dentro de todas las criaturas, las ansias de conseguir una forma más perfecta.

—Ya puedes dormir —oye que le dice ella—, si estás cansado. —Y el dolor que lo ha acompañado desde hace tanto se ha desvanecido y ha dejado en su interior un espacio que le parece las salas amplias y transparentes de un palacio de cristal.

Cierra los ojos. Ya no necesita nada más.

RIESGOS Y DECISIONES

*P*arece *que está dormido*, piensa Weiwei, sobre el cojín que forman el musgo y las hojas.

—No estaba bien —dice Marya Antonovna—. No podíamos haber hecho nada por ayudarlo. —Se acerca a Henry Grey y le coloca las manos en el pecho. Elena parpadea deprisa, con el ceño fruncido, y Weiwei y Alexei parecen dos familiares dolientes que observan una tumba.

—Tendría que haber hecho algo —dice Alexei—. Cuando lo conocí en Pekín ya estaba mal, tenía algo en el estómago. Los médicos le dijeron que fuera con cuidado.

—No sé yo si habría hecho caso —responde Marya.

No, no era de los que hacen caso, piensa Weiwei. Tenía demasiadas certezas en sus propias creencias, estaba demasiado seguro del lugar que ocupaba en la maquinaria compleja del mundo.

Mueve lo que queda del señor Petrov y del señor Li con el pie. En medio del montículo de plumas, ramas y piedras, unas hebillas de zapatos brillantes tintinean. La justicia del tren. *Pero ¿será suficiente para Marya Antonovna?*, se pregunta. La hija del fabricante de cristal tiene el aspecto sorprendido y confundido de alguien que ha sobrevivido a un accidente, que se ha salvado sin esperárselo. Weiwei está intentando pensar algo que decir cuando Suzuki entra en la sala y, muy para su sorpresa, le da un abrazo a Marya.

—Sé que dije que no iba a seguirla... —empieza a decir, pero Marya niega con la cabeza y asiente, y se produce una comunicación no verbal entre ellos que Weiwei no comprende y que le parece demasiado privada como para quedarse mirando, por lo que se da media vuelta deprisa y ve que Elena no tiene tantos miramientos y los observa con interés.

—Ven —dice Weiwei, alejándola de allí. Les queda muy poco tiempo.

Dejan a Grey ya acunado por las raíces y los zarcillos que se lo llevan a la tierra. Entran en el comedor de la tripulación, donde el músico se ha puesto de pie en una silla y toca un vals en una escala menor, que suena animado y tristísimo al mismo tiempo. Vassily sirve copas de unas botellas que parecen de color plateado y dorado por la luz que se filtra por los árboles, y los pasajeros bailan, los de Primera Clase y los de Tercera, con ropa de seda elegante y vestimentas harapientas, con todas las divisiones en el olvido tras haberse sumido en ese tiempo suspendido. Weiwei ve a Sophie LaFontaine bailando sola, con los ojos cerrados. Ve a los caballeros científicos y a los mercaderes bailando juntos, rodeándose con los brazos. Ve a los hermanos del sur que alzan las copas para vaciarlas de un trago. Ve ramas de hiedra que rodean las lámparas, el liquen que trepa por el techo, de color plateado y azul brillante.

Elena ya no se esconde. Forma parte de los cambios, y los pasajeros no parecen asustarse ante su presencia. Le ofrece la mano a la Condesa, quien echa atrás la cabeza para soltar una carcajada.

—Yo ya no estoy para esos trotes, jovencita. Pero Vera sí que aceptará. —La criada tiene una expresión dudosa cuando Elena la suma al vals, pero la música se transforma en una giga, rauda y alegre, y la expresión se le pone eufórica. Elena pasa de pasajero a pasajero hasta que llega a Weiwei, quien piensa en la chica que salió del agua. La que volvió a la vida.

—¡Por el final del viaje! —grita una voz, y los demás alzan las copas. Alguien llora, y el clérigo, Yuri Petrovich, entona una plegaria, pero el músico hace más ruido que él, al tocar más deprisa y a mayor volumen. Weiwei deja que Elena la sumerja en el baile, dando vueltas y más vueltas hasta que se marea y se echa a reír y casi le parece que están en el tragaluz abierto otra vez, con esa sensación de liberación gloriosa.

—¡Mirad!

Una cuerda se rompe en el violín del músico. El baile acaba con una nota repentina y discordante. Quienes bailaban se apartan los unos de los otros.

—¿Qué hacen? —Alexei ha despejado una de las ventanas y señala hacia el exterior, hacia los guardias que se alejan corriendo del tren, con sus armas en el hombro, hacia otros que se juntan bajo los reflectores, y la lluvia hace que las siluetas parezcan parpadear. Hace que la tierra de la zona de Custodia se embarre.

—No pueden haber pasado doce horas ya, ¿no? —dice Weiwei, todavía sin aliento—. Si casi no es ni de día...

Alexei mira hacia el reloj de agua, y Weiwei ve que se le tensa la espalda.

—¿Qué pasa? —Le sigue la mirada—. No puede... —El recipiente en el que cae el agua está mucho más lleno de lo que debería estar.

—Han acelerado el reloj —dice—. Han echado las horas. La Custodia está a punto de terminar.

Van a sellar el tren.

Alexei da un golpe en la ventana con las palmas de las manos, y el vagón se llena de alboroto. A Weiwei se le tensa el pecho, como si ya se estuviera quedando sin oxígeno.

—Tienes que irte, Elena, ¡ya! —dice, en voz alta para hacerse entender por encima del ruido. Le da la mano a la polizona, decidida a llevarla a rastras hasta el tragaluz si es necesario. No piensa permitir que la encierren con ellos, no después de todo lo que ha ocurrido. La urgencia hace que note un zumbido debajo de la piel, una vibración en los huesos, como si el tren hubiera cobrado vida otra vez, como si el corazón de la máquina latiese de nuevo.

—Weiwei —dice Elena, y es la primera vez que la llama por su nombre, aunque se aleja de ella y se defiende—. Escucha.

—No hay tiempo de...

—¡Escucha!

La voz de Elena silencia el vagón. Y Weiwei lo nota, nota la atracción del fogón, con hambre de carbón y de calor; de las ruedas que ansían más kilómetros que recorrer, llegar al raíl que tengan delante. Nota que el tren se despierta.

El Cartógrafo y Marya aparecen.

—Ocurre algo —dice Suzuki, remangándose para mostrarles los brazos, y Weiwei ve que tiene unas marcas en ellos, casi como los tatuajes que se hacen los ingenieros después de cada cruce, solo que tienen algo distinto: son líneas finas y marcas similares a un mapa. Ve que Alexei se lo queda mirando también.

»Tira hacia atrás —continúa, y miran cómo el mapa que tiene en la piel parece cambiar, tan solo una fracción, como una fotografía que se desenfoca—. ¿Lo notas? —le pregunta a Weiwei, y sí que lo nota, sí. Nota el tren y la tierra y la tierra y el tren, todo conectado. Nota la vibración de los huesos que se convierte en un rugido.

—Quiere irse —dice—, quiere moverse. —Se vuelve hacia los demás—. ¿Y qué nos lo impide? ¿Acaso no somos más fuertes que cualquier otra cosa que haya fuera? —Hace un ademán hacia los guardias, hacia la zona de la Custodia—. Presumimos de ser los más fuertes, de tener el tren más resistente que jamás se haya construido. ¿Cómo pueden detenernos si queremos irnos?

—Las puertas pueden impedírnoslo —explica Alexei—. Si fuéramos a la velocidad máxima, quizá podríamos atravesarla, pero ahora sería imposible.

Elena da unos golpecitos en la ventana con los dedos.

—¿Y si la puerta estuviera abierta? —pregunta.

Encuentran a la Capitana donde Weiwei sabía que iba a estar, en la cabina, donde las paredes relucen con unos tonos verdes y azules iridiscentes, atravesados por vetas naranjas, como si el calor pulsara a través de ellos. Unos dedos secos y afilados de liquen pálido rodean el fogón. La Capitana está sentada en uno de los taburetes de los fogoneros, con la mirada perdida en los carbones, tal como Weiwei la ha visto hacer durante las noches tranquilas de los cruces anteriores, como si buscara un mensaje en las llamas. Sin embargo, los carbones guardan silencio y se están enfriando, y la Capitana ha dejado caer los hombros, derrotada. No alza la mirada cuando el grupito entra.

—¿Capitana? —Las dudas amenazan con embargarla, pero ve a Elena observar la cabina con deleite, las paredes que relucen, el brillo tenue de los rescoldos en la oscuridad del fogón. Se pone en posición de firmes delante de la Capitana y le cuenta el plan que han trazado. Cuando acaba, la Capitana alza la mirada, mira en derredor y se pone de pie, como si acabara de despertarse de un sueño.

—Si te he entendido bien, lo que proponéis es... —Niega con la cabeza—. Aunque pudiéramos hacerlo, estaríamos cambiando el transcurso de... todo. No puede ser decisión nuestra.

—¿Y de quién debería ser entonces? —A Weiwei le parece que la voz de Marya ha cambiado, ahora que ya no pretende ser quien no es. Mira a Elena.

—¿Tú qué opinas? —le pregunta.

—Puedo ayudaros —dice Elena—, puedo abrir las puertas. Sé lo que hay que hacer; fui el fantasma de la guarnición, ¿sabéis? Observé y aprendí. Puedo daros más tiempo. —Tiene la mirada brillante, decidida, y Weiwei cae en la cuenta de que no es solo Marya quien ha cambiado, sino que la polizona también tiene algo distinto. Parece más segura de sí misma, más presente, como si se hubiera quitado un peso de encima, como si hubiera tomado una decisión—. Me esconderé detrás de la lluvia y no me verán. —Elena se vuelve hacia Weiwei—. Ya sabes lo que soy capaz de hacer. Por favor, deja que os ayude.

Miran a la Capitana; Alexei, Suzuki, Marya..., todos esperan que dicte sentencia. Así de poderosa sigue siendo.

Las arrugas del rostro de la Capitana se vuelven más pronunciadas, y se apoya contra la pared, como si le pidiera al tren que la sostuviera un rato más. *Ya ha dejado de enfrentarse a los Baldíos*, piensa Weiwei.

—¿De verdad estarías dispuesta a correr ese riesgo por noso-tros? —le pregunta la Capitana a Elena.

—Sí —responde ella. Mira a Weiwei—. Sí —repite.

EL DESPERTAR

Así, pues, se despierta el gran tren. Así comienza el brillo creciente de los carbones, el rugido del fogón. Así la lluvia comienza a sisear sobre el metal caliente. Los fogoneros han vuelto a sus puestos, al lado de los maquinistas. Los auxiliares se abrochan bien el cuello de la camisa, se sacuden el polvo de las solapas. Los botones cierran las trampillas. El mecanismo de reloj del tren se vuelve a poner en marcha, y los pasajeros también cumplen con sus respectivos papeles. La Condesa preside el vagón bar; se ha desprendido de sus chales y se ha coronado con hojas de abedul. El Profesor tranquiliza a los más inquietos y asustados. Los devotos rezan a cualquier dios que les haga caso; los impíos, a los dioses del raíl: al fogón, a los pistones y a la energía. «Que las grandes puertas se abran, que las armas de los guardias no puedan con el tren, que el mundo nos perdone por lo que estamos a punto de hacer».

—Cuando vuelvas, tienes que correr hacia la última puerta del tren —le dice Weiwei—. Me aseguraré de que esté abierta. Apenas puedas, tienes que correr más deprisa que nunca.

—Correré más deprisa que nunca —le asegura Elena, y es esa repetición de palabras lo que hace que Weiwei se dé cuenta de lo que ha cambiado en ella: ya no imita a los demás. Sus gestos y expresiones son suyos, solo suyos.

Se echa atrás y sujeta a Elena un poco lejos de ella, como algunos pasajeros le hacían cuando era pequeña y se regocijaban con lo precoz que era, con su uniforme chiquitito. No quiere soltarla.

—¿Qué ha cambiado? —pregunta—. ¿Por qué eres diferente? ¿Es por la lluvia? —Tiene ganas de llorar, pero no piensa soltar ni una lágrima. *Funcionará.*

—¿Acaso tú no has cambiado también? —contesta Elena, con una sonrisa. Weiwei suelta algo a medio camino entre una carcajada y un sollozo.

—Ya no sé ni lo que soy.

Elena se echa atrás y la sujeta de los brazos tal como ha hecho Weiwei, para examinarla.

—No solo una cosa —dice, asintiendo una vez—, sino muchas.

Y entonces, tras dudarlo un instante, Elena le da un abrazo feroz. Ya no huele a humedad ni a podredumbre, sino a algo verde y en crecimiento, a la tierra después de que llueva. Weiwei quiere aferrarse a ella sin soltarla, decirle que no tiene por qué arriesgarse. Quiere que el tiempo vaya marcha atrás, que el agua del reloj suba en vez de bajar, que las ruedas del tren sigan el camino por el que han llegado, que la hija del tren y la chica de los Baldíos se pongan a jugar a ser sigilosas en la oscuridad, a contarse historias, a alzar la mirada al cielo. Quiere quedarse donde está.

—Funcionará —susurra Elena—. Te volveré a ver.

Y entonces desaparece por el techo del vagón de almacenamiento, lejos de la vista de ella, y Weiwei corre hasta la ventana del pasillo y pega la cara al cristal, pero lo único que ve son las nubes de vapor del chasis, que engullen las sombras de los guardias.

En la torre de vigilancia, Oleg el artillero apunta con su rifle y la Capitana vigila las puertas, con el altavoz de latón en la mano.

—Esperad —les comunica a los maquinistas de la cabina. El tren se resiste contra su falta de movimiento; Weiwei percibe la maquinaria compleja que se coloca en posición—. Esperad.

Vuelve la vista atrás por el tren y ve a Suzuki y a Marya Antonovna en la torre opuesta, mirando con sus catalejos. Sin embargo, la zona de la Custodia está tranquila.

—No la veo —dice Weiwei, mirando a través de una de las lentes, con un peso en el estómago, con náuseas—. No la encuentro.

—Ellos tampoco, entonces —responde la Capitana.

Oleg apunta hacia la terminal con el rifle.

—Ahí —señala, justo cuando Weiwei capta el más ínfimo de los ondeos en la lluvia. Elena ha llegado a las puertas.

—Preparaos —transmite la Capitana.

Las enormes puertas de hierro comienzan a abrirse.

Los guardias se mueven a toda prisa, y Oleg dispara hacia la terminal para alejarlos de las puertas. Los soldados devuelven el fuego, aunque bien podrían estar tirándole piedras al tren.

—Preparaos.

Las puertas han empezado a abrirse lo suficiente como para mostrar el raíl que se extiende al otro lado, pero es un proceso lento y pesado, y cada vez más guardias salen de sus torres de vigilancia.

A pesar de que Weiwei busca a Elena, hay demasiadas personas, todas camufladas en el vapor y el humo de los disparos. El tren está preparado, con todas las juntas a la espera, pero las puertas se han quedado quietas.

—¿Qué pasa? —Acerca tanto el ojo al catalejo que le duele la cara, pero no logra ver nada en la escena que se desarrolla más abajo—. ¿La ven?

—Esperad. —La voz de la Capitana suena más tensa. Una oleada de desesperación cubre a Weiwei.

—Capitana…

La duda en el tono del artillero hace que Weiwei alce la mirada, y se la sigue a un tramo de tierra cerca del edificio principal, pero al principio no entiende lo que ve. Y entonces lo comprende: desde el barro batido, unos tallos verdes y delgados comienzan a brotar. Se desvanecen tras unos disparos, pero más crecen según los observa, desaliñados y decididos. Se enroscan alrededor de los guardias y los sujetan de los tobillos con fuerza.

—Miren... —Weiwei observa cómo unos rastros de barro trepan por las paredes, como si unos dedos largos buscaran un modo de llegar al otro lado. El suelo embarrado se transforma en líquido, y las hierbas crecen más deprisa de lo que los guardias pueden echarlas atrás.

—¡El río!

El grito del artillero hace que Weiwei corra a uno de los catalejos del otro lado de la torre para mirar por donde han venido, y se queda sin aliento. El río se ha salido de su cauce y se desborda a una velocidad imposible.

—Como en el sueño de Rostov... —Aquella última visión del apocalipsis que tan famosa se había hecho. Cómo la había fascinado cuando era pequeña, cuántas ganas había tenido de que el agua se alzara cada vez que el tren cruzaba el río. Y ahora las aguas van a su encuentro.

—Estamos acabados. —La voz del artillero está teñida por la desesperación—. Después de todo lo que hemos hecho...

—No, la están ayudando. La tierra, el río... —«Ya nada los va a echar atrás».

Las puertas de hierro se mueven una vez más.

—Ahora —transmite la Capitana. A su orden se desata un subidón de energía, y la escena del exterior queda oculta en una nube gris a medida que el tren arranca. Weiwei ya corre hacia las escaleras. Se abre paso a través del bosque que se ha formado en el tren y pasa por todos los vagones según salen por las puertas, corre hacia atrás mientras el tren avanza. Nota el ritmo de los raíles que comienza bajo ella, aunque el agua se alza y ha roto los muros del otro lado, se alza en olas. Alexei espera en la última puerta, con el pelo y el uniforme empapados por la lluvia.

—¿La ves? —grita Weiwei.

—No te acerques... —La aparta de la puerta al tiempo que el agua lodosa les moja los pies, y, por un momento, le da la sensación de que flotan a través de las puertas, a la deriva en la inundación.

—¿Dónde está? —Weiwei se aferra al marco de la puerta y se asoma—. Tenemos que esperarla, tenemos que decirle a la Capitana que espere. —Está segura de que saldrá del agua en cualquier momento, de que se acercará al tren con los brazos abiertos, salpicando.

A pesar de que la lluvia y el agua del río desbordado le congelan la piel, se asoma más aún. Están acelerando y dejan atrás la inundación.

—¡No podemos parar! —Alexei tiene que gritar para hacerse oír por encima del rugido del agua.

—¡Pero solo hemos podido salir gracias a ella! Todo ha sido por ella... —Se le entrecorta la voz—. No podemos abandonarla, no podemos.

Nota el ritmo de los raíles, insistente y conocido. Nota la energía liberada conforme el tren acelera, y ya no podrán parar, no podrán esperar a quien han dejado atrás. Alza la mirada hacia la Muralla y ve que le han salido grietas, que el agua y las plantas salen de las piedras, como si los Baldíos estuvieran escapando. La Muralla llora.

PARTE SIETE

DÍAS 21-23

Es posible que los viajeros experimenten un fenómeno un tanto peculiar: el miedo a llegar. Puede que se manifieste como una letargia muy peligrosa en la que uno se queda cerca de la ventana, incapaz de apartar la mirada. A la espera de ver la estación, carcomido por los nervios, sin ponerse a preparar el equipaje ni la vestimenta. Después de tantos días y noches a bordo, les da miedo lo que significa quedarse quietos.

La guía de los Baldíos para viajeros precavidos, página 240.

ADELANTE

S on imparables. Recorren los kilómetros que separan la Muralla de las primeras ciudades del imperio ruso, y su paso lo marcan los redobles de campanas en las torres de las iglesias de madera y los atisbos de rostros pálidos y asustados que captan en las ventanas de las torres de vigilancia. Atraviesan las barricadas que han establecido por la vía, a través de barrotes de hierro y de alambre de espino y de las balas de los soldados. Son imparables.

¿Qué harán ahora? Ya no lo saben. Han dejado atrás a Rostov y su guía, se han salido del mapa y se alejan de las ciudades en las que el poderío del ejército ruso y el de los soldados de Transiberia deben de estar reuniéndose. Van a lugares que no conocen. Pasan por estaciones pequeñas con carteles desgastados, con sacerdotes en los andenes que sostienen crucifijos en su dirección, con mujeres vestidas de negro con las manos juntas para rezar. Sin embargo, otros estiran las manos hacia el tren conforme les pasa por delante, demasiado cerca del borde del andén. Estiran las manos y tiran de las ramas que cuelgan del vehículo, como si quisieran quedarse con esa rareza.

¿A dónde van? Tampoco lo saben. Adelante y más adelante. Weiwei nota las miradas, tanto de los pasajeros como de los tripulantes, como si ella tuviera las respuestas que necesitan. Incluso la Capitana duda antes de dar una orden y espera a que ella diga algo.

—Pero no sé nada —les dice—. No sé qué deberíamos hacer.

—No sin Elena, no cuando la línea que la separa de ella se alarga con cada minuto que pasa, con cada hora. «Parémonos —quiere decir—. Volvamos». Observa la vía desde el vagón de observación y se vuelve hacia cada atisbo de color azul que capta en el tren, como si la fuera a ver salir de entre las sombras de los matorrales con una reverencia: «Y ahora, para el último truco de la velada...». Desaparecer y volver a aparecer es lo que mejor se le da, ¿verdad? Sin embargo, no hay ningún indicio de la chica que no lo es del todo.

Los pasajeros se juntan. Duermen donde quieren, encima del suelo cubierto de musgo o en las literas en las que unas ramas de sauce hacen las veces de cortinas. El Profesor y Marya recaban sus historias y las anotan en hojas de papel que serán la siguiente columna de Artemisa. Una última excursión para un autor viejo, según dice el Profesor. O la primera excursión de un autor nuevo. Ya no lo saben. Lo único que saben es que tienen que seguir avanzando.

Weiwei se queda en la torre de vigilancia, bajo la luz vespertina. Y nota el tren, nota cómo los impulsa hacia adelante. Sabe a dónde quiere llevarlos.

EL PALACIO DE CRISTAL

E l palacio de la Gran Exposición. Se alza de la tierra y surge del cielo al mismo tiempo, con la luz reflejada en dos mil paneles de cristal, como si el edificio estuviera hecho de aire.

Tiene cristal suficiente como para hacer tres puentes sobre el río Nevá, según le dijo su padre. Cristal de las fábricas de San Petersburgo, transportado mediante barcazas hasta Moscú, donde el mundo entero iba a acudir a verlo y admirarlo, donde iban a celebrar y a ensalzar el apellido Fyodorov. Marya nunca ha llorado por su padre. Solo ahora, al ver ese edificio, bello, ingenioso e inútil, le entran ganas de echarse a llorar por lo que ha perdido. Saca la carta que su padre dirigió a Transiberia, extraída de donde la habían enterrado en el vagón bar, arrugada pero a salvo. La prueba de lo que había intentado hacer, una que iba a bastar para devolverle su reputación, incluso si nadie más la leía. Una prueba suficiente para ella sola.

Ralentizan la marcha. Por primera vez desde la Muralla, desde que dejaron atrás la inundación, ralentizan la marcha.

—Nos estarán esperando —le dice Marya a Suzuki—. Transiberia, los militares… —El poderío entero de un imperio que teme lo que existe al otro lado de sus murallas, a la espera con armas y cañones—. No tenemos ninguna posibilidad de… —Deja la frase en el aire.

Viajan por la vía nueva, construida con motivo de la Exposición. A ambos lados de los raíles están los bien vestidos y los pobres, los jóvenes y los mayores, con niños que corretean por delante y señalan con un delirio eufórico hacia el tren y el palacio, mientras sus madres y nodrizas les dan la mano para que se estén quietos. Algunos están inmóviles y se los quedan mirando. Otros se dan media vuelta y salen corriendo. *Llevamos el pavor con nosotros*, piensa. *Cargamos con el aire corrupto de los Baldíos, eso es lo que creen. Transiberia les ha enseñado a tener miedo.*

El tren debería detenerse pronto. El palacio se alza por encima de ellos, y Marya se imagina que el vehículo atraviesa el cristal con todas sus fuerzas, el ruido de mil paneles que se rompen al mismo tiempo y les cae encima. Sin embargo, no es así: se percata de que no solo se dirigen hacia el palacio, sino hacia el interior en sí, bajo una entrada alta y curvada. Y, con un chirrido de frenos y nubes de vapor, se detienen en el centro de ese impresionante edificio de cristal, hierro forjado y aire.

A través del vapor, Marya ve el color escarlata del uniforme de los soldados, el gris del metal de las armas. Sin embargo, delante de ellos hay un grupo de personas en fila detrás de las vallas que rodean el andén, un grupo que aplaude, los mira, señala y se echa atrás ante el tren transfigurado, transformado en una exposición, un monumento a la gloria de Transiberia. Cuánto lo habría odiado su padre.

Más adentro en esa misma sala, alcanza a ver otras máquinas: instrumentos de la industria, de la ciencia, del poderío bélico, con sus brazos metálicos alzados como si quisieran darle la bienvenida al siglo venidero, orgullosos, satisfechos y llenos de confianza.

—Así que así se siente uno al ser una maravilla del mundo moderno. —El Profesor se ha colocado a su lado y hojea sus últimas páginas una y otra vez.

Alexei tiene el rostro pegado a la ventana.

—Creo que el doctor Grey se habría alegrado mucho de que estuviéramos aquí —comenta Marya, poniéndole una mano en el brazo.

—Miren —dice Suzuki.

Delante de las vitrinas de cristal que contienen maquinaria y modelos a escala del tren, inconfundibles con sus trajes oscuros y expresiones lúgubres, están apostados los representantes de Transiberia.

LA HIJA DEL TREN

Weiwei baja al andén y se encuentra con un silencio repentino. No ha habido ningún debate, sino que la Capitana se ha limitado a dedicarle un ademán con la cabeza, y los pasajeros y los tripulantes reunidos cerca de las ventanas la han dejado pasar. Se siente muy pequeña, y el silencio expectante del público hace que la sala de exposición parezca de un tamaño imposible, mucho más grande que cualquier otro edificio en el que haya estado. Hay filas de balcones por las paredes. Varios artilugios mecánicos del tamaño de árboles se yerguen en lo alto de pedestales; una estatua del emperador ruso a lomos de su caballo, de un tamaño mucho mayor al real, plasmado en una pose que hace que parezca que cabalga hacia la guerra, y un número incontable de filas de vitrinas de cristal altas se extienden hasta donde le alcanza la vista. Algunas de ellas contienen criaturas sin vida, con ojos que no ven nada. En otras hay animales que trepan, se arrastran o vuelan, cuerpos peludos que chocan con el cristal. Eso es lo que dice la Exposición: «Pasen y vean nuestras hazañas, admiren lo que hemos conseguido. Y luego vean lo que no somos».

Lleva una mano al tren, hacia su costado cálido y lleno de plantas; nota su energía, que late como un pulso, como si estuviera tan vivo como esas criaturas que han encerrado en el cristal. *Los espectadores también lo notan*, piensa, cuando una oleada de murmullos llena la sala. Se vuelve consciente de la atención incómoda y desconfiada que le dedican esos mil ojos clavados en ella.

No obstante, por ahí se acercan los representantes de Transiberia, a paso ligero por el andén, con las manos tensas a ambos lados. Hombres con traje oscuro como los Cuervos, sin forma y sin nombre, moldeados por la empresa a su imagen y semejanza. Por detrás de ellos avanzan los soldados, con la insignia de Transiberia en el uniforme y con los rifles en las manos. Un número incontable de soldados, como si todo el poderío militar de una nación entera saliera a la sala de la exposición, con botas que hacen temblar el suelo. Se interponen entre los espectadores y el tren y se llevan los rifles al hombro. Y Weiwei ve, en un vistazo a un futuro posible, al tren domado por las armas, las normas y los horarios. Ve el orden restablecido, el triunfo de Transiberia, el siglo anterior que se echa encima del venidero. Ve a los hombres que tiene delante, con una fe inquebrantable en sí mismos.

—¿Dónde está la Capitana? —Es el presidente de la junta directiva de Transiberia, alto y de barba gris y lleno de una furia justiciera, aunque los soldados que tiene a la espalda hacen que parezca más pequeño, más menudo que la última vez que lo vio—. Tenemos que hablar con ella inmediatamente. ¿Y dónde están nuestros consultores?

«No están —quiere decir—. Se han convertido en piedras y ramas y huesos, y no puedes hacer nada al respecto».

Sin embargo, antes de que le dé tiempo a hablar, un destello azul le llama la atención, y se agacha, sin hacerle caso al estruendo de las botas contra el metal, al grito ahogado que se desata en el público, al chillido repentino de Alexei a su espalda. La apuntan con los rifles, cargados; lo sabe, pero no puede apartar la mirada de donde ve que crece un liquen azul brillante, con venas plateadas entre las escamas solapadas. Cuando lo toca con la punta de los dedos, nota…

… *aquí*. Una presencia. Unos latidos. *Aquí, y ahí, y allí también*. Un hilo que se extiende hasta los Baldíos, hacia Elena, *ahí*, y que tira hacia algo nuevo. La tierra está llena de ansias, de cambios. Le da la sensación de que unas chispas le rebotan contra la piel.

—Señorita Zhang, le hemos hecho una pregunta —insiste el presidente con un tono iracundo. Dos de los soldados se le acercan más, lo suficiente como para captar el olor metálico de las armas, el abrillantador de sus botas pesadas, pero entonces el Profesor se aproxima a ella, la ayuda a ponerse de pie y les da la espalda a los soldados y al presidente.

—Parece que estás asustando a estos caballeros —murmura—. Pero tengo algo que creo que deberías ver. —Le entrega una hoja de papel, con una expresión extraña.

«Este es el testamento de Artemisa», lee Weiwei, antes de que las palabras comiencen a moverse y a desatarse frente a ella, como los hilos delgados que serpenteaban por el tren.

—Un fenómeno impresionante, ¿eh? —El Profesor mira las palabras por encima de las gafas, y Weiwei se queda fascinada al ver las espirales de caracteres cirílicos que se despliegan y se dirigen a los bordes del papel antes de verterse en el suelo, sobre las escamas del liquen, para volverlo de un color azul más oscuro, como de tinta.

—¿Me ha escuchado? ¿Tiene usted idea de lo que...? —Sin embargo, las palabras del presidente se pierden ante la cháchara creciente que proviene del público. Weiwei sigue los dedos que señalan hacia arriba, las miradas que se pierden en el cielo, con ojos como platos y expresiones de sorpresa, y ve que el cristal cambia. Una onda pasa por él, como el agua, como las escamas azules y plateadas del liquen, como la tinta. Y las palabras se forman en él, se mueven por las paredes del palacio, por el techo; y con las palabras llegan la confusión, el pánico y el miedo. Algunos de los espectadores se dan media vuelta y salen corriendo, se abren paso a empujones para tratar de llegar a las puertas, lo cual provoca un movimiento que la asusta al pensar que el frágil control de la muchedumbre se va a romper, que las vallas que la retienen se van a venir abajo. Pero las vallas resisten, y algunos de los allí reunidos lloran, otros gritan, y otros más se desmayan directamente.

Y otros se quedan de pie y leen.

«Yo, Artemisa, escribo estas palabras para quien las encuentre... A pesar de que mi voz es débil comparada con el poderío de Transiberia, espero que estas palabras lleguen a todo el mundo y que vosotros, mis fieles lectores, conozcáis la codicia... la arrogancia sin fin... de las mentiras que la empresa os ha contado».

—¡Calumnias! —brama el presidente de la junta, y otros hombres de la empresa gritan que se trata de un intento de sabotaje, que no es nada más que un truco barato. Con el rostro escarlata, el presidente se lanza sobre el papel que Weiwei sostiene y lo hace añicos, lo deja caer al suelo y lo pisotea.

—Es demasiado tarde —dice ella con calma—. Las palabras ya no están, ya han subido todas. A la vista de todo el mundo.

«... el fabricante de cristal Anton Ivanovich Fyodorov puso en riesgo su reputación y su forma de labrarse la vida... Encontró pruebas de que lo único que quiere Transiberia es aumentar el número de cruces y, así, sus beneficios... No hicieron caso de las pruebas de los cambios que se producían en los Baldíos por culpa del propio tren, del peligro que...».

Aparta la mirada de los trabajadores furiosos y ve que Marya Antonovna baja del tren, con Suzuki a su lado. Tiene los ojos anegados en lágrimas y sonríe. El Profesor le dedica una reverencia.

—Un poco de justicia, aunque sea —le dice.

—No —responde Marya—. No es un poco.

«Es la codicia de Transiberia lo que ha hecho daño al tren, lo que ha hecho daño al terreno en sí. Esa es la verdad. No pretendo decir que comprendo el significado de los Baldíos..., ni tampoco propongo que, de hecho, haya un significado que comprender...».

El público se ha quedado en silencio. Todos los pasajeros han bajado al andén y alzan la mirada hacia las palabras del cristal. Y esperan. Como el cristal y el hierro, las ramas, las flores y la corteza. Observan. Esperan.

«... pero la Sociedad ya ha elaborado teorías y ha debatido durante demasiado tiempo. Las puertas están abiertas. El final de Transiberia ya está aquí. Ha llegado la hora de ver lo que tanto han escondido».

Weiwei nota la vibración en los huesos. Nota el tren, el liquen y el cristal. Nota los cambios que resuenan por la sala de exposiciones. El óxido pincha el cuerpo metálico de los telares, las armas y las prensas, un liquen fantasmal brota y se desvanece, los hilos pálidos se dirigen a la maquinaria y a los engranajes y los hacen funcionar. Las vitrinas de cristal se transforman en gotas de agua que se alzan en forma de fuente donde las aves y los insectos beben y disfrutan de su libertad. El caballo del emperador se pone sobre sus pezuñas y galopa hasta salir del palacio, mientras que el jinete queda hecho añicos en el suelo.

El presidente ordena a gritos a los soldados que disparen, pero estos ya han bajado el rifle. Se echan atrás y dejan a los trabajadores de la empresa expuestos al abucheo creciente del público, a la comida y la basura que les lanzan desde las galerías al tiempo que los destellos de luz presagian la llegada de los periodistas con sus aparatos para capturar imágenes.

Weiwei se vuelve hacia donde la Capitana sale de la puerta que tiene detrás.

—En la Muralla, no solo ayudaban a Elena. El agua y la tierra... nos ayudaban a nosotros también. Quieren que sigamos.

La Capitana duda antes de asentir con el más leve movimiento de cabeza.

Weiwei mira a los pasajeros, a los espectadores, tan callados como si ella fuera una sacerdotisa que lleva a cabo un ritual en un terreno sagrado.

Los soldados se han marchado de la sala de exposiciones. Los de Transiberia han quedado engullidos por el público.

Echa un vistazo atrás, hacia el tren, y lo ve al completo por primera vez: salvaje y lleno de plantas; un bosque, una montaña y una máquina al mismo tiempo. Lleno de los cruces que ya ha hecho. Lleno de los cruces que tiene por delante.

Oye al motor rugir al arrancar.

EPÍLOGO

De *El fin de los viajeros precavidos* (prefacio, páginas I-IV),
de Marya Fyodorova (editorial Mirsky, Moscú, 1901).

Nos conocerás, claro. El tren viaja a través de los mitos, por las
historias que han proliferado tan deprisa como las semillas que
brotaron a través del pavimento de las ciudades. Nos habrás visto
a través de los ojos de las cámaras, pegados a las páginas de los
periódicos o a través de la luz parpadeante de una pantalla. Habrás seguido nuestra trayectoria por los continentes, te habrás parado en seco al oír los raíles en plena noche. Habrás oído todo lo
que dicen de nosotros, sin saber muy bien qué creer.

Ya es hora de que seamos nosotros quienes contemos nuestra
historia.

Mis recuerdos de esos primeros meses están entremezclados en un
torbellino de asombro, terror e incredulidad, pues estaba segura
de que nos iban a parar, igual de segura que estaba de que éramos
imparables. Me aterraba lo que habíamos liberado. Nos preguntábamos qué íbamos a hacer cuando se nos acabara la vía. Solo que
eso no ocurrió, porque la tierra se ha cerciorado de que así fuera, y

la nueva Capitana nos condujo adelante, a través de Europa, hacia las ciudades famosas y brillantes, hacia campos de lavanda y de trigo dorado. Y, cuando llegamos al límite de la tierra, viajamos por una ruta distinta: los raíles se alzaban ante nosotros y establecían el rumbo a través del continente.

No pretendo entender lo que hacemos; la investigación de nuestros muchos misterios es cosa de los científicos, quienes los estudian bajo el microscopio, y de Suzuki Kenji, quien traza los mapas de los cambios que llevamos a nuestro paso. Aun así, ni siquiera ellos han llegado a entender los raíles en sí, en parte porque no duran, sino que se desmoronan a nuestro paso como huesos que se hunden en la tierra, solo para volver a nacer en alguna otra parte. Los cambios, sin embargo, permanecen. Dejamos vida nueva a nuestro paso; ramas jóvenes que se retuercen alrededor de hogares antiguos, brotes nuevos que surgen de la tierra, flora y fauna que no aparecen en ningún registro de historia natural escrito hasta la fecha. Dejaremos que encontréis una forma de vivir junto a todo eso, que os planteéis la decisión a la que todos debemos enfrentarnos: si se deben evadir los cambios, enfrentarse a ellos y huir, o si se deben recibir con los brazos abiertos.

Parte de nuestra leyenda dice que todos los que fuimos en ese último cruce permanecimos a bordo, pero no es cierto del todo: algunos decidieron marcharse, aquellos para quienes los vínculos con su familia, su patria o su deber eran demasiado fuertes; aquellos que no podían o no querían entregarse al tren. Y también hubo a quienes destrozó: la mujer que dudó en la puerta, quien, cuando su marido quiso ayudarla para salir al andén, negó con la cabeza y dijo que donde debía estar era aquí con nosotros, y, cuando el marido se enfadó e intentó sacarla él mismo, las ramas y las hojas lo detuvieron, y el tren ya no lo aceptó más. Y la Capitana anterior, quien pasó la vida en el tren, retando a los Baldíos a que se alzaran en su contra; se quedó con nosotros un tiempo, hasta que pasó al bando de los que se asentaron en la Gran Siberia, después del derrumbamiento de las Murallas, para buscar el hogar que sus antepasados habían perdido.

Pero sí que es cierto que muchos se quedaron, y que cada año más nos acompañan. Algunos permanecen con nosotros durante días o semanas, mientras que otros no se marchan nunca. Crecemos y cambiamos, como todo en esta vida.

Por descontado, también hay aquellos que nos tienen miedo. Aquellos que siguen siendo leales a Transiberia, por mucho que se haya ido a pique y que sus restos hayan sido objeto de peleas en los tribunales y en los bancos. Hay quienes nos culpan por las pesadillas que desatamos, por las alas, las garras y los dientes que exigen una nueva forma de coexistencia. El clérigo Yuri Petrovich nos persigue como una sombra maligna. Vemos su imagen en los periódicos, lo vemos hablar de los tormentos del infierno en las plazas de las ciudades y en las estaciones de tren aisladas. Es incansable, y supongo que lo admiro un poco por ello. Sus seguidores lo llaman profeta; acuden a él, aterrados y ansiosos, con ganas de creer que puede darle sentido a un mundo que cambia delante de sus narices. Dice que va en contra de Dios. Que el tren es una abominación, que deben detenernos. Hay que revertir los cambios y dar caza a las criaturas. Y hay quienes le hacen caso. Jóvenes con el rostro enmascarado lanzan botellas prendidas fuego contra el tren cuando cruzamos fronteras; encienden balizas a nuestro paso para indicar a los feligreses que preparen sus trampas, y hay muchos que hacen caso. Los petrovitas, como se hacen llamar, lo han intentado todo: barricadas, dinamita y balas. Y, aun así, el tren sobrevive. Y las criaturas a las que cazan prosperan.

Debería mencionar a nuestra Capitana. La hija del tren, que es lo que fue y lo que sigue siendo. Aquellos que la conocíamos de antes seguimos viendo a la chica que era: observadora y astuta, siempre lista para salir corriendo. Ahora ha cambiado, claro.

Pasó meses buscando. Allá adonde viajara, buscaba indicios de Elena, de la chica de los Baldíos que había dejado atrás. Esta es la parte de la historia que no sabréis: todo ocurrió por una polizona, todo cambió por ella. Por una amistad.

Cuando volvimos a pasar por Siberia, la Capitana casi no pegó ojo; se pasaba el día en las ventanas de la torre de vigilancia, segura de que Elena iba a notar el llamamiento del tren, como había hecho hacía tanto tiempo. Fuimos a lugares que ningún humano había pisado desde que comenzaron los cambios, donde los ojos se abrían en los troncos de los abedules y las sombras se movían entre las costillas de los animales muertos, altos como campanarios. Cruzamos regiones donde la tierra prácticamente se hundía en el agua, y los raíles nos transportaron por encima de superficies cristalinas. Según el ángulo de la luz, creíamos captar su reflejo en la superficie.

La Capitana pasó unos días de mucha añoranza, de desesperación incluso. Sin embargo, con el transcurso del tiempo, conforme nos adentrábamos en el nuevo siglo, la vimos cambiar. Perdió la expresión hambrienta que ya le conocíamos y se irguió con más orgullo, cómoda en el papel que interpretaba. Aprendió a leer el terreno que nos esperaba, a saber dónde guiarnos, dónde crecían los frutos más dulces y dónde el agua más pura y cristalina brotaba de la tierra. A veces la veíamos estirar los brazos por la ventana, como si saludara a alguien que la esperaba en el aire. Y entonces comprendimos que por fin había encontrado lo que buscaba, que la chica de los Baldíos a la que conocimos forma parte del paisaje tanto como la Capitana lo forma del tren. Entendimos que nunca se separarían.

Escribo estas palabras en mi escritorio en la torre del Cartógrafo, ya acostumbrada a mover la pluma al son de los raíles. Es por la mañana, y el tren rebosa de vida. Recogimos a más pasajeros en

Nanjing y ahora nos dirigimos al sur. La Condesa y Vera preparan la tierra del vagón jardín para las semillas nuevas que podamos encontrar. El Profesor está en su prensa. Alexei enseña a los niños el funcionamiento de los frenos y de los engranajes. Y Suzuki está ocupado con sus lentes y sus mapas; va despacio de catalejo en catalejo y me roza el hombro al pasar o me deja una taza de té en la mesa.

A mi lado, mientras escribo, está la famosa guía de Valentin Rostov. La mantengo abierta por la fotografía del autor, de modo que pueda ver que el mundo que describió se ha salido de sus ataduras. Me parece apropiado que viaje con nosotros, y creo que él entendía que ya no era posible que fuéramos viajeros precavidos, sino solo curiosos. Quiero pensar que estaría orgulloso.

En verano, dejamos las ventanas abiertas e inspiramos el aire transfigurado. No es solo el terreno lo que ha cambiado, sino que nosotros mismos estamos llenos de transformaciones. Veo la luz del sol que se me refleja en las escamas plateadas que me cubren la piel, me lamo la sal de los labios. Escribo este libro como una forma de recordar lo que hemos sido, de encontrar un camino para recorrer este nuevo mundo hasta llegar a lo que vamos a ser.

¿A dónde nos conducirá el gran tren? Esperamos en las ventanas abiertas y observamos el horizonte que se nos acerca.

AGRADECIMIENTOS

Le debo un millón de gracias a las siguientes personas y organizaciones:

A mi increíble agente, Nelle Andrew, por creer en esta novela desde el principio, además de por su paciencia y entusiasmo, así como a todo el equipo de Rachel Mills Literary: Rachel Mills, Alexandra Cliff y Charlotte Bowerman.

A mis editores, por sus comentarios, amabilidad y apoyo incondicional; de W&N, Federico Adornino, quien adquirió la novela, y Alexa von Hirschberg, quien la impulsó para que saliera adelante; y, en Flatiron Books, a Caroline Bleeke. Soy muy afortunada de que esta historia haya contado con tres defensores tan increíbles.

A todo el equipo de W&N y Orion: Alice Graham, Javerya Iqbal, Lindsay Terrell, Aoife Datta, Esther Waters, Ellen Turner, Paul Stark, Jake Alderson y Lucinda McNeile, además de a Sydney Jeong de Flatiron y a Simon Fox y Holly Kyte.

A Emily Faccini por el precioso mapa del tren que ha preparado y a Steve Marking por el maravilloso diseño de la cubierta.

Al premio Lucy Cavendish Fiction por tener un papel tan importante en la vida de la novela y en especial a Gillian Stern por defenderla a capa y espada en todo momento.

A New Writing North, por concederme el premio Northern Debut en 2021, el cual me proporcionó apoyo y ánimo, tal como han hecho Harminder Kaur, Rob Schofield y Gareth Hewitt.

Al Leeds Writers' Circle, quienes, además de formar (¡seguramente!) el círculo de escritores más antiguo del país, son una fuente increíble de conocimiento, consejos y amistad (y sí que acabé quitando el primer párrafo). Quisiera darle las gracias en especial a Suzanne McArdle, quien me dio confianza e inspiración cuando más lo necesitaba.

A la Northern Short Story Academy, así como a SJ Bradley y a Fiona Gell por el trabajazo que hacen por los autores en Leeds.

A la gran promoción de 2012 de Clarion West, además de a sus organizadores y profesores. Esta historia no habría llegado al mundo sin vosotros y esos primeros comentarios a mano han viajado con ella durante todo el trayecto. Gracias también a Laura y a Greg Friis-West, por la continua conversación sobre libros, escritura y la vida en general.

A la revista *Interzone*, y a su editor Andy Cox, por publicar el relato que creció hasta convertirse en esta novela.

A mis amigos y compañeros de Leeds y de la universidad, en especial a Frances Weightman y a Zhang Jianan.

En St. Annes, al señor Walker, la señora Houghton, la señorita Yeadon y el señor Birch, quienes, sin saberlo, me encaminaron desde una pequeña ciudad costera a una aventura al otro lado del mundo.

Y por último, pero no por ello menos importante, a mi familia, por los libros y por todo lo demás: a mis padres, Chris y Linda, a mi hermano Michael y a Jerry y Celia, Dan y Annette y Willow. Y a Calum, por creer en mí en todo momento y por las muchísimas tazas de té que hemos compartido.